钱德勒短篇侦探小说全集 **2**

TROUBLE IS MY BUSINESS
找麻烦是我的职业

【美】雷蒙德·钱德勒◎著

Raymond Chandler

蒲若茜 等◎译

南方出版传媒

花城出版社

中国·广州

图书在版编目（CIP）数据

找麻烦是我的职业 / （美）钱德勒著；蒲若茜等译
. -- 广州：花城出版社，2015.5（2020.6重印）
（钱德勒短篇侦探小说全集；2）
ISBN 978-7-5360-7302-9

Ⅰ. ①找… Ⅱ. ①钱… ②蒲… Ⅲ. ①短篇小说—侦
探小说—小说集—美国—现代 Ⅳ. ①I712.45

中国版本图书馆CIP数据核字（2015）第050277号

出 版 人：肖延兵
责任编辑：陈宾杰　王铮锴　杨淳子
技术编辑：薛伟民　凌春梅
内文设计：李玉玺
封面设计：ⅢⅢ鹰联视觉传达

书　　名　找麻烦是我的职业
　　　　　ZHAO MA FAN SHI WO DE ZHI YE
出版发行　花城出版社
　　　　　（广州市环市东路水荫路 11 号）
经　　销　全国新华书店
印　　刷　河北远涛彩色印刷有限公司
开　　本　880 毫米×1230 毫米　32 开
印　　张　14.625
字　　数　383,000 字
版　　次　2015 年 5 月第 1 版　2020 年 6 月第 3 次印刷
定　　价　37.00 元

如发现印装质量问题，请直接与印刷厂联系调换。
购书热线：020—37604658　37602954
花城出版社网站：http://www.fcph.com.cn

雷蒙德·索恩顿·钱德勒（Raymond Thornton Chandler, 1888-1959年）是美国著名侦探推理小说家，出生于芝加哥，七岁开始在英国生活，1912年返回美国，曾担任加州达布尼石油集团副总裁。他少怀文学梦想，但直到1932年在美国经济大萧条中破产后，才转而从事小说创作，大获成功。钱德勒的长篇小说《漫长的告别》获1955年"埃德加·艾伦·坡最佳小说奖"，1958年他当选为美国推理作家协会会长，其以菲利普·马洛为侦探主角的小说几乎均被改编成电影。

英美现代侦探推理小说追溯至著名诗人、小说家埃德加·艾伦·坡。自1841年，他自称为"推理小说"的《魔阁街凶杀案》《玛丽·罗杰奇案》和《偷去的信》问世以来，侦探推理小说风靡一时。在英国，有影响力的侦探推理小说家包括威尔基·柯林斯，柯南·道尔和阿加莎·克里斯蒂。威尔基·柯林斯以《月亮宝石》著名，柯南·道尔的《福尔摩斯探案》几乎家喻户晓，而阿加莎·克里斯蒂则因创作《尼罗河上的惨案》等侦探小说而被誉为"探案女王"。

总体上，英国推理小说在约定俗成的程式内，流于"向壁虚构，节外生枝，故布疑阵，迷惑读者"，在推理和艺术上都有待提升。而在美国，钱德勒，与达希尔·哈米特、罗斯·麦克唐纳一起，塑造了美国本土"冷硬派"的侦探形象，突破了英国古典推理小说的传统。他们不仅重视演绎推理，更穿插刺激、惊险的动作与打斗，场面神秘惊险，情节扣人心弦，突出与罪犯斗智斗勇的情节描写，如钱德勒的《湖底女人》《再见吾爱》和《漫长的告别》中的侦探马洛，一改以往侦探绅士风度，常常身涉险境，与敌手或警察正面交锋。同时，钱德勒的语言精练简洁，文笔引人入胜，在艺术创作手法上有重大突破，如《其拉诺的枪》以"泰德·卡马迪喜欢雨——喜欢雨的触感，雨的声音，雨的味道"开头，伤感的氛围，孤独的角色跃然纸上；再如《西班牙血盟》中对约翰·马斯特的外貌描写："身材高大，体格肥胖，长相油滑，他青蓝色的下巴光秃发亮，粗大的手指上，每个关节都形成凹窝，褐色的头发从额头开始整齐地往后梳"，主人公形象生动，使读者如同直面其人。但钱德勒对女性、黑人、同性恋角色的描写有失偏颇，需引起读者警惕。

本丛书的推出，是钱德勒的短篇小说全集首次在国内出版。全书分为三册，共25个短篇，基本上都为侦探小说。其中，《青铜门》、《英格兰夏日》和《宾格教授的鼻烟》虽写到非正常死亡，却不以案情推理为主。相较于他屡屡搬上荧幕的长篇故事，钱德勒的短篇小说更以语言制胜，妙语频出，情节紧凑。

经过暨南大学外国语学院MTI翻译团队九个月的通力合作，本丛书终于要出版了！虽然我们在翻译过程中字斟句酌，努力用中文再现钱德勒短篇侦探故事的精彩世界，以飨读者，但由于水平所限，瑕疵和错漏在所难免！译文失当之处，请广大读者予以指正，不吝赐教。

目录

找麻烦是我的职业

安娜·哈尔西是个中年女人，脸色油灰，重达240磅左右。一袭黑色定制套装，眼睛像黑色鞋扣一样闪耀，双颊像板油一样蜡黄柔软。她坐在黑色玻璃办公桌后面，那桌子看起来像拿破仑的墓，拿着一个黑烟嘴抽着烟，那烟嘴比卷起来的伞要短一些。她说："我需要一个男人。"

我看着她将烟灰敲到发亮的桌上，微风透窗而入，烟灰随曼风卷曲飘散。

"这个男人要足够英俊，这样才能勾搭上那个有阶级观念的贵妇人。此外，他还得身手好，即使是电铲也可赤手空拳对付。还要像被囚禁的蜥蜴般敏捷，像佛瑞德·艾伦（美国幽默表演家）般伶牙俐齿，甚至有过之而无不及。还要有足够的乐观精神，就像被载啤酒的卡车撞到了头，还能把它想象成是长着美腿的漂亮姑娘拿面包砸了个包。我需要一个这样的男人。"

"这容易啊，"我说，"你需要的是纽约洋基队、罗伯特·多纳特（奥斯卡最佳男演员）和游艇俱乐部的小伙子们啊。"

"我看你就行，"安娜说，"可以小赚一笔，一天20美元，还有额外的报酬。好几年我都没给人介绍工作了，但这次要做的事我是外行。虽然我对侦探行业还是很看好的，但我也不想做亏本买卖。咱不如来试试，看格拉迪斯会有多喜欢你。"

她将烟嘴反过来转了一下，然后在一个巨大的黑色铬质信号器盒上摁了一下按钮，"亲爱的，进来把我的烟灰缸清空。"

我们等了一会儿。

门开了，一个高挑金发女郎踱进屋里，她的穿着打扮比温莎公爵夫人还要好。

她优雅地走进房间，清空安娜的烟灰缸，拍了拍胖嘟嘟的脸颊，向我抛了个媚眼，然后出去了。

"我觉得她脸红了，"门关上时安娜说道，"我猜你现在脸还红着呢。"

"她是脸红了——等下我还要和达里尔·扎努克吃晚饭。"我说，"别开玩笑了，具体是什么情况？"

"就是把一个女孩干掉。那个女孩一头红发，眼睛性感撩人，她给一位投机商做托儿，已经给一个有钱人的儿子下了套。"

"我要怎么做？"

安娜叹了口气："菲利普，这工作吧，不怎么高尚。要是找到她做的任何形式的记录，你得当面给销毁。要是没有，这种可能性更大，毕竟她出身不错，不太可能做这种事，要怎么做就得看你自己了。你有时不就挺有主意的吗？"

"我不记得最后说的谁来着？什么赌徒，什么有钱人？"

"马蒂·埃斯特尔。"

听到这个名字后我从椅子上站了起来，可又想到一个月都没什么生意了，我需要这笔钱。

我又坐了下来。

"当然，你可能会惹上麻烦，"安娜说，"没听说过马蒂光天化日下干掉了哪个人，但他也不会就此罢休的。"

"找麻烦是我的职业，"我说，"接这份工作的话一天25美元，加上250美元底薪。"

"我自己总得分一杯羹吧。"安娜嘀咕道。

"那算了吧，这小镇上苦工还是多得很嘛。很高兴看到你气色这么好，安娜，再见！"

这次我又站了起来，我的命虽值不了几个钱，但它这点钱还是抵得过的。马蒂·埃斯特尔后台强硬，可不是个好对付的主儿，他在洛杉矶和拉斯维加斯大街一带地位可是响当当。他不会耍什么花招，但只要他使一点阴招，就会不得了。

"坐下，成交。"安娜冷笑了一下，"我一个破产的老女人，没几个子儿，想努力经营一家高级侦探所，除了这一身肥肉和这把老骨头，还剩什么。最后这点钱拿走就拿走，你就笑话我吧。"

"那个女孩是谁？"我重新坐了下来。

"她叫哈丽特·亨特里斯——名字倒是很好听，住在埃尔米拉诺，北梧桐1900街区，很高档的小区。她父亲31岁因破产从办公室跳楼自杀了，之后母亲也跟着过世了。她妹妹从寄宿学校回到了康涅狄格州。这或许可以给你个切入点。"

"这些都是谁扒出来的？"

"我们的这个客户收到一堆复印的票据，票据是他的儿子签给马蒂的，数额高达5万美元。但那小伙——也就是那位老人的养子——否认这些票据是他写的，孩子当然会抵赖。所以这个年轻人他爸请了一个叫加斯特的专家对这些复印票据进行鉴定。那个专家说他擅长做这种鉴定，但也就是半吊子水平。他接过任务后查出了一点点东西，但是他太胖了，和我一样做不了外出搜集工作，所以他现在不管这个案子了。"

"我可以找他谈谈吗？"

"为什么不可以？"安娜连连点头。

"这位客户，他叫什么？"

"小子，你运气不错。你可以见着他本人——就现在。"

她又摁下了信号盒上的按键，"亲爱的，让基特先生进来。"

"那位格拉迪斯，"我问，"她有男朋友吗？"

"你别打她的主意！"安娜近乎尖叫地冲我说，"她做离婚业务一年就能给我赚18000美元。菲利普·马洛，任何人都别想动她一根手指，除非活腻了。"

"她迟早有一天会赚不了那么多，"我说，"我为什么不能追她？"

门开了，我们没有继续说。

在镶板门的接待室里我没有看到那个客户，所以他一定是在私人办公室等安娜。他在那儿等得很不耐烦，门一开立即走了进来，迅速关上门，随即从夹克里猛地掏出一块薄薄的八边形铂金表，愤怒地看着手表。他高个子，白皮肤，金发碧眼，穿着一件款式年轻的条纹法兰绒衫，翻领上别着一枚小小的粉红色玫瑰花苞。他怒容满面，眼袋略垂，嘴唇有点厚，挂着一根银制把手的乌木拐杖，穿着高筒靴，看起来像个60岁的时尚老头，但我猜他有70岁左右。我并不喜欢他。

"哈尔西小姐，你迟到了26分钟，"他冷冷地说，"我的时间很宝贵。宝贵在哪？就这些时间我能赚一大笔钱。"

"我们可在想法子给你省一大笔钱呢，"安娜慢吞吞地说，"基特先生，不好意思让你久等了，但你不是想见见我挑选的侦探嘛，我这不是把他带来了。"她也不喜欢他。

"他看起来不像我要的那种侦探，"基特先生说着，讨厌地瞥了我一眼，"我想要的是那种有绅士风度的男人——"

"你不是'烟草路'（白人贫困区）的那位基特先生吧，是吗？"我问他。

他慢慢走向我，手杖抬在半空中，冷冷地盯着我，眼睛像魔爪要将我撕裂一般。"你竟侮辱我，"他说，"侮辱我——这样有地位的男人。"

"先别吵了。"安娜说。

"干吗不吵，"我说，"他说我不是绅士。他那么有地位，也不知道到底什么地位，他这么说话自己可能觉得没什么——反正我受不了别人的挖苦。他消受不起，当然除非他不是故意的。"

基特先生一怔，盯着我，又拿出手表看了看。"28分钟，"他说，"年轻人，对不起，我不是有意这么无礼的。"

"好吧，"我说，"我知道你不是那个'烟草街'的基特。"

这句话又差点激怒了他，但他压住了这口气，因为他不确定我这么说是什么意思。

"既然我们碰面了，我有几个问题问你，"我接着说，"你愿意给那个亨特里斯小姐一些钱——当做生活用度吗？"

"一分钱也不给，"他厉声说，"我凭什么要给她？"

"某种习俗吧。假如她嫁给你儿子，你儿子有什么呢？"

"现在他每月能从信托基金拿到1000美元，那信托基金是他母亲，也就是我已故的妻子设立的。"老基特低下头，"他到28岁时，钱就更多，多得不行。"

"你不能怪人女孩想攀附，"我说，"现在时代就这样。马蒂·埃斯特尔那边怎么样，有什么解决办法了吗？"

他用青筋暴起的手捏皱他的灰色手套。

"那个债务是无法收回的，是赌债。"

安娜疲倦地叹了叹气，往桌上弹了弹烟灰。

"当然，"我说，"但赌徒可吃不起哑巴账。毕竟，如果你儿子赢了，马蒂会把钱给他。"

"我对那个没兴趣。"这个高高瘦瘦的男人冷漠地说。

"对，但你想想看，马蒂坐在那里拿着不能兑现的50000美元的票据，他晚上怎么睡得着？"

基特先生看上去若有所思，"你的意思是他可能会采取暴力行动？"他唯唯诺诺地问。

"很难说，他经营着一家专属会所，还有一群喜欢他电影的人。他要考虑自己的名声问题。但是他也混黑道，而且他认识人，所以什么都可能发生——在离马蒂很远的地方。马蒂不是浴室防滑垫，没那么好欺负，谁要是踩在他头上，他会站起来收拾那些人的。"

基特先生又看了一下表，变得焦躁恼怒。他猛地把表塞回夹克，"这都是你的事，"他恶声恶气地说，"地方检察官可是我的私人朋友，如果这事你无能为力——"

"是啊，"我告诉他，"即使地方检察官和你交情好，就像你和你夹克里的手表一样，但你还不是屈身来到我们这儿。"

他戴上帽子，又戴上另一只手套，然后用手杖轻轻拍了拍他的鞋边，走到门口，打开门。

"我花钱要的是结果，"他冷冷地说，"钱很快会给你们，有时我出手还是很大方，尽管没人这样认为。我想我们意见达成一致了。"

他像是使了个眼色，又继续走了出去。门轻轻地关上，打在了闭门器的空气垫上。我看着安娜，笑了。

"怪老头，是吧？"她说，"他要是来我的鸡尾酒会该多有意思。"

我从她那掏出20美元用作开支。

2

　　我要找的那位加斯特全名叫做约翰·D.加斯特。他在伊瓦尔附近的日落大街有一间办公室。我在电话亭里给他打了电话，他的声音听起来油腻腻的，发出轻轻的喘息声，就好像刚刚赢了吃馅饼大赛。

　　"请问是约翰·D.加斯特先生吗？"

　　"嗯。"

　　"我叫菲利普·马洛，是一名私人侦探，现在在负责一个你之前调查过的案件，这个案子的当事人叫基特。"

　　"嗯？"

　　"我能在午饭后去找您详谈此事吗？"

　　"嗯。"他挂了电话。我确定他并非健谈之人。

　　午饭后，我驱车赶往他那儿。他的办公室位于伊瓦尔东部，一座刚漆过的二层砖瓦房。一楼有一些商店和一家餐馆。小楼的入口有一个宽阔笔直的楼梯通往二楼，姓名地址录的下方写着：约翰·D.加斯特，212房。我上了楼，看见一个宽敞的大厅，这个大厅与街道平行。右边一个敞开的门口站着一个穿着罩衫的男人。他前额上系着一面圆的镜子，看到我后退了几步，满脸狐疑，然后回到他的办公室关上了门。

我向左走了半个大厅的距离，远离日落街一侧的门上写着：约翰·D.加斯特，可疑文件审查员，私家侦探，请进。门轻而易举地被推开了，映入眼帘的是一个没有窗户的小型接待室。里面有几把安乐椅，一些杂志，还有两个铬烟缸托座台，两盏亮着的落地灯和一盏亮着的吊灯。另一边铺着一块廉价而新的厚地毯，门上写着：约翰·D.加斯特，可疑文件审查员，私家侦探。

我推开外门时警报器响了，门重新关上后才停止了鸣响。可没什么异常情况。等候室一个人也没有。内侧的门没有开，我走过去，贴在门板上听，里面没有任何交谈的声音。我敲了敲门，也没有回应。我试着扭了下门把手，转动了，于是我开门走了进去。

屋里有两扇朝北的窗户，上面都装了密不透风的窗帘，窗台上有一些尘土。屋里有一张桌子，两个档案柜，还有就是平凡无奇的地毯和墙壁。左边一扇安装着玻璃嵌板的门上写着：约翰·D.加斯特，可疑文件审查员，私家侦探。

我想我永远都不会忘了这个名字。

这间屋子很小，小得出奇，像是连那只粗短的手都容不下。那只手握着一支木工铅笔一般粗的铅笔，趴在桌边，一动不动。他的手腕像盘子一样光滑，没有汗毛。外套的袖口不是很干净，系着纽扣，从袖套里垂了出来，袖子的其他部分垂在桌边看不见。桌子长不到1米8，所以他不可能是一个大高个。从我这个角度看，我只能看见他的手和袖口。我从接待室轻轻地回到门口，顶住门，使其无法从外面打开，然后关掉那三盏灯，回到私人办公室，在桌子的一角走来走去。

他很胖，出奇的胖，甚至比安娜·哈尔西还胖。我看他那张脸就跟篮球差不多大小，尽管这样，他还是面色红润。他跪在地上，大脑袋抵在桌内可容下双膝的一个锋利的角上，左手用力撑在地板上，已经撑开到不能再大的程度，手下压着一张黄色的纸，透过指缝便能看到。他看起来好像给地板施加了很大的作用力，但其实没有，支撑他的是他自己的一身肥肉。他蜷曲着身体，坐在自己巨大的大腿上，粗大的肥腿让他保持了跪着的姿态，纹丝不动。看这架势，几个壮汉才能把他打倒吧。那时想这个并不是什么好事，可当时我就冒出了这个想法。我定了定神，尽管天气并不暖和，我还是擦了擦脖子后面的汗。

他一头银发修剪得很短，脖子上的褶皱犹如六角手风琴一样多，脚很小，犹如其他胖人一样。他穿着发亮的黑鞋，双脚并在一起斜斜地靠在地毯上，但鞋不太干净，身上穿着的那套深色西装也脏兮兮的。我弯下腰，将手伸进他无比肥胖的脖子里，也许那儿的某个地方有一根动脉，我没摸到，不过现在那对他来说已不重要了。他浮肿的膝盖跪在地毯上，双膝间一个深色斑点不断扩散，蔓延开去。

我在一旁跪下，举起他按住那页黄色纸的短粗的手指。他的手凉凉的，但不会冰冷，软绵绵的，还有点湿黏黏的。纸是从便笺本上撕下的，要是上面写了什么就好，但没有。上面只有一些模糊的毫无意义的记号，没有字，连一个笔画都没有。他被枪击中后曾试图写下什么，但他最终只是留下了几笔涂鸦。

他被枪击中，一跤跌下，手里仍然拿着纸，纸被他的胖手压在地板上，他的另一只手紧紧抓住那支粗大的铅笔，他的躯干则坐在自己巨大的大腿上，就这样死了。约翰·D.加斯特，可疑文件审查员，私家侦探。这个私人侦探真可恶，他在电话里对我说了三次"嗯"。

现在他却成这样了。

我用手帕擦拭门把手，关掉接待室的灯，走出外门，锁好门，离开走廊，走出那栋建筑，最后离开那个小区。目前看来没人看到了我，目前看来而已。

3

安娜告诉我埃尔米拉诺在北梧桐1900街区，那里住宅密集。我在装饰华美的前院附近停下车，向大门口上面装有淡蓝色霓虹灯的地下车库走去，然后沿着布满栏杆的斜坡走进一个敞亮的地方，冷飕飕的空气中闪耀着各种车。一个黑人从玻璃办公室走了出来，他穿着整洁的蓝色袖口工作服，肤色不是特别黑。他的黑发很光滑，像一位乐队指挥的头发一样柔顺。

"忙吗？"我问他。

"先生，还行。"

"我外面有辆车需要洗一下，5美元怎么样？"

没行得通，他不是我想象的那种人。他栗色的眼睛变得深邃起来。"洗车可不是小活，先生。请问是否还有其他事呢？"

"还有件小事，哈丽特·亨特里斯小姐的车在这吗？"

他看了一眼，我看见他向一排亮闪闪的车望去，目光定在里面的一辆金色敞篷车上，那车就像前面草坪上的厕所一样不显眼。

"是的，先生，她的车在。"

"我想知道她的门牌号，还有告诉我要是不走前厅怎么去她房间。我是一名私人侦探。"我给他打了个蜂鸣器。他瞅了一眼却毫不动容。

他笑了下，我从未见过这样的笑容，笑了就跟没笑一样。"先生，5美元对于一个工人来说还行，但要让我冒着丢工作的危险，这些还不够，简直相差十万八千里。先生，你最好省下你的5美元，按正常的方式进去。"

"你真可以啊，"我说，"等你长大成人，长高到1米5时看你会成为什么样的人？"

"先生，我已经成年了，我34岁，已经有了幸福的婚姻和两个孩子。下午好，先生。"

他转过身去。"好吧，拜拜，"我说，"不好意思，我说话有股威士忌酒气味，我刚从比尤特过来。"

我沿着斜坡走回去，在街上徘徊着，想着之前先去了哪个地方结果会好些。我早就应该想到5美元和蜂鸣器在埃尔米拉诺那样的地方不能给我带来任何结果。

那黑人现在可能正在给办公室打电话。

混凝土筑就的那栋摩尔式风格白色大楼，前院有很大的已经磨损的灯笼和几棵高大的枣椰树。入口在一个L形大楼最里面的拐角，要上几阶大理石台阶，再通过一个嵌着加利福尼亚风格拼花的拱门。

一个门卫给我开门，我走了进去。门厅不像洋基球馆那样大，地上铺着淡蓝色地毯，下面是海绵橡胶垫，地毯十分柔软，我都想躺在上面打几个滚。我走到前台，一只胳膊肘放到桌上。一位脸色苍白的消瘦的职员盯着我看，他的胡子很浓密。他玩弄着胡子，又将目光掠过我的肩膀，向一个大的阿里巴巴油罐望去，那油罐大得足以装进一只老虎。

"亨特里斯小姐在吗？"

"请问您是哪位？"

"我叫马蒂·埃斯特尔。"

这儿的情况不比在车库好多少。他左脚倚在什么东西上。前台后一扇蓝色镀金门开了，一个浅茶色头发的大块头男人出来了，他夹克上还有烟灰，若无其事地倚在桌子末端，盯着阿里巴巴油桶，好像试图在思考那是否是痰盂。

那位职员提高嗓门喊道："你是马蒂·埃斯特尔先生？"

"他手下。"

"那是有些区别的吧？那先生，请问你的名字是什么？"

"你可以问，"我说道，"但我不会说，这就是我要说的。如果你感觉我比较固执，还胡言乱语，那真是不好意思。"

他对我这种态度很反感，对我整个人都不喜欢。"那恐怕我不能替你传话，"他冷冷地说，"霍金斯先生，有件事想请教一下你的建议？"

这个浅茶色头发的男人将他的目光从油桶移开，慢慢走到前台，离我隔得不远，要是出手的话我伸手就能打到他。

"格雷戈里先生，什么事？"他打了个哈欠。

"你们就是傻子，"我说，"那个小姐的狐朋狗友也都是傻蛋。"

霍金斯咧嘴一笑，"老兄，来，去我办公室，看看是否可以帮你解决。"

我跟着他进了他刚刚出来的那个乱糟糟的房间，房间不大，里面放着一张小桌子，两把椅子，一个膝盖高的痰盂和一箱子打开的雪茄烟。他一屁股抵着桌子，对我和蔼可亲地咧嘴笑了笑。

"老兄，不顺利，是吧？我是这儿的门管，什么事说吧。"

"有些时候我进展很顺利，"我说，"有些时候我感觉就像在瞎撞。"我拿出钱包，给他看蜂鸣器和我的证件的小型复印件，复印件就放在透明塑料胶片下面的。

"又是个侦探，嗯？"他点点头，"你应该先找我啊。"

"当然，只是我之前没听说过你。我想见亨特里斯小姐，她不认识我，但我找她有正事要谈，肯定不会吵到大家的。"

他往侧面走了一米多，嘴角叼着雪茄，看着我右边的眉毛，"你演的这是哪出？为什么去讨好楼下那个黑人？经费多吗？"

"或许吧。"

"我是好人，"他说，"但我要保护宾客。"

"你雪茄都快没了啊，"我看着箱子里九十多根烟说，说着拿起几根烟，闻了闻，往它们下面塞进一张折叠的钞票，然后放了回去。

"聪明人嘛，"他说，"我们会相处愉快的。你想怎么做？"

"告诉她我是马蒂·埃斯特尔的人，她就会见我。"

"有佣金的话我当然很愿意效力。"

"想得美，也不看看我给谁办事。"

我伸手作势拿回我的10美元，但他一把推开我的手。"我冒险试一下吧。"他说。他拿起电话打给814套房，随后便哼哼起来，声音听起来像一头生病的奶牛。他突然倾身向前，脸笑得像蜂蜜一样甜，然后开始叽里呱啦说话了。

"亨特里斯小姐吗？我是霍金斯，门管，霍金斯，是的……霍金斯。当然，亨特里斯小姐，您见的人太多了。是这样，有个埃斯特尔先生派来的绅士现在在我的办公室里，他想见您。没您同意的话我们不能放他进来，因为他不告诉我们他的名字……是的，霍金斯，房管，亨特里斯小姐。是啊，他说您本人不认识他，但他看起来不像坏人……好的，非常感谢，亨特里斯小姐。我立马让他上去。"

他放下电话，轻轻地拍了拍它。

"你谎话说的可比唱的还好听，"我说。

"你可以上去了。"他出神地说，一边心不在焉地把手伸到雪茄箱子里拿走折叠的纸币。"她可不是一般人啊，"他轻声说，"每次我一想到那个女人我就要到大楼周围走动走动，我们走吧。"

我们又走出前厅，霍金斯带我走到电梯那，示意我进去。

电梯门要关上时，我看见他走向门口，可能是要去他所说的周围散散步。

电梯里铺着地毯，有几面镜子，镜面反射着光，电梯像温度计中的水银一样缓缓上升。门轻声地打开了，我漫步走在大厅地毯的丝绒上，来到门牌号是814的房间。我按了一下旁边的小按钮，屋里铃声响起，门开了。

她穿着淡绿色羊毛便装，戴着一顶斜斜的帽子，帽子就像挂在她耳朵上的一只蝴蝶。她睁大深蓝色的眼睛，眼间距还挺宽，一头暗红色秀发，像那虽未熊熊燃起但火光依旧的闷火一般。她太高了，用可爱来形容不恰当。她化着恰到好处的浓妆，叼着个烟嘴，烟嘴上的烟头对着我，那烟嘴大约有三英寸长。她看起来并不冷酷无情，但她似乎对一切心知肚明，似乎记得那些她认为她哪天可以用上的人。

她冷静地望着我，"啊，褐眼睛，什么事？"

"我得进来，"我说，"我从来不站在门口说话。"

她冷冷一笑。我躲过她的烟头走进房间，进入到一个长长窄窄的房间，里面摆设着很多精致的家具，有很多扇窗户，挂着很多窗帘，什么东西都很多。温暖的炉火前有一张漂亮的粉红色长沙发，沙发前面铺着一张东方的丝绸地毯。旁边的小凳子上有苏格兰威士忌和冰桶，一切都让人感觉像在家一样自在。

"你最好喝一杯，"她说，"你手里没酒的话可能说不了话吧。"

我坐下来，伸手去倒苏格兰威士忌。那个女孩坐在浅位椅上，跷着二郎腿。想起霍金斯刚说的一想到这个女人就要在大楼外转转，我现在能稍稍体会到他为什么这么说了。

"所以你是马蒂·埃斯特尔的人。"她说着，没有接过我递给她的酒。

"从未见过他。"

"我猜到了，二流子，你想做什么？马蒂会想知道你是怎么利用他的名号吧。"

"我好怕哟，怕得我两腿直哆嗦，那你为什么让我上来？"

"好奇呗，我一直在期待哪天会出现像你这样的家伙，我从不逃避麻烦。你是什么侦探吧，不是吗？"

我点了支烟，点点头，"私人侦探。我有一个小提议。"

"说。"她打了个哈欠。

"你要多少钱才肯不再纠缠小基特呢？"

她又打了个哈欠，"你说这话就没意思了，无可奉告。"

"别吓唬我。说实话，你要多少钱才放手？还是说这么做对你是种侮辱？"

她笑了，笑起来很好看，牙齿很可爱。"我是个坏女孩，"她说，"我不用多问，他们就把钱给我送来，还用丝带绑好了给我。"

"老人有点不好对付，他们说他势力大。"

"再有势力他也得花钱。"

我点点头，喝了几口酒。这是上好的苏格兰威士忌，事实上，堪称完美。"他就是想让你一分钱也拿不到，让你遭诬陷，让你左右不是人，但我不想看到事情成这样。"

"但是你不是给他做事吗？！"

"听起来很可笑，不是吗？或许不这样做更聪明，但是我现在就不想事情那样发展。多少钱你愿意退出——或者说你愿意吗？"

"50000美元怎么样？"

"你50000，马蒂50000？"

她笑了，"打住，你应该知道马蒂不喜欢我搅和他的生意。我也只是为自己考虑。"

她换腿跷着二郎腿。我又往酒里加了一块冰。

"50万？"我说。

"50万什么？"她一脸疑惑。

"50万美元（刀莱斯）——不是劳斯莱斯。"

她纵情大笑，"你逗我呢，真应该叫你滚的，但谁让我喜欢褐色的眼睛，金黄的瞳孔，很温暖。"

"拿钱的机会你都不要了，我可一分钱没有。"

她笑了笑，又往嘴里塞了一根香烟，我走过去给她点上，她抬起眼睛看着我，眼睛里闪着火花。

"也许我已经有一笔财富了。"她轻声说。

"也许这就是为什么那老头之前雇了那个胖子——这样你就不能让他改变主意。"我重新坐了下来。

"谁雇用了那个胖子？"

"老基特雇用了一个叫加斯特的胖子，他在我之前负责这个事。你不知道吗？今天下午他被杀了。"

我故作轻松地说，以便让她足够震惊，但她没有动弹，嘴角依然露出撩人的微笑，神情依旧，发出微弱的呼吸声。

"这事和我有什么必然的联系吗？"她平静地问。

"我不知道，我不知道是谁杀了他。他死在他的办公室，不是中午就是更晚一些的时候被杀了。事情可能与基特的这事没有任何关系，但它发生得实在太凑巧了——我刚接这工作，刚约好跟他谈谈，他就死了。"

她点了点头，"我明白了，所以你认为是马蒂做的。你肯定告诉警察了吧？"

"我当然没有。"

"老兄，你泄露了一个挺重要的消息啊。"

"是啊，不过让我们一起商量下价钱，最好低点。因为要是警察知道了这事，不管他们对我做什么，同样的甚至更多的状况也会发生在你和马蒂·埃斯特尔身上——前提是他们知道了的话。"

"怎么听起来有点像威胁啊，"女孩冷冷地说，"你刚才说

018

的那些我只能用这词形容了。褐眼睛，别跟我玩得过火。对了，你叫什么名字？"

"菲利普·马洛。"

"好，菲利普，听着，我曾经在社会名流录上是有名字的，我的家人很善良。是老基特毁了我父亲——他虽然没做什么违法勾当，用的都是适当的、合法的手段对付我父亲，但他的这种手段就像高跟鞋毁坏人的脚一样，是慢性毁灭——他彻底摧毁了我父亲，他自杀去世，我母亲也随即过世，我妹妹从东部学校回来了。我要照顾我妹妹，或许我就变得太他妈不注意赚钱的方式了，什么钱都敢赚，结果就是：或许不久的哪天就轮到我来'照顾'老基特了——即使我要通过嫁给他的儿子来实现。"

"继子，养子，"我说，"没有血缘关系。"

"老兄，那也一样会狠狠地伤害他。再过几年那男的就会非常有钱，我可以做得更绝——即便他确实嗜酒成瘾。"

"小姐，你在他面前可不会这样说吧。"

"不会吗？侦探，看看你后面。你耳朵要灵敏一些才行呐。"

我站起来，快速转身。他站在离我约1.2米的地方。他肯定是从哪个房间溜出来的，然后蹑手蹑脚走过地毯站在我身后，而我一直忙着要小聪明，完全没有留意听他的动静。他身板大，一头金发，身着简单的运动套装和开领衬衫，系着条围巾，满脸通红，眼睛一眨一眨的，聚焦不太好，想是那天早上有点醉了。

"趁你还能走的时候赶紧滚，"他嘲笑我，"我刚刚都听见了。哈莉她想怎么说我都行，我喜欢。闪开，不然我把你的牙齿打进你的喉咙！"

我身后的女孩笑了，我不喜欢这样。我跨前一步走向这个高大的金发男生，他眨了眨眼，尽管他高大个儿，却是个好对付的人。

"宝贝，打倒他，"女孩在我背后冷冷地说，"我喜欢看硬汉被打倒。"

我回头向她抛了个媚眼，这是个错误。他可能不清醒，但面对一个傻站在那儿不动的人，他还是可以打中的。我回头时他给了我一拳，没有准备的受别人一拳很痛。他出拳很用力，打在我颚骨的后端。

我向侧面走，试图迈开步子，走丝绸地毯溜出去。我一会儿栽倒在这儿，一会儿栽倒在那儿，头猛地撞在一件比它坚硬的家具上。

那一瞬，虽然看不太清楚，我仍看到他红着脸，胜利般地嘲笑我。我为他感到一丝难过——即使是在那个时候。

黑暗渐近，我走了出去。

　　我醒来的时候，光透过窗户正好照在我的眼睛上。我脑后隐隐作痛。除了痛，还感觉那黏黏的。我慢慢地挪动，像一只猫到了一间陌生的房子。我坐在腿上，伸手去拿长沙发旁边的小凳子上的一瓶苏格兰威士忌。奇迹般地，我竟稳稳抓住了酒瓶。我栽倒时头撞上了爪子模样的椅腿，这比小基特给我的一拳还痛。我能感觉到下巴隐隐作痛，但它没有重要到要写进我的日记里。

　　我站了起来，狂喝威士忌，环顾四周，也没什么好看的，房间空荡荡的，一片静默。还记得这里有一股好闻的香水味道。这种香水就像树上残留的最后一片叶子，只有等它飘落你才会发现它竟是最后一片，只有等它飘散不见，你才会意识到它的淡淡清香。我的头又开始作痛，我用手帕摸了摸黏黏的地方，确定那没什么好大喊大叫的，接着又喝了一口酒。

　　我坐下来，酒瓶放在膝盖上，听着远处的交通噪音，看着漂亮的房间。哈丽特·亨特里斯小姐是个好女孩，她不过是认识几个不好的人，但谁没有呢？我不应该对这样的小事持太多偏颇。我又喝了一口酒，瓶子里的酒少了很多。酒很滑口，不知不觉就喝了下去。喉咙都还没感受到酒的味道酒就已经下肚了。这酒就像是一些我不得不喝的东西，我又喝了好几口。我的头现在感觉没什么问题了，感觉好了很多，好得想唱《丑角》（戏剧）的开场曲了。是的，她是一个好女孩，如果她自己付房租，那就再好不过。我这么做都是为了她，她确实很漂亮。我又喝了一些她的苏格兰威士忌。

酒瓶里还剩半瓶酒，我轻轻摇了摇，把它塞进我的大衣口袋，戴上帽子走了出去，按了电梯，电梯一上来我就下去了。我走出电梯来到大厅。

霍金斯，那个房管，又倚在桌子尾端，盯着阿里巴巴油桶。之前那个职员在做着跟之前一样的动作：摸着他可爱的胡子。我对他笑了笑，他也朝我笑了，霍金斯向我微笑，我又朝他笑笑。每个人都很好。

我第一次走了前门，给了门卫一点点小费，走下台阶，沿着小径走到大街上，找到我的车。加州的黄昏踏着匆匆的步伐已悄然而至，真是个美好的夜晚。西方的金星很明亮，闪耀如路灯，如生命，如亨特里斯小姐的眼睛，又如一瓶苏格兰威士忌。这提醒了我，于是我拿出那个装着威士忌的方形酒瓶，小心地拔出木塞，又塞回去，然后塞进衣服里。要喝到家还是足够的。

我回去的路上闯了五次红灯，还好运气不错，没人来撵我。我将车差不多停在我的公寓楼附近前面，就在路边不远。我乘电梯到我住的楼层，门有点打不开，于是我用酒瓶帮自己解决了这个问题。我插进钥匙，打开门，走进屋，打开电灯开关，又喝了口酒，以免体力消耗殆尽，然后走向厨房，取来一些冰和姜汁，喝点真正意义的药。

公寓里有股奇怪的气味——说不上是什么气味——像是一种药的气味。不是我身上的味道，我走之前房里也没有那种气味，但我确定房里有股异味，于是我从厨房开始搜。

走到一半时，他们从壁床旁边的更衣室走出来，几乎并排着——两个人——手里拿着枪。高个咧嘴笑着，帽子低垂着戴在前额，V字脸，尖下巴，下巴尖得就像钻石的尖头一样，眼睛黑黑的，很水灵，鼻子毫无血色，好似白蜡做的假鼻子一般。他拿着一把柯尔特护林者手枪，枪柄很长，前面用来瞄准的部分被卸了下来，这意味着他认为自己枪法很好。

另一个混混有点像梗犬，一头又粗又硬的红发，没戴帽子，眼睛无神，但水汪汪的，蝙蝠耳，脚很小，穿着脏脏的白色运动鞋。他拿着一杆自动手枪，一幅小人扛大枪的画面，但他似乎喜欢拿着枪。他张开嘴嘟囔着，散发着一阵一阵的气味，那就是我嗅到的气味——薄荷醇。

"混蛋，举起手来。"他说。

我举起手，别的什么也做不了。

小个子绕着来到我身边，"说我们不能侥幸逃脱。"他嘲笑道。

"你们不能侥幸逃脱。"我说。

高个继续惬意笑着，他的鼻子依旧看上去像是白蜡做的。小个子向我的地毯吐了口唾液，"呸！"他走近我，一脸邪笑，拿大枪挑逗着我的下巴。

我躲开了。通常在这种情况下，我不得不接受，也不会那么讨厌，但那时我兴奋异常，觉得无人能敌。我要把他们都收拾了，连人带枪一起。我扼住那小个子的喉咙，猛地将他拉来，贴住他的后背，一只手抓住他的小枪，把枪打落在地。不费吹灰之力，也没有毁坏什么东西，但小个子变得呼吸急促，嘴唇上冒出唾沫星子，还一边唾骂着。

高个男子站起来，邪笑了下，没有开枪，也没有移动。他的眼睛看上去有点焦虑，但我顾不上那么多，也不知是不是那样。我在小混混身后慢慢下蹲，仍然抱住他，抓着他的枪。这一步又走错，那时我应该掏出自己的枪才对。

我把他推开，他一个趔趄撞到椅子上，摔了一跤，他便朝那椅子一阵猛踢。高个男子笑了。

"里面没有子弹。"他说。

"听着，"我一本正经地说，"我喝了很多上好的苏格兰威士忌，准备去一些地方解决些事情。不要一直浪费我的时间，你们到底想要什么？"

"里面真的没有子弹，"蜡鼻子说，"你试试看。我从不让弗力斯科带着有子弹的枪，他太冲动。伙计，你手臂很灵活，真的。"

弗力斯科从地上坐了起来，又朝地毯吐了口唾沫。我把那杆大型自动手枪对准地板，扣下扳机，一记空枪，但从拿枪的平衡感来说里面好像有子弹。

"我们没有恶意，"蜡鼻子说，"反正这次不打算对你怎么样。下次？谁说得准呢？你或许懂我的意思，不要多管小基特的事，懂？"

"不懂。"

"你不从命？"

"不，我是不明白。小基特是谁？"

蜡鼻子很不高兴，他轻轻地晃着他的长柄22式手枪，"朋友，看来得帮你回忆回忆是吧，要这样的话门得关上啊。这件事容易办到，弗力斯科只要吹口气就行。"

"这我能明白。"我说。

"还我的枪。"弗力斯科大叫着。他站了起来，但这一次他冲向了他的搭档，而不是我。

"笨蛋，放下枪，"高个说，"我们只是传达指令。我们今天不是来杀他的，今天不行。"

"说你呢！"弗力斯科一边咆哮着一边试图抓住蜡鼻子手上的22式手枪。蜡鼻子轻而易举把他扔到一边，我趁这空当把大自动手枪换到左手，右手掏出鲁格尔手枪，把枪对着蜡鼻子。他点了点头，但似乎没有吓到他。

"他不是没有父母，"他伤心地说，"我只是让他跟着我混，不要轻视他，否则狗急了还跳墙呢。我们现在就走，你听懂了我刚说的话吧，别再管基特那小子的事。"

"对着鲁格尔手枪，你还这么嚣张，"我说，"小基特是谁？在你离开之前也或许该把警察叫来。"

他疲倦地笑了："先生，我带着这把小口径枪不是用来做做样子的。你要是以为你可以一枪崩了我，那就来。"

"好吧。"我说，"你认识一个叫加斯特的人吗？"

"我认识的人很多，"他说着，疲惫地笑了笑，"也许认识，也许不认识。老兄，记住我说的话，再见。"

他走到门口，向旁边稍稍侧了侧，这样他始终可以瞄准我，我也同样可以瞄准他。只是谁先开枪谁打得准的问题，或者说根本是一个值不值得开枪的问题，或者还是说我喝了那么多上好的温热的威士忌能不能瞄准的问题。我让他走了。我看他不像个杀手，但我可能又错了。

我没把注意力放在那小个子身上时，他又冲向我，抓过我左手的大自动手枪，跳到门口，又往地毯上吐了唾沫，溜了出去。蜡鼻子走在他后面——长尖脸，白鼻子，尖下巴，一脸疲惫。我无法忘记他。

他轻轻地关上了门，我拿着枪傻傻地站在那里，听着电梯上来，下去，又停在那儿。我却仍站在那里。马蒂·埃斯特尔不可能雇用两个这样滑稽的人来吓唬人。我琢磨着，但什么也没琢磨出来，想起还剩半瓶苏格兰威士忌，又开始喝起酒来。

一个半小时后，我感觉好些了，但仍然没有把问题想明白，只是觉得昏昏欲睡。

我在椅子上打瞌睡睡着了，这又是个糟糕的错误。刺耳的电话铃声将我吵醒，醒来时我嘴上塞了两张法兰绒毯子，头疼欲裂，脑后磕伤，下巴青肿，肿包没有肿到像雅吉瓦苹果一样大，但也很痛。我感觉糟透了，像一条腿被截肢了的感觉。

我爬到电话处，弓着背坐到在旁边的椅子上，接起了电话，电话那头传来一阵像冰柱一样冰冷的声音。

"马洛先生吗？我是基特先生。今天早上我们见过，不好意思，我对你有点不礼貌。"

"我自己也有点不礼貌。你的儿子给了我下巴一拳，我是说你的继子，或者说你的养子——反正不管怎么叫，就是那个人。"

"他是我的继子也是我的养子。真的吗？"他听起来好像挺感兴趣，"你在哪里碰到他的？"

"在亨特里斯小姐的公寓。"

"哦，这样。"突然他声音变得温和起来，"冰柱"融化了，"有意思。亨特里斯小姐说了什么没有？"

"她说她喜欢那样，喜欢看他揍我的下巴。"

"这样。那他为什么要这样做？"

"亨特里斯把他藏在屋里，他在里面听到我们的一些谈话就火了。"

"我明白了。我一直在想或许应该给她一些钱——当然不是很大的数额，好让她合作。就是说，要是她确定愿意按我们说的做的话，可以给她一些钱。"

"要给她50000美元。"

"恐怕我不——"

"开什么玩笑，"我怒吼道，"50000美元，50000。我还给她开价50万——不过只是骗她的。"

"你对这个事似乎相当轻率，"他也对着我吼道，"你这种态度我很不适应，也很不喜欢。"

我打了个哈欠，我才他妈的不在乎要花他多少钱。"听着，基特先生，瞎闹我还是很有一套的，但我还是会重视我的工作。这件事情牵扯到一些奇怪的事情。例如刚刚两个枪手到我的公寓威胁我，让我不要管基特的事。我不明白为什么事情进展得这么困难。"

"天啊！"他听起来万分震惊，"你最好立马来我家，我们来商量一下，我派车去接你。你现在立刻过来可以吗？"

"好，但我可以自己开车。我——"

"不用，我派我的司机开车去接你。他叫乔治，对他你大可放心。大约过20分钟他就能到你那。"

"好吧，"我说，"那样我就能吃点晚餐。让他停在肯莫尔拐角处，面对富兰克林大厦。"我挂了电话。

我冷热水交替着冲了个澡，换上干净的衣服，感觉更体面，然后喝上几杯小酒醒醒神，穿上件薄外套，朝大街走去。

汽车已经在那里等着了。我沿着一侧的街走了半个街区就看到停在街边的那辆车，看起来像一款新车型，两个车头灯像高速列车的前灯一样，两盏琥珀雾灯钩住前泥板，两个边灯和普通车灯一样大。我来到车旁，站住，一个男人从暗处走出，将手里的烟往肩后一扔，手法干净利索。他大高个，大身板，黑皮肤，头戴鸭舌帽，上身穿着俄罗斯束腰外衣，系着山姆布朗腰，下身穿着闪亮的紧身裤和马裤，像英国军士长的马呢裤一样闪耀。

"马洛先生吗？"他用戴着手套的食指摸摸他的帽峰。

"是的，"我说，"请放心。别告诉我这是老基特的车。"

"其中一辆。"声音很酷，听起来有点像是没有礼貌。

他打开后门，我钻进车里，一屁股坐在坐垫上。乔治挪到方向盘后，踩上离合器。车驶离路边，开向街角，没什么噪声，就像纸币在钱包里待着一样安静。我们向西而去，我们似乎置身车流，但我们又好像超越一切。车开过好莱坞中心，开过西区，开过拉斯维加斯大道，沿着星光闪耀的大道来到凉爽安静的贝弗利山，那儿骑马专用道将大马路分开两半。

我们沿着贝弗利山山麓快速往上爬，看到了远处的大学楼群的灯光，然后向北进入贝沙湾。车开始在狭长窄小的街道上爬行，街道两侧高墙林立，却不见人行道和大门。傍晚时分，从大宅邸照射出的灯光柔和地闪烁着，万籁寂静，没有其他声响，只剩轮胎走在水泥地上轻轻的咕噜声。车又向左转，我发现了一块牌子，上面写着卡尔韦洛大道。上到半山腰时，乔治开始将车横转过来，以便左转进入两扇12英尺高的铁门。这时意外发生了。

在大门另一侧突然亮起了一对灯，响起尖锐的喇叭声，一辆汽车全速前进，快速向我们冲了过来。乔治手腕一摆，一个急刹车，脱下右手手套，一个顺溜就完成了这些动作。

车继续往前开来，灯光摇曳。"他妈的醉鬼。"乔治一边回头看着一边咒骂着。

可能是吧，醉汉才开车去各种地方喝酒，可能是吧。我腾地踩到车板上，从胳膊下面拔出我的鲁格尔手枪，伸手去开车门。我将车门打开一条缝，让它就那样开着，然后探过窗檐看着一切。车头灯打在我的脸上，我迅速低头钻到车里，等光束不见了才又抬头。

另一辆车紧挨着停了下来，车门"砰"的一声打开，从里面蹦出一个人，挥着一把枪大声喊叫着。我听声音便知道了那人是谁。

"混蛋，把手给我举起来！"弗力斯科尖声叫着。

乔治左手放在方向盘上，我将门开得更大一点。这个小个子男人在路上跳上跳下，大喊大叫。他开来的那辆黑色小轿车发动机在嗡嗡作响，除此外没有任何声音了。

"抢劫！"弗力斯科喊道，"你们这群王八蛋，出来，给我站好！"

我踢开门，拿着鲁格尔手枪准备走出去。

"你自找的！"小男人喊道。

我闻言趴了下来——是立马趴了下来。他手里的枪冒着烟，一定有人在他枪里放了子弹。我脑后的玻璃击碎了。我用余光，其实那个特别的时刻没什么余不余光的，看到乔治像水纹一样顺畅敏捷地移动。我举起鲁格尔手枪，准备扣下扳机，但是有人在我旁边放了一枪——乔治。

我没有开那一枪，现在不需要了。

那辆黑色的车踉跄向前，疯狂地开下山，呼啸远去，留下这个小男人仍在路中间跌跌撞撞，只有从墙上反射的光照着他。

一种深色的东西在他脸上蔓延开来。他的枪掉在水泥地上，又弹了起来。他的小腿一蔫，倒向一旁，打着滚，突然停止，一动不动。

乔治说："呀！"嗅了嗅他的左轮手枪的枪口。

"好枪法。"我下了车，站在那里望着那个小男人——一个蜷缩着身子的无名小卒。汽车两侧的光照在他那肮脏的白色运动鞋上，鞋看上去微微闪光。

乔治出来站在我旁边。"小兄弟，为什么偏偏惹我？"

"我没有开枪，我在看你那幅漂亮的臀部画，那可比蜜还甜。"

"谢谢，伙计。当然，他们会找杰拉尔德先生。通常这个时候我在送他从俱乐部回家的路上，他满身酒，打桥牌输得不行。"

我们走到小个男人身边，低头看着他。也没什么可看的，就是个死了的小男人，脸上被一枚子弹射穿，满脸是血。

"把那些该死的灯关掉，"我咆哮道，"让我们快点离开这里。"

"房子就在街对面。"乔治漫不经心地说，听起来像他刚刚射击的是一枚镍币而不是一个人。

"如果你喜欢你的工作，不要让基特父子知道这事。你应该明白，回到我那，我们重新来过。"

"我明白了。"他厉声说，跳回大轿车里，关掉雾灯和边灯。而我则坐在他旁边的前排座位。

我们说明白后驱车沿着山路往上开，开往山顶。我回头看了看那扇破碎的车窗，是车最后面的一块玻璃。那不是块防碎玻璃，上面缺了好大一块，露出一个大窟窿。他们要是抽出点时间，可以安装一块新的，还可以做些证据。我认为那不怎么重要，但可能我又错了。

到达山顶时一辆大型豪华轿车从我们身边往山下开去。车内的顶灯亮着，像展示橱窗一般，里面有一对老夫妇，正襟危坐，一派皇家礼仪。那个男人穿着晚礼服，戴着一条白围巾和一顶大礼帽。女人则穿裘戴钻。

乔治安然地从他们身边经过，开大油门，快速右转，开进一条黑暗的街。"有几个很不错的餐厅怎么他妈的都不见了，"他拖长声调说道，"我打赌他们甚至都不报警。"

"是啊，让我们回家喝一杯，"我说，"我从来没有真正喜欢过杀人。"

　　我们坐着，透过杯沿互相看着对方，杯里的酒是哈丽特小姐的那瓶苏格兰威士忌。乔治脱下帽子，样子看起来不错，一头深棕色鬈发，牙齿干净洁白。他抿了一口酒，还咬着根烟。他的黑眼睛很漂亮，一眨一眨的，很帅气。

　　"在耶鲁大学读的书？"我问。

　　"这事你也管，在达特茅斯学院。"

　　"所有的事我都管。现在大学教育的价值是什么？"

　　"混日子，混文凭。"他慢吞吞地说。

　　"小基特是个什么样的人？"

　　"金发碧眼，彪形大汉，高尔夫球打得很好，泡在温柔乡里醉生梦死，但还没见过他烂醉如泥到吐到地毯上。"

　　"老基特是什么样的人？"

　　"如果他有5毛钱，他绝不会给你1毛钱。"

　　"啧啧，啧啧，你在说你的老板啊。"

　　乔治咧嘴一笑。"他小气得要死，就连脱个帽子他的脑袋都会尖叫。但我总是拿钱去赌，也许这就是为什么我只能当人家的司机。这威士忌真心不错。"

　　我又喝了一杯，瓶子的酒喝完了，我又重新坐了下来。

　　"你认为这两个混混是冲着杰拉尔德先生来的？"

"为什么不是？通常那个点我在开车送杰拉尔德先生回家。今天例外。他宿醉得很厉害，很晚才出去的。你是侦探，怎么回事你还不清楚吗？"

"谁告诉你我是一个侦探？"

"除了侦探没人会问这么多该死的问题。"

我摇了摇头。"嗯，我问了你六个问题。你的老板对你很放心，肯定是他跟你说的。"

黑人点了点头，淡淡一笑，抿了抿嘴。"整个阴谋再明显不过了，"他说，"汽车开始转弯进入私家车道时他们就开始行动。我想他们没打算杀人，不过是想吓唬吓唬人而已，只是那小家伙疯了。"

我看了看乔治像马鬃一样有光泽的浓黑的眉毛。

"马蒂不太可能找这样的人帮忙吧。"

"当然，也许这就是为什么他要找这样的帮手。"

"你很聪明，我俩会合得来。但枪杀了那个小混混不好办啊，你要怎么处理？"

"静观其变。"

"好吧。要是他们盯上了你，怀疑到是你的枪杀了那小子，如果那把枪仍在你那，但这不太可能，你就说成是他持枪抢劫未遂，这事就这么过去了。只是有一件事。"

"什么？"乔治喝完他第二杯酒，把酒杯放到一边，又点了根香烟，笑了。

"即使所有车灯都打开，晚上还是很难从前面辨别一辆汽车。那车也可能是这家某个客人的。"

他耸耸肩，点了点头。"但如果是恐吓就说得通了，因为基特一家会知道这个事，老基特能想到那些男孩是谁，又为什么要这么做。"

"妈的，你真的很聪明。"我羡慕地说，这时电话响了。

是个男管家，声音干净利索。他说基特先生想找菲利普·马洛先生。基特立马接过电话，一番冷言冷语。

"我不得不说啊，你还真是不把我的话当回事，由着自己慢慢来，"他咆哮道，"你好歹是我的司机——"

"是啊，基特先生，他到了我这，"我说，"不过我们遇到了一点麻烦。乔治会告诉你的。"

"年轻人，当我想要人家做什么事时——"

"基特先生，听着，我忙了一天了。你儿子给了我下巴一拳，我摔了一跤，头都要开花了。等我摇摇晃晃回到我的公寓时，都快要累死了，却又遭两个持枪的家伙威胁，让我不要管基特的案子。我尽了最大努力，却感觉力不从心，所以你不用吓唬我。"

"年轻人——"

"听着，"我认真地说，"如果你想在这场游戏中让所有人听命于你，那你就自己和自己玩。或者你可以省一大笔钱去雇一个听话的办公室文员。我要以自己的方式来做事。今晚警察找过你吗？"

"警察？"他随声附和，声音刺耳，"你意思是警局的警察？"

"还能有其他意思吗？——我的意思就是警察。"

"为什么警察要找我？"他大吼。

"半个小时前你家大门前有一具死尸，死尸就是指死人。他还很小。你要是觉得他给你添堵，你可以把他扫进你的簸箕。"

"我的天啊，你没开玩笑吧？"

"没开玩笑。他认出了那辆车，还朝乔治和我开了一枪。基特先生，他一切都准备好了，一定是冲你儿子去的。"

一阵沉默，这真是讽刺。"你刚才是说他死了吧，"基特先生很冷血地说，"现在你又说他对你开枪。"

"那是他还没死的时候，"我说，"乔治会告诉你的。乔治——"

"你马上来我这！"他在电话那头对我大吼，"马上，听到了吗？马上立刻！"

"乔治会告诉你的。"我轻声说完就撂了电话。

乔治冷冷地看着我，起身，戴上帽子。"好吧，朋友，"他说，"也许哪天我可以给你介绍一份美差。"他说完向门口走去。

"就该这样，那是他的事，他必须作决定。"

"呸，"乔治回头看，"私家侦探，别浪费你唾沫星子了。你说的任何话对我而言就像是在不合适的地方出现的噪音一样。"

他打开门走了出去，将门关上，我仍然坐在那里抱着电话，张大嘴，只觉胃口难受。

我走到厨房，晃了晃那瓶苏格兰威士忌，还是空的。我打开一瓶黑麦威士忌，喝了一口，味道发酸，只觉心烦意乱。我知道在没有把事情想通之前我会一直这样烦躁不安。

他们差一丁点儿就撞见了乔治，我听到电梯刚下去就又上来了。走廊传来咚咚的脚步声，声音越来越大。门被砰砰地敲响了，我走过去将门打开。

一个穿着棕色衣服，一个穿着蓝色衣服，俩人都是大个头，壮体格，看起来很烦人。

穿棕色衣服的警察抬起他那长有雀斑的手，把他的帽子戴回到头上，说："你是菲利普·马洛吗？"

"是我。"我说。

他们押我回房。穿蓝衣服的警察关上门，穿棕色衣服的警察手中握着一枚盾形徽章，我瞥到闪闪发亮的黄金和珐琅。

"芬利森，刑警中尉，负责中央重案组的案子，"他说，"他是西伯德，我的搭档。别跟我们耍滑头。听说你枪法很准。"

西伯德摘下帽子，拍拍他斑白的头发，轻轻走到厨房。

芬利森坐在椅子边上，弹了弹下巴。他的指甲像冰块一样方正，像芥末石膏一样暗黄。他比西伯德老，却没西伯德好看。他眉头紧缩，像一个经验丰富的警察对案子没有头绪会露出的那种表情。

我坐了下来，说："枪法很准，你什么意思？"

"就是用枪杀人。"

我点了一支烟。西伯德走出厨房，又进了壁床后面的更衣室。

"我们知道你有私人侦探执照。"芬利森说。

"对啊。"

"拿来看看。"他伸出手，我递给他我的钱包，他仔细看了看，递回给我。"你带枪吗？"

我点点头，他伸出手让我把枪给他。这时西伯德走出更衣室，芬利森嗅了嗅我的鲁格尔手枪，把杂志啪的一声移开，又清理干净枪的后膛，然后握住枪，让反射杂志的微弱光线可以照进枪管后膛。他低头眯眼看了看枪口，把枪递给西伯德。西伯德又重复了一遍上述动作。

"别以为枪没开，"西伯德说，"枪管说干净也干净，说不干净也不干净。枪管不是在这一小时内清理的，里面有一点点灰尘。"

"对。"

芬利森拔出射进地毯里的子弹壳，将它摁进杂志里，啪的一声把杂志放回原地，然后把枪递给我，我把枪重新放进我的腋窝下。

"今晚要去哪里吗？"他简洁地问。

"别问我那么多，"我说，"我小小人物知道什么。"

"聪明的家伙，"西伯德冷静地说，又拍拍他的头发，然后拉开书桌的抽屉，"有趣的故事，专栏会喜欢的。我就喜欢那样的，不过我就喜欢案情这样扑朔迷离。"

芬利森叹了口气。"私家侦探，你今晚出去吗？"

"当然。出去，又回来，一直都这样。为什么不出去？"

他没继续盘问上一个问题。"你之前去了哪里？"

"去外面吃饭，去工作，或既吃饭又工作。"

"在哪？"

"警官，对不起。每笔业务都有秘密文件要保密。"

"也有伙伴吧，"西伯德说，一边拿起乔治喝过的玻璃杯嗅了嗅，"走了没多久——一个小时内。"

"别装得那么厉害。"我暴躁地说。

"你有没有乘坐一辆凯迪拉克？"芬利森深吸一口气，继续说，"去往西洛杉矶方向？"

"坐过一辆克莱斯勒——去往葡萄街方向。"

"也许我们最好直接将他拿下。"西伯德看着他的指甲说。

"也许你最好把你那套对付流氓团伙的招数给我收起来，有话就说，有屁就放。我和警察处得不错——只要他们不摆出一副执法为民的样子。"

芬利森盯着我，我说的话对他没起什么反应，西伯德说的他也没听进去。他有了主意就疯狂地死死守住。

"你认识一个叫弗力斯科·拉翁的小混混吗？"他叹了口气，"他以前做假投手，后来发现出来混小流氓更好，不用干些违法的事儿。一混就混了12年了。拿着把大枪，行事不经大脑。但他今晚七点半的时候死了，身体冰冷冰冷的——子弹射穿了他的头颅。"

"从没听说过他。"我说。

"今晚你杀人了吗？"

"我得看看我的笔记本。"

芬利森礼貌地向前倾，问道："接吻时有口气你介意吗？"

芬利森一把伸出他的手。"小子，住口，别胡说了。听着，马洛，也许我们错了，但我们不是在谈论谋杀，也可能是什么人自卫把他杀了。今天晚上，这个叫弗力斯科·拉翁的就死在贝莎湾卡尔韦洛车道，身体冻坏了。躺在街中间，没人看到什么或听到什么。所以我们想知道。"

"好吧，"我吼道，"这跟我又有什么关系？让那个管囚犯的别烦我。他的西装很漂亮，指甲也很干净，但他也太用力抓着那枚遁形徽章了吧。"

"胡说。"西伯德说。

"我们接到一个有趣的电话，"芬利森说，"有人指控你。我们不是仗势欺人，而是找到了一把点45手枪。但那打电话的人却还不确定是什么枪。"

"他很聪明，将枪扔在利维单的酒吧里。"西伯德挪揄道。

"我从没用过点45手枪，"我说，"需要用那种枪的人肯定会备一把别的枪做掩护。"

芬利森瞪着我打发时间。他深吸一口气，突然向我示弱。"我就是一个固执己见的傻缺，"他说，"别人说什么我都不改，甚至听不进去。我们都别胡闹了，好好说话。"

"西洛杉矶警方接到匿名报警电话后才发现弗力斯科的尸体。案发地点在一所大宅前面，那宅子是一个叫基特的投资商的，他拥有一系列的投资公司。他不可能会雇这样一个人为他做事，所以他没有什么嫌疑。他家仆人们什么也没听到，这个小区其他四栋楼的所有的仆人也都没听到什么动静。弗力斯科躺在大街上，有人从他的脚上碾过，但是真正杀了他的是一把点45手枪，子弹崩在他脸上。西洛杉矶警方还没赶往命案现场，中央重案组又接到电话，说如果想知道谁杀了弗力斯科，问一个叫菲利普·马洛的私家侦探。电话里对方给了完整的地址和一切信息，然后匆匆挂断。"

"明白。那个投资商告诉我的线索，但我完全不认识弗力斯科这个人。然后我去问档案科，果然有他，就在我拼命调查时，西洛杉矶那边来消息了，描述情况似乎和我们的非常吻合。于是我们一碰头，就发现是同一个人，所以刑警大队长让我们来这儿看看。我们就来了。"

"所以你们就来这了，"我说，"喝一杯吗？"

"要是做点什么的话，我们可以去调查那家合资企业吗？"

"当然，这是一个很好的引导——我指那个电话——但你要投入半年左右的时间去调查。"

"我们早就想好了，"芬利森咆哮道，"很多人可能不会在意那个细节，大多数人可能会认为将这事嫁祸于你实在是高招，但其实那大多数人的想法才真正是我们感兴趣的。"

我摇摇头。

"没什么要说的，嗯？"

"只是说笑。"西伯德说。

芬利森拖着步子。"嗯，那我们得看看。"

"或许我们应该把搜查令带来。"西伯德舔着上唇说道。

"我不用对这家伙出手，是吧？"我问芬利森，"我的意思是，还要我继续忍受他在那插科打诨、胡言乱语吗？"

芬利森看着天花板，冷冰冰地说："他的妻子前天离开了他，他只是想好受点，就像他自己说的那样。"

西伯德脸色刷白，用力地掰指关节。他突然笑了，站了起来。

他们开始搜查。拉开抽屉，又关上，书架后看看，坐垫下翻翻，一会儿把壁床放下来，一会儿又仔细翻看冰箱和垃圾桶。把他们找得很厌烦。

过了十分钟他重新回来坐下。"我们就是傻子，"芬利森疲惫地说，"可能是某人从姓名地址录挑了你的名字。任何可能都有。"

"现在我去喝一杯。"

"我不喝酒！"芬利森咆哮道。

芬利森把手交叉放在自己的肚子上。"小子，但这并不意味着要把酒倒在花盆里。"

我倒了三杯酒，把两杯放到芬利森旁边。他拿起一杯酒，喝了一半，看着天花板。"我还要说一件杀人案，"他若有所思地说，"马洛，你的同行。日落街的一个胖子，叫加斯特。听说过他吗？"

"我以为他是一个笔迹专家。"我说。

"你在说命案吗？"西伯德冷冷地告诉他的伙伴。

"当然。这起命案已经登在早报上了。这个叫加斯特的连中三枪，是一把22式枪。你认识谁用这种枪吗？"

我紧紧握着酒杯，慢慢地喝下一大口酒。我之前并不觉得蜡鼻子看起来像个危险人物，但有的事你从来预料不到。

"我确实知道。"我慢慢地说，"一个叫阿尔·苔丝罗尔的杀手就用这种枪，但他在福尔松。他就用柯尔特护林者手枪。"

芬利森喝完第一杯酒，顺势又拿起第二杯酒，还站了起来。西伯德也站了起来，还发着疯一般。

芬利森打开门。"伙计，走吧。"于是他们走了出去。

我听到他们走出大厅的脚步声，听到电梯叮的一声。楼下的汽车发动了，嗡的一声驶入深夜。

"那样的小角色不会杀人的。"我大声说道。但貌似事实正好相反。

等了15分钟后我出去了。在那15分钟里电话响了，但我没有接。

我开车前往埃尔米拉诺，绕了很多圈，确保我没被人跟踪。

6

　　大厅里一切如昨。我缓步走向桌子时，蓝色地毯依旧绊了一下我的脚踝，那个脸色苍白的职员将一把钥匙交给一个穿着粗花呢、长着大长脸的女人。他看到我时左脚再次用力一踢，桌子一头的门砰的一声打开了。突然肥胖的霍金斯——那个好色之徒走了出来，脸像雪茄烟蒂一样红。

　　他猛地朝我走来，抓住我的胳膊，给了我一个大大的温暖的笑容。"正想看到你，"他轻声笑了，"我们去楼上待会儿吧。"

　　"发生了什么事？"

　　"什么事？"他笑了，嘴张得无限大，大得像是可以停放两辆车的车库大门一样，"没什么大事，走这边。"

　　他推我进了电梯，肥肥的嘴里欢快地说了声"八楼"。我们到了八楼，接着沿着走廊前进。霍金斯手掌力道十足，他知道要怎么抓牢胳膊，但我很想让他放下手。他按响了亨特里斯小姐家旁边的门铃，房里的大本钟响起，门开了。我看到一个戴着常礼帽，穿着小礼服，面无表情的人。他的眉毛有疤痕，眉毛下那双眼睛像煤气罐的盖子一样死寂沉沉。他把右手插到外套侧口袋。

　　他动了动嘴皮子："谁啊？"

"老板的朋友。"霍金斯夸张地说。

"什么朋友？"

"我有事要找他，"我说，"有限责任公司。让我进去。"

"嗯？"他的眉毛挑来挑去，下巴动了动，"你没耍我吧。"

男人背后的声音打断了他的话。"彼弗，怎么了？"

"他恼火了。"我说。

"听着，无赖——"

"好了，好了，绅士——"一如以前。

"没什么重要的事，"彼弗回头说，他的声音像一卷绳子一样甩了出去，"酒店管家带了一个家伙来，他说是您的朋友。"

"彼弗，让那个人进来。"我喜欢这种声音，平稳安静，让你愿意乘着30磅的雪橇，带着冷凿，把你的名字刻在里面。

"把人带进来。"彼弗说完，站到一边。

我们走了进去。我先进，霍金斯跟在后面，彼弗像门一样灵巧地转身跟在我们身后。我们站得如此近，看起来就像一个三层的三明治。

亨特里斯小姐不在房间里。壁炉里的木柴只剩几点火星。空气中烟雾弥漫，但依旧能闻道一股檀香的气味。

一个男人站在长沙发的一头，双手插在蓝色驼毛大衣的口袋里，领子高高竖起连着黑色毡帽，外套上松散地挂着一条围巾。他一动不动地站着，嘴上叼着烟，吞云吐雾。高个子，黑头发，温和，危险。他什么也没说。

霍金斯缓步走向他。"埃斯特尔先生，这是跟你说的那个人，"胖子嘟哝着，"今天来得更早一些，他之前说是你派来的。别骗我了。"

"彼弗，给他10美分。"

常礼帽在什么地方摸了一下，左手便拿着一张纸币递给霍金斯，霍金斯红着脸接过纸币。

"埃斯特尔先生，不用这么客气。多谢了。"

"滚。"

"嗯？"霍金斯一脸震惊。

"没听见吗？"彼弗发怒道，"你是希望我一脚踢你出去，是吗？"

霍金斯挺直身子。"我要保护房客。先生们，你们是知道的。这就是我的工作。"

"那就滚吧。"埃斯特尔闭着嘴说。

霍金斯迅速转身，轻轻走了出去。门在他身后轻轻地关上了。彼弗回头看着他，然后走到我身后。

"彼弗，看看他有没有带枪。"

彼弗过来搜我的身，掏出我的鲁格尔手枪便走开了。埃斯特尔漫不经心地看着鲁格尔手枪，又看看我，眼睛里写满了冷漠和厌恶。

"你就是菲利普·马洛，嗯？私家侦探？"

"是又怎样？"我答道。

"那某人的脸会被某人推到某人的地板上。"彼弗冷冷地说。

"噢，废话留到锅炉房去说，"我说，"我今晚竟遇上些强硬的家伙，我受够了。我说'怎样'就'怎样'。"

马蒂·埃斯特尔看起来有点开心。"天啊，你冷静点。我必须照顾我的朋友，不是吗？你知道我是谁。好吧。我知道你跟亨特里斯小姐都说了些什么，但我知道一些你不知道我知道的事。"

"好吧，"我说，"这胖子霍金斯今天下午拿了我10美分才放我上来——他很清楚我是谁——他刚刚为了拿你那10美分竟把我出卖了。把枪还我，说说看我的事什么时候变成了你的事。"

"有很多原因。首先，哈丽特现在不在家。我们都在为一件已经发生了的事情等她。我不能再等了，要去俱乐部上班。你这次来干吗？"

"找小基特。今晚有人枪击了他的车。从现在起，他需要人保护。"

"你以为我会做那种事吗？"埃斯特尔冷冷地问我。

我走到橱柜，打开橱柜门，找到一瓶苏格兰威士忌。我拧下盖子，从小凳子拿过一个杯子，往杯里倒了些酒，品了一口，味道不错。

我环顾四周看冰块在哪儿，但一块冰也没了，都化在了桶里。

"我问了你一个问题。"埃斯特尔严肃地说。

"我听见了。我正在下定决心。答案就是，我没想过会发生——没有，但它的确发生了。那时我就在那，就在车里——坐在车里的是我而不是小基特。他的父亲派人接我过去谈一些事。"

"什么事？"

我也懒得装惊讶。"你手里有男孩欠你的50000元票据，他要是出了什么事，对你应该是有害无益。"

"我不想那样，那样做的话我的钱就拿不回来了。老基特怎么可能会认那笔账——那是自然的事。但我可以等几年，向小基特讨去。因为小基特到28岁时他就能拿到一笔信托基金。现在他每个月只有1000美元，甚至也不能承诺什么，因为那笔钱还处于被信托状态。懂了吗？"

"所以你不会去要了他的命，"我喝着苏格兰威士忌说，"但或许你可以去吓唬吓唬他。"

埃斯特尔皱起眉头。他把烟丢到一个托盘，看着它冒了会烟，又将它捡起踩灭，摇了摇头。

"如果你要做他的保镖的话，差不多就等于我在付你一部分的工资了？真是这样。一个男人要是从事我这样的职业是没法面面俱到的。他年龄也不小，他爱和谁一起是他的事。比如说，女人。一个好女孩难道不应该从那500万美元中分一杯羹吗？"

我说："这主意好。你说你知道我不知道你知道的事是什么？"

他轻轻地笑了。"你等着要告诉亨特里斯小姐的事是什么——是那件枪击吗？"

他又微微一笑。

"听着，马洛，不管玩什么游戏，都有很多方法。我玩的就是收取赌博抽成，因为我赢了那些就够了。我到底怎么就很刻薄了？"

我在手里转动着香烟，试图用两根手指让它在我的酒杯外壁滚动。"谁说你刻薄？我总是听到关于你的最好的赞誉。"

马蒂点点头，看起来有点想笑。"我消息来源多，"他平静地说，"当我有50000美元的投资存在一个男人身上时，我总要对他调查点底细。老基特之前聘请了一位叫加斯特的人给他做点事，可他今早死在他的办公室，被22式枪杀的。这可能与基特的事没什么关系。但是你去那儿时有人跟踪了你，发现你并没有报警。现在你和我能做朋友吗？"

我舔舔杯沿，点点头。"好像没什么问题。"

"从现在起，不要再去烦哈丽特了，知道吗？"

"好。"

"所以现在我们知道了怎么做才能互惠互利。"

"嗯。"

"好吧，我要走了。彼弗，把鲁格尔手枪还给他。"

那个常礼帽来到我身边，猛地一把将我的枪拍在我手里，力气大得就不怕拍断我的骨头。

"还在这儿？"埃斯特尔问我，一边走向门口。

"我再等会儿吧。霍金斯等下就会上来找我要10美分，到时我就走。"

埃斯特尔咧嘴一笑。彼弗表情呆滞地走在他面前，走到门口，将门打开。埃斯特尔走了出去。门又关上了。房间里一片沉默。我闻着越变越淡的檀香气，一动不动地站着，环顾四周。

有人疯了。我疯了。每个人都疯了。所有事情拼接在一起都不成立。正如马蒂·埃斯特尔自己说的那样，他没有令人信服的杀人动机，因为那将彻底抹杀掉他讨回那笔债的可能性。即使他有杀人动机，他又怎么会选蜡鼻子和弗力斯科那两人为他干杀人这种事。我和警察关系还搞僵了，20美元经费已经花了10美元了。而我又没有足够的能力能让雪茄柜台后的钱跳到我这。

我喝完酒，放下杯子，在房间里走来走去，已经吸第三支烟了。我看了看表，耸耸肩，烦躁不安。套间的内门关着。我走到其中一个套间，想着那天下午小基特一定是从这溜进客厅的。我打开门，看到象牙卧室和玫瑰灰烬，里面有一张没有踏足板的大双人床，床上铺着锦缎。打开仪表板照明灯，内置的梳妆台上放着些盥洗用品，闪闪发光。靠门的桌子上放着一盏小台灯，灯还开着。推开梳妆台旁边的门，看到浴室瓷砖清凉的绿色。

我进去看了看，里面有一面白铬浴镜，一间玻璃淋浴小隔间，架子上挂着绣字的毛巾，浴盆下面有一个玻璃架子，上面放着香水和浴盐，一派精致典雅。亨特里斯小姐将自己照顾得很好。但我希望她自己支付房租。对我倒没什么影响，我只是喜欢这种方式。

我回到客厅，停在门口，又愉快地看了看四周，发现一些我一踏进房间本就该注意的东西。我立马闻到了空气中有烟火的味道，快要消散，但残留一丝气味。然后我注意到其他东西。

床被搬过，床头抵在壁橱门上，壁橱的门没有关紧，而是靠床重重地压住。我走到那边去看为什么壁橱门自己撑开。我慢慢往前走，走到一半时，发现我手里拿起了自己的手枪。

我斜靠在壁橱门上，门没有动，我就更使劲地抵住它，仍然没有动静。我手撑在壁橱上，后脚用力推开床，然后慢慢后退。

里面一个重重的东西倒向我，我往后退了30多厘米左右，但什么也没发生。然后一切突然就发生了，他跌了出来——侧着身子倒下。我又更使劲将门压紧，这样抱了他一会儿，看着他。

他还是一副大身板，金发碧眼，仍然穿着简单的开领衬衫和运动装，戴着围巾。但他的脸不红了。

我再次后退几步，他从后面的门滚下，有点像游泳运动员在冲浪，砰地撞在地板上，几乎平躺着，眼睛还看着我。床头灯照在他的头上，闪闪发亮。粗糙的外套上有一圈焦黑，一片血晕——在心脏附近。所以他终究拿不到那500万。没有人会得到任何东西，马蒂也不会得到他的50000美元，因为小杰拉尔德先生死了。

我回头看他藏身的壁橱，此时橱门完全敞开了，架子上衣服琳琅满目，是一些漂亮的女式衣服。他一直背靠这些衣服，可能还举起了双手，因为一把枪抵住了他的胸口。之后他就被击毙，杀他的人要么是时间紧迫，来不及把壁橱门关上，要不就是力气太小没法关上。或者因为害怕只好猛地拉过床来挡住门，然后就这样离开了。

地板上什么东西闪闪发光，我把它捡起来，是一把25口径自动手枪，大小刚好可以装进女人的钱包里，枪头雕刻精美，上面镶嵌着银子和象牙。我把枪装进我的口袋。这么做似乎很奇怪。

我没有碰他。他和约翰·D·加斯特一样死了，他看起来死相更惨烈。我没把门关上，而是竖起耳朵听着，然后迅速穿过房间，回到客厅，关上卧室门，一贯地把门把手上的指纹擦掉。

钥匙插进锁孔，叮当一声。霍金斯又回来了，来看我为什么还逗留在屋里。他用总钥匙把门开了。

他进来时我在倒酒。

他走进房间，定定地站住，冷眼看着我。

"我看到埃斯特尔和他的副手离开，"他说，"却没看到你下来。所以我上来了。我要——"

"你必须保护客人。"我说。

"是啊。我要保护客人。朋友，你不能待在这里。小姐没回家时不行。"

"但是马蒂·埃斯特尔和他苛刻的副手怎么就可以。"

他靠近我，眼神犀利。他总是有这种眼神，只是我现在感受更加强烈。

"你不会不理解我，是吧？"他问我。

"是啊。每个人都有自己的秘密。来，喝一杯。"

"那不是你的酒。"

"亨特里斯小姐给过我一瓶。我们是朋友。马蒂·埃斯特尔和我也是朋友。每个人都是朋友。你不想成为朋友吗？"

"你想蒙我，是吧？"

"喝一杯，别计较上次的事吧。"

我找到一个杯子，给他倒了一杯。他接过酒。

"如果有人闻到我的酒气的话那也是我的工作。"他说。

"嗯。"

他慢慢地喝，酒在他嘴里停留一会才慢慢喝下去。"上好的苏格兰威士忌啊。"

"你不会是第一次品尝这酒吧，是吗？"

他又开始一副刻薄表情，但一会儿就冷静了下来。"妈的，你就是爱这么油嘴滑舌吧。"他喝完酒，放下酒杯，拿出一条皱巴巴的大手帕擦了擦嘴，叹了口气。

"好了，"他说，"但现在我们一定要离开这里。"

"好。她一时半会儿也回不来。你看到他们出去了吗？"

"她和她男朋友。是的，出去很久了。"

我点了点头，走向门口，霍金斯跟在我后面。他看着我下楼，离开酒店，但他没有看到亨特里斯小姐卧室里的情景。我不知道他会不会重新回去检查一下。苏格兰威士忌酒劲一上来的话，他真要回去也不好使吧。

我钻进车里，开车回家——路上在跟安娜·哈尔西打电话。

没有任何新的案子——给我们。这次我把车停在离路边很近的地方，心情糟糕。我乘电梯上去，打开门，点亮灯。

蜡鼻子正坐在我的最舒服的那张椅子上，手里拿着一根未点燃的棕色手卷香烟，跷着瘦骨嶙峋的二郎腿，他那把长长的护林者手枪稳稳地放在他的腿上，面带微笑。这不是我见过的最美好的微笑。

"嗨，伙计，"他拖长声调说道，"你那扇门还没修好。只是稍稍关上了，是吧？"尽管他是慢吞吞地说，但字字都让人瘆得慌。

我关上门，站在房里看着他。

"是你杀了我的朋友吧。"他说。

他慢慢地站了起来，慢慢地穿过房间，将22式枪指着我的喉咙。他笑着，薄薄的嘴唇看上去很呆板，他的笑容就跟他的蜡鼻子一样苍白无力。他平静地伸手摸我的外套，掏出鲁格尔手枪。这枪我还不如就把它留在家，因为镇上的每个人似乎都能把它从我身上拿走。

他又走过房间坐回椅子上。

"站稳了，"他说，"老兄，站在那儿，好好站着，不要动。到了如今这步田地，你就倒数时间吧，我们一会就要说再见了。"

我坐下来盯着他看，真是个奇怪的家伙。我舔了舔干燥的嘴唇。"你之前说弗力斯科的枪没有子弹。"我说。

"是啊。他骗了我，那小子。我之前还告诉你别多管小基特的事，现在那事先放着，我现在满脑子都是弗力斯科的事，疯了，不是吗？我去顾那样一个傻瓜，让他跟着我，让他给人一枪崩了。"他叹了口气，简洁地说，"他是我弟弟。"

"我没有杀他。"我说。

他露出一个更大的笑脸。他之前一直在微笑，只是现在笑得更开。

"是吗？"

他卸下鲁格尔手枪的安全栓，小心翼翼地放在他右边椅子的扶手上，伸手进口袋，拿出的东西让我全身发冷，像冰桶一样冷。

金属管，黑乎乎的，老大粗，不怎么好看，大约10多厘米长，钻有许多小孔。他左手里拿着护林者手枪，不紧不慢地拧着枪管头。

"消音器，"他说，"你们这些聪明人肯定以为这枪很荒唐搞笑。但这把枪可不是你们想的那样，它可以连射三发子弹。我应该想到的。这枪是我自己做的。"

我又舔了舔嘴唇。"只消一枪，"我说，"你就没法发射了，看起来像铸铁的，可能会将你的手炸开。"

他微微一笑，露出他特有的苍白笑容，慢慢地细心地拧紧螺丝，最后用力拧了一下，然后转身坐回椅子上休息。"我不会用这把枪对你的。它里面装着钢丝绒，就像我说的，要连发三枪才值，然后又得重新装子弹。但这枪背力不够，用它的话就不用着急忙慌了。你现在感觉如何，还好吧？希望你没被吓尿。"

"我好着呢，你个变态的虐待狂。"我说。

"一会儿一枪崩了你，让你在床上好好待着，你不会什么感觉都没有的。要怎么杀人我可是想了又想，在意得很呢。弗力斯科可不是安然死去，你倒是做得干净利索。"

"你别做傻事，"我嘲笑，"是司机用他的史密斯威森44手枪杀的。我连枪都没开。"

"嗯哼。"

"好吧，你不信，"我说，"那你为什么杀加斯特？杀他你也没整什么花样。他就死在办公桌上，是被一把22式手枪连射三枪击毙在地。他对你那猥亵的小弟又做过什么？"

他猛地举起枪，但他的微笑僵住了。"你够有胆子，"他说，"你说的那个加斯特是谁？"

我告诉他，慢慢地、仔细地告诉他，包括细节，说了很多事情。他看起来似乎忧心忡忡。他看着我，又跳开目光，又看着我，像一只蜂鸟般惴惴不安。

"朋友，我不认识那个什么加斯特，"他慢慢地说，"从未听说过他。今天我根本就没杀什么胖子。"

"你杀了他，"我说，"你杀了小基特——在埃尔米拉诺，女孩住的那间房。他现在躺在那里，已经死了。你为马蒂·埃斯特尔工作，不过他要是知道小基特死了肯定会很痛心。来吧，最好打出的三枪成一列。"

他的脸僵住，笑容消失了。此刻他整张脸看上去像白蜡一般。他张开嘴，呼吸急促，像在担忧什么。额头上汗水涔涔，微微闪光。我能感觉到汗水蒸发给我带来的寒意。

蜡鼻子轻轻说："朋友，谁我都没杀。一个也没有。我不是受命去杀人。弗力斯科被杀之前，我从没有过那样的想法。真的。"

我尽量不去看护林者手枪头上的金属管。

他眼睛闪烁着一丝微弱的光，这种目光似乎越来越强烈，越来越清晰。他低头看着脚下的地板。我环顾四周的照明开关，离得太远了。他又抬起头，慢慢地拧开消音器，放松地拿在手上，又把它装回口袋，一手各拿起一支枪，站了起来。然后他又想到了什么，重新坐了下来，迅速把鲁格尔手枪所有的子弹取出扔在地上。

他轻轻地走向我。"我猜今天是你的幸运日，"他说，"我必须去一个地方见一个人。"

"我知道今天是我的幸运日。我一直感觉很好。"

他灵活地绕过我身旁，走到门口，将门稍稍打开，准备挤出这扇开得不大的门。他再次微微一笑。

"我要去见一个人。"他舔舔嘴唇轻轻地说。

"还不行。"我说着跳了过去。

他拿着枪，手伸到了门边，枪几乎就要伸到门外了。我重重地把门一踹，枪没法立马抽回。他溜不出去，卡在门边。我用尽所有力气把他夹在门口。我真是疯了。本来他放过我，我应该就站着不动，让他离开就好。但是我也要见一个人，而且我想先见他。

　　蜡鼻子瞪着我，哼了一声。他伸在门边的手不断挥来呼去。我一转身，使了吃奶的劲给他下巴一拳。完事。他倒下了。我又打了他一拳，他的头砰的一声撞到了木板上。我再给了他一拳。我从来没有这样残暴地打过人。

　　我回到屋里，他爬向我，眼睛无神，膝盖无力。我走到他那，把他的手抓到背后使劲扭，任其倒地。我喘着粗气站在那，然后走到门口，捡起他的躺在离门槛不远的护林者手枪，装进我的口袋——不是那个放着亨特里斯小姐的枪的口袋里。他刚刚甚至都没发现亨特里斯小姐的枪。

　　他躺在地板上，很瘦，很轻，但我也同样喘着粗气。一会儿他眨了眨眼，抬头看着我。

　　"贪婪的家伙，"他疲惫地轻声地说，"我为什么要离开圣中尉？"

　　我赶快给他铐上手铐，拖着他的肩膀把他拽进更衣室，拿根绳子绑住他的脚踝。他躺在那，侧着身子，他的鼻子像以往一样白，眼睛放空状，嘴巴嘟哝着，好像在对自己说话。一个有趣的家伙，他没有那么坏，但也没有单纯到能为他掉泪。

　　我拿上鲁格尔手枪，带着一共三把手枪离开了。公寓外一个人也没有。

7

　　基特宅邸在一座占地9到10英亩的小山上，是一座殖民地风格的建筑，白色圆柱、老虎窗、木兰和四车车库。私家车道尽头有一个圆形的停车场，那里停着两辆车。一辆是我坐过的庞大的"无敌战舰"，另一辆是鲜黄色的运动型敞篷跑车，那车我以前见过。

　　我按下如银币大小的门铃。门开了，一个穿深色衣服、高大瘦削的人冷淡地看着我。

　　"基特先生在家吗？老先生基特在吗？"

　　"冒昧问一下，你是哪位？"他的口音有点重，像是苏格兰人。

　　"菲利普·马洛。我为他工作。也许我应该从仆人的入口进去。"

　　他勾了一下衬衣的硬翻领，不悦地看着我。"噢，可能吧，你进来吧。我给基特先生通报一下，他现在可能在忙，请在大厅耐心等一会儿。"

　　"烦死了，"我说，"现在说英语的管家可没有谁会不发'h'音。"

　　"你很聪明是吧，嗯？"他咆哮着，声音像是从霍博肯远渡大西洋传来般模糊。"在这儿等着。"说完他走了。

我坐在一张雕花椅上，不觉口渴。过了一会儿，管家沿着大厅轻声走了回来，很不高兴地努了努下巴，示意我过去。

我们沿着走廊走了很长一段路。路的尽头是一个非常宽敞的日光浴室，浴室外没有一扇门。管家走到日光浴室另一头，打开一扇宽阔的大门，我越过他走进一个椭圆形房间，房间铺着椭圆形黑白地毯，地毯中间放着一张黑色大理石桌子，硬邦邦的扶手雕花转椅倚墙而立，墙上挂着一面巨大的椭圆形凸透镜，镜子里的我看起来就像个脑子有病的侏儒。房里有三个人。

司机乔治僵硬地站在我对面的门边，穿着整洁的黑色制服，手里拿着他的鸭舌帽。哈丽特·亨特里斯小姐坐在最不舒服的那张椅子上，拿着玻璃杯，杯中还剩半杯酒。而基特老先生则正绕着椭圆形银边地毯慢跑，表面看上去镇定自如，但心里肯定是慌乱如麻。他的脸红红的，鼻子上的红血丝因充血而扩张，手叉在天鹅绒便装的口袋里。他穿着一件褶皱衬衫，系着黑色蝴蝶结，胸前有一颗黑色珍珠，穿着漆皮牛津鞋，一只鞋的鞋带开了。

基特转身朝我身后的管家喊道："出去，关上门！不管谁来都说我不在家，听明白了吗？我不在家！"

管家关上门。我没听见他离开的声音，他大概是走了。

乔治翘起一边的嘴角，朝我冷酷地笑了下。亨特里斯小姐透过她的酒杯温柔地凝视着我。"你恢复得挺好啊。"她认真地说。

"你竟敢留我在你的房间，"我告诉她，"我就该顺走你的酒。"

"唉，你来做什么？"基特冲我大叫，"看来你是个'不错的'侦探啊。我派你做一件机密的工作，你倒好，找到亨特里斯小姐，把所有的事都告诉她。"

"起作用了，不是吗？"

他盯着我。他们都盯着我。"你怎么知道的？"他叫了起来。

"我一看就知道她是个好女孩，她来这儿就是来告诉你她觉得自己之前的想法不太好，还让你不用再担心。杰拉尔德先生在哪儿？"

老人基特停下来，狠狠地瞪了我一眼。"你还是这么不称职，"他说，"我儿子都不见了。"

"我不是为你工作，我是为安娜·哈尔西工作。你要抱怨的话找她去。是我自己倒酒呢，还是叫你家穿紫色衣服的仆人来倒呢？还有你说你儿子不见了，什么意思？"

"先生，要我收拾他吗？"乔治静静地问道。

基特指了指黑色大理石桌上的醒酒器、虹吸管和玻璃杯，又开始绕着地毯慢跑。"别傻了。"他恶声恶气对乔治说。

乔治脸有点红，面颊上红扑扑，嘴唇抿得很紧。

我给自己调了杯酒，坐下来喝，又问了一遍："基特先生，你说你儿子不见了是什么意思？"

"你可是我高价雇来的！"他开始发疯一般冲我大吼。

"什么时候的事？"

他突然停住了慢跑的脚步，又看着我。亨特里斯小姐轻轻笑了。乔治皱起了眉头。

"我儿子不见了——你说我什么意思？"他厉声说，"我还以为你肯定很清楚。没有人知道他在哪里。亨特里斯小姐不知道，我不知道，没人知道他可能会在哪里。"

"谁让我比他们聪明，"我说，"我——知道。"

好一会儿，所有人都安静了。基特冷酷无情地瞪着我。乔治瞪着我。女孩瞪着我，一脸茫然。这两个人只是干瞪着我。

我看着她。"愿意的话，能不能说说离开公寓后你去了哪儿？"

她的深蓝色眼睛很清澈。"没什么不能说的。我和杰拉尔德一起——乘出租车出去的。他交通违章太多次，驾照被扣了一个月。我们沿着海滩开去，就像你刚猜的那样，我改变了心意。我承认自己不过是一个骗子，但我不是真的想要杰拉尔德的钱，只是为了报复，报复这位毁了我父亲的基特先生。当然我没干什么违法的事，一样可以报复他。但是我发现自己陷入了困境，在这个地方我已经恨不起来了，而且我也没有像骗子一样损人利己。所以我告诉杰拉尔德让他找别的女孩。他很心痛，我们大吵一架。我让出租车停下，下车去了贝弗利山。他继续坐出租车走了。去了哪儿我不知道。后来我回到埃尔米拉诺，开我的车来了这里，就是来告诉基特先生忘记整个事情，不要再费心去找侦探调查我。"

"你说你和杰拉尔德打出租车出去，"我说，"乔治司机能开车的话，为什么不让他送？"

我盯着她，但那话却不是说给她听的。基特冷峻地回答我。"当然是那时乔治接我从办公室回家，当时我儿子已经出去了。这很重要吗？"

我转向他。"嗯。等下就会很重要的。房管霍金斯告诉我杰拉尔德先生在埃尔米拉诺。杰拉尔德先生回到埃尔米拉诺等亨特里斯小姐，霍金斯就让他到她房间去等，只要你给他——10美分，霍金斯就能为你搞定这些小事。杰拉尔德先生可能还在那儿，也可能不在了。"

我一直在看着他们，要同时看着他们三个人不是件简单的事。但他们没有移动，只是看着我。

"啊，太好了，好消息，"老基特说，"我还担心他会在哪喝醉。"

"不，他没有去哪喝得大醉，"我说，"再说，你打了那么多电话问他在哪里，怎么就没有给埃尔米拉诺打？"

乔治点点头。"是的，我打了。但他们说他不在那儿。看来这房管给那接电话的女生不知什么小恩小惠，她才不肯说实情。"

"他不用这样做。电话打来她只要把电话转接到亨特里斯小姐房就行，但杰拉尔德先生不会接电话——那是肯定的。"我兴致勃勃地看着老基特，眼神犀利。承受这些对他来说不容易，但他必须受着。

他忍住了，舔了舔嘴唇。"敢问为什么——他肯定就不接电话？"他冷冷地说。

我把酒杯放在大理石桌上，靠在墙上，这样手就空闲出来。我尽力让他们都在我的视野范围内——三个人。

"让我们稍微回顾一下都发生了什么，"我说，"我们都知道现在的情况。虽然乔治不该屈才于此，但我知道他只是一个仆人。我知道亨特里斯小姐。当然，你是基特先生。来看看现在我们都知道什么。我们有很多事情没有联系起来，但谁让我这么聪明，现在我来把它们串起来。首先，是马蒂复印的那几张杰拉尔德先生签了字的欠条。杰拉尔德不承认有这些欠条，基特先生也不会支付这些钱，还找了一个叫加斯特的笔迹鉴定家鉴定笔迹是否是真的。笔迹看起来确实是杰拉尔德先生的，事实上也是。但这个加斯特可能做了其他一些事情。他做了什么我不知道，我也不能问他，因为我去看他时，他已经死了——连中三次——正如我听到的——出自一把22式手枪。不，基特先生，这事我没有告诉警察。"

那个满头银发的高大男人异常震惊，他瘦弱的身体像芦苇一样弱不禁风地摇晃着。"死了吗？"他低声说，"谋杀？"

我看着乔治，他一动不动。我看着那个女孩，她静静地坐在那里，等着，紧闭着嘴巴。

我说："他的被害要是和基特先生的事有关的话，那就只有一种可能，那就是你们谁刚好有一把22式手枪。"

他们依旧听着，继续沉默不语。

"我一点也想不通他为什么会被杀。他对亨特里斯小姐没什么威胁，对马蒂·埃斯特尔也是。他太胖了，都不能多走动。我猜他可能是因为他有点太聪明。他拿到这个简单的签名鉴别文件后，又继续从那里查出了更多事情，而那些事不是他该知道的。他查出更多事情之后，他又做了很多思考，而他就算知道了也不该去想那些，或许他甚至试图进行勒索。今天下午，有人用一把22式手枪把他解决掉。好吧，我不认识他，这我就忍了。"

"接着我去找亨特里斯小姐，跟那个爱收小便宜的房管周旋一番后终于见到了亨特里斯小姐。我们聊天的时候杰拉尔德先生从藏身处闪出，狠狠地打了我下巴一拳，我栽倒在地，头撞在一把椅子腿上。我醒来的时候两人已经走了。然后我就回家了。"

"回到家，家里蹦出两个人，一个人拿着一把22式枪，他旁边站着一个手握超大枪支、满嘴口臭的傻瓜，那个人叫弗力斯科·拉翁，是他的弟弟。但现在他俩都不重要了，因为晚上弗力斯科差点要劫持你的车，所以被一枪崩死在你家门前。另一个人，也就是那个拿着22式枪的人以为是我杀了他弟弟，报了警想整我，警察知道这起命案后来盘问我，但无功而返。这是第二起命案。"

"现在我们来说说第三起，也是最重要的命案。因为杰拉尔德先生不能再这样随便跑来跑去，所以我要回到埃尔米拉诺去找他。他似乎有一些敌人。甚至今晚弗力斯科·拉翁向车开枪时，车里的人本应该是他——当然这只是离间计。"

老基特白色的眉毛紧紧皱着，一脸苦思冥想。乔治看起来一点也不困惑，两眼放空，脸像木刻印第安人一样呆滞。那个女孩现在脸色有点苍白，有点紧张。我继续说。

"回到埃尔米拉诺，马蒂·埃斯特尔和他的保镖在亨特里斯小姐的房间等她。是霍金斯放他们上去的。马蒂是想告诉亨特里斯小姐——加斯特被杀了。这样她就可以借此暂时不理小基特，等到事情被警察平息下来再看。马蒂真是个老谋深算的家伙，他比你想象得要深思熟虑。例如，他知道加斯特，知道基特先生今早去了安娜·哈尔西的办公室，知道我在负责这件业务。不知他怎么知道，反正不是我自己告诉他的，可能是安娜告诉他的吧。

他跟踪我到了加斯特办公室，然后他从他的警察朋友那里得知加斯特被杀了，他还知道我并没有报案。他告诉了我这些，意味着我们站在了一条船上。他说完这些后就走了，我再次独自留在亨特里斯小姐的房间。没有来由的，我就随处看看，然后发现小杰拉尔德先生在卧室，在卧室的柜子里。"

我迅速走到女孩身边，把手伸进口袋，拿出一把花哨的点25自动手枪，放到了她膝盖上。

"以前见过这个吗？"

她的声音紧张、奇怪，但她的深蓝色眼睛冷静地看着我。

"是的。它是我的。"

"你把它放在哪里？"

"在床头柜的抽屉里。"

"确定吗？"

她想了想。那两个男人在原地，没有走动。

乔治开始抽动嘴角，她突然头一转。

"不是，我记起来了，我把枪拿出来给别人看过——因为我对枪不怎么了解——然后走的时候把它放在了客厅的壁炉台上。事实上，我确信把枪拿出来了，是拿给杰拉尔德看的。"

"要是有人跟他开了个恶意的玩笑，他可能自己过去壁炉上拿起那把枪？"

她点了点头，看起来不安。"他在壁橱里这是什么意思？"她小声地匆匆一问。

"你知道，这个房间里每个人都知道我的意思。他们知道我给你那把枪的意图。"我从她那走开，看着乔治和他的老板，"当然，他死了。子弹穿透心脏——用的可能就是这把枪。枪是故意留在他那的，难怪那儿放着这把枪。"

老人走了一步，停下来，趴在桌上。我不确定他脸色本来就那样苍白还是一下子变得如此苍白。他冷冷地盯着那个女孩，慢慢地吐出几个字："该死的凶手！"

"有可能是自杀呢？"我嘲笑。

他使劲转过头看着我，轻轻点了点头，看得出来这想法吸引了他。

"不，"我说，"不可能是自杀。"

他很讨厌我这样要他。他的脸涨着血，鼻子上的血管变粗。女孩伸手摸那把放在她的膝盖上的枪，松松地握住了枪托。我看见她的拇指轻轻地滑向安全制动装置。她对枪支了解不多，但她连这些都知道。

"不可能是自杀，"我又很慢很慢地说了一遍，"要是就这么一件命案的话，不是没这种可能。但看看发生的其他事情，这种可能性就是零。加斯特的死，发生在这宅邸前卡尔韦洛私家大道的持枪抢劫，安插在我的房间暴徒，使用22式手枪的工作。"

我又把手伸进口袋，拿出蜡鼻子的护林者手枪，将其随意地放在我的左手掌心。"说来也奇怪，我不认为是这把22式手枪作的案——尽管这枪确实是一个枪手的。没错，我抓住了那个枪手，他被绑在我的房间。他回来要我的命，不过被我劝住了，我嘴皮子很厉害的。"

"但你有时说得太多了。"女孩冷静地说，把枪举起了一点点。

"亨特里斯小姐，很明显是谁杀了他，"我说，"只是动机和时间问题。不是马蒂，也不是他派的人。因为这样一来他根本就拿不回他的50000美元。也不是弗力斯科·拉翁的哥哥，尽管他在为某人工作，但我不认为他的老板是马蒂。他进不了埃尔米拉诺，更不可能进入亨特里斯小姐的房间。无论谁是凶手，他都得能从中获益，又得能够进入作案地点，也就是亨特里斯小姐的房间。嗯，那什么人能从杰拉尔德的去世中获益呢？两年后，杰拉尔德就能从他的信托基金得到500万。这笔钱没有实际拿到手时他无法遗赠给他人，所以，如果他死了，他的自然继承人就得到了这笔钱。他的自然继承人是谁？你会被吓倒的。你知道在加州和其他一些地方，不是所有地方都这样，一个人可以通过自己的行为变成一个自然继承人？只要收养一个有钱又没有继承人的人就行！"

说完，乔治行动了，不过这次没有上次身手那么好，上次他移动起来可像水波一样平滑快速。他握着幽幽发亮的史密斯威森手枪，但没有开枪。女孩打响了她手中那把自动手枪。血从乔治硬朗的棕色手上迸溅出来。史密斯威森手枪掉到地上，他破口咒骂。她对枪了解不是很多——不是很多。

"当然！"她认真地说，"杰拉尔德在屋里的话，乔治完全可以进入，不受半点阻碍。他开着车，穿着制服，车库那边不会拦住他。于是他乘电梯上去，敲门，杰拉尔德打开门时，乔治就拿史密斯威森手枪抵住他。但他是怎么知道那时杰拉尔德在我房间？"

我说："他一定是跟在你们的出租车后面。他离开我之后整晚都不知去向。既然他开着车，警察会查清楚的。乔治，你这么做基特给了你多少钱？"

乔治左手紧紧抓住右手手腕，脸拧巴着，一脸狂怒。他什么也没说。

"乔治用史密斯威森手枪抵住他，"那个女孩疲惫地说道，"然后他会看到我放在壁炉架上的枪。这样更好。他用那把枪把杰拉尔德逼进卧室，又把他逼进壁橱，远离走廊，接着悄无声响地将他杀死在那，然后把枪扔在地上。"

"加斯特也是乔治杀的。他用一把22式手枪杀了他，因为他知道弗力斯科的哥哥有把22手枪。如果雇用弗力斯科和他的哥哥去恐吓杰拉尔德的话——加斯特被杀掉的话看起来就像是马蒂·埃斯特尔干的。这就是为什么之前让我坐基特的车过来——如果我太难对付的话，这两个曾警告过我又潜入过我家的暴徒就会采取行动，也许可以将我击倒，但问题是乔治喜欢杀人。他给了弗力斯科一枪，子弹穿过他的脸。枪法太好了，开始我还以为他会故意打偏。乔治，怎么样？"

静默。

我最后看着老基特，以为他会拔出一把枪，但他没有。他只是站在那里，靠着黑色大理石桌子，惊愕失色，直打哆嗦。

"天啊！"他低声说，"天啊！"

"除了钱——你什么也没有，一把枪都没有。"

我身后的门吱呀一声响。我转身，其实我本不必担心的。一个硬冷的声音说："老兄，把手给我举起来。"声音有点像英语，有点像阿莫斯语，又有点像希腊语。

就是那个管家，那个英国管家站在门口，手里拿着一把枪，嘴巴紧闭着。女孩手腕一转，随便朝他开了一枪，打在了肩膀或是哪里，他便像猪一样叫苦不迭。

"走开，谁让你进来的。"她冷冷地说。

他跑了，我们听到了他的脚步声。

"他将会倒下的。"她说。

此刻我右手里拿着鲁格尔手枪，像往常一样总是慢了半个节拍。我举起手枪。老基特扶住桌子，他的脸像铺路砖一样暗淡，膝盖瘫软无力。乔治站在那，拿手绢缠住流血的手腕，嘲笑地看着老基特。

"让他倒下吧，"我说，"那才是他该去的地方。"

他倒下，跌在他旁边的地毯上，头一偏，膝盖拱起，嘴松弛下来，嘴角淌着口水，皮肤慢慢变紫了。

"天使，去报警，"我说，"我现在看着他们。"

"好吧，"她站起来说，"但是马洛先生，你的私人侦探业务肯定需要很多帮助。"

8

　　我在那里待了整整一个小时，就我一个人在那。房子中间放着一张有疤痕的桌子，另一张桌子靠在墙上。地毯上放着一个黄铜痰盂，墙上有一个警用扬声器。空气中弥漫着一股雪茄烟味和旧衣服的酸臭味，让人发冷。房里躺着三只拍死的苍蝇，还有两张结实的扶手椅，上面放着毡垫，另外还有两张没有坐垫的硬直背椅。柯立芝才上早班就把问讯用电灯重新擦拭过了。

　　门被一把推开，芬利森和西伯德走进屋里。西伯德看起来和以前一样，穿着整洁，脾气暴躁。但芬利森看起来老了很多，比以前更显疲惫，更加少言寡语。他手里拿着一摞纸，坐到桌子对面，眼神阴郁，狠狠地瞪了我一眼。

　　"像你这样的人总会遇到很多麻烦。"芬利森刻薄地说。西伯德靠墙坐下，把帽子翘起，露出眼睛，打了个哈欠，看着他的新不锈钢手表。

　　"找麻烦是我的职业，"我说，"要不我怎么赚钱？"

　　"你隐瞒了这么多事，我们应该把你关进拘留所。你做这一票赚多少钱？"

　　"我为安娜·哈尔西工作，她又为老基特工作。要拿这笔钱是没可能了。"

西伯德朝我淡淡一笑。芬利森点上一支雪茄，往旁边的烟灰缸敲了敲灰，将烟放低，但吸的时候还是冒烟。他把文件推给我。

"签字，三份。"

我签了三份。

他拿回文件，打了个哈欠，挠了挠一头白发。"那老基特中风了，"他说，"他那是没什么希望了，出狱可能遥遥无期。乔治·哈斯特那家伙只是嘲笑我们。可惜他太激进，得让他吃点苦头才行。"

"他可不好对付。"我说。

"是啊。好了，你现在可以走了。"

我起身点点头，走到门口。"嗯，警官们，晚安。"

没一个人应我。

我沿着走廊走去，乘夜间电梯下到市政厅前厅，然后走到春街，往一个长长的坡走下去，冷风袭袭，走到街尽头时我点了一支烟。我的车还在基特家。于是我抬起脚向街对面的停在半个街区外的一辆出租车走去。突然从一辆停着的车里传来一个声音。

"你过来。"

是一个男人生冷僵硬的声音，是马蒂·埃斯特尔。他在一辆大型轿车里，两个男人坐在前排座位上。我走向那辆车。后窗摇下，马蒂·埃斯特尔戴着手套的手放在车窗上。

"进来。"他推开门，我钻进车里，我太累了什么都不想说。"斯金，开车吧。"

汽车穿过幽暗静谧整洁的大街向西行驶。晚上的空气不是很纯净，但很凉爽。开往一座山的时候车加快了速度。

"他们审问得怎么样了？"埃斯特尔冷冷地问。

"他们没告诉我。但他们还没打倒那个司机。"

"在这个镇子，你无法为一单涉价几百万美元的谋杀案定罪，"叫斯金的司机背对着我，笑着说道。"现在我可能无法提取我那5万美元了……她喜欢上你了。"

"嗯。那又如何？"

"别搭理她。"

"这么做对我有什么好处？"

"如果你不这么做的话，那有你受的。"

"我当然知道，"我说，"你要怎么做就去做吧。我累了。"我闭上眼睛，倒在车角，就这样睡着了。有时候在承受一阵压力过后，我闭上眼睛就能睡着。

不知过了多久，我被摇醒了。车已经在我公寓前停下。

"到家了，"马蒂·埃斯特尔说道，"记住了，不要搭理她。"

"为什么送我回家？只是为了告诉我这个？"

"她让我找你，这就是为什么你现在被放出来了。她喜欢你，我喜欢她。现在你清楚了吗？你不想麻烦越来越多吧。"

"麻烦。"我说道，顿了顿没继续说。我实在不想继续这样的废话，一晚上听都听烦了。"谢谢你送了我一程，但恐怕让你白费口舌了。"我转身走进公寓。

门上的锁仍然很松，但此刻没人在屋里等我。蜡鼻子早就被他们带走了。我打开门和窗户，正嗅着警察抽剩的烟头，这时电话响了。是她的声音，酷酷的，略显生硬，没有受一点影响，甚至有点开心。很可能是因为她的经历造就了她这样的性情。

"嗨，褐眼男，顺利到家了吗？"

"你的朋友马蒂送我回来，他叫我别理你了。如果非要说点什么的话，我真心感谢你，但不要再给我打电话了。"

"马洛先生，有点怕了吗？"

"没有。等我的电话吧。晚安，天使。"

"晚安，褐眼男。"

我挂了电话，把它放在一旁，关好门，拉下床，光着身子在寒冷中躺了一会儿。

然后我起床喝了一杯酒，洗了个澡就上床睡觉了。

他们最终还是打倒了乔治，但不够彻底。他说这个女孩和小基特大吵一架，小基特拿下壁炉架上的枪，乔治跟他厮打起来，随后枪走火了。当然，所有这一切在字面上都是可能的。他们没有把加斯特的命案罪责加在乔治身上，也没加在别人身上。他们没找到杀加斯特的那把枪，反正蜡鼻子的枪不是作案凶器。蜡鼻子消失了，我也不知道他去了哪儿。他们没有惩罚老基特，因为他中风还没好。他只能躺在医院，由护士照顾着，然后告诉别人他是如何在大萧条中做到分毫不失的。

马蒂·埃斯特尔给我打了四次电话让我别再跟哈丽特·亨特里斯有什么牵连，我有点同情这个可怜的家伙，他对她可是痴心一片。我和她出去约会过两次，也和她在家待过两次，喝着她的苏格兰威士忌。感觉还不错，但是我没钱，没衣服，没时间，也没绅士风度。随后她离开了埃尔米拉诺，我听说她去了纽约。

我很高兴她走了，尽管她连声招呼都没跟我打。

（本文译者　卢婷、蒲若茜）

狗痴

门前有一辆崭新的铝灰色迪索托轿车。我绕过它，上了三阶白色台阶，穿过一扇玻璃门，又上了三阶铺有地毯的台阶，然后按响了墙上的门铃。

顷刻间传来一群震耳欲聋的狗吠声。我任凭那些狗在那又吼又叫，只顾看凹进去的办公室和等候室。办公室不大，里面有张拉盖书桌，等候室有张方皮椅，墙上挂着三张证书，还有一张方桌，上面随便摆放着几本复印的《爱狗者公报》。

屋里的人制止了狗的狂吠，门打开，出来一个脸庞英俊的矮个子男人，他穿着褐色罩衫和白胶鞋，留着八字胡，满脸堆笑。他看看四周，又打量打量我，没有看到狗。于是他安心地笑了。

他说："我想好好收拾它们这毛病，可就没法子。每次一听到门铃的叮叮声就闹腾起来。这群家伙百无聊赖，一听这声就知道是有客人到了。"

我应了一句："是吧。"一边把我的名片递给他。他前后翻看我的名片，反反复复看了四遍。"您是私人侦探，"他舔了舔湿润的嘴唇，柔和地说道，"嗯哼，我是医生夏普，请问您有何贵干？"

"我在找一只失窃的狗。"

他瞥了我一眼，抿紧小嘴，慢慢地他整张脸都涨红了。我说："医生，我不是指你偷了狗，像你这种地方，几乎人人都可以在这藏一条狗，而你也不会怀疑狗是不是偷来的，不是吗？"

"谁会想要这样做呢？"他不自然地说，"什么狗？"

"警犬。"

他在薄地毯上摩挲着一个脚趾，眼睛看着天花板的一角，他的脸已经不红了，而是变得如死灰一般的白。不一会儿，他说："我这有一条警犬，我也知道他的主人是谁，恐怕——"

"我想你不介意我去看看那条狗吧。"我打断他，径直走向那间里屋。

夏普并没有移步，而是更用力地摩挲脚趾。"现在不是很方便，"他柔和地说，"晚些时候吧。"

"我想现在就看，"我说着伸手去开门把手。他急忙穿过等候室跑向小拉盖书桌，伸出小手去拿上面的电话。

"你要是硬来的话，我就——我就叫警察了。"他着急地说。

"再好不过了，"我说，"打给富尔威德警长啊，告诉他卡莫迪在这儿，我刚从他办公室来呢。"

夏普医生把电话放下了。我朝他笑笑，卷了支烟。

"老兄，得了吧。"我说，"好好配合，或许我会告诉你这个故事。"

他盯着桌上的棕色记事本，咬咬上唇，又咬咬下唇，拨弄着一页书脚。他起身穿过房间，打开一扇门，接着我们穿过一条狭窄晦暗的玄关，走过一扇敞开的门，看到一张操作桌，又走了一段更远的路，经过另一扇门，来到一个空荡荡的铺着水泥地板的房间，房间角落里搁着暖炉，暖炉旁边放着一碗水。这一路都是一堵墙，墙外有两层畜栏，畜栏外装有粗钢丝网门。

网丝后面的狗和猫一声不响地看着我们，眼睛里满是期望。

里面有一只小的吉娃娃，它戴着一个大的羊皮项圈，偎依在一只肥大的红色波斯猫怀里哼哼唧唧，还有一只苏格兰野狗，摆出一脸苦瓜相，一只杂狗，一条腿上的毛全没了，一只像丝绸一样白的安哥拉猫，一只锡利哈姆犬，以及其他两只杂狗和一只敏捷的猎狐小狗，它待着的地方正好离铁丝网就差了两英寸。

它们的鼻子湿湿的，眼睛炯炯有神，像是在思考来者何人。

我俯视着这些猫猫狗狗，"老兄，你这都是什么玩意儿，"我吼着，"我要找的是灰黑色的警犬，不是棕色的，是个大公狗，9岁了。它哪里都好就是尾巴太短了，我说这么多烦没烦你了？"

他瞪着我，一脸不悦，"是啊，但是——"他嘟囔着，"欬，走这边。"

我们走出房间。那些猫和狗一脸失望，尤其是吉娃娃，不停向铁网跃起，差点跳出来了。我们从后门走出去，来到一个水泥院子，院子前面有两个车库。其中一个空荡荡的，另一个车库开了一条门缝，里面黑漆漆的，房间后面有一只大狗，锁链叮当作响，趴在一床旧被子上。那床被子就是他的窝了。

"小心点，"夏普说，"这狗有时候凶猛得可怕，我把它关在里面，它还是让人胆战心惊。"

我走进车库，狗便嘶声咆哮起来，走近它时，它哐当一声撞到了锁链的一头。我对它说："沃斯，你好啊，来，咱握个手。"

它将头埋进被子里，耳朵向前耷拉着。它已病入膏肓了，露出凶恶的眼光，眼睛周围有一圈黑晕，弯弯的短尾巴慢慢地扑打地面。我说："伙计，来，握个手。"说着把手伸出。那个矮个兽医站在我身后的门口，叫我要小心。狗慢慢伸出他粗糙的大爪子，将它的耳朵摇向后面恢复常态，伸出它的左爪。我握了握它的爪子。

那个小兽医哼唧着："先——先生——太不可思议了。"

"卡莫迪，"我说道，"是啊，谁让他是卡莫迪呢。"

我拍了拍狗狗的头转身出了车库。

我们回到屋里的等候室，我把杂志移开，坐在方桌的一角，看着这个瘦小的人。

"好吧，"我说，"告诉我，他的主人叫什么，住哪？"

他脸露愠色，仔细想了想，"主人叫沃斯，搬去东部了，说定下来后就来接狗。"

"还真搞笑啊，"我说，"狗的名字跟德国飞行员的一样，这狗的主人还跟狗叫一个名字啊。"

"你认为我在撒谎？"这个小个子男人激动地说。

"额，看你吓成这个样子，想来也不是什么骗子。要我说可能是有人故意要丢弃这狗，我来讲讲为什么吧。一个叫伊莎贝尔·斯奈尔的女孩两个星期前从家里消失了，她住在圣安吉洛她姑姥姥那。那满头白发的老太太人很好，也不笨。女孩一直在夜里与一些不正经的同伴出入夜总会和赌场，老太太听到了闲言碎语，但她没有报警。她之前没有得到任何线索，直到伊莎贝尔的一个朋友偶然在你这看见她的狗。她告诉了老太太，于是老太太聘请了我——因为她侄女开着跑车走的时候还带着狗，但至此就再没回来过。"

我踩灭香烟，又点了一支。夏普医生的小脸如面团一样苍白，可爱的小胡须上闪烁着滴滴汗珠。我轻轻地说："警方还没介入，我说认识福尔威德警长是咋呼你的，你知我知就好了，如何？"

"什么，你要我做什么？"小男人结结巴巴地说。

"你还知道关于这狗的其他的事吧？"

"是的，"他急忙说，"那人似乎很喜欢那狗，打心里喜欢，那只狗和他在一起时很温顺。"

"那他会和你联系吧，"我说，"要是这样的话，我想知道你们碰面的时间。那家伙长什么样？"

"他又高又瘦，一对黑眼睛异常锐利。他的妻子像他一样又高又瘦，穿着讲究，不怎么说话。"

"伊莎贝尔是个子娇小，"我说，"为什么这么神秘兮兮的？"

他盯着脚，什么也没有说。

"好吧，"我说，"公事公办，和我合作，保你名声，成交？"我伸出我的手。

"成交。"他轻声说，并伸出他那又湿又僵硬的小爪子。我小心翼翼地和他握手，以免折断了他的手。

我告诉他我住哪儿，然后走上街，外面真是一片阳光明媚，走了一个街区找到了我的克莱斯勒车。我钻进车里，转弯向前开了一段很远的距离，直到从那可以看到迪索托轿车和夏普家前门。

我就那样坐着。半小时后，夏普医生穿着休闲服从家里出来，钻进他的迪索托车。他把车开到拐角处，又转进小巷，那小巷正连着他家的后院。

我开上我的克莱斯勒，抄另一条路赶到那个街区，在小巷的另一端蹲点。

赶往那个街区三分之二的路程上都听到狗吠声，声音持续了一段时间，尔后迪索托车从水泥院子出来，开往朝我的方向。我只好开车躲到下个街角。

夏普医生往南方的阿尔圭洛大道开去，又向东转了方向。轿车后面用锁链锁着一只大警犬，警犬头上戴着口络，拼尽全力在挣脱锁链。

我尾随在夏普医生的迪索托轿车后。

2

　　卡罗来纳街在这个海滨小城的边缘，街的尽头是一处废弃的城际公路，再过去就是没人光顾的日本商品蔬菜农场，最后一个街区只有两所房子。所以我躲在第一所房子后面，那房子在拐角处，草坪杂草丛生，马缨丹开得红彤彤黄灿灿，花瓣上落满了灰尘，正与金银花藤争夺前面那堵墙。

　　再往前是两三块烧焦的土地，焦草纵横，一些杂草秆挺立而起。土地旁边是一所摇摇欲坠的土黄色平房，平房周围用铁丝栅栏围着。迪索托轿车就停在那所平房前面。

　　啪的一声门被推开了，夏普医生从车后拽出那戴着口络的狗，扯着它进大门往前走，狗不顺他，他就打狗。屋前的一棵如桶一般粗壮的棕榈树挡住了我的视线，我把车往后开了开，在房子后面转弯，开过三个街区，沿着与卡罗来纳街平行的一条街转弯。这条街的尽头也通向城际公路。铁轨锈迹斑斑，周围杂草丛生，另一头通向一条土路，然后又折回卡罗来纳街。

　　土路一直延伸向前，没有尽头。开了差不多三个街区时，我停下车，走上路堤，从上面偷偷地看了一眼那所平房。

装有铁丝网门的房子现在与我半个街区之远。夏普医生的车仍停在那所平房前面。下午，隆隆作响的空气中弥漫着警犬的低沉呻吟。我趴在杂草上，一边观察平房一边等待。

大约15分钟过去了，什么也没发生，只有那只狗一直在叫。突然狗吠声越来越刺耳，越来越凄厉。有人大喊一声，有人尖叫起来。

我从杂草上一跃而起，飞快地穿过公路，沿着对面的街走到街的尽头。我靠近房子时，听到警犬低沉愤怒的狂吠，像在撕咬什么。屋里还传来一个女人断续的絮叨声，声音中更多的是愤怒，而不是恐惧。

铁丝网门后是一片草坪，遍地是蒲公英和烦人的杂草。桶一样粗的棕榈树上挂着一小张硬纸板，那是张残留的指示牌。树根撑坏了道路，将路撕裂出大大的口子，凸出的粗糙树根倒成了台阶。

我穿过大门，砰砰地踏上木质台阶，然后向下走到门廊，邦邦一阵敲门。屋里怒吠依旧，但已听不到责骂声了。没人来开门。

我拧了下门把手，门开了，我走了进去。一股沉重的氯仿味道扑鼻而来。

夏普医生呈大字形躺在地板中间一块褶皱的地毯上，血从他的脖子一侧泵出。他的脑袋周围已是一片血泊。狗躲在一边，前腿蜷伏，双耳低垂至头，撕裂的口络残片挂在脖子上，喉咙上的毛直立着，背上的毛发也根根竖起，发出低沉急促的嗥叫。

狗后面的扇壁橱门被砸倒在墙上，衣橱的底部有一大团药棉，散发出令人作呕的氯仿气味。

一个皮肤黝黑、面庞俊俏的女人穿着一套印刷厂制服，她朝狗举着自动手枪，但没开枪。

她迅速回头瞥了我一眼，把枪口对准了我。警犬看着那个女人，小眼睛周围一圈黑晕。我拿出我的鲁格尔手枪，贴身按住。

一阵嘎吱作响，从后面回转门进来一个黑眼睛的高大个儿，穿着一条褪了色的蓝色工装裤和一件蓝色工作服，手里拿着一杆散弹双筒猎枪，他把枪口对着我。

　　"嘿，说你呢！放下手枪！"他愤怒地说。

　　我动了动下巴，想说些什么，但那男人的手指扣紧了扳机。我开了一枪——不用我多做什么。子弹打中男人的猎枪枪柄，猎枪滑出他的手，猛地跌落在地板上。狗向一旁跳开约两米多，又在那蜷缩起来。

　　那人一脸惊疑，只好举起双手。

　　我不能错失这次机会。我说："到你了，女士，把枪放下。"

　　她舔了舔嘴唇，放下自动手枪，离地上那具尸体走得远远的。

　　男人说："妈的，不要杀狗，他交给我就好了。"

　　我眨了眨眼，想到了什么。他一直害怕我会杀狗，却不担心自己。

　　我把鲁格尔手枪稍稍放低。"刚才发生了什么？"

　　"那人——要用氯仿毒死他——毒死这狗，还好这狗不屈不挠！"

　　我说："嗯。有电话的话最好叫辆救护车，夏普的脖子撕破了，这样下去他撑不了多久。"

　　女人面无表情地说："我还以为你是警察。"

　　我没理她的话。她沿墙走到一个靠窗的座位，座位上是皱巴巴的报纸。她弯腰去拿凳子一端的电话。

　　我低头看着那小个兽医，血已经不再从他的脖子里奔涌而出，但他脸色苍白，此生我再没见过比这还苍白的脸了。

　　"不要叫救护车了，"我对那个女人说，"打给警察总局。"

　　穿工装裤的男人放下手，单膝跪下，轻拍着地板，安慰着狗狗。

"老伙计，别怕，没事了。现在我们都是朋友——都是朋友。沃斯，别怕。"

狗狂吠着，略微摇摇屁股。男人不停地跟他说话，狗停止了咆哮，背上的竖毛垂下来了。那人还继续对狗说着柔声细语。

靠窗座位上的女人把电话放在一边，说："警察在路上。杰里，你能处理，是吧？"

"当然。"那人说着，眼睛始终看着狗。

狗趴在地板上，张开嘴，吐着舌头，舌头滴着唾液，那是夹杂着血的粉红唾液。狗嘴旁边的毛发血迹斑斑。

3

　　那个叫杰里的人说："嘿，沃斯，嘿，老小孩，你现在没事了，没事了啊。"

　　狗气喘吁吁，没有移动。男人挺直腰板，走近它，拉了拉狗的耳朵，狗侧过头，听话地接受杰里对它做的一切。杰里又摸摸狗的头，解开被咬碎的口络，然后把口络扔掉。

　　杰里拿着断链的一头站起来，狗顺从地站起来，跟在这个男人旁边，穿过回转门，进入房子后面。

　　我稍微移了移，偏离了那扇回转门，怕杰里拿出更多的猎枪。因为杰里那张脸实在令我心有余悸。我好像以前见过他，可能某家报纸上登过他的照片，但我不是最近看到的。

　　我看着那个女人，30岁出头，浅黑肤色，有几分姿色。她的弯眉很漂亮，双手又修长又柔软，这样一个女人似乎和那一身印刷厂工服很不搭。

　　"事情怎么发生的？"我漫不经心地问，装作这事好像并没多重要。

　　她厉声回答我的话，好像要是好声好气讲话哪里就会痛似的。"我们把这所房子租下来已经有一周左右了。租的时候房子自带着家具。刚刚我在厨房，杰里在院子里。突然一辆车停在屋前，这矮子就进来了，就好像他住在这里一样。那时门应该刚好没有反锁。我将回转门打开一条缝，看到他把狗推进壁橱。没过多久，就闻到了氯仿。一切就这样突然就发生了，我就赶紧跑去拿枪，又朝窗外叫杰里。我回来时你就冲进来了。你是什么人？"

"完了？"我说，"狗把夏普咬到地上？"

"是啊，那矮子叫夏普啊，那就是他了。"

"你和杰里不认识他？"

"以前从没见过他，也没见过这狗，不过杰里就是爱狗。"

"编谎话也得打点草稿吧，"我说，"杰里怎么知道这只狗叫沃斯呢。"

她眼睛紧张地眨了眨，却还嘴硬。"你一定是弄错了，"她烦躁地说，"先生，你还没说你是谁。"

"杰里是谁？"我问，"我在什么地方见过他，可能是在哪本读物上看到过。他打算将那小个子的尸体放哪儿？你们打算让警察看到吗？"

她咬了咬嘴唇，然后突然站了起来，走向那支掉落的猎枪。我没有阻止她，她把猎枪捡起来了，但她并没扣紧扳机，而是回到靠窗的座位，把枪推到那堆报纸下面。

她面对着我。"好吧，你想要什么？"她冷冷地问。

我慢慢地说："这狗是偷来的，狗的主人是个女孩，那女孩碰巧失踪了。有人雇我找她。夏普医生之前说过他的狗从什么人那得到的，卖狗给他的人叫沃斯，搬到东部了，听起来貌似就是你和杰里。你知道一位叫伊莎贝尔·斯奈尔的女孩吗？"

那女人盯着我的下巴尖儿沉声道："没有。"

穿工装裤的男人穿过回转门又走了进来，抬起他蓝色工作衫的袖子擦着脸。他没有拿出别的枪，而是不太在意地看着我。

我说："你要是能告诉我任何关于这个斯奈尔女生的消息的

话，警察来了我会帮你好好说的。"

女人瞪着我，撇了撇嘴。男人温柔地笑了笑，好像他胜券在握。屋外传来一阵尖锐的声音，那是车飞速转弯时轮胎发出的刺耳声。

"哎呀，放松，"我急忙说，"夏普吓坏了，所以他从哪里拿到的狗，他就把狗带回哪里了。他一定以为这房子没人住。用氯仿确实不是什么好法子，但这小男人肯定是吓得乱了阵脚。"

他俩没说话，保持沉默，只是盯着我看。

"好吧，"我一边说着一边走到房间的角落，"你俩是逃犯吧。等下进来的要不是警察，不管他是谁，我都开枪，别以为我不敢。"

那个女人非常冷静地说："多管闲事，要杀就杀。"一辆车沿着街区冲来，在这所房子前面停下。我迅速往外一瞥，看到挡风玻璃上的红色射灯，旁边还有"警局"字样。两个彪形大汉穿着便衣急匆匆从车里出来，砰砰砰地穿过大门，走上台阶。

门笃笃地敲响了。"门开着。"我叫道。

门一把推开，两个警员拿着手枪冲进了屋子。

他们突然停住脚步，盯着地板上的尸体，然后猛地瞄准我和杰里。拿枪指着我的那个男人是个大块头，面红耳赤，穿着一身宽松的灰色套装。

"放下武器，举起手来！"他的粗嗓门大喊着。

我将手举起，但没有把我的鲁格尔手枪放下。"放松，"我说，"他是被一只狗杀的，不是枪杀的。我是从圣安吉洛来的私人侦探，正在这处理一些事。"

"是吗？"他猛地走近我，将枪抵在我肚子上，"老兄，或许吧，一会儿什么都清楚了。"

他一手拿枪指着我，一手猛地抬起敲落我的手枪，然后嗅了嗅我的手枪。

"开枪了，嗯？够狠呐！转身。"

"听我解释——"

"老兄，转身。"

我慢慢转过身。就在这个时候，他把枪放进侧面口袋，手伸向臀部。

我本应从这觉察到什么，但我当时没反应过来。那时好像是听到了挥动警棍的嗖嗖声，当然那警棍我一定是感受到了。突然我脚下一片漆黑，我一头栽倒，往下坠，往下坠，往下坠。

4

我醒来时，房内烟雾缭绕，像珠帘般成条条细线上下飘动。侧壁的两扇窗似乎开着，但烟雾并未飘出。这是一个我完全陌生的房间。

我躺着想了想，然后声嘶力竭地喊道："着火了！"

说完我倒在床上笑，但我不喜欢自己笑声，自己听起来都觉得傻乎乎的。

远处传来脚步声，有人将钥匙插进锁头把门打开。一个穿白色短外套的男人看着我，一脸狐疑。我稍稍转过头，说："兄弟，这次不算，火灭了。"

他的小脸一脸愠色，冷酷无情，眼睛很警觉。但这个人我不认识。

"也许你想多穿几件束身衣吧。"他嘲笑道。

"老兄，没事，"我说，"真没事，我现在就去小睡一会儿。"

"你最好这样。"他咆哮着。

门被关上，锁好，随后脚步声就消失了。

我静静地躺着，看着烟雾，现在才知道其实根本没有烟雾。这时候一定是晚上了，因为天花板上三根链条吊下来的瓷灯罩发着光，灯罩橙蓝相间，边缘几乎没有什么花色。我看着灯罩，灯罩张开着就像打开的小舷窗一样，探出一个小脑袋，像布偶的头一样，只是这小脑袋是有生命的。一个一头蓬松金发，戴着游艇帽，打着弯型领结的瘦男人不停地说："先生，您的牛排是要三分熟还是半熟？"

我抓住粗制床单的一角，擦了擦脸上的汗水，然后坐了起来，穿着绒布睡衣，打着赤脚踩在地板上。脚刚放下的时候没什么感觉，过了会感到刺痛，接着双脚完全发麻。

之后酸麻的感觉才退去，才有了双脚站在地上的感觉。于是我扶着床沿站起来走了走。

耳边响着一个声音，可能是自说自话："你得了震颤性谵妄①……你得了震颤性谵妄……你得了震颤性谵妄。"

两扇窗中间摆着张白色的桌子，上面有一瓶威士忌。我走向那张桌子，上面的威士忌是一瓶尊尼获加（一种威士忌），还剩半瓶。我拿起酒瓶，喝了一大口，又放下瓶子。

威士忌味道很怪。我看到角落有一个洗脸池，我突然觉察到威士忌味道不对，我向洗脸池走去，就要到那了我却吐了。

我重新躺回床上，呕吐后我变得很虚弱，但房间看起来多了几分真实，少了一丝梦幻。我可以看到两扇窗的栅栏，沉重的木制椅，还有白色的桌子。桌上放着那瓶兑了东西的威士忌，没有其他家具了。还有一扇关着或是锁着的壁橱门。

躺着的床是医院病床，床边拴有两根皮带，皮带刚好是在人手腕放下的位置。于是我知道我是在某种监狱病房。

我的左臂突然很痛，我撸起宽松的袖子一看，前臂上扎了十几个针眼，两只手臂上都有一圈青肿的伤。

他们为了让我安静下来竟给我注射了如此多的麻醉药，难怪

---

① 震颤性谵妄：又称撤酒性谵妄或戒酒性谵妄，为一种急性脑综合征，多发生于酒依赖患者突然断酒或突然减量。出现意识障碍和不同程度的定向力障碍。

我会得震颤性谵妄。这就解释了为什么我会看到烟雾，为什么会将天花板上的灯当作小脑袋。那瓶兑了麻醉药的威士忌很可能是别人治疗的一部分。

我再次站起来走了几步，然后在屋里一直走着。过了一会儿我从水龙头喝了点水，没像刚才那样吐出来，于是又喝了几口。就这样过了半小时或者更久，我做好准备要跟人讲话了。

壁橱的门锁着，而这把椅子对我来说又太重了，所以我拆了床，将床垫推到一边。床垫下面有网状弹簧，它的顶部和底部由巨大的螺旋弹簧支撑着，这些螺旋弹簧有20多厘米长，费了好大劲才把其中一个拆下来还花了我半个小时。

我休息了一会会，又喝了几口冷水，然后走到门装着铰链的那一侧，扯着嗓门喊道："着火了！着火了！着火了！"

我等待着，很快外面走廊传来了脚步声。钥匙插进了门锁，咔嗒一声，穿白色短外套的小矮人愤怒地进来，疑惑地看着床。

我用螺旋弹簧拴住他的下巴，等他倒下时又攻击他后脑，我扼住他的喉咙，他拼命挣扎，我又用膝盖压住他的脸，我的膝盖硌得生疼。

他没说他的脸是什么滋味。我从他的右边臀部的口袋里拿出根警棍，将钥匙反过来拧了下，将门反锁。钥匙环上还有其他钥匙。其中一把钥匙打开了我的衣橱，里面放着我的衣服。

我的手指有点僵，我只好慢慢将衣服穿上，然后打了个大大的哈欠。那人躺在地上一动不动。

我把他锁在里面，走出了房间。

5

走廊一片沉寂，拼花地板一直通往楼下，地板的中间铺着一条狭长的地毯，平整的白橡木楼梯扶手曲曲折折通向门厅。沉重的老式大门紧闭着，门后悄无声息。我踮着脚走在地毯上。

前厅的门是开着，但是通向前厅的路上还有扇彩色玻璃大门。我走到那扇彩色玻璃大门时电话响了。一个男人接起了电话。灯光透过半开的房门照进这昏暗的大厅。

我转身回去，从开着的门缝瞥了一眼，看见一个男人坐在桌旁打着电话。我等他挂了电话，走了进去。

他郁郁寡欢，一张长脸苍白无色，颧骨凸出，头顶高高的，一头稀疏褐色卷发紧贴头皮。他突然盯着我看，急忙伸手去按桌上的一个按钮。

我咧嘴一笑，吼道："慢着，狱长，我现在可什么都做得出来。"我晃了晃警棍。

他笑了下，笑容像冰冻鱼一样僵硬，那修长苍白的双手像只病蔫蔫的蝴蝶从桌面上滑下。一只手又开始挪向桌子侧面的抽屉。

他开始瞎叨叨："先生，你病得很严重。真的。我不建议——"

我用警棍轻轻敲了敲他那只做小动作的手，他那只手便像鼻涕虫碰到炎热的石头一般缩了回去。我说："狱长，我没有生病，只是注射了太多麻醉剂，差点神志不清。放我出去，再给我拿一些纯威士忌。"

他的手指乱比画着。"我是松德斯特兰德医生，"他说，"这是一所私人医院，不是监狱。"

"拿威士忌来，"我沙哑地说道，"我休息够了。私人医院，哼，有意思。好一出骗人的鬼把戏。威士忌呢?！"

"在药柜。"他乏力地小声说道。

"把手放在头后面。"

"这么做恐怕你会后悔的。"他把手在放在头后。

我走到桌子另一边，打开他刚想拉开的抽屉，拿出一把自动手枪。我把警棍收起，绕过桌子走到墙上的药柜，里面有一瓶品脱装波本威士忌，还有三个杯子。我拿了两个杯子，倒了两杯酒。"狱长，你先。"

"我……我不喝酒，我滴酒不沾。"他咕哝着说，手还在头后面。

我又拿出警棍，他立马放下一只手，拿起一杯酒一饮而尽。我看着他，他好像也没什么不良反应。我闻了闻我那杯威士忌，然后一口喝下。这威士忌的确好使，我又喝了一杯，然后把整瓶酒塞进我的大衣口袋。

"好吧，"我说，"谁把我关在这里? 快说。我还有急事。"

"当然是警……警察。"

"什么警察?"

他在椅子上坐着，肩膀缩成一团，看上去不舒服。"一个叫加尔布雷斯作为申述证人签的字。我向你保证，我们完全遵循法律要求。他是一个警官。"

我说："什么时候警察可以作为申述证人为精神病例签字?"

他没有回答。

"谁最先给我注射的麻醉药？"

"我不知道。应该有很长一段时间了。"

我意识到自己所处的困境。"我在这待了都整整两天了，"我说，"他们本应该一枪崩了我才对。拖得越久佣金越少。狱长，再见。"

"如果你离开这里，"他虚弱地说，"你马上会被捕。"

"不出去也会。"我轻声说。

我出去时他仍把手放在头后面。

前门有把锁，锁旁有一条锁链和一个螺栓。没有人试图阻止我打开那扇门。我穿过一条宽敞的老式玄关，沿一条宽敞的路向下走去。路旁种着鲜花，黑黑的树上站着一只吟唱的知更鸟。街上有一道白色的尖桩栅栏。这所房子在拐角处，一边是德斯坎索街，另一边是29街。

我向东走了四个街区到了公交线，然后在那等公交车。没有警报，也没有警察巡逻车找我。于是我坐公交车去了市中心的桑拿馆，洗了桑拿，用大水冲了澡，做了全身按摩，刮了胡子，喝完了剩下的威士忌。

这之后我能吃下东西了。我去了一家陌生的酒店，用假名登记入住并在那吃饭。那时已经11点半了。我喝着威士忌和水，把报纸仔细看完了。当地报纸上写着在卡罗莱纳街一间闲置的配家具的房子里发现一具尸体，死者是一位叫理查德·夏普的医生。警察还没查到有关凶手的任何线索，案件仍谜情重重。

从报纸上的日期来看，离那天已经过去48个多小时了，在这段时间里他们强制使我处于昏迷状态，而我全然不知。

我上床睡觉，却被噩梦吓醒，吓出一身冷汗。这是最后的戒断症状。第二天早上我就痊愈了。

6

警察局长富尔威德个子很矮，是个比较胖的重量级人物。他的眼睛张望不定，一头稀疏的红发快要变成粉色了。板寸头，透过粉色头发可以看到闪亮的粉红头皮。他穿着一套有贴袋的浅黄褐色法兰绒西装，西装叠和接缝，裁剪独特。

他跟我握手后将椅子侧着转了过去，跷着二郎腿。这使我看到了他穿的袜子，是三四美元一双的法国莱尔袜，鞋是手工制作的茶色粗革皮鞋，15到18美元就能买到，便宜得要死。

这样看来可能是他的妻子在管钱。

"啊，卡尔马迪，"他瞟着玻璃桌面上我的名片说，"是带个'尔'字吧？来这里工作？"

"我遇到点麻烦，"我说，"有事您不妨直说。"

他挺起胸膛，挥了挥粉红的手，将声音放低了很多。

"麻烦，"他说，"我们小镇很少会发生麻烦事儿。我们镇虽小，但非常干净有序。从西边的窗户望出去就能看到太平洋，没有什么比那更干净。往北望去就能看到阿尔圭洛大道和山麓。东部便是你想看到的最繁华的商业小区，再过去就是平整的住宅和庭园。在南边，如果我有一扇面南而开的窗户的话，我就能看到世界上最完美的小型游艇海港，对，就是小型游艇海港。"

"是我自己带着麻烦来的，"我说，"可以说部分麻烦是这样的。但来到这后麻烦变得越来越多。一个叫伊莎贝尔·斯奈尔的女孩从大都市里的家跑了，我在这镇上找到了她的狗。但狗现在的主人制造很多麻烦来不让我顺利找到她。"

"真的是这样吗？"警长眉头紧锁，心不在焉地问。我搞不懂是我在跟他开玩笑还是他在跟我开玩笑。

"把门上的钥匙转一下，好吗？"他说，"你比我更年轻嘛。"

我起身转动钥匙，重新坐下，然后拿出一支烟。这时警长拿出一个漂亮的酒瓶，两个小玻璃杯及一把小豆蔻籽放在桌子上。

我们喝了一杯，他剥了三四颗豆蔻籽，我们一边嚼着豆蔻籽一边对视着。

"说吧。"他说，"我现在要洗耳恭听了。"

"你听说过一个叫农夫圣人的人吗？"

"我，听过吗？"他在桌子上重重捶了一拳，小豆蔻籽被弹了起来，"为什么什么事都跟那流氓有一腿。一个抢劫银行的强盗，不是吗？"

我点点头，想看穿他的眼睛，而不是假装看懂。"他和他妹妹一起抢劫，他妹妹叫戴安娜。他们打扮得像乡下的人，劫了几家小镇的银行和国有银行。这就是为什么他被称为农夫圣人。他妹妹也有一个江湖称号。"

"我当然想给那两人戴上手铐。"警长坚定地说。

"那你他妈的怎么没给他俩铐上？"我问他。

他没有勃然大怒，但他的嘴大张着，大得我都担心他的下颚会掉在膝盖上，他的眼睛像剥壳的鸡蛋一样突出，嘴角肥肉褶子里还淌着唾液。他用力闭上嘴，像蒸汽铲作业一般费力。

这次行动很关键，如果称得上是一次行动的话。

"再说一遍。"他低声说。

我把带来的一份折叠报纸打开，指着一个专栏说。

"看看这起夏普医生被杀案，你们当地的报纸没有如实报道。上面说不知什么人按响了门铃，男孩便跑出去，发现空房子里有一具尸体。这也太弄虚作假了吧。我就在案发现场，农夫圣人和他妹妹也在那里，你们的警察也在案发现场。"

"奸细！"他突然喊道，"局里有奸细。"他脸色如砒粘蝇纸一样苍白，颤抖着手，又倒了两杯酒。

这下该我剥豆蔻籽了。

他一口都没喝，把酒放下，猛地拿起办公桌上的红褐色电话盒。我听到加尔布雷斯的名字，然后走过去把门打开。

我们没有等很长时间，但时间足够让警长多喝两杯。他的脸色稍微恢复了点。

过了一会儿，门开了，用警棍袭击了我的大块头警员蹭进来，面红耳赤，牙齿咬着斗牛犬烟斗，双手插在口袋里。他用肩抵上门，散漫地靠着它。

我说："你好，警官。"

他看着我，像是要揍我的脸，只是现在不是时候。

"徽章！"胖警长喊道，"徽章！放桌上，你被解雇了！"

加尔布雷斯慢慢走到桌旁，一只手肘搁在桌上，把脸凑近警长，他的鼻子离警长只有一英尺左右。"为什么解雇我？"他沙哑地问。

"农夫圣人在你手里，你却让他走掉，"警长喊道，"就你和邓肯那蠢材做出这种事来。还让他拿猎枪指着肚子跑了。你不用干了，被解雇了。你和那罐头里的牡蛎差不多，死路一条，你别指望能找到其他工作。徽章，给我！"

"谁他妈是农夫圣人？"加尔布雷斯问道，朝警长脸上吐了口烟，他想不起来了。

"他并不知情，"警长对我抱怨道，"他不知道。这就是我要处理的事情"。

"你什么意思，处理什么？"加尔布雷斯散漫地问。

仿佛被一只蜜蜂蜇了鼻头似的，胖警长一跃而起，他握紧肉肉的拳头，向加尔布雷斯下巴挥了一拳，力道似乎不小，打得加尔布雷斯的头甩开半英寸左右。

"别这样，"他说，"我这么拼命努力，然后呢，有什么好下场？"他看看我，又看看富尔威德。"我应该告诉他吗？"

富尔威德看着我，想着这场戏该怎么收尾。我张大嘴巴，一脸茫然，就像一个农村的男孩在上拉丁课。

"是啊，告诉他。"他咆哮着，来回摇着手指。

加尔布雷斯伸出一条粗腿搭在桌角上，磕出了烟斗里的烟灰，伸手拿威士忌，用警长的杯子给自己倒了杯酒。他擦了擦嘴唇，咧嘴一笑。他的牙齿实在太难看，牙医看到会伸进双手忙着给他整整的。

他平静地说："当我和邓肯赶到事故地点时，你躺在地板上，失去了知觉。那个高高瘦瘦的家伙站在你那，手上拿着警棍。那婆娘在一个靠窗的座位，她周围有许多报纸。屋后突然传来狗的嚎叫声，这时瘦高个就开始告诉我们到底发生了什么奇怪的事，我们便看着他，谁知这时那婆娘从报纸里抽出一支12口径的短筒散弹枪瞄准我们。嗯，除了乖乖听话，我们能做什么？她不会失手，而我们却有可能。另外那个家伙就从他的裤子里掏出更多的枪，还将我俩扭在一起，塞进壁橱里，连绳索都没用我们就乖乖就范，因为壁橱氯仿很浓。过了一会儿，我们听到他们各开着一辆车离开了。我们松绑后那具尸体还在那，所以我们对媒体乱诌了点说我们还没有得到新的线索。要是给你绑上你试试？"

"说得倒是像那么回事儿，"我告诉他，"我记得那女人自己给警察打电话的，但我可能搞错了，其他情节与我被警棍打倒在地不省人事是吻合的。"

加尔布雷斯白了我一眼。警长看着他的拇指。

"我醒来的时候，"我说，"发现自己在29路一家私人医院接受麻醉剂和烈酒的治愈。医院是一个叫松德斯特兰德医生开设的。我在那跳来窜去，就像是洛克菲勒捐献的一角硬币，想要自己旋转。"

"那个叫松德斯特兰德的医生，"加尔布雷斯沉闷地说，"——那家伙就是我们裤里的一只跳蚤，早就看他不顺了。警长，我们要当面去和他对质吗？"

"显然是那农夫圣人将卡尔马迪扔到那医院的，"富尔威德郑重其事地说，"所以有必要去会会他。要去，带上卡尔马迪，你想去吗？"

"当然。"我痛快地说。

加尔布雷斯看着威士忌酒瓶，小心翼翼地说："农夫圣人和他妹妹响名在外，我们要是将他们逮住，该怎么分奖赏？"

"都给你，"我说，"我直接拿工资和津贴。"

加尔布雷斯又咧嘴而笑。他摇摆不定地走着，呲着嘴，倒也十分和蔼可亲。

"好的，你的车在我们楼下的车库，因为一些日本人看到你的车后给我们打了电话。我们就开你的车去吧，就你和我。"

"加尔，应该要多叫几个帮手吧。"警长疑惑地说。

"不，我和他就够了。他命大着呢，要不还能到处晃嘛。"

"嗯，好吧，"警长爽快地说，"我们来喝一杯吧。"

但他还是心慌意乱。他忘记了豆蔻子。

7

这天风景宜人，前窗下开着茶香月季和秋海棠，美不胜收，三色紫罗兰在一株金合欢旁盛开一片，像一张圆形的地毯。房子一侧的花架上爬满深红色玫瑰，库墙上是一片香豌豆花海，一只青铜色蜂鸟正在花海中精巧地采蜜。

房子看起来像是一对富裕的老年夫妇的家，他们想在暮年之时在这海滨之城多晒点太阳。

加尔布雷斯朝车的踏脚板吐了口唾沫，敲了敲烟斗的烟灰，搪开大门，噔噔走上小路，然后用拇指按响了漂亮的铜铃。

我们等着。门上问话用的小铁网开了，露出一顶硬挺的护士帽，帽子下面那一张焦黄的长脸望着我们。

"警察，开门。"大块头警察吼道。

锁链嘎吱一声，螺栓滑了出去，门开了。那个护士1.82米左右，长胳膊，大手掌，对一个虐待者来说，真是个理想的助手。可她脸上表情不怎么对劲，她在笑什么。

"加尔布雷斯先生，什么事？"她尖声地说，尖锐的声音里又带着低沉，"加尔布雷斯先生，你好哇，要见医生吗？"

"是，突然有事。"加尔布雷斯咆哮道，推开她走了过去。

我们沿着门厅进去，办公室的门关了，加尔布雷斯踢开门，我紧跟在他后面，大块头护士在我身后叨叨不停。

松德斯特兰德医生还说自己滴酒不进，现在竟早饭还没吃就坐在那喝着夸脱瓶装着的威士忌。他稀薄的头发被汗水浸湿，变得一缕一缕，干瘦的脸似乎多了很多皱纹，前一晚看他时都还没有。

他赶紧放下手中的酒瓶，向我们僵硬地笑了笑，那是他独有的如冰冻鱼一般的微笑。他大惊小怪地说："怎么回事？怎么回事？我不是说不让人进来吗？"

"啊，过来坐吧。"加尔布雷斯说着猛地拉过桌旁的一把椅子，"护士，出去。"

护士又尖声嘀咕了一番才走出门。门关了。松德斯特兰德医生盯着我的脸看，一脸不悦。

加尔布雷斯双肘搁在桌上，双拳撑着他凸出的面颊，恶狠狠地盯着窘迫的医生，目不斜视。

似乎过了很久，他才几近温和地说："农夫圣人在哪儿？"

医生睁大眼睛，喉结向上滑，都快要跳出来了，绿眼睛开始怒火中烧。

"不要拖延时间！"加尔布雷斯怒吼，"我们知道你这所私人医院所有的那些勾当，藏匿罪犯，滥用麻醉剂，还有女人的事。你囚禁这个来自大城市的侦探时就一步错，步步错。你乖乖合作的话大城市的法律会保护你的。老实交代吧，农夫圣人在哪儿？那个女孩在哪？"

我不禁想起我从未在加尔布雷斯面前说过任何关于伊莎贝尔·斯奈尔的事——如果他说的女孩是指伊莎贝尔的话。

松德斯特兰德医生用力地拍了一下桌子。这令他万分惊讶的话似乎让他无法继续克制自己的不安，只好在最后爆发出来。

"他们在哪里？"加尔布雷斯再次喊道。

大门打开了，大块头护士又冲了进来。"加尔布雷斯先生，有病人在呢，病人需要安静，加尔布雷斯先生。"

"滚，该干吗干吗去！"加尔布雷斯回头对她说。

但她在门口徘徊不走。松德斯特兰德医生终于开口说话了，但声音小得可怜。他疲惫地说道："演得真好。"

紧接着他飞快地伸进他的罩衫摸出一把亮闪闪的枪。加尔布雷斯从椅子上跳起，闪到一边。医生朝他开了两枪，都没打中。我摸着枪，但没有掏出。加尔布雷斯躺在地板上笑了一下，粗大的右手一把抓在腋窝下，掏出一把鲁格尔手枪。那把枪看起来像我的鲁格尔手枪。加尔布雷斯开了一枪，就一枪。

医生的长脸毫无异色。我没有看到子弹打中了他哪儿，但他倒下，头撞到桌子，脸磕在桌子上，一动不动。而他的枪砰的一声掉在地板上。

加尔布雷斯从地板上站起拿枪指着我，我又看了看枪，确信那就是我的枪。

"这样真是个了解真相的好方法。"我漫不经心地说。

"把手放下，私家侦探，别逼我动真格。"

我放下手。"有意思，"我说道，"我想这整场戏是为了把医生杀掉而设计的吧。"

"他先开的枪，不是吗？"

"是的，"我轻声说，"他先开的枪。"

护士贴着墙走向我。松德斯特兰德医生拔出枪后她就没有动静了。就在她逼近我的时候我才突然看到她右手的指关节，及手背的汗毛，但还是迟了一步。

我闪到一边，但还是被打中了。那呼的一拳似乎要把我的头打爆了。我扶着墙站起，膝盖肿胀着，我努力保持理性，不让右手去抓枪。

我站直了，加尔布雷斯不怀好意地看着我。

"百密一疏啊，"我说，"你还握着我的鲁格尔手枪，整个计划就这样败露了，不是吗？"

"大侦探，我想你都知道了。"

我们都没说话，一阵沉默，那个声音尖细的护士说："天啊，那家伙的下巴像大象的脚一样硬。妈的，我刚刚还给了他两拳。"

加尔布雷斯的小眼睛杀气腾腾。"楼上什么情况？"他问护士。

"昨晚都出去了，我要去再看一遍吗？"

"没必要，那侦探刚没使他的手枪。小子，你对付不了他的。他想要线索。"

我说："让他扮护士一天你得给那小子剃两次毛，要剃干净才行啊。"

护士咧嘴一笑，将那顶硬挺的护士帽和纤维做的金色假发斜扔在子弹头旁。她——或者更确切地说，是他从白色护士服里掏出了枪。

加尔布雷斯说："这叫自卫，懂吗？事情是这样的：你和医生争吵，但他先开枪。老实点，要不然事情究竟是怎样的，我和邓肯就不好说了。"

我用左手揉揉下巴。"警官，听着，这笑话我可以接受，接下来的故事也一样。在卡罗莱纳街那所房子里你用警棍将我打昏，你没说，我也没有揭穿你。你有不说的原因，我想你会在合适的时间告诉我。也许我能猜到原因是什么，你知道农夫圣人在哪里，或者你可以把他找出来。农夫圣人又知道斯奈尔小姐在哪里，因为她的狗在他那。我们好好商量，合作互赢不好吗？"

"侦探，我们想得到的已经到手了。医生想和你'玩玩'，所以我答应他带你回来，还让邓在这扮护士假装帮他对付你，但他才是我们真正要解决的人。"

"好吧，"我说，"那我陪你演完这出戏，我得到了什么？"

"也许是让你多活了一会儿。"

我说："是啊，不过别以为我在开玩笑——看看您身后那堵墙上的小窗口吧。"

加尔布雷斯没有转身，始终盯着我。他冷笑着，嘴唇弯出一道的大大的弧线。

那个扮女护士的叫邓肯的人向窗外看了看，大叫了起来。

后墙上方角落里有一扇小小的正方形染色玻璃窗，窗户被悄无声息地打开了。我越过加尔布雷斯的耳朵直视着窗台上那杆冲锋枪黑乎乎的枪口和枪口后那一对锐利的黑眼睛。

一个声音说："妹妹啊，把门闩拿掉吧？你在办公桌旁回应我就行了。"那声音是我上次听过的安慰狗的声音。

8

　　大块头警察张大嘴巴，大口大口吸气，一脸奸笑，然后猛地转身扣动了鲁格尔手枪，那一枪生硬刺耳。

　　窗口的冲锋枪朝房内猛烈射击，我扑在地上。加尔布雷斯仰面瘫倒在桌旁，腿还弯曲着扭在一起，血从他的鼻子和嘴巴涌出。

　　穿护士服的警察脸色苍白，如同那顶浆洗的护士帽一样，枪从他手里弹出，于是他试图抓住天花板。

　　随后一切陷入诡异惊愕的沉寂中。弹烟散发着浓烈的气味。农夫圣人站在窗前对着屋外的人说话。

　　过了一会儿，外面的门打开，又关上了，大厅传来脚步声。我们的房门被一把推开，戴安娜圣人走进来。她皮肤略黑，头戴一顶俏皮的黑帽子，手上戴着手套，双手各拿着一把自动手枪，优雅高大帅气。

　　我站起来，手不离眼。她朝窗口平静地答话，眼睛却看向别处。

　　"没问题，杰里，我可以摆平他们。"

　　再望窗口，已然不见农夫圣人和那把冲锋枪，只剩一片蓝天和疏远的几根干枯树杈。

　　砰的一声，像是谁把通向木廊的梯子踢倒了。房里五个人，已经倒下了两个。

得采取行动才行，因为目前形势是戴安娜圣人要把剩下的两人杀掉。她不会手下留情的，她必须把这些人都处理干净。

刚刚真有人在加尔布雷斯身后的时候让他转身他却没信我。现在真没人在戴安娜身后我却又故伎重演。我越过女人的肩膀看过去，挤出一丝笑容，沙哑地说：

"嘿，迈克，来得刚刚好。"

当然她没有上当，反而惹恼了她。她挺直身子，右手朝我开了一枪。这种枪对一个女人来说太大了，她开了一枪后另一只手也跟着开了一枪，我没有看到子弹打在哪里，因为我猛地向她扑了过去。

肩膀撞在她大腿上，她向后仰倒，头撞上了门的侧柱。我很不留情地敲下她手中的枪，踢上门，站起来，拿钥匙使劲开门，然后仓皇退了回来，因为一只高跟鞋在拼了命似的踢我的鼻子。

邓肯一边说："想逃，没门。"一边扑向地板去拿他的枪。

"想活命的话，小心那个小窗口。"我吼道。

然后我走到桌子后面，把电话从松德斯特兰德医生的尸体旁搜出，把电话线拉到最长，尽量离那门缝远点。我躺在地板上，把电话放到肚子上，然后开始拨号。

戴安娜看到电话眼睛一惊，尖叫道："他们要抓我，杰里！他们要抓我！"

一位无所事事的值班警员接听了电话，就在我对他大声讲话时，机枪将门撕裂。

石膏和木屑像爱尔兰婚礼上的拳头漫天飞舞。子弹打在松德斯特兰德医生身上，他的身体猝然抖动，像是一阵寒流袭身把他冻醒了。我丢开电话，抓过戴安娜的枪，向大门扫射，然后看见一处大裂缝里的衣服，于是我对准那衣服开枪。

我看不到邓肯在做什么，然后我才知道。戴安娜圣人的下巴不偏不倚中了一枪，这一枪不可能是从门外打进来的。她又倒下了，永远地倒下了。

屋里又开了一枪，这一枪打飞了我的帽子。我滚了个身，大骂邓肯。他笨拙地换了个方向，又对着我来了一枪，还像动物般嗷叫起来。我又大骂邓肯。

护士服上出现四个血点，齐胸呈一条斜线，邓肯还没倒下，血就渗开了。

远处传来警笛。是我报的警，警车正往我们这边开来，声音越来越响亮。

农夫圣人停止扫射，一脚踢在门上，门抖动了几下，但没踢开，门上的锁头将门定住了。我站在离锁头很远的地方，又给枪上了四颗子弹。

警笛越来越响。农夫圣人不得不走。我听见他跑下大厅的脚步声。门砰的一声开了，随后巷子后头便响起了发动汽车的声音。警笛的声音越来越近，越来越刺耳，那汽车驶离的声音便渐渐听不见。

我爬到女子身旁，她脸上、头发上都是血，外套前面湿透了一片。我碰了碰她的脸，她慢慢睁开了眼睛，眼睑好似千般重。

"杰里——"她低声说。

"死了，"我冷酷地撒了谎，"戴安娜，伊莎贝尔·斯奈尔在哪？"

她闭上眼，溢出晶莹的眼泪，那是垂死之人的眼泪。

"戴安娜，伊莎贝尔在哪儿？"我恳求道，"行行好，告诉我吧，我不是警察，是她的朋友。戴安娜，告诉我吧。"

我融入所有感情地对她说，急切渴望又万般温柔。

她突然半睁眼，又微弱地说："杰里——"声音渐渐听不见，眼睛也闭上了。然后她又动了动嘴巴，说了两个字，听起来像"蒙提"。

说完她就死了。

我慢慢站了起来，听着警笛。

9

日暮将近，街对面的一栋高大的办公楼里亮起点点灯光。一下午都待在富尔威德警长办公室，我已经把发生的一切说了20遍了。我说的——都是真的。

警察一直进进出出，还有弹道学专家，负责打印的人，记录员，记者，六个市政官员，甚至还有一个美联社记者。记者承认说他不喜欢他写出的这篇稿子。

胖警长淌着汗，一脸狐疑，脱了外套，腋窝黑黑的，一头红短发像被烧焦一样卷起来。富尔威德不清楚我知道多少，所以不敢套我的话，他唯一能做的就是对我吼叫，对我哀诉，并试图在其间把我灌醉。

我渐生醉意，但我喜欢这样。

"就没有人说了什么吗？！"他哀号着问我，这问题都问了无数遍了。

我又喝了一杯酒，乱划着手，样子愚蠢极了。"警长，一个字都没说。"我警觉地说，"我来告诉你吧。他们不行，死得太突然了。"

他拧着下巴。"真他妈有意思啊，"他冷笑道，"地上躺着四个人死人，你却毫发未损。"

"躺在地上的，"我说，"就我一个人没受伤。"

他抓了抓右耳，焦虑不安。"你来这儿三天了，"他号叫起来，"你来之前，他们三天查出的案子比三年还多。他奶奶的，我一定是在做噩梦。"

"警长，你不能怪我，"我咕哝道，"我来这儿找一个女孩，现在还没找到。我可没叫农夫圣人和他妹妹藏在这镇上。早前看到他时我就知会了你，不过你自己的警察却没告诉你。在没有从松德斯特兰德医生那里打听到任何消息之前我怎么可能杀了他呢，到现在我还没想通为什么要安插个假护士在那。"

"我也不知道，"富尔威德喊道，"但枪口崩死那么多条人命，这我得管。不管怎样我也要查清这事儿，不过现在我不妨去钓鱼。"

我又喝了一杯酒，开心地打着嗝。"警长，不要那样说，"我争辩道，"这小镇你整顿过一次，再来一次嘛。这次情况不过稍微糟糕那么一点，就像碰到一个反弹的烫手滚地球而已。"

富尔威德警长在办公室转了一圈，往侧墙捶了一拳，最后一屁股坐回椅子上。他凶狠地看着我，一把抓过威士忌酒瓶，但他却没喝，好像让我喝这酒对他好处更大。

"跟你做个交易，"富尔威德吼道，"你逃回圣安吉洛去，你的枪杀掉松德斯特兰德医生一事我就当不知道。"

"对一个努力谋生的人说这种事不怎么好吧，你知道我的枪杀松德斯特兰德医生是怎么回事。"

富尔威德脸又一阵刷白，一副要杀死我的神情。心情平复后，他捶了桌子一拳，痛快地说："卡尔马迪，你说得对，我不能这样做，是吧？你还得找到那个女孩，不是吗？好吧，你回旅馆休息吧。我今晚会处理，明早和你碰面。"

我又将瓶子里剩下的那一小口酒喝完了，真是舒服极了。我和他握了两次手，摇摇晃晃地走出他的办公室。走廊灯光通明。

我走下市政厅楼梯，来到市政厅旁边的警局车库。我的蓝色坐骑克莱斯勒又回来了。我不再装喝醉了，继续沿着路边街道向海滨走去，沿着宽阔的水泥路向两个娱乐码头和大饭店走去。

暮色正浓，码头的灯亮了，一些小游艇抛锚泊在游艇港防波堤后面，它们桅顶的灯点亮了。一个白色烧烤摊前站着一个人，他拿着把长叉烤着小红肠，嘴里念着："饿了吧，伙计。好吃的热狗哦，要不要来一根？"

我点了一支烟，站在那里望着大海。突然，远方一艘大船灯火闪烁。我看着灯光，它们并没有移动。我走到卖热狗的人那里。

"抛锚了？"我指着那艘船问他。

他环顾烧烤摊四周，轻蔑地努了努鼻子。

"天啊，那是艘赌船。他们美其名曰'停留之舰'，因为它哪儿也不去。如果你觉得'探戈舞厅'还不够乱，去那艘船上看看。是的，先生，那是'好船'——蒙特西托。——来根热乎好吃的热狗怎么样？"

我把25美分放在他的收钱柜那。"你自己吃一个，"我轻声说，"在哪打出租车？"

我没带枪，所以我得回酒店取枪。

垂死的戴安娜圣人曾说过"蒙提"。

也许她只是还没说完"蒙特西托"就死了。

我回到酒店，躺在床上安稳地睡了一觉，好像打了麻醉一般。早上醒来时已经八点了，我饿了。

从酒店出来就有人尾随我，但保持的距离不怎么远。当然，这秩序井然的小城市犯罪太少，以致这些警员不怎么会玩跟踪。

10

　　水上出租车是一种没有装饰的古老快艇。我们乘着它滑过抛锚的游艇，绕过防波堤，又碰上了大浪。漫长的一段路程只花了40美分。艇上除了表情冷峻的舵手外，就剩两对搂抱在一起的夫妇，他们一到看不清的地方就开始亲对方的脸。

　　我食欲不怎么好，回头望着这座城市的漫漫灯火。夜初，灯光如钻石点点散落，尔后各处的灯都亮起来，聚集汇拢，好似黑夜橱窗里一串饰有宝石的手镯。望眼浪头，橘黄色灯光柔和朦胧。无形的波浪拍打着快艇，快艇像冲浪船一般弹跳起来。雾气迷蒙，感觉冷飕飕的。

　　蒙特西托舰船舷窗很大。快艇绕了个大弯，倾斜45度角，熟练地冲向灯光照亮的台阶。快艇引擎慢慢熄灭，又在雾中回火。

　　蒙特西托上站着一个男孩，眼睛又黑又大，撇着嘴，穿着一件紧身的脏兮兮蓝色背心，他伸手牵女孩出来，敏锐地瞥了一眼他们的护花使者，也让他们上去了。从他看我的眼神就知道他没那么好对付。他撞上我的枪套则让我对此更加确信。

　　"停，"他轻声说，"停。"

他用下巴示意舵手，舵手降下了缆桩上的一个短套索，转了转船舵，爬上蒙特西托的甲板，站在我身后。

"停下，"那个穿着脏兮兮背心的人咕哝着，"先生，禁止携带枪支入船。抱歉。"

"这枪从不离身的，"我告诉他，"我是个私人侦探，去调查点事。"

"老兄，对不起。没有地方给你寄存。请离开。"

舵手钩住我右胳膊手腕，我耸了耸肩。

"回到船上，"舵手大喊道，"先生，我欠你40美分。走吧。"

我回到船上。

"好吧，"我气急败坏地骂着那"脏背心"，"有钱都不赚，不要就不要。这么对待游客，什么狗屁服务态度。这是——"

快艇解开缆绳往回开，路上又遇上大浪。于是最后定格在我眼中的是他那狡黠的微笑。上不了那船令我懊恼。

回去似乎花了更久的时间。我没跟那个舵手说话，他也没理我。我走上码头的浮舟，舵手在我背后冷笑道："私家侦探，等哪天晚上没这么忙的时候再去吧。"

六个等着出去的顾客盯着我。我从他们身边走过，走出浮舟上等候室的门，向通往陆地的台阶走去。

一不小心被一个满头红发、倚着栏杆挺身的粗人撞上了。他穿着肮脏的运动鞋，涂着焦油般的黑裤子和破烂的蓝色球衣。

他堵住了我的路，我只好停下。他轻声说："侦探，遇到麻烦了？上不了那艘船吧？"

"我凭什么告诉你？"

"我耳朵很灵的。"

"你哪位？"

"叫我阿红得了。"

"让开，阿红。我很忙。"

他悲伤地笑笑，摸了摸我的左边口袋。"手枪放在这样的薄西装里当然会有点鼓起。"他说，"想要上那艘船吗？找方法是可以办到的。"

"多少钱？"我问他。

"50美元。搭我的船去再加10美元。"

我抬腿要走。"25，"他赶紧说，"也许你回来的时候有朋友一起，嗯？"

我走了四步又转身说："成交。"然后继续往前走。

灯火灿烂的娱乐码头脚下有一个"探戈舞厅"，即使未到点，也已人头攒动了。我走进舞厅，靠着墙，看看电子指示器上的数字，又看看打牌的人，一个人在柜台下用他的膝盖做暗号，而他的手牌是"顺子"。

一个穿着蓝色衣服的大块头来到我身边，他身上有股烟味。大块头说："需要帮助吗？"声音柔软、低深、忧郁。

"我在找一个女孩，但我自己找就行了。你来干什么？"我没有看他。

"这里混口饭吃，那里混口饭吃。我喜欢吃。我以前是警察，但被他们整出来了。"

我喜欢他告诉我这些。"那你一定是个诚实人。"我一边说着一边看着那些人打牌，其中一个人用拇指把那张不好的牌码挡住，发了下去，另一个坐在他对面的人则把那张不好的牌拿了起来。

我能感觉到阿红在笑。"我看到你在我们小镇上转了好几天了，是这样，我有一艘带水下旁路的船。我还可以打开一个装货港的门，因为我偶尔给那边的人带货，那边甲板下人不多。你觉得如何？"

我拿出钱包，掏出25美元，抓成一团递给他。他接过钱塞进他焦黑的裤袋里。

红轻轻地说："谢谢。"然后离开了。我让他先走一会儿，再跟上。他那体格在人群中很容易认出，所以追上他不是什么难事。

我们走过游艇港和第二个娱乐码头。再往前走，灯光愈渐零星，人也寥寥无几。接着看到一个不大的黑码头，屹立水上，船只停泊在它岸边。阿红走上前去看情况。

快走到路的尽头他才停下，那儿露出木梯的一端。"我要把船开到这儿，"他说，"你得先整些动静出来。"

"听我说，"我急切地说，"我忘了我要给一个人打电话。"

"好吧。快点。"

他带着我沿着码头又走了一段很远的路，然后他跪了下来，慌乱找锁链上的钥匙，终于将挂锁打开，揭开一个藏东西的小凹槽，拿出个电话，听了听。

"还好使，"他笑着说，"一定是那些骗子骗来的。别忘了把锁锁回去啊。"

他静静地溜走，消失在黑夜中。留我在那听海水拍打码头桩基的哗啦声，听海鸥夜色中偶尔的几声鸣叫。10分钟后远处传来马达的轰鸣声，响了好几分钟。突然声音戛然而止。又过了几分钟，梯子下突然砰地一声，阿红低声对我说："好了。"

我急忙拿起电话拨了个号，说找富尔威德警长。电话那头说他已经回家了。于是我又打另一个电话，是一个女人接的。我说我是总局，要找富尔威德警长。

我又等了会儿。然后我听到了胖警长的声音，听起来他吃了满嘴的烤土豆。

"什么？连吃东西都不让我消停会吗？谁啊？"

"警长，是我，卡尔马迪。农夫圣人在蒙特西托。真遗憾，那已经不是你的管辖范围了。"

他开始发疯一般大喊。我直接撂了电话，把电话放回钉了锌条的舒适小窝，啪的一声锁上挂锁，下了梯子向红走去。

　　他的黑色大快艇滑过油污水面。排气没有什么声音，但快艇一侧一直在冒泡。

　　从黑压压的水面看去，城市的灯光又是一片黄蒙蒙的景象。那艘"好船"——"蒙特西托"所在的港口又是灯火通明，万般璀璨。

11

阿红的这艘船船头没有探照，他将马力降低一半，低到像完全熄了火一般。然后他在高悬的船尾下转了个弯，向着那艘大游艇悄悄贴近，如一个花花公子在酒店大堂时的害羞模样。

两扇铁门在我们头顶隐约可见，再向前一点就是锚链黏滑的链环。快艇擦过蒙特西托游艇古老的钢板。海水在我们脚下无拘无束地拍打着快艇的底部。我眼前浮现出阿红以前当警察的样子。他朝黑乎乎的地方甩出一卷绳索，绳子碰到了什么东西后又弹了回来。红用力拉住绳索，将它绕在发动机罩上的某样东西上。

他轻声说："那船像越野障碍比赛的马一样高。我们得爬上那船的甲板。"

我把好方向盘，将快艇的船头抵住大船光滑的船体。阿红拿起一个铁梯横着靠到游艇的一侧，然后向黑暗中迈向，嘴里哼哼着。他硕大的身体弓成了一个直角，踩着运动鞋滑过湿漉漉的金属梯子。

过了一会儿，上头一阵嘎吱作响，迷蒙的夜色中一盏暗淡的黄灯亮了起来，现出一扇沉重大门的轮廓，还有背着灯缩头缩脑的阿红。

我跟在阿红后面爬上梯子，我气喘吁吁，腰酸背痛，可把我累坏了。老鼠在黑暗的角落一溜而过。大块头阿红凑近我的耳朵轻声说："从这里开始有一条通向锅炉房的狭小通道，那路好走。他们在那有一个辅助蒸汽，是烧热水和发电用的。也就是说那里只有一个人看守，他交给我就好了。再往上一层可就镀了黄铜，那儿的船员就翻倍了。到了锅炉房我会告诉你没有格栅的换气扇在哪，那个换气扇就通往甲板，然后一切就看你自己了。"

"你在船上一定有亲戚吧。"我说。

"这不重要，想知道游艇上的情况在岸上的时候就要想办法，也许我只是近水楼台而已。你会很快回来吗？"

"在甲板上我要好好干一场，"我说，"给。"

我从钱包里拿出更多的钱塞给阿红。

阿红摇了摇头。"太多了，回去的钱都够了。"

"我预先支付，"我说，"虽然我可能用不上。在我后悔之前赶紧把钱拿走。"

"嗯，谢谢你，朋友。你是一个好人。"

我们穿行在箱子和机筒之间，外通道的黄灯照了进来。我们沿着过道走到一扇窄小的铁门前，铁门通向那条狭小暗道。我们沿着小暗道继续潜行，爬下一架油滑的铁梯，听到了燃油器缓慢的嘶嘶声。我们走过一堆堆烙铁，很久后才走到发出这嘶嘶声的地方。

一盏无遮罩的灯下，我们看到角落里坐着一个个子不高的意大利人，穿着一身脏兮兮的紫色丝绸衬衫，戴着副银边眼镜坐在一张固定在地面的办公椅上看报纸。拿报纸的食指黑乎乎的。

红轻轻地说："嗨，矮子，你的小孩过得可好？"意大利人张大嘴，迅速站了起来。阿红将他打倒，我们把他平放在地上，把他的紫色衬衫撕成碎条布，然后用那些碎条布把他绑起来，塞住他的嘴。

"本来是不该对一个戴眼镜的家伙下手的，"红说，"但谁让他堵住你去换气扇的路——在这下面待着的人就是我们的目标。不过楼上他们不会什么也没听到的。"

我说那样没错。接着我们离开了躺在地上的五花大绑的意大利人，找到了没有格栅的换气扇。我和红握手言别，说希望再见到他，然后爬上换气扇里的梯子。

换气扇里漆黑一片，雾气灌将下来，寒气袭人，向上爬的路似乎很长。三分钟后，我到达通道顶部，可我觉得过了一小时之久，我小心翼翼地探出头。轮船甲板的吊艇柱附近，帆布船若隐若现。黑夜中依旧能听到两艘船里传来的低声细语。甲板下响起重金属音乐的律动。桅杆顶部挂着一盏灯，远处层层薄雾，零星冷冷清清。

我侧耳倾听，并没听到任何公安舰艇的警报。于是我爬出换气扇，贴着甲板前进。

一对抱在一起亲热的夫妇正在下面的小船低声耳语，他们完全没注意我。我沿着甲板走过三四个关着门的客舱。其中两处客舱门虽关着，但仍能看到微弱的光。我听了听，除了主甲板下赌客们的狂欢外，没听到别的任何声音。

我走进一片漆黑中，猛吸一口气，狂吼一声，呼了出来——这一嗓子就像孤苦无依又饥肠辘辘的大灰狼在遥远野外的嚎叫，这一声狂吼也意味着一大波麻烦随之而来。

一只警犬低沉地嚎叫一声回应了我。甲板那边黑咕隆咚，只听见一个女孩啼啼哭哭。有一个男人："我以为那些参与殴打的酒鬼都死了。"

我挺直腰板，拔出枪，跑向狗吠的地方。那声音是从甲板另一侧的船舱传出的。

我把耳朵贴到门口，听到一个男人正在安抚狗的情绪。狗停止了狂吠，只嚎叫一两声便不再作声。突然有人拿钥匙开我正在偷听的那扇门。

我闪到一边，单膝跪下。门打开一条缝，里面探出一颗光滑

111

的脑袋，那一头乌发被甲板上的带罩探灯照得油光发亮。

我站起来，用枪柄猛地敲那人的头，那人倒下，软软地瘫在我的怀里。我把他拖回客舱，随意铺了个地铺，把他放倒在上面。

我又回去将门锁上。客舱里一个小女孩蜷蹲在另一张卧铺上，一脸惊恐。我说："斯奈尔小姐，你好。可让我好找啊。想回家吗？"

农夫圣人按着头翻身坐了起来，一声不吭，锐利的黑眼睛瞪着我，挤出一丝微笑，脾气貌似挺好。

我将船舱环视一圈，却没看到狗在哪里，但看到一扇船舱内门，狗可能就在里面。我又看着女孩。

和大多数捅下一大摊娄子的人一样，她也没有多特别。她抱膝蜷缩在卧铺上，头发披散着把一只眼睛挡住了。她穿着针织裙，高尔夫袜子和运动鞋，鞋面上印着舌头的图案。裙子的下摆露出她干瘦赤裸的膝盖。她看起来像一个女学生。

我在圣人身上搜了一圈，但没有搜到枪。他对我咧嘴笑了笑。

女孩拿起手把头发捋到后面，她看着我，仿佛我跟她隔着有几个街区那么远。然后她喘了口气，突然哭了起来。

"我们结婚了，"圣人轻声说，"她以为你要崩了我。你知道用狼嚎来找我们，这招狠。"

我什么也没说，只是侧耳听着，外面没什么动静。

"你怎么知道我们在这船上？"圣人问道。

"戴安娜死之前——告诉我的。"我残忍地说。

他眼神里透着悲伤。"侦探，这不可能。"

"你跑出去，把她扔在屋里，你希望会有什么结果？"

"我以为警察不会打女人，我就可以在外面和警察做交易。谁杀的她？"

"富尔威德的一名手下，你已经把他杀了。"

他猛地转过头来，露出一副捉摸不透的神情，然后那神情又消失了。他转过脸朝哭泣的女孩笑了笑。

"宝贝，听着，我不会让你有事的。"他回头看着我，"如果我能活着回来，你有没有办法放她走？"

"你什么意思，活着回来？"我冷笑道。

"私家侦探，我在这艘船上有很多朋友。你这才哪到哪呢。"

"你把她整进来，"我说，"却没法让她出去。这也算是因果报应吧。"

12

农夫圣人慢慢地点了点头，低头看着两脚之间的地板。斯奈尔停止了哭泣，脸才擦干，又哭了起来。

"富尔威德知道我在这里？"圣人慢慢地问我。

"嗯。"

"你告诉他的？"

"嗯。"

农夫圣人耸了耸肩。"从你的立场来看这么做没错，这是当然，但富尔威德要是抓住了我，我就永远说不了真相了。要是我能去跟地方检察官讲，或许还有可能使他相信那些事儿都是我干的，跟她一点关系都没有。"

"你早就该想到这些，"我严厉地说，"那时你就没必要回医院，回去了还拿把冲锋枪不停扫射。"

他转过头笑了。"不回去吗？假设你支付一个人10000美元作为保护费，可他却出卖你，抢了你妻子，把她关在不正当的毒品医院，还让你走得越远越好，永远别再回来了，要不他就把你妻子杀了。遇上这种事你会怎么做——一笑置之？还是跑回去拿枪杆跟他谈谈？"

"她那时不在那家医院，"我说，"你只是起了杀瘾。还有，要是你没有跟那只狗纠缠那么久，它也不至于咬死

114

那个兽医，松德斯特兰德医生也不会被吓到出卖你。"

"我喜欢狗，"圣人平静地说，"我不抢劫的时候可是一个好人，但我再也忍受不了这种摆布。"

我侧耳听着，外面甲板上仍然没有声音。

"听着，"我飞快地说，"船的后门有一艘船，你要是想跟我合作的话，我会努力在他们抓到她之前把女孩带回家。你怎么办我不管，即使你喜欢狗，我也不会帮你。"

斯奈尔突然尖声说："我不想回家！我不回去！"

"将来你会感激我的！"我厉声说。

"宝贝，他说得没错，"圣人说，"你最好跟他走。"

"我不走，"斯奈尔生气地尖叫起来，"我不走，没什么好说。"

门外砰砰砰的敲门声打破了沉默。一个冷酷的声音喊道："开门！警察！"

我迅速靠到门口，眼睛却看着圣人，转过头说："富尔威德吗？"

"是我，"警长肥肥的嘴咆哮道，"卡尔马迪？"

"警长，听着，农夫圣人在这儿，他准备投降。里面还有一个女孩，就是我跟你说过的那个斯奈尔。所以进来时不要带太多人，好吗？"

"没问题，"警长说，"把门打开。"

我拧了下钥匙，跳到客舱另一头，背靠船舱的内隔墙，墙旁边就是狗所在房间的那扇门。狗正在里面走来走去，偶尔汪汪几声。

门猛地被推开，两个我以前没有见过的人拿着枪冲进来，肥警长跟在他们身后。在他关门的一瞬我瞥见船员的制服。

这两个警察扑到圣人面前，一顿踢打，给圣人戴上手铐，然后退到警长旁边。圣人朝他们笑了笑，血从嘴角一滴一滴往下淌。

富尔威德怒视着我，嘴里叼着根雪茄。似乎没有人关注那女孩。

"卡尔马迪，你真他妈不是个东西，也不告诉我上哪找你们。"他咆哮道。

"我怎么知道，"我说，"我也以为这不属于你管辖的范围。"

"放屁。我们报告了联邦政府官员，他们会赶过来。"

一个警员笑了笑，粗鲁地说："他们到这儿还早得很呢，私人侦探，把枪给我放下。"

"有本事你过来拿。"我说。

他迈步向前，但富尔威德挥手示意他退回去。另一个警员则死死盯着农夫圣人。

"你怎么找到他的？"富尔威德神情疑惑。

"反正没拿他的钱替他逃命。"我说。

富尔威德脸色依旧，声音懒懒散散。"哦，哦，看来你已经暗中调查了。"他轻轻地说。

我厌恶地说："你和你那帮小喽啰以为我是傻子吗，这么好骗？还说你们真干净，'干净'得真叫人恶心。真是一群赤裸裸的伪君子。骗子都逃这来避难了——只要他们给的价钱令人满意，在当地不干什么不法活动——当局一点头，这些骗子就可以乘快艇逃去墨西哥。"

警长很小心翼翼地说："说完了？"

"说完了，"我喊道，"你的勾当我他妈憋了太久了。你给我注射麻醉剂，搞得我半昏不醒的，还把我关在私设的监狱里。我逃了出来，你就与加尔布雷斯和邓肯密谋，让他们拿我的枪杀死你的帮手——松德斯特兰德医生，这样你们就可以借此来逮捕我，在我不愿就范之际你们就可趁机将我杀了。但是圣人破坏了你的计划，救了我一命。也许他不是有心要救我，但他确实救了我。你早知道这个斯奈尔小女孩是圣人的妻子，也知道她在哪。

116

你抓了她好要挟圣人乖乖听你的话。妈的，不过你想想我凭什么提示你圣人在这儿？你不知道了吧！"

那个试图让我扔掉枪的警察说："好了，警长，我们最好快点。那些联邦政府人员——"

富尔威德下巴一抖，面如蜡纸，耳朵往后耷拉，猛地吸了口大肥嘴里的雪茄。

"等等，"他厉声喝道，然后对我说："呃……你为什么要给我提示？"

"就是要引你来这，在这里你不再是警长，地位和那新墨西哥歹徒比利小子没差别。"我说，"就是要看看你有没有胆在公海上继续杀人。"

圣人笑了，吹了声口哨，那是一声低沉的咆哮。暴怒的狗噌叫一声回应了他。我身旁的门像被骡子踢了一脚砰地撞开了，大警犬冲了出来，在房间里一圈圈跳着审来审去。灰色的身体在半空中扭动着。有人砰地开了一枪，但没打中。

"沃斯，把他们吃掉！"圣人喊道，"好男孩，把他们活活吃掉！"

船舱内枪声不断，狗吠声夹杂着厚重哽咽的尖叫声。富尔威德被狗咬住喉咙，倒了下来，一名警察也倒在地上。

斯奈尔尖叫着，将脸埋入枕头。圣人从床铺上软绵绵地滑落到地板上，大股大股的血从他脖子上慢慢涌出。

没有被枪打中的警员跳到一边，没站稳，几乎一头栽在女孩的床铺上，待站稳后，朝狗长长的灰身子胡乱开了一枪——但完全没瞄准。

狗咬住躺在地上那警员的手，手都要咬断了，他一边大喊大叫一边使劲推开狗。甲板上响起重重的脚步声，有人在外面大声喊叫。什么东西溅到我脸上，使我发痒，我觉得很不舒服，但我不知道是什么打了我。

握在手里的枪感觉又沉又烫。我很不情愿地朝狗开了一枪。

狗躺倒在富尔威德身上，这时我才看到警长前额上眼睛的中间那枚流弹孔，枪法如此精准纯属巧合。

站着的警员开了一记空枪。他咒骂着，开始拼命地上子弹。

我摸摸脸上的血，血看起来很黑。船舱内的灯光似乎越来越暗。

明亮的斧头刀刃唰地劈开了舱门，门被警长和躺在他一旁的呻吟警员堵住了。我盯着亮闪闪的刀刃，看着它消失，又看着它出现在另一个地方。

不久，像剧院的幕布被缓缓拉上一般，灯光越变越暗，而我的头也疼得愈发厉害，但那时我却不知道那一颗子弹竟击中了我的头骨。

两天后我在医院里醒来。我在医院住了三周。圣人却没能活到他受刑的日子，但他剩下的时间足够讲述他的故事，而且他一定讲得很精彩。因为联邦政府官员没有将杰里·圣人太太抓起来，而是让她回到了她姑姑家。

届时州大陪审团已经起诉了这个海滨小城市一半的警员。听说市政厅多了很多新面孔，其中有一个一头红发叫诺加德的侦缉警司。诺加德还说欠我25美元，但为了失而复得的工作，他得用这25美元来买套新衣服上班。他说他一发工资就还我。我说我会努力等到那天。

（本文译者　卢婷、蒲若茜）

118

午街取货

他们相隔很近，走得很慢，穿过昏暗的模板招牌，招牌上写着：惊喜酒店。男人一袭紫色西装，头发油光发亮，紧贴头皮，头戴巴拿马草帽，八字脚，走路没什么声响。

女孩戴着绿色的帽子，穿着短裙，透明丝袜和一双10多厘米的法式高跟鞋，散发着一股"午夜水仙"的香水味。

在拐角处男人俯身过去，在女孩耳边说了些什么，女孩一把推开他，格格笑了。

"斯麦勒，想带我回家，买酒去。"

"宝贝，下次吧，我刚好手头紧。"

女孩冷言冷语地说："帅哥，这样的话那我们到下一个街区就各回各家。"

"宝贝，你怎么能做这种事。"男人说。

十字路口的弧光照在这对男女身上。他们隔得很远，走到街的另一头，男人一把抓住女孩的胳膊，而她扭身挣脱。

"你个卑鄙的骗子，你给我听着！"她尖叫，"拿开你的爪子，听到没！没钱还装什么大爷，没钱就是个屁。闪开！"

"亲爱的，你想喝多少酒？"

"很多。"

"我分文没有，上哪弄那么多酒去？"

"你不是有手吗，是吧？"女孩嘲笑道，声音少了几分尖锐，她又倾身靠近他，"老兄，你有枪吧，是吧？"

"有是有，但没子弹。"

"中央大道的懒汉他们又不知道。"

"这样不行，"紫衣男子大吼道，他突然一怔，打了个响指，"等等，我想到了。"

他停下，回头望着街头那家酒店昏暗的模板招牌，女孩用一只戴着手套的手轻轻拍了拍他的下巴，她手套上有一股"午夜水仙"香水味儿。

昏暗的灯光下，男人又打了个响指，咧嘴一笑，"如果那个喝醉的人仍躲在那酒店，我就去拿酒，等我，好吗？"

"你回来得快的话，我可能在家等你。"

"亲爱的，你家在哪？"

女孩盯着他，闪过一丝微笑。微风把水沟里的一张报纸吹到男人腿上，男人发狠似的一顿踢腿。

"246路东48街汽笛风琴公寓楼B座。你多久才能到那？"

男人跨步向前，和她靠得很近，向后轻轻拍了拍屁股，声音低沉，令人不寒而栗。

"宝贝，等我啊。"

她喘了口气，点了点头，"没问题，帅哥，我等你。"

男人沿着破裂的人行道回去，穿过十字路口，走到挂着那块模板招牌的地方。他穿过一扇玻璃门，走进一个狭窄的大厅，大厅的石膏墙上靠着一排棕色木椅，大厅很小，小得只剩一条通向前台的通道。前台那，一个光头黑人正懒洋洋地躺在桌后，一边把玩着他领带上一枚大大的绿色别针。

穿紫色衣服的黑人倚靠在柜台上，立马挤出一丝微笑，露出白得发亮的牙齿。他还很年轻，下巴削尖，前额狭窄瘦削。像多数赌徒一样眼睛无神，他轻声说："那个一嗓子沙哑声的哈巴狗还在这吗？那家伙昨晚坐庄赌博来着。"

那光头店员看着天花板吊灯上的苍蝇说："斯麦勒，我没看见他出去。"

"伙计，不要转移话题。"

"是的，他还在这儿。"

"还没醒酒吗？"

"是吧，反正是没见他出来。"

"349房，是吧？"

"你难道没到过？你去干什么？"

"他把我最后一点钱都赢走了，我去讨点钱。"

光头男人一怔，斯麦勒静静盯着他领带别针上的软玉。

"斯麦勒，滚，这儿没有什么喝醉的人。我们中央大道的人不会喝醉。"

斯麦勒很柔和地说："老兄，他是我朋友。他借我20，你得一半。"

他将手摊开，掌心向上。店员盯着他的手，愣了许久，然后摆着副臭脸点了点头，走到一扇毛玻璃屏障后，又慢慢走回来，眼睛看向临街而开的大门。

店员伸出手，在那摊开的手掌上晃来晃去，紫衣黑人将总钥匙握住，装进他那身廉价的紫色西装里。

斯麦勒突然咧嘴一笑，但那笑容瞬间变成一张冰冷的表情。

"老兄，我在上面的时候你要看着点。"

店员说："上去吧，一些顾客回来得很早。"说完他瞥了一眼墙上的绿色时钟，上面显示的时间是7：15。"墙也没有多厚。"他又补充道。

那瘦瘦的青年又闪过一丝微笑，对他点了点头，小心翼翼地沿着大厅往回走，走到昏暗的楼梯口——惊喜酒店没有电梯。

7：01时，皮特·安格里斯——一名缉毒小组的卧底，躺在

123

硬邦邦的床上翻了个身，看着左腕上廉价的皮带手表。他眼袋很重，宽下巴，蓄着浓密的黑胡须，穿着廉价的棉布睡衣。他鞋也没穿就站到了地板上，活动活动肌肉，做了做拉伸，膝盖僵直，弯下腰，哼的一声摸到了脚趾前面的地板。

他走到一张有裂口的写字台前，喝着一瓶夸脱装的廉价黑麦威士忌，痛苦地板着脸，把软木塞塞回瓶颈，用手掌使劲往下按。

"天啊，我昨晚喝多了吗？"他沙哑地嘟囔着。

皮特·安格里斯盯着写字台的镜子，看着镜中自己的脸，看着下巴上的胡茬，看着气管附近那道粗大的白色伤疤。他声音之所以沙哑是因为子弹不仅给他留下那道疤痕，还影响了他的声带。不过他的嘶哑嗓音还算流畅，像蓝调歌手的声音一般。

他脱了睡衣，一丝不挂地站在房间中央，脚趾磨蹭着地毯那个大破洞粗糙的毛边。他身板大，使他看起来比实际矮一点。他的肩膀向下塌，鼻子粗大，目光异常镇定，颧骨上的皮肤看起来像皮革一样，一头鬈曲黑色短发，还有一张思维敏捷的人所惯有的小嘴巴。

他走进昏暗肮脏的卫生间，踏进浴缸，打开淋浴。水温温的，不热。他站在淋浴头下，擦上香皂，揉捏全身，然后冲掉泡沫。

他从架子上猛地扯过一条脏毛巾，开始用力擦，将身子擦得发亮。

浴室门只稍稍带上，没有关死，浴室门外传来微弱的声响，他停下，屏住呼吸，侧耳倾听。声音再次响起，房门嘎吱一声，又咔嗒一下，尔后传来衣服的沙沙声，皮特·安格里斯伸手缓缓将门打开。

穿紫色西装、戴巴拿马草帽的黑人站在写字台旁，手里拿着皮特·安格里斯的外套。他前面的写字台上放着两把枪，其中一把是皮特·安格里斯用旧的老柯尔特自动手枪。房门关上，一把

124

带着标签的钥匙躺在写字台旁边的地毯上，钥匙好像是从门上掉下来的，又或者是从里面被拔了出来。

斯麦勒任外套滑落在地，左手拿着一个钱包，右手举起了柯尔特自动手枪，咧嘴一笑。

"得嘞，白小子，接着擦干身子啊。"他说。

皮特·安格里斯用毛巾擦干身体，一丝不挂地站着，左手拿着湿毛巾。

斯麦勒将皮夹子里的东西一股脑倒在写字台上，左手数着钱，右手紧紧抓住柯尔特自动手枪。

"87美元，漂亮。一些还是赌博我输给你的。不过老兄，我现在要把这钱拿回去。别恼火，这儿的管理员可是我朋友。"

"斯麦勒，等等。"皮特·安格里斯沙哑地说，"这是我的全部家当，给我留几个钱，嗯？"他的声音浑厚粗重，像喝了酒一样。

斯麦勒咧嘴一笑，露出一副白牙，摇了摇窄小的头："伙计，不行啊，给我一个期限，我现在急需这钱。"

皮特·安格里斯往前走了一小步，站住，怯懦地咧着嘴笑，斯麦勒拿皮特的老柯尔特自动手枪指着他。

斯麦勒侧身走到黑麦威士忌旁，举起酒瓶。

"这酒也可以来一口吧，我生来就好口酒喝。钱当然我不会全部拿走，你裤子里要是有钱都归你，我够意思吧？"

皮特·安格里斯侧身一跃，跳开有1.2米左右。斯麦勒脸一阵抽搐，猛地一挥枪，黑麦威士忌酒瓶从他的左手滑落，砰地摔在了他的脚上，他叫喊起来，拼命踢腿，脚趾卡在了地毯上的破洞里。

皮特·安格里斯抓着湿毛巾一把甩向斯麦勒的眼睛。

斯麦勒打了个趔趄，痛苦地大叫一声。皮特·安格里斯左手用力抓过斯麦勒握着枪的手腕，使劲扭转，伸手去拿斯麦勒手上的枪，将枪口反扭对着斯麦勒，枪直指着斯麦勒的脸。

斯麦勒用硬邦邦的膝盖狠狠地朝皮特·安格里斯的腹部踢了一脚，皮特·安格里斯一阵呕吐，哆嗦着拼命按住斯麦勒扣扳机的手指。

一记枪响，闷地一声打在紫色西装上，斯麦勒眼睛翻白，窄下巴慢慢地垂下了。

皮特·安格里斯将他放倒在地上，弯着腰站在那喘气，脸都绿了。他找到那瓶黑麦威士忌，拔出软木塞，喝了几口烈酒。

皮特脸色看起来好了些，呼吸渐渐平稳，用手背擦了擦额头上的汗水，上前去摸斯麦勒的脉搏，没有任何搏动，斯麦勒已经死了。皮特·安格里斯放下手里的枪，走到门口，看了看走廊，空无一人。门外的锁上挂着一串总钥匙，他拔出钥匙，将门反锁。

他穿上内衣、袜子、鞋子和一身破烂的蓝色哔叽西装，在皱巴巴的衬衫领子上系了个黑色领带。接着他回到尸体那，从死者口袋里掏出一卷钞票，然后收拾了些零碎衣服和盥洗用品，将它们装进一个便宜的纤维行李箱里，把行李箱放在门口。

皮特用铅笔将左轮手枪枪管里撕裂的金属片挑了出来，装上新的弹药筒，将浴室地板上的子弹空壳踩碎，然后扔马桶里冲掉。

他从外面把门锁上，走下楼梯，来到大厅。

那个光头店员盯着他看，旋即收回目光，脸色变得惨白。皮特·安格里斯靠着柜台，摊开手，叮当一声把两串钥匙扔在斑驳的木桌上，店员战栗地盯着那两串钥匙。

皮特·安格里斯沙哑缓慢地说："听到什么有趣的声音了吗？"

店员倒吸一口气，摇了摇头。

"串通好了是吧？"皮特·安格里斯说。

秃头店员一脸痛苦，摇摇脑袋，衣领里的脖子也跟着左摇右晃，光头在吊灯照射下黯然闪烁。

"太糟糕了，"皮特·安格里斯说，"昨晚我登记用的什么名字？"

"你没有登记。"店员小声说。

"或许我甚至根本没来这。"皮特·安格里斯轻声说。

"是的，先生，之前从来没见过你。"

"你现在看到的不是我，你永远不会看到我——或是认识我，兄弟，你说呢？"

店员动了动脖子，拧巴着脸想挤出一丝微笑。

皮特·安格里斯拿出钱包，抽出3美元。

"我不喜欢欠别人的，"他慢慢地说，"这是349房间昨晚到今早的房费，虽然给得有点晚了。你给钥匙的那小子在屋里貌似睡得很沉啊。"他停顿了一下，冷峻的眼睛定定地看着店员的脸，若有所思地说道："当然，除非，他有朋友想把他弄出去。"

店员吐出泡沫，结结巴巴地说："他不会是……不会是……"

"是的，"皮特·安格里斯说，"你还指望什么？"

说完他拿起行李箱，走出临街大门，从模板招牌下走过，站了一会儿，看着中央大道发出的刺眼的白色眩光。

皮特走了另一条路，这条街黑压压一片，寂静无声，走了四个街区才走到午街。这四个街区有很多木屋，这一带完全是个黑人聚集区。

他在路上只遇见一个人，是个棕色皮肤的女孩，戴着一顶绿色帽子，穿着超薄丝袜和一双十多厘米的高跟鞋。她站在落满灰尘的棕榈树下吸烟，一边回头盯着惊喜酒店。

2

　　午餐餐车是一辆没有车轮的旧餐车，车尾对着午街一家机械修理店和公寓之间的一片空地，餐车两边印着奶褪了色的金字贝拉多娜。皮特·安格里斯走上车后的两阶铁梯，走进散发炸油气味的餐厅。

　　一位黑人厨师背对着他，背膀浑圆亮白。低柜台远远的角落坐着一个白人女孩，她戴着一顶廉价棕色毡帽，穿着破旧的高翻边领马球上衣，左手撑着脸颊，正喝着咖啡。除此二人，车里再无他人。

　　皮特·安格里斯把行李箱放下，坐在门口的凳子上，说："嗨，默普茜！"

　　胖厨师转过他汗津津的黑脸，咧嘴而笑，嘴唇很厚，露出发青的大舌头。

　　他说："最近忙什么呢？想吃什么吗？"

　　"两份鸡蛋，不要煎得太熟，一杯咖啡，一个面包，土豆就不要了。"

　　"你是有多久没吃东西了，饿成这样？"默普茜抱怨道。

　　"我喝醉了。"皮特·安格里斯说。

　　坐在柜台后的那个女孩猛地看了他一眼，看看货架上那台廉价的闹钟，又看看她戴着手套的手腕上的手表，垂下头，又盯着她的咖啡杯看。

胖厨师把鸡蛋打到锅里，加入牛奶搅拌了一下，"老兄，喝一杯吗？"

皮特·安格里斯摇了摇头。

"默普茜，我还得开车呢。"

厨师咧嘴一笑，从柜台下拿出一个棕色的瓶子，往玻璃杯倒了一大杯酒，放到了皮特·安格里斯旁边。

皮特·安格里斯突然拿过杯子，猛地举到嘴边，一口喝下。

"这车我改天再开吧。"他放下空杯说。

女孩站起，沿着凳子走过来，把硬币放在柜台上。胖厨师用力捶了下他的收银机，放下5美分零钱。皮特·安格里斯漫不经心地盯着那个女孩：衣着寒酸，眼神看上去天真无邪，脖子上披着一头棕色鬈发，眉毛拔得精光，淡得像只剩眉骨了，上面画着夸张的眉线。

"小姐，你迷路了吧，是吗？"他用他沙哑的声音轻声问道。

女孩笨拙地打开包，把零钱装进去，一听这话，猛地后退几步，包掉在了地上，包里的东西都倒出来了，女孩睁大眼睛盯着包。

皮特·安格里斯单膝跪下，把东西装进包里，廉价的镍币收纳盒、几根香烟、印着金色字体"主宰俱乐部"的紫色火柴盒，两条彩色的手帕，皱巴巴的钞票，还有一些银币和便士。

他拉好包，站起来，把它递给女孩。

"对不起，"他轻声说，"看来我把你吓着了。"

她急促地呼吸，一把抓过他手里的包跑了出去，立马不见了身影。

胖厨子看着她的背影，"这女孩不是艰苦小镇的人。"他慢慢地说。

他把鸡蛋和烤面包盛盘，往大杯子里倒了杯咖啡，把它们放在皮特·安格里斯面前。

皮特·安格里斯碰了下食物，心不在焉地说："独身一人，主宰俱乐部的火柴。特里默·华尔兹专盯这种人，你知道那些被他抓住的女孩会有什么下场。"

厨师舔了舔嘴唇，伸手拿出柜台下的威士忌，给自己倒了杯，又给瓶子灌了同样多的水，然后把酒瓶放回柜台下。

"我从来就不是个苛刻的人，我也不想那样，"他慢慢地说，"但特里默·华尔兹那样的白人真得让人恼火，迟早有一天他会遭报应的。"

皮特踢了踢他的手提箱。

"是啊，默普茜，保管好我的手提箱。"

皮特·安格里斯说完走了出去。

是夜秋高气爽，三两辆汽车呼啸而过，街道上却漆黑一片，渺无人烟。一位守夜的黑人沿着街道慢慢走着，在一排低矮昏暗的商店前敲着门。街对面有很多木屋，其中几所木屋传来吵闹的声音。

皮特·安格里斯走过十字路口后又看到了那个女孩，此时离午餐餐车已经有三个街区远了。

她被压在墙上一动不动，离她不远处，一栋无电梯公寓的楼梯里泛着暗黄的光。再过去是一个小停车场，停车场最前面几乎都是广告牌。无处可寻的微弱的灯光照在她的帽子上，照在她破旧的翻边领马球上衣上，照在她一侧的脸上。皮特知道她就是之前那个女孩。

他走到一扇门前看着女孩，女孩抬起的手臂上有什么东西亮闪闪的——是她的手表。不远处钟声响了八下，声音低沉，一声声地鸣响。

角落射出一道亮光，一辆豪华轿车从后面缓缓驶入，沿着街区慢慢前行，车头灯渐渐熄灭，车窗玻璃和磨光车身依旧在黑夜中闪闪发亮。

皮特·安格里斯在门口咧嘴大笑，那是一辆定制的迪森贝克轿车，就在离中央大道六个街区的地方定制的。突然响起一阵尖锐的嗒嗒声，他一怔，那个女孩正蹬着高跟鞋沿着人行道跑向他。

那辆迪森贝克轿车车灯打得很暗，所以在那个距离车里的人并没有发现女孩。皮特·安格里斯走出门口，一把抓住她的手臂，把她拽回门里，然后从外套下摸出一把枪。

女孩在他身边喘着气。

迪森贝克轿车慢慢地经过门口，没人开枪，穿制服的司机经过门前时也没有减速。

"我干不了那事，要吓死了。"女孩喘着气，对皮特耳语道，说完她突然跑开，沿着街道跑了很远，与那辆车拉开了很远的距离。

皮特·安格里斯看着迪森贝克轿车走远，车就在那排挡住停车场视线的广告牌对面行驶。这时车开得很慢，慢得几乎就像在爬行一样，突然从车的左前窗似乎抛出什么东西，重重地落在街上，东西一落地迪森贝克轿车便悄悄加速，嗡的一声驶入黑夜，走了一个街区后车头灯才再次全部亮起。

一切静止不动。被扔出车的东西躺在人行道内侧，离其中一个广告牌的底部很近。

过了一会儿，女孩又蹒跚着一步一步走回来，皮特·安格里斯在原地看着她，女孩走到他身边时，他轻声说："发生什么事了？需要帮忙吗？"

她哽咽着转身，仿佛她已经不记得他了。黑暗中，她转过头看他，眼睛闪过一丝光，脸色刷白。她小声说着，语速很快，话语里满是恐惧。

"你是午餐餐车遇到的那个人，我见过你。"

"说吧，怎么回事——还债？"

她又转过头看他，点点头。

"包里是什么？"皮特·安格里斯大叫道，"钱？"

她急忙说："你愿意帮我取一下吗？嗯，你愿意吗？您的大恩我会感激不尽的，我会——"

他笑了，笑声低沉，"姑娘，帮你去取？我去取，谁付我钱？说吧，怎么回事？说来听听。"

她猛地推开他，但他一手死死抓住她的手臂，另一只手扔下枪，然后双手抓着她。枪从外套滑落到他看不见的地方。她抽泣着，低声说："我要是没取到那个包裹他会杀了我的。"

皮特·安格里斯尖刻冷酷地说："谁会杀了你？特里默·华尔兹吗？"

她用力推他，几乎就要挣脱他的控制，但还是被皮特拽住了。这时街上传来拖拖拉拉的脚步声，广告牌前出现两道黑影，但他们没有停下来捡那个包裹，而是越走越近，手里的烟头一闪一闪。

一个声音轻声说："宝贝，瞧那儿。亲爱的，你想要换男朋友吗？"

女孩缩在皮特·安格里斯背后，其中一个黑人挥着红色的烟头轻轻地笑了。

"妈的，那女的是个白人。"另一个人说道，"我们走吧。"

他们格格笑着继续向前走，在转角处就消失不见了。

"谁，"皮特·安格里斯生硬地咆哮着说，"出来！"显然是被惹恼了，"该死，你在这待着，那破包裹我给你拿回来。"

他离开那个女孩，贴着公寓前面轻轻地往前走，走到广告牌尽头时停了下来，巡视一番，发现了那个包裹。包裹外包装是黑色的，体积不大但足够看清楚。他俯身朝广告牌下面看了看，但什么也没看到。

他向前走了四步，弯腰捡起包，包用毛布裹着，扎着两个厚橡皮筋。他站在那里一动不动，侧耳倾听。

遥远的主干道上交通嗡嗡作响。街对面玻璃镶板门后的公寓房里亮起了一盏灯，公寓房间开了一扇窗，窗户上面一片黑暗。

突然他身后响起一个女人的尖叫声。

他一怔，转过头，一道光打在他眉心上，那道光是从街对面没有亮灯的窗口照过来的，照得他头晕目眩，倒在了广告牌上。

他眯着眼，眨了几下，便老实待着一动不动。

有人跳到水泥地上，从广告牌尾端伸出一把枪，枪口抵在他侧身，枪口后面的人漫不经心地说："老兄，不要动，你被警方包围了。"

持左轮手枪的警察从广告牌两端将他包围。远处传来高跟鞋走在水泥地上的嗒嗒声。片刻，一切静默。随后一辆闪着红色警灯的警车转到拐角，开往包围皮特·安格里斯的人群。

有个人散漫地说道："我是安格斯，刑警中尉。不介意的话，这包我要拿走。双手交叉好好老实待一会儿——"

手铐冷冰冰地铐在了皮特·安格里斯的手腕上。

他竖起耳朵听远处高跟鞋的声音，但周围太吵已经听不清楚了。

门开了，黑人们纷纷从房里涌出。

3

约翰·维多力身高1米88，英俊的面容在好莱坞都堪称完美，皮肤黝黑，迷人多情，两鬓留着一撮可爱的灰白鬓角，肩宽臀窄，腰像英国禁卫军军官一般笔挺，餐服很适合他，看上去很帅气，以至于衣服都暗自神伤。

维多力看着皮特·安格里斯，那神情充满歉意，好像在为他不认识皮特而感到抱歉。皮特看着他的手铐，看着厚厚的地毯上自己那双破鞋，看着高高挂在墙上的报时钟，满脸通红，两眼发亮。

维多力清了清嗓子，顺畅清晰地说："不，我从来没见过他。"然后朝皮特·安格里斯笑了笑。

那个便衣中尉安格斯，倚在一张雕刻书桌的一端，手指敲着帽檐。另外两个警察站在一面侧墙旁边。第四个警察坐在一张小桌子前，桌前摆着一本速记员的笔记本。

安格斯说："噢，我们只是觉得你可能认识他，从他嘴里我们得不到任何线索。"

维多力眉毛一挑，轻轻地笑了笑，"这真的令我很惊讶。"他将各处的玻璃杯收拾起来装到一个托盘里，然后开始调酒。

"偶尔会这样。"安格斯说。

"我以为你们有办法。"维多力地柔和地说着,一边将苏格兰威士忌倒进杯中。

安格斯看着一个指甲说:"维多力先生,当我说他不会告诉我们任何事情的时候,我的意思是指任何事他都不说。他只说他叫皮特·安格里斯,曾经是一个战士,但好几年没上战场了。一年前左右,他做着私家侦探的工作,但现在没有工作。他在一场赌博游戏中赢了一些钱后喝醉了,之后就一直闲逛着。那天他碰巧就到了午街,看到了从你车里扔出的包,然后就把它捡了起来。我们可以以流浪罪逮捕他,但别的我们就无能为力了。"

"可能情况就是那样的吧。"维多力轻声说,说完把酒端给那四个警察,一次端两杯,然后举起自己的酒杯,略点了点头才喝。维多力优雅地喝着酒,动作高贵至极,"不,我不认识他,"他再次说,"坦率地说,我觉得他看起来不像是会干泼酸这种事的人。"他摇着一只手,"所以把他带来这里恐怕——"

皮特·安格里斯突然抬起头,盯着维多力,声音带着嘲讽。

"维多力,这些警察还真是看得起你啊,通常情况下,他们哪里会出动四名警察,还带着犯人去做调查访问的,只有遇到特殊情况才这样。"

维多力亲切地笑笑,"这可是好莱坞,"他笑了,"毕竟,我也是名声在外的人。"

"你只是曾经有名气,"皮特·安格里斯说,"你最后一张照片就是你无法向你那些女粉丝述说的痛苦。"

安格斯一怔,维多力脸色变白,慢慢地放下酒杯,垂下手,大跨步跨过地毯,走到皮特·安格里斯面前。

"那是你的看法,"他粗暴地说,"但我警告你——"

皮特·安格里斯瞪着他,"听好了,大人物,一些混混说如果你不把1000美元放在路边就对你泼硫酸,于是你就照做了。我捡起那1000美元,但我没有拿里面一张票子,所以钱还是回到了你那。这事大大增加了你的曝光率,本来这种程度的宣传花上

135

10000美元也不为过，可你却没费一个子儿，如意算盘打得真好啊。"

安格斯厉声说："傻子，够了！"

"什么？"皮特·安格里斯冷笑道，"我还以为你想让我讲话，嗯，不过我偏说，我讨厌你这种胆小鬼，听清楚了吗？"

维多力气得呼呼喘气，突然挥拳对着皮特·安格里斯的下巴一阵猛打，皮特的头被打得左摇右晃。皮特·安格里斯眨眨眼，闭上，又睁大，晃了晃身子，冷静地说："维多力，这样打人手会断的。"

维多力后退一步，摇了摇头，看着自己的拇指，他脸色不再那么苍白，微笑又渐渐挂在他脸上。

"对不起，"他懊悔地说，"很抱歉，听他这么侮辱我，我实在受不了。中尉，我不认识这个人，或许你最好把他带走，还要戴上手铐。这样不怎么光彩，是吧？"

"告诉你的同伙，"皮特·安格里斯说，"我不会那么容易受伤。"

安格斯走到他身边，拍拍他的肩膀，"老兄，站起来吧，我们走。遇上这种好人，你还吹胡子瞪眼呢，是吧？"

"是，我不喜欢这种假面好人。"皮特·安格里斯说。

他慢慢站起来，拖着步子走在绒毛地毯上。

靠墙而立的那两个警员走到他身旁，他们穿过拱门，走出这个大房间，安格斯和另一个人从后面跟上，几个人在私人专用的小型前厅等待电梯。

"你到底在想什么？"安格斯没好气地说，"就是要跟他吵一架？"

皮特·安格里斯笑了，"我就是发神经，"他说，"发神经而已。"

电梯上来了，他们乘着电梯往下走，来到切斯特塔一楼安静的大厅。两名警员懒洋洋地躺在大理石桌后面，另两名店员则机警地站在那儿。

皮特·安格里斯举起戴着手铐的手，行了个战士的敬礼，"什么，新闻记者还没来？"他嘲讽道，"这事这样遮遮掩掩不报道的话，维多力会不高兴吧。"

"别自作聪明，给我往前走。"一个警员啪的一下，猛地拽住皮特的胳膊。

他们走过一条走廊，从侧门穿出，来到一条狭窄的街道，树梢几乎直接垂到街上。透过树梢看这座城市，灯光宛如一幅巨大的金色地毯，地毯五光十色，璀璨闪耀。

两辆车呼呼地发动起来，皮特·安格里斯被推进第一辆车的后座上，安格斯和另一个男人分别坐在他的两侧。汽车在夜色中沿着山往下开，在喷泉区转向了东方，就这样安静地走了一英里又一英里。在喷泉区与日落区交接的地方，汽车向着市中心市政大厅的高大白塔开去。到了广场后，第一辆车转到洛杉矶街，向南而去。另一辆车接着往前开。

过了会儿，皮特·安格里斯撇撇嘴，斜着眼看着安格斯。

"你带我去哪？这不是去总局的路。"

安格斯慢慢转过他那张黝黑严肃的脸，但他并没有回答。等了一会儿，大侦探便靠在椅背上打了个哈欠。

汽车从洛杉矶街转到第五街，又向东转到圣佩德罗，接着往南开，经过许许多多的街区，安静的，喧闹的。在某个街区看到一位沉默的男人坐在摇晃的前门廊上，在另一个街区则听到一片嘈杂声，那是各种肤色的年轻小恶棍纠缠在一起的聒噪声，他们在廉价的餐馆、杂货店和随处能找到老虎机的啤酒店前互相磨嘴皮子。

到了圣巴巴拉，警车再次向东转，沿着马路缓缓开向午街，车停在了餐车前面的一处角落。皮特·安格里斯再次绷紧了脸，但他什么也没说。

"好——"安格斯拖长尾音说着，"把手铐解开。"

137

坐在皮特·安格里斯另一边的警员从马甲里摸出一把钥匙，打开手铐，手铐发出愉悦的碰撞声。随后警员将手铐放回裤子后面。安格斯打开车门，下了车。

"出来。"他回头说。

皮特从车里走出，安格斯则向一侧走，走了会便停了下来，做了个手势，然后伸进外套掏出一把枪，他轻声说："非逼我走这出棋，要不然我们就得把镇上的所有人都问一遍，皮尔森是镇上唯一一个认识你的人，现在有什么要说的吗？"

皮特·安格里斯握着枪，慢慢地摇了摇头，将枪放入外套里，站在警车前。

"帮你把风的人被发现了，"安格斯慢慢地说，"一个女孩在那走来走去，不过也可能只是碰巧。"

安格里斯静静地盯着安格斯看，看了一会儿，点点头，重新钻回车里，砰的一声关上门，加速沿街开去。

皮特·安格里斯沿着圣巴巴拉开到中央大道南端。过了一会儿，皮特看到一块显眼的招牌，招牌上几个紫色的大字——主宰俱乐部好像在瞪着他看。皮特走上铺着宽敞地毯的楼梯，向充满喧闹和劲爆舞曲的地方走去。

4

女孩要穿过小舞池周围密布的桌子走过来。她屁股不小心蹭到一个顾客的肩膀后背，那人咧嘴笑着，伸手去抓她的手，她机械地笑了笑，甩开他的手，继续向前走。

她穿着青铜色镶着金属片的连衣裙，光着胳膊，卷卷的棕发搭在脖子上。这样看起来更漂亮，比之前穿破旧的马球外套，戴廉价毡帽的打扮更好看，甚至比这样一番打扮还美：踩着恨天高，裸露着大长腿，穿着露脐装，俏皮地戴着一顶笨重的金色礼帽。

她的脸又小又平，虽然看上去很憔悴，但还是很漂亮，眼睛睁得很大。舞蹈乐队声音震耳欲聋，用餐声、谈笑声和舞步声湮没其中。女孩慢慢走到皮特·安格里斯桌前，移出另一张椅子，坐了下来。

她双手手背撑着下巴，手肘放在桌布上，盯着他看。

"你好。"她说，声音有点颤抖。

皮特·安格里斯把一包烟推到桌对面，看着她摇出一根烟，叼在嘴上。他划了根火柴，她只好拿过他手里的火柴点燃了香烟。

"喝点什么吧？"

"好啊。"

他示意一个长着杏眼、一头绒绒鬈发的服务员过来，点了两杯鸡尾酒。服务员走开后，皮特·安格里斯靠在椅子上，看着自己粗糙的指尖。

这个女孩很温柔地说："先生，我收到了你的钱。"

"开心吗？"他看着别处问她，声音听起来很随意，却能感觉出几分生硬。

她不自然地笑了，"我们必须让顾客开心。"

皮特·安格里斯从她的肩膀看过去，注视着演奏舞台的角落。角落有一个小麦克风，一个男人站在那里吸烟。他体格很壮，但他这年龄做主持人有点大了。一头光滑的银发，鼻子大大的，有着酒鬼惯有的油腻肤色。他对所有的人和事致以微笑，时不时扫一眼各处。皮特·安格里斯看了他一会儿，顺着他投射目光的地方看去，用同样漫不经心的语调生硬地对女孩说："但不管怎样，你还是出现在这。"

女孩一愣，委顿下来，说："先生，你没必要侮辱我。"

他眼神放空，至上而下慢慢地打量着她，"姑娘，你都落魄至此一无所有了，我以前也常像你这样孤苦无依，所以我能猜到你的境况。而且，今晚为了找你，堵车都要把我堵吐了，说话不好听你就别介意了。"

那个一头绒绒鬈发的服务员回来了，布上托着一只盘子，他用脏毛巾擦拭完两个杯底，将它们放好，又走了。

那个女孩拿起一只酒杯，猛地喝了一大口，她放下酒杯时不禁打了个冷战，脸色白如蜡纸。

"说点笑话什么的，"她立即说，"别只坐在那，有人看着我呢。"

皮特·安格里斯碰了碰他那杯新鲜的饮料，故意对表演舞台的角落微微一笑。

"是啊，一看就知道有人在监视你。那你说说午街取货的事情吧。"

她迅速伸手摸着他的胳膊，尖利的指甲抠进皮特的肉里。"在这说不行，"她低声说，"我不知道你怎么找到我的，我也不在乎。但你看起来像那种会救女孩出火坑的人。我要被吓死了，请不要在这说这事。你要我做什么，我就做什么；你想我去哪，我就去哪。只要你现在别在这儿说这个事。"

皮特·安格里斯抽出他的手臂，接着又靠在椅背上，他眼神冷冰冰的，但他却没长一张刀子嘴。

"知道了，肯定是特里莫·华尔兹不让你说。他在管这事吗？"

她迅速点了点头，"我走了还不到三个街区他就看到了我，还认为我在跟他开哪门子玩笑。但要是他看到你和我在一起就不会这么想了，你懂了吧。"

皮特·安格里斯抿了一口酒，冷静地说："他正往这边来。"

那个满头银发的主持人正穿行于各桌之间，一边鞠躬一边说话，正往皮特·安格里斯与女孩坐着的这桌走过来。女孩盯着皮特·安格里斯背后一面镀金的大镜子，突然整张脸扭曲着，惊恐万分，嘴唇不由自主地颤抖着。

特里莫·华尔兹懒散地走到桌边，一只手扶在桌上，将他那个可以看到脉纹的大鼻子探到皮特·安格里斯那，微微一笑。

"嗨，皮特，麦金利被他们'干掉'后就没见到你了。最近怎么样？"

"就那样呗，"皮特·安格里斯沙哑地说，"那天我都喝醉了。"

特里莫·华尔兹咧嘴大笑，然后转头看着女孩。女孩迅速跟特里莫对视了一眼，又立马避开他的目光，手指不停拨弄着桌布。

华尔兹轻柔问皮特："以前认识这姑娘？还是刚刚选中她？"

皮特·安格里斯耸耸肩，一副很无聊的模样，"特里莫，我只是想找人陪我喝一杯，给她发奖金好吗？"

"当然，没问题。"华尔兹拿起一杯鸡尾酒，做出一副嗤之以鼻的表情，伤心地摇摇头，"希望我们能够提供更好的酒水，但是50美分一杯能拿出什么好东西，要不去我那喝上几口好酒，如何？"

"我和她吗？"皮特·安格里斯温和地问。

"对，你俩都去。等我5分钟左右，我要先去打点一下。"

特里莫捏捏女孩的脸颊，然后离开了，他那穿着定制西装的肩膀松松垮垮地一摇一摆。

女孩绝望地低声沉吟："所以你叫皮特，你一定是活腻了，皮特。我叫图肯·韦尔，很傻的名字，是吧？"

"我喜欢这名字。"皮特·安格里斯轻声说。

女孩盯着皮特·安格里斯喉咙上白色伤疤下面的一个地方，眼睛渐渐噙满了泪水。

特里莫·华尔兹侧着身子在各桌之间移动，不时和每桌的顾客寒暄几句，走到远远的那堵墙那，沿着墙走到表演舞台，站在那儿环视整个舞厅，然后直视着皮特·安格里斯，头一撇，便穿过一对厚厚的窗帘退到了后面。

皮特·安格里斯把他的椅子推进去，站了起来，说："我们走吧。"

图肯·韦尔颤抖着将烟摁灭在玻璃烟灰缸里，喝完杯中的酒，站了起来。他们从桌子中间穿梭回去，沿着舞池的边缘走到舞台的一侧。

窗帘拉开，出现一个昏暗的走廊，走廊两侧都是门，地板上铺着破旧的红地毯，墙上裂缝斑斑，门也是开裂的。

"左边最后一个。"图肯·韦尔低声说。

皮特和女孩到了门口，皮特·安格里斯敲了敲门。特里莫·华尔兹叫了句"进来"。皮特·安格里斯看着门站了一会

142

儿，然后转头看着女孩，目光坚毅。他推开门，让图肯先进。

房间不是十分敞亮，书桌上一盏椭圆形的小台灯把打磨的地板照得发亮，但那破旧的红地毯和外墙上那又长又重的红窗帘依旧光泽暗沉。空气很闷，散发着浓郁香甜的酒味。

特里莫·华尔兹坐在桌子后面，双手摸着一个托盘，托盘里面有刻花玻璃滤酒器，一些镶金边玻璃杯，冰桶和灌满水的虹吸管。

他笑了，摸了摸他的大鼻子。

"来，你们自己坐。这是苏格兰利口酒，150毫升得花上690美元，这么贵——还是成本价拿来的。"

皮特·安格里斯关上门，慢慢地将房间环视一圈，看看垂至地板的窗帘，又看看未打开的吊灯，然后从容地解开外套最上面的纽扣。

"这里挺热啊，"他轻声说，"可以打开窗帘后面的窗户吗？"

那个女孩坐在华尔兹对面的圆椅上。华尔兹对她很温柔地笑了笑。

"我怎么没想到，"华尔兹说，"请你打开一扇窗好吗？"

皮特·安格里斯走过桌子尾端，向窗帘走去，经过华尔兹旁边时，往外套上方摸，摸到了外套里的那把枪的枪托，他轻轻地移向红色窗帘，差点就没看到在窗帘和墙之间的暗影里有一双宽大的黑色方头鞋。

皮特·安格里斯来到窗前，左手猛地拉开窗帘。

那双鞋靠着墙，可窗帘后面却没人。华尔兹在皮特背后冷笑一声，沙哑冰冷地说："老兄，给他们点颜色瞧瞧。"

女孩发出一声哽咽，但声音又不像尖叫。皮特放下手，慢慢地转身回头看，看到一个黑人。黑人身材巨大，像大猩猩一样，穿着一件宽松的格子西装，这件格子西装显得他更加庞大。他赤着脚悄悄地从壁橱门出来，右手举着一杆比手还粗的巨大黑枪。

华尔兹也举起了枪，那是一把狙击枪。黑人和华尔兹静静盯着皮特·安格里斯，皮特举起双手，眼睛放空，紧闭着小嘴。

穿格子西装的黑人散漫地大步向皮特走来，将枪抵在他的胸口上，伸手摸进他的外套，摸出一把枪，随即把枪扔在身后的地板上，随性地转起自己的手枪，枪托打在了皮特的下巴上。

皮特打了个趔趄，下巴流出咸咸的血。他眨了眨眼，沙哑地说："大块头，我记住你了啊，你等着。"

黑人咧嘴一笑，"我等着你，伙计。等着你。"

黑人又敲了皮特一枪，然后突然把枪塞到一个侧边口袋里，抽出两只大手，扼住皮特的喉咙。

"你骨头硬是吧，我就喜欢欺负你这样的。"他几近轻声说。

黑人那像门把手一样又大又硬的拇指按在了皮特脖子上。皮特眼前的这张脸变得越来越大，越来越模糊，但依稀还能看见一抹大大的笑容，那张脸在渐弱的光线里摇摆着，已然成了一张虚幻神奇的脸。

皮特用小得就如玩具气球一样微不足道的力量向那张黑脸挥了一拳，一拳过去落了个空，大块头将他翻了个身，一条膝盖戳在他背上，皮特受迫跪了下来。

好一会儿，房间里只能听到皮特的脑袋流血的声音，没有别的任何声音了。尔后，他似乎听到远处一个女孩微弱的尖叫声，从到更远的地方传来特里莫·华尔兹的喃喃自语："鲁夫，差不多了，停手吧。"

皮特听到一声枪响，火红的鲜血应声迸溅而出。黑暗变成了静默。没有什么能挤进这片静默中，连血滴的声音都被挡在耳外。

黑人将皮特瘫软的身体放倒在地，后退几步，两只手相互搓着。

"是的，我喜欢欺负你们这样的人。"他说。

5

穿格子西装的黑人坐在长椅的一侧，疲倦地弹着五弦班卓琴。他的脸很大，表情庄严而平静，透出些许悲伤。他慢慢地拨动着五弦琴琴弦，头偏向一边，嘴角叼着一根皱巴巴的烟头。

他发出一种低沉的嗡嗡声，他在唱歌。

壁炉台上一台廉价的电子钟显示时间是11：35。这是一个不大的客厅，家具明亮，但摆设过多，屋里有一盏红色落地灯，底座上放着一群法国娃娃，铺着一张艳丽的地毯，上面的图案是一颗大大的钻石，还有两扇装有窗帘的窗户，窗户之间是一面镜子。

房间后面有一扇门，门半开着，它附近另一扇通向大厅的门却关了。

皮特·安格里斯仰面躺在地上，张着嘴，呼出沉重的鼾声，双臂张开，眼睛紧闭着，脸在泛红的灯光下看起来红扑扑的，像发烧了一般。

黑人放下大手里的班卓琴，站起来打了个哈欠，伸展伸展身子。他穿过房间，看着壁炉架上的日历。

"现在怎么是8月呢。"他厌烦地说。

他撕下一页日历，拧成一团，扔在皮特脸上。皮特还在昏迷中，纸扔到他脸上他也没有动弹。黑人将烟头吐到自己手掌上，摊开手掌，然后倏地一下将烟头弹向刚刚纸球飞出的方向。

他踱了几步，俯下身来，摸着皮特太阳穴的淤伤，然后用力一按，轻轻地笑了，但皮特还是没有动弹。

黑人挺直身子，小心地踢了踢皮特的肚子，一遍又一遍，力度不大。皮特动了一下，格格地咳了一声，转了下头。黑人看起来很高兴，回到长椅，把班卓琴靠在前门的墙上。小桌子上有一张报纸，上面放着一把枪。黑人穿过里间一扇半开的门，拿着一瓶品脱装的杜松子酒出来，酒还剩一半。他用手帕仔细地擦拭酒瓶，然后把它放到壁炉架上。

"朋友，差不多了，"他若有所思地大声说，"你醒来的时候也许会觉得不太舒服，可能需要打一针……嘿，不过我想到了更好的方法。"

他又伸手拿过酒瓶，一只硕大的膝盖跪了下来，将杜松子酒泼在皮特的嘴和下巴上，又胡乱洒在他的衬衫上，然后把酒瓶立在地板上，重新擦干后将玻璃塞弹到了长椅下。

"白人，来拿酒喝啊，"他轻声说，"人证物证都在，看你怎么狡辩？"

他拿起那张报纸，把报纸上的枪抖在地毯上，远远踢开枪，皮特即使伸出手也够不到。

黑人从门口仔细查看房内的设置，点了点头，拿起他的班卓琴，打开门，探出头，又回头看。

"再见，朋友。"他轻声说，"我要去透透气了，'你活不了多久了'，但你不用煎熬多久了，很快会结束的。"

他关上门，沿着走廊走下楼梯。门后响起收音机微弱的声音，公寓入口的大厅空空如也。这个穿着花格子西服的黑人溜进大厅黑暗角落的电话亭，塞进硬币，拨打了电话。

一个低沉的声音说："警察局。"

黑人把嘴贴近话筒，哀诉道。

"是警察吗？是这样，246路东48街汽笛风琴公寓楼4B座发生了枪击，听清了吗？……唉呀，警察，你们赶紧过来呐！"

他赶紧把电话挂了，格格地笑着跑下公寓楼前的台阶，跳进一辆又小又脏的轿车，发动车后向中央大道开去。他离中央大道相距一个街区时看到红色警灯闪烁着从中央大道往东48街去。

黑人在轿车里笑着，继续开车前进，警车从他身边呼啸而过，他在一边哼着歌。

门闩咔嗒一声刚关上，皮特就稍稍睁开眼，慢慢转过头，痛苦地笑着，看到房间一角和房间中部都空无一人。他躺着用力向后仰头，看到了房间的其他地方。

他滚向枪，一把抓住——那是他自己那把枪，笨拙地坐起来，朝门开了一枪，门开了，但他的笑脸却僵住了，因为枪里仅剩的一颗子弹用完了，一股火药味飘散开来。

他站起来，低着头蹑手蹑脚走向一扇开着一条缝的里门，走到门口时，他将腰猫得更低。慢慢推开门，什么也没有发生。他看着卧室，里面有两张床，床上铺着玫瑰锦缎，上面有黄金的设计。

床上躺着一个人，一个女人，她一动不动。皮特又露出他那副冷酷严峻的笑容，他站直，踮着脚尖轻轻地走到床边。远处浴室的门敞开着，但没有什么动静。皮特·安格里斯低头看着床上躺着的这个黑人女孩。

他吸了口气，又慢慢呼出，毫无疑问这个女孩已经死了，她半睁着眼，眼神死死的，手放在身体两侧，腿有点弯曲。她穿着短裙、透明丝袜和一双10多厘米的法式高跟鞋，透过丝袜可以看到裸露的皮肤。地板上放着一顶绿帽子，房间里散发着"午夜水仙"的香气。他想起这个女孩就是那天在惊喜酒店外面看见的那个人。

她的确死了，子弹从左胸射穿，流出的血都已经凝结了，死了很久了。

147

皮特回到客厅，抓起杜松子酒瓶，一口气全喝了。他喘着气，站在那想了想，枪松松垮垮地挂在他左手上，紧紧抿着他那张小嘴。

皮特用力抓着杜松子酒瓶，一把扔到长椅上，将枪塞进腋下的皮套里，走到门口，悄悄走进大厅。

大厅又长又暗，寒意漫漫。楼梯顶部的一盏壁灯泛着黄光，前廊的纱门通向阳台，纱门的一角透着暗淡的冷冷月光。

皮特·安格里斯轻轻地走下楼梯，来到前大厅，伸手拉玻璃门的把手。

门上出现一个红点，一道炫目的红光透过玻璃和肮脏的窗帘打在门上聚焦成了一个红点。

皮特在门前蹲下，贴墙猫到一侧，迅速扫射大厅，目光定在了黑暗的电话亭上。

"陷阱。"他轻声说着，躲进了电话亭里蜷缩成一团，电话亭的门就要关上了。

这时门廊传来咚咚的脚步声，前门"吱呀"一声被打开，脚步声到了走廊，停了下来。

一个低沉的声音说："这么安静，嗯？也许是假报案吧。"

另一个声音说："4B座，就是这儿啊，既然来了就到处查看一下吧。"

脚步声往下面那扇前门去了，然后又折了回来，听着像是上了楼，还敲响了楼上那扇前门。

皮特将电话亭的门向后拉开，溜到前门，缩成一团，眯起眼睛盯着红眩光。

路边停着辆黑色的警车，车身很大，车头灯正照在破裂的人行道上，但皮特看不见车内的情况，他叹了口气，打开门，快步往前走，也不是太快，经过走廊，走下木阶。

警车里没人，两侧的前门都微微打开。街对面，几个黑影小心翼翼地向一起靠拢。皮特直接走向警车，钻进车里，静静地关上门，踩下发动机，挂上挡。

他开车经过一群群街坊邻居，到了第一个拐角转弯，并关掉了红色警灯，然后加速行驶，在不同街区驶进驶出，向远离中央大道的地方开去，不久又开回中央大道。

当他靠近中央大道的街灯，街上车水马龙，他把车停靠在布满尘土的绿树成阴的街道旁，走出警车，任警车丢在那儿。

他向中央大道走去。

6

特里莫·华尔兹左手抱着电话，右手食指摸着上唇唇沿，噘起嘴，食指慢慢地擦着牙齿和牙龈。他看着桌子对面穿格子西装的大块头黑人，眼神迷离苍白。

“好啊，”他死气沉沉地说，“好啊，警察没抓到人，让他给跑了。鲁夫，干得‘漂亮’。”

黑人拿下嘴上的雪茄烟头，用巨大扁平的拇指和食指掐灭。

“他妈的，那时他还睡得跟头猪一样，”他咆哮着，“我到中央大道前看着警车从我身边开过，妈的，他不可能逃得了的。”

“可他是皮特·安格里斯啊。”华尔兹无力地说，一边打开他办公桌最上面的抽屉，拿出一把沉重的狙击枪，摆到桌前。

黑人看着那把狙击枪，眼睛呆滞，像黑曜石一样黯淡。他咬咬上嘴唇又咬咬下嘴唇。

“那婊子和三四个人一直找我的麻烦。”他抱怨道，“就该把她解决了。行，就这样吧，现在我去叫些帮手。”

华尔兹正准备起身，两根手指就要摸到枪把儿了，这时他摇了摇头，黑人重新坐下了。

华尔兹说："鲁夫，皮特·安格里斯要是逃走了的话，他就没法成替罪羊，你就是嫌犯，因为你当时在那儿。你打电话报警说在那发现一具女尸，除非警察抓到皮特，而且枪还在他那儿——但这几乎不可能，他怎么会留着拿把枪，这样一来就没办法嫁祸他了。"

黑人露齿而笑，目光呆滞地盯着那把狙击枪。

他说："听着怎么让人瘆得慌，真是吓出我一身冷汗，那我应该带上一把枪，对吧？"

华尔兹叹了口气，若有所思地说："嗯，你最好离开一段时间。现在从格兰岱尔市去还能赶上去弗力斯科的晚班列车。"

黑人一脸怒气，"老板，去弗力斯科？！我才不去，我摸过她的鼻息，她都死了，老板，我不去弗力斯科。"

"鲁夫，你现在有自己的主意了啊，"华尔兹平静地说，"一看你那棕色的大眼睛就知道，骗不了我。别想那么多，我会好好罩着你的。去把巷子里的车开过来，我们现在去格兰岱尔市，路上再商量。"他摸了摸他那可以看到脉纹的鼻子，又将白发向后捋平。

黑人眨了眨眼，用他的大手擦掉下巴上的雪茄烟灰。

"你那把亮闪闪的枪最好留在这，"华尔兹补充道，"它也需要休息。"

鲁夫把手伸向后面，慢慢地从臀部的口袋里拿出枪，伸出一根手指，把枪推到打磨的木头桌面的另一端，疲惫地微微一笑。

"好吧，老板。"他吆语般地说道。

鲁夫走到门口，打开门，走了出去。华尔兹站了起来，走到壁橱，穿上一件轻便大衣，戴上黑毡帽和黑手套，把狙击枪装进左口袋，把鲁夫的枪装进右边口袋，走出房间，来到大厅，向伴舞乐队走去。

特里默·华尔兹走到舞厅尽头时管弦乐队正在弹奏一曲华尔

兹，他将窗帘拉开，露出一条缝隙，刚好可以瞥见外面，中央大道上人头攒动，但并不吵闹。华尔兹叹了口气，看了一会儿跳舞的人，又将窗帘拉上。

他沿着大厅往回走，穿过他的办公室，来到最里头的一扇门前，这扇门后面是楼梯，楼梯尽头是另一扇门，门后通向大楼后的一条幽黑的小巷。

华尔兹轻轻关上门，靠墙站着，周围一片漆黑。远处传来低速空转的马达声和松散挺杆轻轻的哗啦声。巷子的一端是死胡同，另一端直角转向大楼前面。巷弄尽头的砖墙上灯影斑驳，是中央大道那儿停着的一辆车照过来的灯光。那辆车的另一边停着一辆小轿车，即使夜色中望去也是又破又脏。

华尔兹右手伸进大衣口袋拿出鲁夫的手枪，用大衣挡着。他悄悄地走到轿车旁边，绕着车跑到右侧，打开车门，钻进车里。

汽车里伸出一双巨大粗壮的手，那双手紧紧扼住华尔兹的喉咙，华尔兹虚弱地格格叫，头向后仰，眼睛几乎翻白了，无力地向上张望着。

华尔兹的右手动了动，右手灵活得好像与他那僵硬紧绷的身体，扭曲的脖子和凸起的翻白的眼睛不是同一个人的。他的手小心翼翼地向前移动，直到手里的枪口抵在了某个柔软的东西上，他小心地摸了一下这个柔软的东西，不慌不忙，像是要确信那东西的真身。

华尔兹·特里莫看不清，几乎也什么没感觉，呼吸也很微弱，但他的手就像一支分遣队一样听从他的大脑指挥。鲁夫可怕的手也拿它没办法，华尔兹扣下了扳机。

扼住华尔兹喉咙的手松开了，华尔兹向后仰，肩膀撞到对面的墙上，差点躺倒在小巷上，他慢慢挺直身子，饱受折磨的肺大口喘着气，身子开始发抖。

他几乎没有注意到那"大猩猩"掉下了车，啪的一声，摔在了他脚下的水泥地上。黑人的尸体躺在他脚下，软绵绵的，庞大的，但再也不能威胁他了，也不再重要了。

华尔兹把枪扔到横躺着的尸体上，轻轻摸了一会儿自己的喉咙，呼呼地喘着粗气，舔了舔嘴，舔到了血。他疲惫地抬起眼，看着小巷上方一抹狭长的靛蓝夜空。

过了一会儿，他沙哑地说："鲁夫，我就知道你不会乖乖听话，你看，我早料到了。"

他笑了下，打了个哆嗦，整了整衣领，跨过横躺的尸体，钻进车里，把车熄了火，然后沿着小巷回到主宰俱乐部的后门。

车后面的暗影里走出一个男人，华尔兹左手立马伸进他的大衣口袋。闪亮的枪口正对着他，华尔兹无力地垂下双手。

皮特·安格里斯说："特里莫，猜到那个电话会让你出马，就知道你会来这，干得好啊。"

过了一会儿，华尔兹沙哑地说："他掐我，我这是自卫。"

"当然，你的脖子痛，我的也痛，不过我的是枪伤的。"

"皮特，你想要怎样？"

"你杀了一个女孩，却想嫁祸于我。"

华尔兹突然像疯了一般笑了起来，平静地说："皮特，我要是逼急了你知道我什么事都做得出来的，你最好别管那个图肯·韦尔的事。"

皮特·安格里斯移开枪，光照在枪管上熠熠发光。他走到华尔兹面前，将枪瞄准他的肚子。

"鲁夫死了，"他轻声说，"现在方便多了。那个女孩在哪儿？"

"关你什么事？"

"别耍滑头，我没那么笨。你就是想敲约翰·维多力一笔，但那个包裹我替图肯去拿的。接下来你来告诉我剩下的事情。"

华尔兹站着一动不动，枪抵在他的肚子上，他的手指在手套里拧来拧去。

"好吧，"他干巴巴地说，"你要多少封嘴费，给多少你会

153

给我永远保密？"

"等几个世纪吧，鲁夫可拿走了我的包裹。"

"这对我有什么好处呢？"华尔兹慢慢地问。

"不只这一件破事儿，还有放了那个女孩。"

华尔兹轻轻地说："五个大洋，但那个女孩不能给你，五个大洋对于一个住在中央大道的小阿飞来说已经够多了。放聪明点拿钱走人，别的就不要多说了。"

皮特·安格里斯把枪从他肚子上移开，敏捷地绕着他，拍拍他的口袋，拿出那把狙击枪，左手握着枪，做了个开枪的手势。

"成交，"他不情愿地说，"为了一个女孩伤了朋友间的感情多不合适是吧？交给我吧。"

"我要上办公室一趟。"华尔兹说。

皮特·安格里斯应声而笑，"特里莫，最好乖乖合作，带路。"

他们回到楼上大厅。隔着远处的窗帘，传来舞蹈乐队哀号艾灵顿公爵的挽歌，那是一曲充满绝望情怀的单音调，由沉闷的黄铜、沉郁的小提琴和轻柔的击打葫芦的声音演奏而成。华尔兹打开办公室的门，啪地打开灯，走到桌前坐下。他将帽子往后戴，笑了笑，用钥匙打开抽屉。

皮特·安格里斯看着他，向后伸手把门上的钥匙转了下，沿着墙走到壁橱，往里看了看，又来到紧掩的窗帘前，仍然拿枪指着华尔兹。

皮特回到桌子尾端，华尔兹将一叠松散的纸币推向他。

皮特·安格里斯没有拿钱，而是伏在桌子的一端。

"特里莫，这钱你留着，把女孩交给我就行。"

华尔兹摇了摇头，继续笑着。

"特里莫，勒索维多力的人要1000美元——或者说1000美元才不过是个开始。午街几乎就是你的地盘，你有必要恐吓女生去做那种肮脏的工作吗？你肯定是威胁她什么了，要不然她怎么会对你听之任之。”

华尔兹眯起眼睛，指着那一叠纸币。

皮特·安格里斯慢慢地说："她穿得那么寒酸，一个人无依无靠，胆子还那么小。可能她只住在一间简陋的房子里，也没有朋友，要不她怎么会在你的俱乐部工作？除了我，没有人会在意她。特里莫，你不会逼她卖身了吧，没有吧？"

"拿钱走人吧你，"华尔兹细声说，"像她那种低贱的人，在这种地方待着，你觉得还能有什么结果。"

"这谁知道，他们要在夜总会做。"皮特·安格里斯轻声地说。

皮特放下手中的枪，作势去拿钱，拽紧拳头向上一挥，手肘跟着上扬，拳头一转，几乎是刚刚好打在华尔兹的下巴上。

华尔兹瘫倒在地，嘴大张着，帽子从后脑勺掉下去了。皮特·安格里斯盯着他，嘟囔着："她对我很重要。"

房间异常安静。舞厅那边，舞蹈乐队声音很小，听起来有点像音量调低的收音机。皮特·安格里斯走到华尔兹背后，弯下腰伸进他外套的胸前口袋里，拿出一个钱包，从钱包里抖出一些钱，驾照，警局发的携带手枪许可证和一些保险卡。

他把东西放回钱包，愁眉苦脸地盯着桌子，拇指指尖摩挲着下巴。他面前放着一个闪亮的浅黄色便笺，最上面那页空白纸上显示着字印。他将便笺拿到一旁对着光线看，然后拿起铅笔，开始在纸上轻轻描下字印，笔记马上模糊地出现了。整页纸被描完时，皮特·安格里斯看着上面的字：午街4623号，找雷诺。

皮特把那页纸撕下，折好，放进口袋，捡起枪，走到门口。他反扭钥匙，从外面把房间锁住，走下楼梯，回到小巷。

黑人的尸体躺在他跌落的地方：小轿车和那堵黑墙之间。巷子里一个人也没有。皮特·安格里斯弯下腰，摸摸黑人的口袋，掏出一卷钱。他划了根火柴，借着火柴的微弱光线数了数钱，从里面拿走87美元，然后把剩下的一点钱放回去。一张撕裂的纸飘落到人行道上，但那张纸只有一边是撕裂的，撕裂的地方呈锯齿状。

皮特·安格里斯蜷缩在车旁，又划了一根火柴，看着从浅黄色便笺撕下的那半页纸，第一个字是：——号，找雷诺。

他咬咬牙，任火柴掉在地上，轻声说："更好。"

然后上了车，将车子发动，开出了巷子。

7

前门横梁上写着那个房门号，门后灯光暗淡，房里就一盏灯。那是间大木屋，就在之前受监视的那个街区下面。屋子前面的窗户都拉上了窗帘，窗后传来各种声音：说话声，笑声和一名黑人女孩高歌的号叫声。街的两边停着许多车。

一个穿着深色衣服、戴着金色眼镜、高高瘦瘦的黑人打开了门。他身后是另一扇关着的门。他站在两扇门之间的黑暗空间里。

皮特·安格里斯说："你是雷诺吗？"

那个高大的黑人点了点头，什么也没说。

"我来找鲁夫留在这的那女孩，那个白人姑娘。"

那个高大的黑人站在那好一会儿，一动不动，看着皮特·安格里斯的头，最后他终于开口说话了，他的声音散漫、喑哑，听起来像是从其他地方发出的声音。

"进来，关上门。"

皮特·安格里斯走进屋子，关上身后的门。高大的黑人打开了里面那扇厚实沉重的门，门一打开，一片歌舞升平，灯红酒绿，一束紫色的光格外吸人眼球。皮特走过那扇里门，来到一道玄关前。

紫光是从客厅一扇宽阔的拱门射出的，客厅装着繁重的天鹅绒窗帘，摆放着坐卧两用的长沙发和深凹椅子，角落有一个玻璃吧台，吧台后站着一个穿白色套的黑人。四对情侣喝着酒在房间闲荡，客厅里还可以看到迷人的黑人男子，个个身量苗条，梳着油光发亮的头发。还有裸露着手臂，穿着透明丝袜，修过眉毛的女孩。柔和的紫光让一切变得如梦如幻。

雷诺越过皮特·安格里斯的肩膀看着这些人，眼神放空，眼皮沉沉垂下，疲惫地说道："你说的是哪个女孩？"

站在拱门远处的几个黑人一语不发，定睛凝视。酒保弯腰将手放在吧台下。

皮特·安格里斯慢慢把手伸进口袋里，拿出一张皱巴巴的纸。

"这或许能帮上忙？"

雷诺拿过那张纸来看，然后疲倦地把手伸到夹克里，拿出另一张相同颜色的纸，把两张纸拼在一起。他仰着头，看着天花板。

"谁派你来的？"

"特里莫。"

"我不喜欢那个人，"高个子黑人说，"他竟写上我的名字，我不喜欢这样。这样做太不明智了，就这点不好，不过我想我会帮你看看。"

他转过身走上一条又长又直的楼梯，皮特·安格里斯跟着他。一个年轻的黑人在客厅窃笑起来。

雷诺突然停下来，转身走下台阶，穿过拱门，走到窃笑的人跟前。

"这是公事，"他疲惫地说："白人是不会来这种地方的，听懂没有？"

那个窃笑的男孩说："雷诺，我知道了。"说完举起一个水汽迷蒙的高脚杯。

雷诺再次上楼，还一边自言自语。楼上大厅很多门紧紧闭着，烈焰色的壁灯发出微弱的粉红色光。走到大厅尽头，雷诺拿出一把钥匙，将门打开。

他站在门边简洁地说："带她走，我这里不要这种白种人。"

皮特·安格里斯从黑人身边过去，走进卧室。卧室远远的角落放着一盏亮着的橘色落地灯，旁边放着一张饰有荷叶边的艳丽的床，窗户紧闭，空气很闷，令人作呕。

图肯·韦尔躺在床上，对着墙静静地抽泣。

皮特·安格里斯走到床边，轻抚她，图肯转过身，蜷在那里，突然猛地转过头看向他，眼睛睁得大大的，嘴巴半张着，就要尖叫出来。

"嘿，"他平稳地，声音很温柔，"我到处找你呢。"

女孩盯着他，脸上所有的恐惧慢慢烟消云散。

8

《新闻报》摄影师左手高举着镁光灯支架，身体俯在相机上方。

"维多力先生，好，来一张微笑的。"他说，"再来一张忧伤的，让他们无法呼吸。"

维多力拿走椅子，侧过脸，朝戴着红帽子的女孩笑了笑，然后又转过脸对着相机，笑容依旧不变。

闪光灯和快门咔咔作响。

"维多力先生，不错，但我以前看你拍得更好。"

"最近我一直很紧张。"维多力温和地说。

"谁说不是呢，往脸上泼酸不是什么开玩笑的事。"摄影师说。

那个戴红帽子的女孩吃吃地笑着，接着咳嗽了几声，她用长手套捂住嘴，长手套的背面钩编着红色丝线。

摄影师是一位年级较大的男子，穿着闪亮的蓝色哔叽，眼神悲伤。他收拾好东西，摇了摇一头银发的脑袋，将他的帽子整得笔挺。

"是啊，往脸上泼酸可不是什么开玩笑的事。"他说，"好吧，维多力先生，我叫员工明早来见你。"

"非常乐意，"维多力疲惫地说道，"让他们到了在大厅给我打个电话。对了，你喝上一杯再走吧。"

"那我不是疯了嘛，"摄影师说，"我不喝酒。"

他将相机包扛在肩上，迈着沉重的步子踱出房间，不知从哪儿冒出来一个穿白外套的小日本，他放摄影师出去后人又不见了。

"向脸上泼酸，"戴红帽子的那个女孩说，"哈哈哈！如果一个好女孩会这么说，那真是残忍啊。我可以喝一杯吗？"

"没人拦着你。"维多力咆哮道。

"亲爱的，也没人敢拦着我。"

她蜿蜒走到桌边，桌上放着一个方形的中式托盘。她倒了一杯烈酒。维多力有一点心不在焉地说："到明早的任务应该就这些了。《新闻简报》《记者论坛报》《新闻报》三家通讯社。不是太糟糕。"

"我觉得堪称完美。"戴红帽子的女孩说。

维多力瞪着她。"但没抓到人，"他轻声说，"只抓到一个无辜的路人。你不会了解这种勒索，是吧，厄玛？"

她露出慵懒冰冷的微笑，"是我要勒索你那可怜的1000美元吗？约翰，你也四十多岁了，成熟点。我可一直都很抢手。"

维多力起身，走到房间的一个雕刻木柜前，打开一个小抽屉上面的锁，拿出一个大水晶球，又回到椅子上坐下，向前倾身，手掌拿着球，神情几近茫然地盯着它。

女孩越过玻璃杯沿看着他，瞪大了眼，眼神有点呆滞。

"该死！玩这个要玩疯了吗？"她舒了一口气，猛地把杯子掷到托盘上，走到他身边，俯下身，小声嘟哝说："约翰，你听说过老年衰变吗？那些四十多岁的坏男人就犯这种病。他们盲目崇拜鲜花和玩具，剪纸娃娃，玩玻璃球……看在祖宗的分上，别玩了，约翰！你还不至于颓废到这种程度吧。"

维多力目不转睛地盯着水晶球，慢慢地深呼吸。

戴红帽子的女孩向他靠得更近。"约翰，我们去兜风吧，"

她柔声说，"我喜欢夜晚的空气，我们去呼吸呼吸新鲜空气。"

"我不想去兜风，"维多力推辞说，"我——我有一种感觉，感觉有什么事即将发生。"

那个女孩突然俯身，拿走他手中的水晶球，球砰的一声摔在地板上，打着滚，慢慢地滚到地毯厚厚的绒毛里。

维多力猛地站起来，他的脸一阵抽搐。

"帅哥，我想去兜风。"女孩冷冷地说，"夜色这么美好，你又有一辆好车，干吗不去兜风。"

维多力恶狠狠地盯着她，但慢慢地又笑了，憎恶的神情消失不见，还伸出两根手指抚摸着她的嘴唇。

"没问题，宝贝，我们这就去兜风。"他轻柔地说。

维多力拿起水晶球把它锁在柜子里，穿过一扇里门。戴红帽的那个女孩打开她的包，抹了抹口红，噘起嘴，对着化妆盒的镜子做了个鬼脸。她看着镜子，镜中的自己穿着一件带着红流苏的粗糙的米黄色羊毛外套。她缩进衣服里，轻轻地耸了耸肩，将围巾般的衣领领角甩到肩上。

维多力出来了，他戴着帽子，穿上了外套，外套上垂下一条流苏围巾。

他们走下房间。

"让我们从后门溜出去，"他在门口说，"以防哪家的新闻记者在外面蹲点。"

"为什么，约翰！"女孩一挑眉毛，嘲笑道，"我进来时人都看到了，也看到我待在这儿。你肯定是不想让他们觉得你的女朋友在这过夜，是吧？"

"靠！"维多力粗暴地说着，用力拧门把手。这时房间里响起了电话铃。维多力再爆粗口，拿下放在门上的手，站在那等着，这时穿白外套的小日本走了进来，拿起电话。

男孩放下电话，恳求地笑了笑，打了个手势。

"你来接，好吗？我听不懂。"

维多力走回屋里拿起电话说："我是约翰·维多力，请问哪位？"他听着电话。

慢慢地，维多力将电话拽得越来越紧，整个脸紧绷着，脸色刷白。他声音沙哑，慢慢地说："等一下。"

他放下电话，按住桌子，倚在上面。戴红帽子的女孩来到他身后。

"帅哥，难道是坏消息？你怎么蔫得像个霜打的茄子。"维多力慢慢转过头，瞪着她，"给我滚出这里。"他淡淡地说。

女孩笑了起来，维多力起身一个箭步上去，用力地扇了她一巴掌。

"我说，给我滚！"他用死寂般的声音重复道。

女孩不笑了，用戴着长手套的手指摸了摸嘴唇，圆睁着眼，里面却没有写满震惊。

"约翰尼，为什么？我那么喜欢你，"她疑惑地说，"你没什么了不起的。滚就滚。"

她急忙转身，轻轻甩过头，穿过房间走到门口，挥挥手，走了出去。

她挥手时维多力并没有看着她。门"啪"的一声关上时他立马拿起了电话，阴沉地说："华尔兹，过来我这，快来！"

他把电话搁在座架上，茫然地站了一会儿，又回到里门，一会儿又出来，已经脱了帽子和大衣，手里多了一把粗大的短冲锋枪。他把枪朝下塞进礼服夹克的胸前口袋，再次拿起电话，慢慢地，冷冷地，坚定地说："如果一个叫安格里斯先生要求见我，让他进来。安—格—里—斯。"他把名字一个字一个字说出来，然后放下电话，坐在旁边的安乐椅。

他交叉着双臂在那儿等着。

9

穿白外套的日本男孩打开门，点点头，笑了笑，有礼貌地小声说："啊，您请进来，请进请进。"

皮特·安格里斯拍拍图肯·韦尔的肩膀，推她进门，来到一个长长的光鲜亮丽的房间。房间内家具华美，这么一来显得她无比寒酸可怜。她的眼睛哭红了，嘴脏兮兮的。

身后的门关上了，小日本悄悄走了。

他们安静地走在长长铺开的厚实地毯上，看着安静的罩灯，凹进墙里的书架和放着雪花石膏、象牙、瓷器和玉器等小摆件的货架。他们经过一面蓝色玻璃镶框的巨大镜子，镜子四周系着一些深情的亲笔签名照片，走过低桌躺椅，走过放着鲜花的贵宾桌，看到更多的书、椅子、地毯，看到坐在远处冷冷盯着他们的维多力，他手里拿着一杯酒。

维多力漫不经心地晃着手，上下打量那个女孩。

"啊，是你啊，上次警察带你来过这。当然，有什么我可以帮忙的吗？听说他们犯了一个错误。"

皮特·安格里斯将椅子稍稍转过，把图肯·韦尔推到椅子上。图肯慢慢坐了下来，僵直着身子，舔了舔嘴唇，盯着维多力，对他一见钟情。

维多力则撇了撇嘴，含蓄地表现出一丝厌恶。他的眼睛时刻警惕着。

皮特·安格里斯坐了下来，从口袋里拿出一块口香糖，打开，塞进嘴里。他看上去憔悴不堪，深受重创，筋疲力尽。他脸的一侧和脖子上有深色的淤伤，满脸胡子拉碴的样子。

他慢慢地说："这是韦尔小姐，就是被派去拿你的包裹的那个女孩。"

维多力一怔，拿着烟的手开始不安地叩击着椅子的扶手，一语不发地盯着这个女孩，而她则微笑着看着他，脸不由得开始变红。

皮特·安格里斯说："我在午街混久了，知道谁是奸商，知道什么人属于那儿，什么人不属于那儿。今晚我在午街的午餐餐车看见这个女孩，她盯着钟，看起来心神不宁。我知道她绝不是那儿的人，所以她离开时我跟在她后面。"

维多力微微点了点头，几许灰色的烟灰飘了下来，他茫然地低头看着烟灰，又点了点头。

"她在午街走着，"皮特·安格里斯说，"白人女孩是不会去那条臭名昭著的街的。我发现她躲在门口，之后一辆豪华的迪森贝克慢慢转到拐角，熄灭车灯，然后把你的钱扔在人行道上。她很害怕，让我去取那笔钱，而我拿到了。"

维多力看着别处平稳地说："她看起来不像个骗子。她的事你告诉警察了吗？没有吧，要不你也不会在这里了。"

皮特·安格里斯摇摇头，嚼了嚼嘴里的口香糖："告诉警察？我们当然不会告诉警察，这对我们来说不重要。我们只是想得到我们的那一份钱。"

维多力一怔，坐在那岿然不动，面色如纸，一脸狰狞，不再叩击椅子的扶手。然后他把手伸进礼服夹克，悄悄地掏出短冲自动枪，握在膝盖上，向前略略倾了倾身子，笑了笑。

"来敲诈的人，"他沉吟道，"总是这么搞笑啊，你们那一份是多少钱，你又做了什么，凭什么拿那钱？"

皮特·安格里斯若有所思地看着枪，轻轻动了动下巴，嘎吱嘎吱嚼着口香糖，镇定自如。

"安静，"维多力严肃地说，"别出声。"

维多力突然拔出枪，"说话啊，"他说，"说快一点，我讨厌沉默。"

皮特·安格里斯点点头，说："泼酸威胁不过是一场根本不存在的谎话，根本没人要向你泼什么酸，也没什么人要敲诈你，一切不过是你借来宣传的噱头。故事就是这样。"说完，他向后靠在椅子上。

维多力越过皮特·安格里斯的肩膀往房间下面看。他笑了起来，尔后面容一僵。

华尔兹·特里默从一扇开着的侧门溜进房里，手里拿着他的大狙击枪，悄无声息地沿着地毯慢慢挨近他们仨，但皮特·安格里斯和女孩都没有看到他。

皮特·安格里斯说，"你一直都在骗人，一件事接一件事地骗。我猜的？当然，我就是猜的，但听我说完，看看你们一路骗来，是怎样从第一次的易如反掌到后来变得异常艰难。这个女孩在主宰俱乐部为特里默·华尔兹工作，她穷困潦倒，而且胆子又小，所以华尔兹让她去干那种违法的事。为什么？因为到时候警察就会将她一举拿下，连蹲点的人都安排好了。如果她出卖华尔兹，华尔兹就会一笑置之，说出这样一个事实，即案发现场就在他的场子，虽然他的股权不多，但他的合伙人不会介意。他会这样说：愚蠢的女孩才去拿它，聪明如他怎么会去拿这样的东西呢？当然不会。"

"警察会对他半信半疑，而你就扮演个大好人，不对女孩提起诉讼。她要是不说出来的话，你就更不会起诉，反正无论怎样，你都得到了很多宣传关注。你的事业在下滑，所以你急需这种曝光，你所要做的就是付钱给华尔兹——或者说你认为这样就行了，你就会得到高度曝光。你有必要到这种程度吗？一个好莱坞明星事业发展遇到瓶颈会到如此地步吗？那你告诉我为什么没有联邦政府工作人员在跟这件案子？警察要是一直调查下去，肯定会查到罪魁祸首就是你，然后你就会因为妨碍司法公正被监禁。这就是为什么他们不管。当地的警察根本不在乎这些，他们早就习惯了为了影视需要而做的大肆宣传，他们只是打打哈欠，翻个身，又睡着了。"

华尔兹正走到房间的一半。维多力没有看他，而是看着女孩，微微一笑。

"现在来看看我介入之后事情变得多麻烦，"皮特·安格里斯说，"我去主宰俱乐部和女孩谈了谈。之后华尔兹让我们去他的办公室，给他卖命的一只大猩猩他妈的差点掐死我。我醒来后，发现房间里躺着一个被枪杀的女孩，我的枪在旁边的地板上，但枪里的子弹一颗也不见了。我身上一股杜松子酒味，然后听到拐角处一辆警车在隆隆作响，而这位韦尔小姐被关在午街的一所妓女院里。

"为什么要这么麻烦呢？因为华尔兹计划向你敲一大笔钱，他会让你大出血，让你一贫如洗。只要你有1美元，一半将是他的。维多力，你本已付钱了，还为此满心欢喜。但你得到了关注，得到了庇护，但是将你也必须自实其果！"

华尔兹此刻已经接近他们了，几乎就在眼前。维多力突然站了起来，猛地将短冲枪瞄准皮特·安格里斯的胸前，出神地说："华尔兹，干掉他。我太紧张了，干不了这事。"他的声音很微弱，一副老男人的嗓音。

皮特·安格里斯甚至连身都没转，脸像木刻印第安人脸部雕像一样僵在那里。

华尔兹把枪抵在皮特·安格里斯后背，站在那里微笑，越过皮特·安格里斯的肩膀望着维多力。

"皮特，哑巴了？"他冷冷地说，"你活了够久了。本来你就不该来这里，走得越远越好，但你可能熬不过今晚了。"

维多力往旁边稍稍挪了挪，伸开腿，站了起来，英俊的脸上露出古怪的神情，脸色发青，深邃的眼睛闪出厌恶之情。

图肯·韦尔盯着华尔兹，眼睛睁得很大，露出眼白，惊慌地一眨一眨。

华尔兹说，"维多力，在这我什么事都不能做，但我也不想自己一个人陪他走出这里。拿上你的帽子和大衣。"

维多力略微点点头，但他的头几乎没动，眼睛仍露出厌恶的目光。

"这个女孩怎么办？"他低语道。

华尔兹咧嘴一笑，摇摇头，用力将枪按到皮特·安格里斯背上。

维多力又向一边挪了挪，伸了伸脚，手里稳稳握着粗大的枪，但没有把枪瞄准任何特定的事物。

他闭上眼，瞬间又睁开，睁得大大的。他慢慢地谨慎地说："一切按计划看来都很顺利。像这种怪诞的事情以前在好莱坞经常发生，你想都想不到。只是我没想到会给人带去伤害，还有人因此丧命，我——我只是坏得不彻底，华尔兹，我不想继续下去了，我不想再发生任何过分的事了。你最好拿开你的枪走人。"

华尔兹摇了摇头，紧绷着脸笑了下。他在皮特·安格里斯身后后退几步，将狙击枪往旁边挪了一点。

"米都下了，"他冷冷地说，"还能不做成米饭吗，想撤没那么容易，走。"

维多力叹了口气，委顿下来。我突然觉得他无比孤独，年轻不再。

"不，"他轻声说，"我想通了。虽然我已经名声扫地了，但我想最后闪光一次吧，毕竟这是我的舞台。虽然演得很烂，但仍然是我的表演。华尔兹，拿起枪走人吧。"

华尔兹冷面铁青，面无表情，眼睛杀气腾腾。他将狙击枪又往边上移开了一点。

"维多力，拿好——你的——帽子。"他说得清楚。

"对不起。"维多力说着就开了一枪。

华尔兹在同一时刻开了枪，枪声相互交织。维多力摇摇晃晃地移到左边，侧过半个身子，然后又挺直了身子。

他定睛看着华尔兹："新手运气好。"他一边说一边等着。

这时皮特·安格里斯拿出他的柯尔特手枪，但其实用不上。华尔兹缓慢倒下，脸颊和血脉清晰的大鼻子压在绒毛地毯上。他稍稍动了动左臂，试图甩到后背，格格咳了几声后便躺在那儿一动不动。

皮特·安格里斯将狙击枪从华尔兹身边踢开。

维多力愣愣神问："他死了吗？"

皮特·安格里斯哼了一声，没有回答，只是看着那个女孩。她正站在那，背靠着放着电话的桌子，手背捂住嘴，一副常见的惊恐状。看起来傻傻的。

皮特·安格里斯看着维多力，不高兴地说："新手的好运气——没错，但假设你没有打中他呢？他刚不过是诈唬你，他是想让你陷得更深一点，让你以后无法迈出泥潭。事实上，他为了陷害我把那个女孩杀了。"

维多力说："对不起啊，对不起。"他突然坐了下来，头向后靠，又闭上了眼睛。

"天啊，他也太帅了吧！"图肯·韦尔崇敬地说，"他也很勇敢。"

维多力把手放在左肩上，向下用力按，血从他的指间缓缓流出。图肯·韦尔大声尖叫。

皮特·安格里斯低头看着房间下面，穿白外套的小日本已经爬到房间的角落，静静地靠墙站着，瑟缩成一团。皮特·安格里斯又看了维多力一眼，尽管不情愿，但还是很慢很慢地说："韦尔小姐在弗力斯科有亲人，你可以带上点小礼物送她回家，这样才自然坦率。她因为华尔兹求助于我，所以我才介入。我告诉华尔兹你很聪明，所以他才来这里让你闭嘴。这是硬汉之间的事。警察会嗤之以鼻，但他们只会背后笑笑。毕竟，他们也得到了宣传。欺骗的事过去了。懂？"

维多力睁开眼睛，虚弱地说："你——你处理得很体面。我不会忘记你的恩情。"说完头垂向一侧。

"他晕倒了！"女孩尖叫道。

"是啊，"皮特·安格里斯说，"给他一个大大的香吻，他就会重新振作起来……你这辈子都不会忘记的。"

皮特·安格里斯咬紧牙，走到桌旁拿起电话。

（本文译者　卢婷、蒲若茜）

黄裤王

乔治·米勒在卡尔顿旅馆做审计员，那天正值他上夜班。他是个短小精悍，瘦削结实的人，他的声音低沉温柔，就像唱情歌的歌手一样。他压低了声音对着电话交换机话筒说话，但他的眼神锐利，喷着怒火："非常抱歉，不会再有下次了。我马上派人上去。"

他摘下耳机，把它丢到交换机上，迅速从玻璃屏风后面朝门厅走去。已经夜里一点了，卡尔顿旅馆的入住率达到了三分之二。三级浅浅的台阶下的大厅里灯光昏暗，值夜班的门童也已经清扫完毕。这个地方空寂无人——家具摆在空旷的空间里显得暗淡朦胧，地上铺着华丽的地毯。从远处传来细微的收音机声。米勒走下台阶，快步朝声音的来源处走去，穿过拱门，看到一个男人在一张浅绿色的长沙发上舒展着身体，惬意地躺着，整个旅馆的垫子好像都放到了这张沙发上。他侧躺着，双眼迷离地听着离他两码远的收音机里传出来的音乐。

米勒吼道："喂，你！你是这个旅馆的私家侦探呢，还是旅馆的私家猫啊？"

斯蒂夫·格雷斯慢慢地回过头来看着米勒。这是一个身材修长的黑发男人，约摸28岁，安静的眼睛深陷，嘴形显得十分温柔。他朝收音机伸出一个拇指，笑着说，"是金·莱奥帕蒂，乔治。听听这小号的音色，就像天使的翅膀一样优雅，小子。"

"好极了！赶紧上去，把他从走廊上弄走！"

斯蒂夫·格雷斯吃惊地看着他，"什么——又来了？我以为我早就把这些家伙弄上床了。"他站了起来，至少比米勒高了一英尺。

"哼，816的房客可不是这么说的。816说他和他的两个助手到了走廊上，他穿着黄色缎面裤子，手上拿着一把长号，和他的两个伙计开起即兴爵士演奏会来了。811的一个妓女——昆兰登记入住的，也出来给他们助阵了。赶紧去看看吧，斯蒂夫，这次可一定得把事情摆平了。"

斯蒂夫冷漠地笑笑，说，"莱奥帕蒂根本就不属于这里。我可以用乙醚吗？或者直接用我的警棍？"

他沿着浅绿色地毯走了出去，穿过拱门和大厅到了电梯前，只有一台电梯里亮着灯，还在使用。他带上门，乘坐电梯来到八楼，电梯一停，他就迈步走到了走廊上。

噪音像狂风一样向他席卷而来。墙上充斥着回音，五六扇门被打开了，站在门口穿着睡袍的房客们都恼怒地盯着他们。

"好了，各位，"斯蒂夫赶忙说，"这绝对是最后一次了，回去休息吧。"

他绕过角落，狂热的音乐把他震得都要站不住脚了。三个男人并排靠墙站在一扇门边，灯光从里面流泻出来。中间那个吹长号的有六英尺高，看起来强壮而优雅，留着细细的胡子。他面红耳赤，眼睛在酒精的作用下闪着亮光。他穿着黄色缎面短裤，短裤的左腿上鲜明绣着名字的缩写字母——其他什么都没穿。裸露的皮肤是棕褐色的。

和他一起的两个助手穿着睡衣，就是常常见到的那种玩乐队的帅气青年的样子，他们都已经喝多了，但还不到烂醉如泥的程度。一个神经质的吹着单簧管，另一个则抱着次中音萨克斯风在咆哮。

在他们面前大摇大摆地晃来晃去的女孩时而漫步，时而疾行，把手摆成拱形，眉毛也高高挑起，手指使劲地向后弯曲，深红色的指甲都快碰到手臂了——她看起来就像一只搔首弄姿的喜鹊。这个金发女孩随着音乐左摇右摆，她的声音嘶哑刺耳，没有一点节奏感，跟她的眉毛一样不着调，像她的指甲一样尖利。她身上穿着黑色睡衣，腰间系着长长的紫色腰带，脚上蹬着高跟拖鞋。

斯蒂夫·格雷斯僵硬地停了下来，凌厉地做了一个往下压的动作。"收起来！"他厉声说道，"装起来，给我安静下来。把这些东西都收起来，滚回去。表演已经结束了，滚——现在就滚。"

金·莱奥帕蒂把大号从嘴上拿下来，大吼道："给这个私家侦探好好表演表演！"

这三个醉鬼吹出了一段断断续续的音符，墙壁都颤动了。女孩疯癫地笑着踢出了一脚，她的拖鞋砸到了斯蒂夫的胸前。他在空中把拖鞋接住，扑向女孩，一把抓住了她的手腕。

"很厉害，嗯？"他咧嘴一笑，"就先把你抓起来。"

"抓住他！"莱奥帕蒂喊道，"给我狠狠地打！使劲地踹他的脖子！"

斯蒂夫一下把女孩抱起来，把她夹在胳膊下面，跑了起来。他抓着她，仿佛手里只是多了一个包裹一样，她却试图要踹他的脚。他笑了起来，扫了一眼房里亮着灯的边。衣柜下面放着一双男人的褐色粗革皮鞋。他又跑到了第二个亮着灯的门边，挤进去，一脚踹上了门，转身扭动门上的钥匙把门给反锁上了。当即就有一个拳头捶在了门上，但他不加理会。

他推着女孩沿着短短的过道往里走，直到经过了浴室才放手。她踉跄着从他身边走开，背靠在衣柜上，喘着粗气，满眼怒

175

火。一绺被汗水浸湿的金发垂到了她的一只眼睛前面。她拼命摇摇头，咬紧了牙关。

"你想被赶出去吗？小姐？"

"去死吧！"她啐了一口，"金是我的朋友，懂吗？你最好别碰我，大侦探。"

"你和那帮人一起巡演吗？"

她又向他啐了一口。

"你怎么知道他们会住在这里？"

另一个女孩四肢摊开地躺在床上，她的头顶着墙壁，黑色的头发散乱地盖在她苍白的脸上。她的睡衣的裤腿上有一道裂口。她无力地躺在床上，发出呻吟声。

斯蒂夫尖刻地说："噢，噢，撕破睡衣的表演。在这都砸锅了，小姐，彻底砸了。给我听着，你们这群小鬼，赶快滚到床上去，一觉睡到明天早上，否则的话现在就给我滚出去！你自己选吧！"

黑发的女孩又发出了呻吟。金发女孩说："滚出我的房间，你这该死的混蛋！"

她把手伸向后面，抓过一面小镜子扔了过来。斯蒂夫躲开了，镜子摔到了墙上，完好无损地落到了地上。黑发女孩在床上翻了个身，疲累地说："别闹了，我不舒服。"

她闭着眼睛躺在那里，眼皮不停地颤动。

金发女孩扭着屁股穿过房间走到了窗边的一张桌子旁，在玻璃水杯里给自己倒了半杯威士忌，一口咕噜喝了下去，斯蒂夫都来不及拦她。她一下子被剧烈地呛到了，杯子一松，手脚一软，倒在了地上。

斯蒂夫不悦地说："这玩意儿可把你撂倒了，小姐。"

她蜷缩着身子摇摇头，呕了一下，抬起涂着深红色指甲油的指甲去擦她的嘴。她试图站起来，腿在身下一滑，身子往侧面一摔，马上就睡着了。

斯蒂夫叹了口气，走过去把窗户关紧。他帮黑发女孩翻了个身，把她的身体在床上放平，然后抽出压在她身下的被子，在她的脑袋底下放了个枕头。他又把金发女孩从地上抱起来，扔到床上，把两个女孩的被子都掖到她们的下巴那儿。他打开气窗，关掉天花板上的灯，打开门出去后，又在外面用链子上的通用钥匙从外面把门锁上。

"旅馆生意，"他轻轻地说，"呸。"

此刻，走廊里空荡荡的。还有一扇房门开着，里面亮着灯，房号是815，两个女孩就住在他们隔壁的隔壁。低低的大号声从房里传出来——但对凌晨1：25来说，还不够小声。

斯蒂夫·格雷斯走进了房间，用肩膀推了门，径直地走过了浴室。房里只有金·莱奥帕蒂自己。

这个乐队指挥这会儿摊手摊脚地坐在一张安乐椅上，手周边放着一个脏兮兮的高脚杯。他演奏大号时在空中挥舞出一个完整的光圈。

斯蒂夫点燃了一支香烟，吐出一口烟雾，用一种怪异的眼神盯着烟雾后的莱奥帕蒂———半是崇拜，一半是轻蔑的样子。

他轻声说："演出结束了，黄裤子。你的小号吹得很棒，大号也不赖。但在我们这用不着。我已经告诉过你一次了。停下来，把那玩意儿收起来。"

莱奥帕蒂邪恶地朝他一笑，又胡乱地吹出了一些音符，听起来就像恶魔的笑声。

"滚你的，"他冷笑道，"无论何时何地，莱奥帕蒂想干吗就干吗。还没有人敢碍他的事呢，浑球。滚开吧。"

斯蒂夫耸耸肩，走近这个皮肤黝黑的高个男人。他耐心地说："把长号放下来，大个子。大家都已经睡了，他们跟你可不同。在乐队里你是个了不起的人物，但在别的地方，你只不过是个有钱人，而且名声臭得不得了，还一路臭到迈阿密，又从迈阿密臭回到这里。这是我的工作，你要是再吹那个玩意儿，我就把它绕在你的脖子上。

莱奥帕蒂放下了大号，拿起手肘边的酒杯里喝了一大口酒。他的眼睛闪着恶毒的光，他又把大号抬到了嘴边，深呼吸用力一吹，那声音震得墙壁都晃动了。然后他突然快速地站起来，把大号往斯蒂夫的头砸下来。

"我从来都不喜欢私家侦探，"他冷声说，"他们闻起来就像公共厕所一样。"

斯蒂夫往后退了一小步，摇了摇头。他斜眼一瞥，向前走了一步，给了莱奥帕蒂一拳。那一拳看似很轻，但莱奥帕蒂一直踉踉跄跄地穿过了房间，四肢摊开地一屁股坐到了床脚边的地上，他的右手手臂垂在一个打开的行李箱上。

有那么一会儿，这两个人都没动。然后斯蒂夫一脚把大号踹开，将香烟在玻璃烟灰缸里捻灭。他黑色的眼睛里一片茫然，但他仍咧着嘴笑，露出了一口白牙。

"如果你想要找麻烦的话，"他说，"我就是从专门制造麻烦的地方来的。"

莱奥帕蒂笑了，笑容很淡，也有点紧张。他的左手从行李箱里伸了出来，上面握着一支枪。他的大拇指扣在保险机上，稳稳地拿枪指着他。

"跟这个家伙一起制造点麻烦吧。"他说，然后扣动了扳机。

在紧闭的房间里，枪声听起来震耳欲聋。衣橱上的镜子被射裂了，玻璃到处飞溅。一块银色的镜片像刮胡刀刀片一样割开了斯蒂夫的脸颊，鲜血从他的皮肤里像细线一样地流了出来。

他一个俯冲，右肩一下跟莱奥帕蒂光秃秃的胸膛撞在了一起，他的左手把枪从金手里甩开，枪滑到了床下。他又敏捷地翻到右边，撑着双膝站了起来。

他用粗重的声音厉声说："你惹错了对象，伙计。"

他扑向了莱奥帕蒂，用尽全力抓着他的头发把他拖到了脚边。莱奥帕蒂尖叫出声，在他的下巴上打了两拳，斯蒂夫咧嘴一笑，继续用左手拧着乐队指挥柔顺的黑色长发。他用左手转动了一下，莱奥帕蒂的头也随之转了过来，他的第三拳落在了斯蒂夫的肩上。斯蒂夫顺势抓住手腕使劲一扭，乐队指挥哀号着跪了下去。斯蒂夫又拉着他的头发把他拽了起来，放开他的手腕，往他的肚子上打了三记凶狠的短拳。当第四拳就要落到他自己的手腕上的时候，他松开了头发。

莱奥帕蒂眼睛一黑，跪了下来，开始呕吐。

斯蒂夫走进浴室，从里面拿了一条浴巾出来，他把浴巾扔给了莱奥帕蒂，猛地把开着的行李箱拽到床上，开始往里面扔东西。

莱奥帕蒂擦了擦脸，站了起来，但仍在干呕。他摇摇晃晃的，抓住了衣橱的一端撑着自己，脸色像纸一样苍白。

斯蒂夫·格雷斯说，"穿上衣服，莱奥帕蒂，不然的话你就这么光着身子出去吧。这对我来说都一样。"

莱奥帕蒂像个瞎子一样扶着墙壁跌跌撞撞地走进了浴室。

2

电梯门打开的时候，米勒正安安静静地站在桌子后面。他脸色苍白，看起来很惊慌，修剪整齐的黑色小胡子就像上嘴唇的一块污渍似的。莱奥帕蒂先从电梯里走了出来，他的脖子上围着一条围巾，手臂上挂着一件轻便的外套，头上的帽子歪向了一边。他僵硬地走过来，身体微微向前倾，眼里一片空洞。他的脸色是惨绿而苍白。

斯蒂夫·格雷斯跟在他身后，提着行李箱也出了电梯，而夜班门卫卡尔，提着另外两个行李箱和两个黑色皮革乐器箱最后出来。斯蒂夫走到桌子边，厉声说："把莱奥帕蒂先生的账单拿来吧——如果有的话，他要退房了。"

米勒隔着大理石桌面瞪着他，"我——我不认为，斯蒂夫——"

"好吧，我想也没有。"

莱奥帕蒂怪异而浅浅一笑，走出了那扇门卫替他打开的包着黄铜边的弹簧门。门外有两辆夜间出租车排队等在外面，一辆出租车反应了过来并开到了天篷下，门卫把莱奥帕蒂的行李放了进去。莱奥帕蒂上车之后，从开着的窗户里探出头来，他慢而低沉地说："我替你感到难过，侦探，我是说真的。"

斯蒂夫·格雷斯退后了几步，木然地看着他。出租车沿着街道开走了，经过转角之后消失不见。斯蒂夫脚跟一转，从他的钱包里拿出一个0.25分的硬币，往空中一抛又接住。他把硬币放到夜班门童的手里。

"是金给你的，"他说，"留着给你的孙子们看吧。"

他回到旅馆，看都没看米勒一眼就走进了电梯，又乘着电梯来到了八楼，他沿着走廊往前走，用通用钥匙打开了莱奥帕蒂的房间。他进门之后又把门给反锁了，把床铺从墙壁上拉开，走到床后，从地上捡起了一把点32口径的自动手枪，把它放进自己的口袋里。然后仔细地在地上寻找着那枚发射出来的弹壳，他在垃圾篓旁找到了它并捡了起来，但他还是弯着腰——盯着垃圾篓的里面。他的嘴抿紧了，捡起弹壳之后漫不经心地把它扔进了口袋里。接着他伸出手到垃圾篓里搜寻，掏出了一张撕碎了的纸片，纸片上面贴着一小片从报纸上剪下来的碎片。然后他拿起垃圾篓，把床推回墙边，把垃圾篓所有的东西都倒在上面。

他从一堆火柴和碎纸片中找出了一些贴有剪报的碎纸片。他拿着纸片走到桌边，坐了下来。几分钟之后他把碎纸片像拼图一样拼了起来，这时可以看出用杂志上的文字剪贴而成的内容。

在周二晚上准备好一万块钱，莱奥帕蒂。在你在沙罗特演出开场后的第二天。否则的话就别再演出了。——她的哥哥。

斯蒂夫·格雷斯哼了一声。他把这些碎纸片装进了一个旅馆信封里，放进了自己的内前胸口袋里，点燃了一支香烟。"这家伙还挺有胆量的，"他说，"我倒是佩服他这一点——还有他演奏小号的水平。"

他锁好门，站在此刻寂静无声的走廊上听了一会儿，然后走向了两个女孩的房间。他轻轻地敲了敲门，接着把耳朵贴到门板上。一张凳子吱吱地响了一下，脚步声朝门边走来。

"什么事？"女孩的声音很冷静，完全清醒。不是那个金发女孩的声音。

"我是旅馆侦探，我能跟你说几句话吗？"

"你正在和我说话呀！"

"我不想隔着房门说，小姐。"

"你有旅馆的通用钥匙，自己进来吧。"脚步声走远了。他用万能钥匙打开了门，轻轻地走进去，关上了门。一个褶型灯罩的台灯发出昏暗的灯光，照亮了整个房间，金发女孩在床上大声地打着呼噜，一只手攒着她富有光泽的金发。黑发女孩坐在窗边的椅子上，她的脚踝像男人一样交叉成直角，两眼无神地盯着斯蒂夫。

他走近她，指着她睡衣裤腿上长长的裂缝轻声说："你没有生病，也没有喝醉，这道口子很久之前就撕裂了。搞什么鬼？是来勒索金的吗？"

女孩冷静地看着她，一言不发地抽着烟。

"他已经退房了，"斯蒂夫说，"那方面，你可以想都不用想了，小姐。"他的眼神像鹰一样严厉，他黑色双眼死死地盯着她的脸。

"噢，你们这些旅馆侦探真让我恶心！"女孩突然火冒三丈地说。她猛地站起来，从他身边走过，走进了浴室，把门锁了起来。

斯蒂夫耸耸肩，摸了摸睡在床上的女孩的脉搏——扑扑跳动的脉搏很迟缓，这是喝了酒的人的脉象。

"可怜的妓女。"他低声说。

他看到衣橱上放着一个紫色的大手提包，闲来无事地把它提起来又放回去。他的脸再次变得僵硬。手提包在玻璃桌面上弄出了很大的声响，好像里面有一块铅。他迅速地打开它，一只手伸了进去。他的手指摸到了冷冰冰的金属枪，他打开手提包往里面看去，看到了一把小小的点25口径自动手枪。一张白色的纸条吸引了他的目光，他把纸片夹出来，拿到灯光下——这是一张写了名字和地址的收据。他把纸条塞进口袋里，把手提包拉上。当女孩从浴室出来的时候，他正站在窗边。

"见鬼，你怎么还阴魂不散？"她厉声道，"你知道那些拿着万能钥匙进到女孩的房间里的旅馆侦探都有什么后果吗？"

斯蒂夫懒洋洋地说，"知道，他们会惹上麻烦，还有可能被枪杀。"

女孩的脸一下僵住了，但她斜着眼睛看了一眼紫色手提包。斯蒂夫看着她，"你在旧金山时就认识莱奥帕蒂了吗？"他问，"他在那儿演出了两年。那时他还只是个吹小号的，在文·乌提戈的乐队——一个不入流的乐队。"

女孩咬咬嘴唇，从他的身边走过，又在窗边坐下。她脸色苍白，表情僵硬，她木然地说："布罗森认识他。床上的那个就是布罗森。"

"你们知道他今天晚上要住在这里？"

"这关你什么事？"

"我没想到他会来这里住，"斯蒂夫说，"这是一个安静的地方，所以我想不到谁会来这里敲诈他。"

"去别的地方想吧，我要睡觉了。"

斯蒂夫说："晚安，亲爱的——把门锁好。"

一个男人站在接待台后面，他金发稀疏，身材瘦削，脸型也瘦削，他用纤细的手指轻弹着大理石桌面。米勒还站在桌子后面，脸色看起来仍是苍白惊恐。瘦削的男人穿着一套深灰色西装，领子里围了一条围巾。他看起来好像是刚睡醒的样子。当斯蒂夫从电梯里出来的时候，他海绿色的眼睛慢慢转向了斯蒂夫，等着他向桌子走来，把一圈钥匙扔在桌上。

斯蒂夫说："这是莱奥帕蒂的钥匙，乔治。他的房间里的镜子碎了，地毯上也弄上了他的晚餐——大部分是苏格兰威士忌。"他转向了瘦削的男人。

183

"听说您想要见我，皮特斯先生？"

"发生了什么，格雷斯？"瘦削的男人的声音紧巴巴的，好像准备着要听别人的谎话。

"莱奥帕蒂和他的两个助手住在八楼，乐队其他的人住在五楼，五楼的那群人老老实实地睡觉了。两个女孩想办法住到了莱奥帕蒂的隔壁，她俩明显就是妓女。她们又想办法勾搭上了他，他们就在走廊里制造噪音，享受狂欢。我只能用强硬点的手段来阻止他们了。"

"你的脸颊上有血，"皮特斯冷冷地说，"把它擦掉。"

斯蒂夫用一条手帕蹭了蹭脸颊，细细的血迹已经干了。"我把女孩们弄回房间了，"他说，"那两个助手很识相，已经藏起来了，但莱奥帕蒂还以为客人们要听他演奏大号呢，我威胁要那玩意儿绕在他的脖子上，他就拿着大号砸向了我。我空手打了他一拳，他就拔出一支枪来对我开枪了。枪在这里。"

他把点32口径的自动手枪从口袋里掏出来放在桌上，把用过的弹壳也放在旁边。"所以我就把他打了一顿，又将他赶出去了。"他补充道。

皮特斯轻拍着大理石桌面，"你的圆滑老练真是体现得淋漓尽致啊。"

斯蒂夫盯着他，"他朝我开枪了，"他轻声重复道，"一支枪，就是这支，我可是很怕子弹的。他没打中我，但如果他打中了呢？我很喜欢我的肚皮现在的样子——只有一个肚脐眼儿。"

皮特斯黄褐色的眉毛皱了起来，他非常客气地说："我们这里是按照夜班职员付你薪水的，因为我们不喜欢旅馆侦探这个称呼。但无论是夜班职员还是旅馆侦探，都没有敢不跟我商量就把客人给赶走的。从来没有过，格雷斯先生。"

斯蒂夫说："那家伙对我开枪了，老兄。用的是枪，你明白吗？我难道就得一声不吭地吃了这个哑巴亏吗，是吗？"他的脸色有些发白。

皮特斯说："还有一件事情你得好好考虑一下。这个旅馆的大股东是霍尔希·沃尔特斯先生，沙罗特俱乐部——也就是金·莱奥帕蒂从周三开始要演出的地方——也是沃尔特斯的产业之一。正是因为这个，莱奥帕蒂才会好心来照顾我们旅馆的生意，格雷斯先生。你能想一想，我还有什么话要对你说吗？"

"是的，我被解雇了。"斯蒂夫郁闷地说。

"完全正确，格雷斯先生。晚安，格雷斯先生。"

瘦削的金发男人走向了电梯，夜班门童领着他上去了。

斯蒂夫看着米勒。

"大人物沃尔特斯，是吗？"他轻轻地说，"一个凶狠、精明的家伙，居然自作聪明地以为这个破旅馆和沙罗特俱乐部的客人会是同一类人。是皮特斯写信让莱奥帕蒂来这里住的吗？"

"我想是的，斯蒂夫。"米勒的声音低沉忧郁。

"那他为什么没安排他住在顶楼的套房里，有独立的阳台可以跳舞，一天28块钱？他为什么住进一个中等价位的楼层？为什么昆兰让这两个女孩住得离他这么近？"

米勒拉了拉他的黑色八字胡，"可能是舍不得花钱吧——就像他买威士忌的时候一样抠门。至于那些女孩，我就不知道了。"

斯蒂夫一掌拍在了接待台上，"好吧，我被解雇了，因为我不愿意让一个醉鬼把八楼变成妓院和靶场。疯子！好了，我会因此而想念这个地方的。"

"我也会想你的，斯蒂夫。"米勒温柔地说，"但接下来的一个星期不会。从明天开始我要休一个星期的假。我哥哥在克雷斯特莱恩有一座小木屋。"

"我都不知道你有个哥哥。"斯蒂夫心不在焉地说，他的手在大理石桌面上张开又握成了拳。

"他不怎么进城来，他身材高大，以前是个拳击手。"

斯蒂夫点点头，在柜台前挺直了身体。"好吧，今天晚上我就这样吧，"他说，"我得躺下来好好休息了，把枪收起来吧，乔治。"

他冷冷地咧嘴一笑，然后走开了。他走下台阶，进入了昏暗的大厅，穿过房间来到了收音机前。他拍拍浅绿色沙发上的枕头，让它们恢复原状，接着他突然从口袋里掏出那张他从黑发女孩的紫色手提包里掏出来的那张纸条。这是一张一个星期的租屋发票，是开给一个叫玛丽莲·德罗姆的小姐的，地址是柯特街118号，里奇兰公寓，211号房。他把纸条塞回自己的钱包，站起来盯着安静的收音机，"斯蒂夫，我想你有另一份工作要做了，"他压着嗓子说，"这其中有阴谋的味道。"

他走进了房间角落里一个好像衣橱一样的电话亭里，放进去一个5分硬币，给一个通宵营业的电台打电话。他拨了四次，才接通了给夜班播音员的电话。

"能不能再放一遍金·莱奥帕蒂的《孤独》？"

"这里还有很多别人点的歌没播呢，而且这首曲子也已经放过两遍了。请问您的名字是？"

"斯蒂夫·格雷斯，卡尔顿旅馆的夜班职员。"

"噢，是个还在工作的清醒的家伙。好吧，老兄，满足你的要求。"

斯蒂夫回到长沙发上，打开收音机，背靠沙发躺下去，双手交叉放在脑后。

10分钟后，金·莱奥帕蒂具有穿透力的优美的小号声从收音机里轻轻地传了出来，低音时就像耳语一样温柔，而C高音调之后的E令人难以置信地持续了很长一段时间。

"唉，"当音乐快到尾声时，斯蒂夫嘟囔着说，"一个能把小号吹成这样的家伙——刚才可能对他太粗暴了。"

3

柯特街是个老旧的城区了，横跨整座邦克山。这里住着意大利人、恶棍还有那些自称为艺术家的人。在这里，你什么都能找到，从前格林尼治穷困潦倒的村民到潜逃的罪犯，从那些晚上可以变成任何人的情人的应召女郎到接受县政府救济的对象——他们整天与形容憔悴的女房东对骂。这些女房东们老旧豪华的房子都有着涡轮装饰的门廊，雕花地板，还有巨大弯曲的白色橡木，桃花心木和切尔克斯核桃木做成的楼梯。

邦克山曾经是个不错的地方。在赶上以前的好时候时，这里曾经修建了稀奇古怪的绳索铁道，被称为"天使之翼"，现在这些绳索铁道还保存着，它们从山丘街沿着黄土坡上上下下蜿蜒着。斯蒂夫乘着缆车到达山顶时，已经是下午了，缆车上只有他一位乘客。他在阳光中穿行——身材高大，肩膀宽阔，看起来十分修长，身穿一套剪裁精致的蓝色西装。

他在柯特街向西拐，开始看起门牌号来。他寻找的那个门牌号和街角只隔着两个门牌号，街道对面的红色砖房是一家殡仪馆，殡仪馆上挂着金子招牌写着"保罗·佩鲁齐殡仪馆。"一个皮肤黝黑的意大利人穿着下摆裁成圆角的外套，站在红色砖房挂着门帘的大门前，抽着雪茄，等着顾客上门。

柯特街118号是一座三层楼的木头结构公寓。它的玻璃门被一张脏兮兮的网格帘子盖得严严实实的，楼道上的地毯只有18英寸宽，颜色灰暗的门牌号也模糊不清，在走廊中间有一个楼梯。黄铜栏杆在阴暗的走廊里泛着光。

斯蒂夫·格雷斯沿着楼梯走了上去，又悄悄地折回前面。玛丽莲·德罗姆小姐的211号房在公寓的前面右手边。他轻轻地敲敲木门，等了一会儿，又敲了敲。安静的门后一点儿动静都没有，走廊里也没有声响。走廊后的一扇门内有人在不停地咳嗽。

站在昏暗的走廊里，斯蒂夫·格雷斯搞不清自己为什么要来。德罗姆小姐有一把枪；莱奥帕蒂收到了一封勒索信，还把这勒索信撕成碎片扔掉了；在他告诉德罗姆小姐莱奥帕蒂离开卡尔顿的大约一个小时之后，她也退房了。尽管这样——

他拿出一个皮制钥匙扣，研究着门上的锁，看起来这把锁钥匙是可以撬开的。他将锁撬开了，推开门闩，轻手轻脚地走进房间把门关上，但刚才用来撬锁的小玩意儿就没法把门锁上了。

前面的两扇窗户都有百叶窗，所以房里很阴暗。空气中充斥着脂粉味。房里摆着漆成浅色的家具，一张折叠双人床，床已经被拉下来了，铺得很整齐。窗边的凳子上摆着杂志，满是烟头的玻璃烟灰缸，品脱装的威士忌已经喝掉了一半，还有玻璃杯。两个枕头被用来当作靠垫使用，中间仍然是凹下去的。

在梳妆台上有一套化妆用具，看起来档次一般，缠着黑色头发的梳子，一组修剪指甲的工具，还有很多撒出来的脂粉，浴室里什么都没有。床后面的衣橱放着很多衣服和两个行李箱，鞋子都是同一尺码的。

斯蒂夫站在床边，捏着下巴轻声而着急地说："布罗森，那个躺在床上的金发女孩，不住在这里，只有那个穿着破裤子叫玛丽莲的黑发女孩住在这里。"

他回到梳妆台，把抽屉拉出来，在最底下的抽屉里的墙纸下面，他找到了一盒点25口径的铜镍合金自动手枪子弹。他在烟灰缸里的烟头里拨弄了一下，发现上面都有口红印。他又捏了捏下巴，然后再空中挥了一下手，就像握着船桨的船夫。

"都是无用功，"他轻轻地说，"你在浪费自己的时间，斯蒂夫。"

他朝门口走去，手伸向了把手，然后转身回到床边，举着床角把床铺抬了起来。

玛丽莲·德罗姆小姐在里面。

她侧躺在地板上，长腿成剪刀状交叉在一起，好像在奔跑的样子。一只拖鞋在脚上，另一只已经不见了。长筒袜的顶端露出了吊袜带和皮肤，还有一块粉色底子镶有蓝色玫瑰的东西。她穿着一件不怎么干净的方领短袖连衣裙，裙子上的脖子有一圈紫色的淤痕。

她的脸是深深的玫红色，眼睛因没有生气而闪着淡淡的光，她的嘴张得很大，让她的脸看起来都变短了。她的身体冰一样的冷，但仍然是柔软的。她至少死了两到三个小时，最多不超过六个小时。

紫色手提包放在她的身边，包口像她的嘴一样大张。地上散落着一些已经从包里掏出来的东西，斯蒂夫没有动它们，这里面既没有枪，也没有纸。

他又把床铺放下来盖上她，接着在公寓里到处查看，把所有他碰过的东西——还有许多是他记不清自己碰没碰过的——都擦了个遍。

他把耳朵贴在门上听了听门外的声音，才走了出去。走廊仍然空无一人，走廊对面门后的男人还在咳着。斯蒂夫走下楼梯，看了看信箱，然后沿着底层的走廊走到门边。

在门后有一张椅子一直发出吱吱呀呀的声音。他敲了敲门，一个女人尖着嗓子应了一声。斯蒂夫抓着手帕打开门走了进去。

屋子中间有一个女人坐在一张老式波士顿摇椅上不停地晃着，看上去就像没有骨头似的。她看起来松弛无力，疲惫不堪。她面如土色，头发粗糙，穿着灰色棉袜——总之就是一个邦克山女房东的样子。她饶有兴趣地用金鱼眼打量着斯蒂夫。

　　"你是经理吗？"

　　女人停止摇晃，用最大的声音尖声喊道："嘿，杰克！有客人！"话音一停，她又开始摇起来。

　　半开的门后面传来了砰的一声——冰箱门被关上的声音，一个身材十分高大的男人手里拿着瓶啤酒走了出来。他的脸像面团一样，一簇头发长在光秃秃的头顶上，脖子和下巴都十分粗壮，一双猪猡一样的褐色眼睛很是无神。他该刮刮胡子了——昨天就该刮了——无领敞开的衬衫里露出了他毛茸茸的胸膛。他猩红色的吊裤带上缀着很大的镀金扣子。

　　他把啤酒递给女人，她推开他的手，不痛快地说："我都要累死了，都快失去知觉了。"

　　男人说道："是啊，累得连自己走廊没打扫干净都没知觉了。"

　　女人吼道："我打扫得干干净净了。"她如饥似渴地吮着啤酒。

　　斯蒂夫看着男人说道："你是经理吗？"

　　"是我，杰克·斯托亚诺夫，脱光了之后有286磅重，而且非常强壮。"

　　斯蒂夫说："211的房客是谁？"

　　高大的男人稍微弯腰向前靠了靠，弹了弹他的吊裤带。他的眼神没有变化，巨大的下巴上的皮肤可能收紧了一些。"一个女人。"他说。

　　"只有她自己吗？"

　　"继续啊——再盘问我啊。"高大的男人说。他伸手从一张污渍斑斑的木桌边缘上拿起了一支雪茄，雪茄燃烧得很不均匀，而且味道闻起来就好像有人把擦鞋垫给点着了。他把雪茄用力地往嘴里一塞，好像他的嘴不情愿接受这根雪茄似的。

"我正在问你啊。"斯蒂夫说。

"到厨房去问吧。"大个子慢条斯理地说。

他转身推开门，斯蒂夫从他身边走了进去。

身材高大的男人一脚把门踹上，把摇椅的吱吱呀呀声关在了门外。他打开冰箱，拿出两罐啤酒，把它们打开，递了一罐给斯蒂夫。

"侦探？"

斯蒂夫喝了些啤酒，把啤酒放在水槽边，从钱包里掏出了一张崭新的名片——他今天早上新印的业务名片——递给了他。

高大的男人读了后，把它放到水槽里，又拿起来看了看。"又是那些人当中的一个，"他含着酒抱怨道，"这次她又惹了什么祸？"

斯蒂夫耸耸肩说："我猜跟平常没什么两样，表演撕睡衣吧。只不过这回有点儿麻烦。"

"怎么会？你在处理这件事吗，嗯？这可真是件轻松简单的好差事。"他说。

斯蒂夫快速地点头，高大的男人从嘴里吐出了一口烟雾，"尽管去查吧，"他说。

"你不怕给这里惹来麻烦吗？"

高大的男人痛快地笑笑，"你疯了，老兄，"他用令人愉快的语气说，"你是个私家侦探，所以你不会声张的。好啊，就到外面去偷偷地调查吧。如果真有什么麻烦事的话——那对我来说根本就不算什么。你就尽情地查吧，想查哪间查哪间。警察们才不会为难杰克·斯托亚诺夫呢。"

斯蒂夫一言不发地盯着他，高大的男人又热烈地说了几句，好像更感兴趣了。"此外，"他继续说道，一边挥舞着雪茄，"我这个人非常心软，我从来拒绝不了女人，也不会为难她

191

们。"他喝光了啤酒，把易拉罐丢到水槽下的一个垃圾筐里，然后将一只手伸到面前，大拇指慢慢地倚着相邻的两根手指转动，"除非她们有什么特殊情况。"他补充道。

斯蒂夫轻轻地说："你也有一双大手，可能是你干的。"

"嗯？"他那双眼皮厚厚的棕色小眼睛眼神沉了下来，盯着他，斯蒂夫说，"好吧，你应该是清白的。但是有那么一双大手，警察查来查去还是会查到你头上来的。"

高大的男人往他的左边挪了挪，从水槽边移开。他的右手放松地垂在身体一侧。他的嘴咬得紧紧的，雪茄都快碰到了他的脖子。

"搞什么鬼，嗯？"他吼道，"你这是在陷害我吗，小子？这什么情况——"

"住嘴，"斯蒂夫慢吞吞地说，"她被人掐死了。现在就在楼上，被压在她的床下，我想应该是今天早晨吧，是一双大手干的——就像你这样的大手。"

高大的男人以令人赞叹的手法从臀部里掏出了枪。枪出现得如此之快，好像手枪是从他手上长出来的，一直没离开过他的手。

斯蒂夫对着枪皱了皱眉头，没有动。高大的男人仔细打量着他，说，"你挺厉害的，"他说，"我在这个圈子里混得够久了，一眼就能看出来一个人是什么货色。你非常强硬，老弟。但你可没有子弹厉害。赶紧把事情说清楚。"

"我敲了她的门，没人来开门。门锁很容易就被撬开了，我进了房间。因为床铺被拉下来了，我差点没发现她，她之前曾经坐在床上看杂志。没有挣扎的迹象，直到我走之前我才把床铺抬了起来——她就躺在下面。绝对是死了，斯托亚诺夫先生。把手枪拿开吧，警察们不会为难你的，你刚刚说过。"

高大的男人低声说："也许会，也许不会。他们也不会让我开心。我有时候会碰到浑球，大部分都是荷兰人。你说了一些关于我的手的事，先生。"

斯蒂夫摇摇头，"那没什么的，"他说，"她的脖子上有指甲印。你的指甲都被你咬得干干净净的，你是清白的。"

高大的男人没有看向自己的手指。他脸色非常苍白，下嘴唇下面的黑胡茬上都出了汗。当厨房门外的客厅的门外的走廊里传来敲门声时，他还那样身体前倾，一动不动。摇椅吱吱呀呀的叫声停了下来，女人又尖声叫道："嘿，杰克！有客人！"

大块头歪了歪头，"即使这房子着火了，这个老女人也不会动动她的屁股。"他粗声粗气地说。

他朝门边走去，出去之后锁上了身后的门。

斯蒂夫迅速地扫视了一下这个厨房。水槽上面有一扇又小又高的窗户，下面有一个用来放垃圾桶和袋子的活板门。这里没有其他的门了。他伸手拿起了斯托亚诺夫留在滴水板上的名片，把它放回了口袋。然后他从左胸口袋里掏出了一把侦探专用的短管手枪——他把手枪枪口朝下地插在枪套里。

他刚把枪拿出来，墙外就传来了枪声——声音有些模糊，但仍然很大——枪声一连串响了四下。

斯蒂夫后退两步，伸直了腿踹到厨房的门上，门纹丝未动，倒是他自己被震得屁股和脑袋发疼。他咒骂着退到了房间的尽头，冲过去用左肩撞门。这次门终于打开了，他冲进了客厅，那个面如土色的女人仍然坐在她的摇椅上，身子向前探，她的头歪向一边，一绺灰褐色的头发垂在她瘦骨嶙峋的前额上。

"枪走火了，嗯？"她愚蠢地说道，"听起来好像很近，一定就在巷子里。"

斯蒂夫飞跑过房间，猛地把外门拉开，冲进了走廊里。

那个高大的男人还站着，沿着走廊又朝着通往巷子的玻璃门走了十几步。他的手抓在墙上，枪在他的脚下，他的左膝一软，跪了下来。

一扇门突然打开了，一个面容冷酷的女人探出头来，立刻就把门甩上，门后的收音机声突然被开得震天响。

高大的男人站了起来，但裤子里的腿却在剧烈地颤抖。他两只膝盖都跪了下去，手里抓着枪开始向玻璃门那儿爬。接着，突然之间他的脸贴着地面倒下，即使是这样了他还用脸蹭着走廊上窄窄的地毯继续往前爬。

然后他停止向前爬，再也不动了。他的身体瘫软下来，握着枪的手松开了，枪从手里滚了出来。

斯蒂夫撞开玻璃门冲到箱子里。一辆灰色轿车已经飞快地开到了巷子尽头。他停下来，稳住自己，举起枪来，但轿车已经飞快地转过街角消失了。

巷子对面的另外一个男人从巷子对面的公寓里探出头来。斯蒂夫往前跑，对后面的人指了指前方。他一边往前跑一边把枪塞回了口袋里，然后在墙壁边减速转到了人行道上，慢慢变成走步，最后停了下来。

在半个街区外，一个男人刚停好车走出来，穿过人行道进入了一个快餐店里。斯蒂夫看着他走进去，然后正正帽子，沿着墙壁也朝快餐厅走去。

他进去之后坐在柜台边，点了杯咖啡。一会儿之后警笛响了起来。

斯蒂夫喝完了咖啡，又另外点了一杯喝了下去。他点了支烟，沿着长长的山坡向下走到第五街，穿过了整座邦克山，回到山脚下的天使之翼，把他的敞篷车从停车场开出来。

他向西朝他今天早上才登记的小旅馆开去，把福尔蒙特甩在了身后。

4

　　沙罗特夜总会的楼面经理比尔·多克里正歪着身子靠在还没亮灯的餐厅入口的墙上打着哈欠。这会儿还没什么生意，喝鸡尾酒有些晚了，吃晚饭又有些早，而对于夜总会真正的生意——高级赌博来说，更是早得有些过头。

　　多克里长了一张英俊的脸，他身穿一套深蓝色的晚礼服，别了一朵紫红色的康乃馨。漆黑油亮的头发下面盖着的额头有两英寸长，五官虽有些粗重，但是俊美的棕色眼睛炯炯有神。睫毛又长又翘，他垂下眼睛时，长长的睫毛就会遮住眼睛，那些爱找麻烦的醉鬼们总是会弄错，时不时地就有人朝他拳头相向。

　　穿着制服的门卫打开了大厅入口的门，斯蒂夫走了进来。

　　多克里嘴里说了一句，"嗬，哟。"他用手指轻轻敲了一下牙齿，身子前移，慢慢地走过大厅去迎接客人。斯蒂夫就站在门里，他的眼睛打量着大厅入口处乳白色的玻璃高墙，柔和的灯光从玻璃墙后照进来。玻璃墙上刻着帆船、丛林里的野兽、暹罗宝塔还有尤卡坦神庙等图案。门的边框上镶了铬，就好像相框一样。沙罗特夜总会的一切看起来都十分有格调，左边酒吧里的交谈声也不显嘈杂。

隐隐约约盖过人声传来的西班牙音乐更是犹如雕刻的扇子一样优雅。

多克里走上前来，整个人向前靠了一英寸，"有什么我能帮到您的吗？"

"金·莱奥帕蒂在吗？"

多克里又往后靠了回去，他看起来兴趣大减，"那个乐队指挥吗？他明天晚上才开始表演。"

"我以为他可能会在这里——排练或者是干点别的。"

"你是他的朋友？"

"我认识他，我不是来找工作的，也不是唱片宣传人员——如果你指的是这个的话。"

多克里蹬了蹬脚跟，他是个音痴，所以莱奥帕蒂对他来说跟一袋花生没什么两样。他半带微笑，"他刚才还在酒吧里。"他用岩石一样的下巴指了指，斯蒂夫·格雷斯走进了酒吧。

里面大概坐满了三分之一，这里温暖舒适，灯光恰如其分。小型的西班牙管弦乐队站在拱门处表演，小声地弹奏着充满魅力的旋律，听起来更像是一种回忆。里面没有舞池，一个长长的吧台边上摆着一排舒适的椅子，里面还有一些组合起来的小圆桌，摆放的距离不会太近。屋里的三面墙边都摆着凳子，服务员就像飞蛾一样在桌子间穿行。

斯蒂夫·格雷斯看见远处的一个角落里，莱奥帕蒂和一个女孩在一起。他的两边各有一张空桌子。那女孩真是貌若天仙。

她看起来很高，她的头发像是尘埃中灌木丛燃烧的颜色。以一种诙谐的角度看，她戴着一顶黑色天鹅绒双角贝雷帽，帽子上点缀着两只用长长的银色别针别上的圆点布料做成的蝴蝶。她穿着深紫红色的羊毛连衣裙，披在她肩上的蓝色狐狸毛披肩至少有两英寸宽。她烟蓝色的眼睛很大很漂亮。她戴着手套的左手慢慢地转动着桌上小小的玻璃杯。

莱奥帕蒂面对着她，向前倾着身子说话。他的肩膀在宽松的

196

奶油色运动外套下显得十分巨大，垂在棕色脖子上的头发很显眼。当斯蒂夫走过去的时候，他正对着桌子对面的可人儿笑，这笑声里带着自信，又有几分讽刺的意味。

斯蒂夫停了下来，然后又向后面一张桌子走去。这个举动引起了莱奥帕蒂的注意，他回过头来，看起来目瞪口呆气鼓鼓的样子。他的身体也像机械玩具一样慢慢地转了过来。

莱奥帕蒂把两只线条优美的手放在了桌上，两只手边各有一个威士忌酒杯。他笑了起来，推开椅子站了起来，用一根手指摸了摸自己整齐的胡须，动作带着一种戏剧化的优雅。然后他拖着嗓子，字字清晰地说："你这个狗娘养的！"

旁边一张桌子上的男人转过头来，满脸怒容。一个正准备走过来的服务员半途中停了下来，然后又退到了别的桌子边上。女孩看了一眼斯蒂夫·格雷斯，然后向后靠在墙边椅子的靠垫上，舔舔没戴手套的右手手指，顺了顺栗色的眉毛。

斯蒂夫静静地站着。他的脸颊突然红了起来，他轻轻地说："昨天晚上你落了点东西在旅馆，我想你应该处理一下这个东西，给你。"

他从口袋里拿出了一张叠起来的纸递了过去，莱奥帕蒂仍是笑着接过来，打开来看了看。这是一张上面拼贴着白色碎纸片的黄纸。莱奥帕蒂把纸揉成一团，扔到了脚边。

他朝斯蒂夫走了一步，大声地又重复了一遍："你这个狗娘养的！"

刚才看过来的隔壁桌男人猛地站了起来，转过身来一字一句地说道："我不喜欢别人在我妻子面前说这种话。"

莱奥帕蒂看都不看他一眼，说："你跟你的老婆见鬼去吧。"

男人的脸涨成了猪肝红色，跟他一起的女人站起身来抓起包和大衣就走了，男人犹豫了一会儿之后也跟上了她。这下所有人都看过来了，那个刚才退到另一张桌子旁的服务员穿过走廊走进了大厅，他的脚步很急。

莱奥帕蒂又向前迈了一大步，一拳打在了斯蒂夫·格雷斯的下巴上。斯蒂夫被打得侧过了身，退后一步把手放在另一张桌子上，打翻了一个玻璃杯。他回过头去朝桌边的情侣道歉。莱奥帕蒂迅速跳过去，从后面一拳打在了他的耳朵上。

多克里从门厅里走进来，像掰开香蕉皮一样分开了两个服务员，张着嘴朝酒吧里走去。

斯蒂夫喘着气躲开了，他转过来粗着嗓子说："等等，你这个傻瓜——这还不是全部——还有——"

莱奥帕蒂迅速握起了拳头，狠狠地一拳砸在了他的嘴上。鲜血从斯蒂夫的嘴唇上渗了出来，沿着他的嘴角留下来，在下巴上闪着光。红发女郎伸手拿起包，苍白的脸上满是怒气，开始从她的桌子后面站起来。

莱奥帕蒂突然脚后跟一转走开了。多克里伸出一只手来拦他，莱奥帕蒂把他的手甩到一边，继续走出了酒吧。

身材高挑的红发女郎又把包放回了桌上，她的手帕掉到了地上。她安静地看着斯蒂夫，轻声说，"在你的血滴到衬衫上之前，赶紧把它擦了吧。"她的声音温柔低哑，有些发颤。

多克里一脸严肃地走过来，抓住了斯蒂夫的手臂用力向外扯，"够了，你！我们走！"

斯蒂夫仍稳稳地站着，盯着女孩。他用手帕擦了擦自己的嘴，露出一丝微笑。多克里不能撼动他半分，于是放下了他的手，向两个服务员打了个手势。这两个服务员站到斯蒂夫身后，但没有碰他。

斯蒂夫小心地摸了摸自己的嘴，看着手帕上的血渍。他转身向身后桌子上的人说："我感到十分抱歉，刚才我失去了平衡。"

那个酒杯被他推翻的女孩正拿着一条印花餐巾纸擦拭着身上的裙子，她抬起头来朝他一笑，说："那又不是你的错。"

后面的两个服务员突然抓住了斯蒂夫的手臂，多克里朝他们摇摇头示意他们走开。多克里紧巴巴地说："你打了他？"

"没有。"

"你说了什么让他打你的话？"

"也没有。"

坐在角落那张桌子的女郎弯下腰去捡掉在地上的手帕，动作很慢。等她终于捡起了手帕，又回到了角落的桌子后坐下，然后冷冷地说：

"事实就是如此，比尔。这只不过是金又一种好心对待他的支持者的方式而已。"

多克里说了句"嗯？"然后转动了一下他粗硬脖子上的脑袋，目光回到斯蒂夫身上，朝他咧嘴一笑。

斯蒂夫严肃地说："他狠狠地打了我三拳，一拳是从后面偷袭的，我都没有反击。你看起来挺强势的，看看你能不能做到像我这样克制。"

多克里用眼睛打量着他，他冷静地说："你赢了，我做不到……滚开吧！"他厉声对两个服务员说，他们走开了。多克里闻了闻衣服上的康乃馨，轻轻地说："我们这里可不允许喧哗闹事。"然后他又朝女郎笑了笑，走开了，路上时不时地跟桌边的客人打招呼，最后走出了大厅门口。

斯蒂夫轻轻地拍拍自己的嘴唇，把手帕放回口袋里，站在那儿看着地上寻找东西。

红发女郎冷静地说："我想你想找的东西在我手上——在我的手帕里。你为什么不坐下呢？"

斯蒂夫对服务员说："我要可乐，里面加点儿苦艾酒。"

"白兰地里加苏打水。请少放一点白兰地。"服务员欠了欠身子，走开了。女郎被逗乐了似的说："可乐里面加点苦艾酒？这就是我喜欢好莱坞的原因，你总能见到这么多神经兮兮的人。"

斯蒂夫直勾勾地盯着她的眼睛，轻声说："我很少喝酒，一杯啤酒都能让我醉得东倒西歪。"

"我一个字都不信。你认识金很长时间了吗？"

"我昨天晚上才遇到他。跟他有点合不来。"

"我有点看出来了。"她笑了起来，她的笑声也低沉动听。

"小姐，把那张纸给我吧。"

"噢，又是一个没有耐心的男人，时间还多的是呢。"那条裹着黄色纸团的手帕被她戴着手套的手紧紧地攥着，她右手的中指拨弄着眉毛，"你不是拍电影的吧，对不对？"

"见鬼，当然不是。"

"我也不是，我太高了。那些帅哥儿得踩着高跷才能够到我的胸部。"

服务员把饮料放在他们的面前，用纸巾在空中做了一个优雅的姿势，转身离开了。

斯蒂夫又固执地轻轻说了一遍："小姐，把纸条给我。"

"我不喜欢别人叫我'小姐'，听起来就像警察一样。"

"我不知道你的名字。"

"我也不知道你的名字呀，你是在哪里遇到莱奥帕蒂的？"斯蒂夫叹了叹气。小型西班牙管弦乐团现在演奏的是忧伤的曲调，周围的人声已经盖过了音乐声。

斯蒂夫歪着头听着音乐，他说："E大调降了半个调，效果不错。"

女郎新奇地盯着他，"我都没注意到呢，"她说，"我的歌唱得挺好的，但你还没回答我的问题。"

他慢吞吞地说："昨天晚上我还是卡尔顿旅馆的私家侦探，他们称呼我为夜班职员，但我其实就是旅馆侦探。莱奥帕蒂住在那里，他的恶作剧有点过了头。我把他赶了出来，然后就被辞退了。"

女郎说："噢，我有点儿明白了。他当时在称王称霸，而你在——如果我猜得没错的话——履行一个私家侦探的职责。"

"差不多就是那样，现在能请你——"

"你还没告诉我你的名字呢。"

他拿出钱包，从里面拿出一张崭新的名片，从桌子上递了过去。在她读着名片的时候，还一边啜着自己的饮料。

"名字不错，"她慢慢地说，"但这个地址可不怎么样，'私家侦探'这个称号就更不好了。应该在左下角印上小小的'侦查'二字。"

"它们已经够小了，"斯蒂夫咧嘴一笑，"现在能请你——"

她突然间把手伸过去，把纸团丢到了他手里。

"我还没看过——我当然也是想看一看的。如果你觉得可以信任我的话，我希望"——他又看了一眼名片，然后补充道——"斯蒂夫，是的，你的办公室应该位于日落大道80区那儿的一栋乔治亚风格的建筑或者非常现代化的大楼里，是类似于套房的地方。而且你的衣着应该再时髦一些，实际上必须得非常时髦，斯蒂夫。在这个城市里，不引人注目就是一个莫大的失败。"

她朝他笑笑，他深陷的黑眼睛亮了起来。她把名片收进了包里，拉拉身上的狐毛披肩，一下把饮料喝下去半杯。"我得走了。"她向服务员招手，然后买了单。服务员离开了，她站了起来。

斯蒂夫厉声说："坐下。"

她惊讶地看着他，然后又靠墙坐了下来，一直看着他。斯蒂夫身子探过桌子问道："你对莱奥帕蒂的了解有多少？"

"我们两个断断续续交往了好几年，但这跟你没什么关系。看在上帝的面上，别对我这样趾高气扬的，我讨厌傲慢的男人。我曾经给他唱歌，但时间不长。你不可能只为莱奥帕蒂一个人唱歌——如果你明白我意思的话。"

"你刚才在跟他喝酒。"

她轻轻点点头，又耸耸肩，"他明天晚上开始会在这里表

201

演。他想说服我再给他唱歌。我拒绝了，但我可能不得不那样做，反正就只是唱一两个星期而已。沙罗特夜总会的老板手里也掌控着我的合约——他还是我工作的电台的大股东。"

"大人物沃尔特斯，"斯蒂夫说，"他们说他心狠手辣，但是很有原则。我从没见过他，倒是希望有机会能见识一下，毕竟我只是个找工作的人。就这样吧。"

他把身子收回来，扔掉了纸团，"你的名字是——"

"朵洛蕾丝·奇奥萨。"

斯蒂夫若有所思地重复着这个名字，"我喜欢这个名字，我也喜欢你的歌。我听了很多，你不像大多数高价歌手那样喜欢卖弄歌技。"他的眼里闪着光。

女郎在桌面上摊开纸条细读，面无表情，然后轻轻地说："是谁把它撕碎的？"

"我猜是莱奥帕蒂，这些碎片是我昨晚在他的垃圾篓里找到的。他走之后，我把它们拼了起来。这家伙要不是真的胆子够大——就是经常接到这种纸条，都已经习以为常了。"

"或者他以为这只是个恶作剧。"她越过桌子平静地看着他，然后把纸叠起来还给了他。

"也许吧，如果他是传言中的那种家伙——有人会出手的，而幕后黑手绝不止是要把他弄垮。"

朵洛蕾丝·奇奥萨说："他就是你听说过的那种人。"

"所以一个女人要接近他并不难——对吧——一个带枪的女人？"

她继续盯着他，"当然不难，如果你问我的话，每个人都会给她鼓掌的。如果我是你的话，我就会只把这些事都忘记。如果他需要保护——沃尔特斯能为他提供比警察更周密的保护。如果他不需要——谁在乎呢？我就不在乎，我非常确定我不在乎。"

"奇奥萨小姐，你有些冷酷——在某些方面。"

她没有搭话。她的脸有些发白，看起来不止是严肃。

斯蒂夫喝完了饮料，推开椅子后伸手拿起帽子，他站起身来，"谢谢你请我喝东西，奇奥萨小姐，现在我已经认识你了，我以后会更加期待听到您的演唱。"

"你突然间怎么变得这么一本正经。"她说。

他咧嘴一笑，"再见。"

"再见，斯蒂夫，祝你好运——在侦探业里。如果我听说了什么——"

他转身穿梭在桌子间，走出了酒吧。

5

在这凉爽的秋夜里，好莱坞和洛杉矶的灯光都在对他眨眼。探照灯的光束射向晴朗的夜空，好像在寻找轰炸机。

斯蒂夫把他的敞篷车从停车场里开出来，沿着日落大道向东开去。他在日落大道和费尔法克斯的交界处的路边停下来，买了一份晚报，仔细地翻阅着上面的信息。报纸里没有关于柯特街118号的报道。

他又继续向前开，在他现住的旅馆旁的一个小咖啡厅里吃了晚饭，去电影院看了场电影。当他看完电影出来之后，他买了一份《特里比恩家庭报》——一份晨报。他们两个人都上报了。

警方认为可能是杰克·斯托亚诺夫掐死了那女孩，但她没有受到其他的攻击。上面没有她的照片，但有一张看起来像是经过警方处理的斯托亚诺夫的照片。警察正在寻找一位在斯托亚诺夫被枪杀前和他谈过话的男人。几个目击者称他身材高大，穿着一套深色西装。这就是警方得到的所有描述——或者是愿意提供的描述。

斯蒂夫苦涩地笑笑，在咖啡店里喝了一杯睡前咖啡，然后上楼回到了自己的房间，这时离11点还差几分钟。他刚一打开门就听到电话铃声响了起来。

他关上门，站在黑暗中回忆电话的位置。然后他轻手轻脚地向前直走，坐到了安乐椅上，伸手把放在一张小桌子下面的架子里的电话拿了出来。他把话筒凑到耳边说："你好。"

"是斯蒂夫吗？"这是一个沙哑动听的声音，低沉，有些颤抖，话音里带着一丝紧张。

"是的，我是斯蒂夫。我能听出来你是谁。"

电话那头传来了一阵虚弱的干笑，"不愧是个侦探啊，看来我会成为你的第一单生意。你能马上到我家来一趟吗？我家在伦弗鲁街242号——北街，这里没有南街——离喷泉街只有一个街区。算是一个别墅区，我的房子在最后一排。"

斯蒂夫说："好的，当然，怎么了？"

电话那头传来一阵沉默，旅馆外的街道上传来汽车的喇叭声，一辆汽车转过街角上坡时，白色的车灯扫过了天花板。那个低沉的声音极其缓慢地说："是莱奥帕蒂，我没办法摆脱他。他——他晕倒在我的房里了。"然后她发出了一阵与她声音特别不同的刺耳的笑声。

斯蒂夫把电话抓得紧紧的，手都有些疼了，他的牙齿在黑暗中打颤。他用一种木然而冷淡的声音平静地说："好的，你得给我20块钱。"

"没问题，请尽快来。"

他挂断了电话，坐在黑漆漆的房里，觉得呼吸有些困难。他把帽子又戴到了头上，然后狠狠往前一拉，大笑道："见鬼，"他说，"居然是那种女人。"

从严格意义上来说伦弗鲁街242并不算是别墅区，而是一排交叉错落着的木屋，一共有六栋，门口都是一个朝向，这种格局让任何一家都不能在前门那儿窥探对方的隐私。最后面有一堵砖墙，砖墙外是一座教堂。银色的月光洒在平整的草坪上。

门前有两个台阶，两边都挂着灯笼，窥孔上面有一个铁花格。他敲了门之后，一个女孩的脸探了出来，这个女孩长着鹅蛋脸，嘴形就像丘比特的弓，弯弯的眉毛粗细不均，眼睛就像两颗新鲜的闪着光的栗子。

斯蒂夫把烟扔到地上，用脚踩上去，"奇奥萨小姐在等我，我是斯蒂夫·格雷斯"。

"奇奥萨小姐已经休息了。先生。"女孩傲慢地撇撇嘴说道。

"省省吧，小姐，你听到我说的了，她在等我。"

铁花格门砰地关上了，他等着，皱着眉头看了看街边沐浴在月光下的狭长的草坪。好的，事情就是这样——好极了，在月光下兜兜风就值20块钱。

门锁咔嚓响了一声，门被打开了。斯蒂夫经过女仆身边，走进了一个温暖舒适的房间，里面贴着老式的墙纸。台灯不旧也不新，而且数量也充足——都被摆在合适的地方。在一个镶铜嵌板屏风后面有一个壁炉，旁边有个长沙发，角落里放着一台收音机。

女仆僵硬地说："很抱歉，先生，奇奥萨小姐忘记告诉我了，请坐。"声音很柔和，可能还有些小心谨慎。女孩走出了房间——她穿着短裙，透明丝袜，还有四英寸高的高跟鞋。

斯蒂夫坐下来，把帽子放在膝盖上，闷闷不乐地看着墙壁。一扇弹簧门吱呀着关上了。他拿出一支烟来在他的手指间转来转去，然后故意把它挤得扁平变形，烟草从白色的纸里跑了出来，再朝火炉栏那扔过去。

朵洛蕾丝·奇奥萨朝他走来，她穿着绿色天鹅绒家居长袍，腰上系着一条长长的金色流苏腰带。她把腰带尾端卷起来，好像准备要用它来抛出一个圈。她的脸上挂着不自然的笑，看起来好像刚洗过，眼皮发青而且不停地抖动。

斯蒂夫站起来，看到了当她走动时从睡衣底下露出来的绿色摩洛哥拖鞋。当她走到他身边时，他抬起眼睛来看着她的脸，木然地说："你好。"

她定定地看着他，然后尖着嗓子沉着地说："我明白现在已经很晚了，但我知道你之前都是通宵工作的。所以我觉得我得跟你谈一谈——为什么不坐下呢？"

她稍微把头侧过去一些，好像在倾听着什么。

斯蒂夫说："我还从未在两点前睡过觉。没关系的。"

她走过去按响了壁炉边的电铃，一会儿之后女仆从拱门里走了进来。

"给我们拿些冰块来，阿加莎，然后你就可以回家了，已经很晚了。"

"好的。"女孩走出去消失了。

两人之间出现了令人窒息的沉默，直到身材高挑的女郎漫不经心地从盒子里抽出一支烟放到嘴里，斯蒂夫笨拙地用鞋底打着了火柴，她将香烟头凑到火焰里，她烟蓝色的眼睛十分镇定地看着他的黑色眼睛。她极其轻微地摇摇头。

女仆用一个铜制的冰桶装了一桶冰块回来了，她拉过来一张印度铜制矮几放到沙发前，隔在他们两个人中间，把冰桶放上去，然后又放上吸管，玻璃杯和勺子，最后放上来一个三角形的瓶子，看来里面装着上好的威士忌，外面裹着精致的银丝，上面还塞着瓶塞。

朵洛蕾丝·奇奥萨用严肃的语气说："能调杯酒吗？"

他调了两杯酒，搅拌了它们之后，递了一杯给她。她啜了一口，摇摇头说："酒太少了。"他往里多加了一些威士忌递给她。她说，"这样就好多了。"然后往后靠在沙发的角落里。

女仆又走进了房间，她波浪般的棕色头发上戴了一顶俏皮的小红帽子，身穿一件镶着高档毛边的灰色外套，手里拿着一个大得能塞下冰箱的黑色织锦布袋，说："晚安，朵洛蕾丝小姐。"

"晚安，阿加莎。"

女孩从前门出去了，轻轻带上了门。街道上传来了她嗒嗒的高跟鞋踏在地上的声音。一个车门被打开，随即又被关上，车子发动了。车声很快就消失了，这是一个安静的社区。

斯蒂夫把他的酒杯放到铜制托盘上，冷静地看着高个女郎，冷冷地说："这说明她不会碍事了？"

"是的，她开自己的车回家了。她接送我往返于电台和家里——在我晚上去电台上班的时候。我不喜欢自己开车。"

"好吧，那你还等什么呢？"

红发女郎呆呆地盯着火炉栏，还有后面还没点燃的木头，她脸上的一块肌肉抽搐了一下。

一会儿之后她说："真是奇怪，我居然是给你打了电话，而不是给沃尔特斯。比起你来，他更加能保护好我。只是他不会相信我的。我想你也许会的，我没有邀请莱奥帕蒂来这里，就我所知——我们是世界上唯一知道他在这里的两个人。"

她语气里的某种东西让斯蒂夫直起了身子。

她从绿色天鹅绒睡衣套装的前胸口袋里掏出一套整洁的小手帕，把它掉在了地上，她轻轻地捡起来，用手帕盖住了嘴。突然间，她一声不响地开始像树叶一样颤抖。

斯蒂夫着急地说："搞什么鬼——我用我的屁股都能解决那个家伙，昨天晚上我就是那么做的——昨天晚上他还用枪指着我。"

她的头转了过来，瞪大了眼睛看着他，"但那可不是我的枪。"她死气沉沉地说道。

"嗯？当然不是了——你说什么？"

"今天晚上的是我的枪，"她盯着他说，"你说过一个带枪的女人，很轻易就能接近他。"

他只是呆呆地看着她，他的脸现在是煞白的，喉咙里发出模糊的声音。

"他没有喝醉，斯蒂夫，"她轻轻地说，"他其实是死了，穿着黄色的睡衣——在我的床上——手里抓着我的枪。你不会以为他只是喝醉了吧——是吗，斯蒂夫？"

他猛地站起来，然后身子定住了，只是盯着她。他舔了舔嘴唇，许久过后才说出话来，"我们去看看吧。"他低声说。

6

她的房间在房子的左后方。女郎从口袋里拿出一把钥匙打开门，桌上有一盏低低的台灯，百叶窗被拉了起来。斯蒂夫悄无声息地从她身边走了进去。

莱奥帕蒂直挺挺地躺在床铺中央——一个高大光滑、沉默的男人，脸色蜡黄，死状很不自然，连他的胡须看起来都像假的。半睁开的眼睛就像大理石一样缺乏光泽，好像他一直以来都是个瞎子。他仰面朝天地躺在床单上，床罩垂下去盖住了床脚。

金穿着丝质黄色睡衣，是那种可以直接套上去的睡衣，还有翻领。这衣服又松又长，在他的胸前有一块被血染成了黑色的地方，衣服就好像吸了墨水的墨纸似的。他裸露的棕色脖子上也有一丝血迹。

斯蒂夫盯着他，平静地说："穿黄色衣服的国王，我曾经读过一本叫这个名字的书，我猜他喜欢黄色。昨天晚上我替他收拾了一些东西，其实他一点也不怯懦，虽然像他这样的家伙通常都很胆小——对吗？"

女郎走到角落的一张椅子里坐下来，看着地板。房间很舒适，跟客厅一样，既摩登又随意。地上铺着一块奶茶色的雪尼尔地毯，雕花的木制家具有棱有角，还有一张精巧的梳妆台，梳妆台上有一面镜子，下面可以放脚，还像书桌一样有抽屉。房里还有一面方形镜子，镜子上方装着一盏朦胧的半圆柱体的灯。角落里摆着一张玻璃茶几，上面放了一只水晶灰狗，上面摆放的鼓状台灯，斯蒂夫在别的地方也见过。

他收回目光，又看向了莱奥帕蒂。他把金的睡衣轻轻往上拉，检查了一下伤口。子弹直接打中了他的心脏，旁边的皮肤因为烧焦而变色了。血流的不是很多，他应该是在很短的时间内就死亡了。

他的右手握着一支小型毛瑟自动手枪，放在床上的另外一个枕头上。

"这简直就是艺术，"斯蒂夫用手指指着莱奥帕蒂说，"是的，真是杰作。典型的近距离射击。他甚至把他睡衣都给拉了起来。我听说过这类事情，用一把毛瑟763干的。你确定这是你的枪吗？"

"是的，"她还是看着地板，"它放在客厅的一个抽屉里——里面没有子弹，但这里却有弹壳，我不知道这是为什么。有人给了我这支枪，我甚至都不知道怎么装子弹。"

斯蒂夫笑了笑，她突然抬起眼睛，看见他的笑容时浑身一抖。"我不指望有人会相信我的话，"她说，"我想，我们还是给警察打电话吧。"

斯蒂夫心不在焉地点点头，往嘴里放了根香烟，用嘴唇夹着香烟，让它忽上忽下地跳动。他的嘴唇因为莱奥帕蒂的拳头至今还有点肿。他用拇指指甲擦燃了一根火柴，吹出一缕烟雾，轻轻地说："不用找警察，现在还不需要。把情况告诉我吧。"

红发女郎说："我在KFQC电台唱歌，这你是知道的。一个星期三个晚上——上一个15分钟的汽车节目。今天晚上我就得去上节目，当我和阿加莎回到家里时——噢，差不多有10：30了吧。到了门口之后，我想起来家里没有苏打水了，所以我就让她去三个街区外的酒水店买，自己进屋了。房里有股奇怪的味道，我不知道那是什么味道，不过闻起来像有好几个男人来过。当我走进房间时——他就像现在这样躺在床上。我看见了枪，就赶紧跑过去看看，然后我就知道自己完蛋了。我不知道该怎么办，即使警察还我清白，以后我不论走到哪里——"

斯蒂夫犀利地说："他进来了——是怎么进来的？"

"我不知道。"

"继续。"他说。

"我锁上了门，然后换了衣服——他就这样躺在床上。我进浴室去洗了个澡，想把事情理清楚——如果有什么头绪的话。当我离开房间时我把门锁上，拔走了钥匙。那会儿阿加莎已经回来了，但我不想让她看见我。好吧，我洗了个澡，也振作了一些。然后我喝了杯酒，就进来打电话给你了。"

她停下来，舔舔指头，然后用指头顺了顺左边的眉毛，"这就是全部了，斯蒂夫——绝对就是这样。"

"这些佣人好奇心都很强的，这个阿加莎看起来比大部人的人还要好奇——也许是我猜错了。"他走到门边，查看了门锁。

"我打赌家里有三四把钥匙可以打开这个门锁，"他走到床边，摸了摸窗闩，透过玻璃看着下面的草地。他头也没回，随意地说："金爱过你吗？"

她的声音变得很尖，几乎带着怒气，"他从来没有爱过任何女人。许多年前在旧金山的时候，当我还在他的乐队里时，就有一些关于我们的愚蠢的传言。那根本就是子虚乌有的事情。最近媒体又开始散布这样的谣言，为他在这里的演出造势。今天下午我就是在跟他说，我不愿意再忍了，我不想让任何人把我们俩联系在一起。他的私生活混乱不堪，臭气熏天，圈子里的人都知道，这个圈子里也没有多少人能做到出淤泥而不染。"

斯蒂夫说："你的房间是唯——间拒绝他的吗？"

女孩的脸红到了暗红色的发根里。

"听起来有些下流，"他说，"但我必须得找到准确的切入

211

点，我想我说得没错吧，是吗？"

"没错——我想是的。我想拒绝他的肯定不止我一个。"

"出去别的房间喝杯酒吧。"

她站起来，隔着床目光坦诚地看着他，"斯蒂夫，他不是我杀的。今天晚上我甚至都没有邀请他来我家里。我不知道他会来这里，或者有什么理由要来这里。信不信随你，但这当中一定有问题。莱奥帕蒂是世界上最不可能自己了断掉自己珍贵的生命的人。"

斯蒂夫说："他的确没有，天使。去喝杯酒吧！他是被人谋杀的，这整件事都是一个圈套——为大人物沃尔特斯掩盖罪行。出去吧。"

他静静地站在那里，一动不动，直到从客厅传来的声音让他明白她已经在外面了。接着他拿出手帕，把枪从莱奥帕蒂的右手里拿出来，把外面仔仔细细地都擦了一遍，又把弹匣卸下来，把所有的子弹拿出来擦了一遍，还有胸膛里的那颗也拿出来擦了。他重新上好子弹，放回莱奥帕蒂僵硬的手里，帮他把手指聚拢，把食指放在扳机上，最后让手自然地垂在床上。

他在床罩里翻找，然后找到了那个射出来的弹壳，把弹壳也擦了擦，又放回了他找到它的地方。他把手帕放到鼻尖冷漠地闻了闻，绕过床铺走到衣柜前，打开了衣柜的门。

"差点把你的衣服给忘了，老兄。"他低喃道。

奶油色的粗呢外套挂在一个挂钩上，里面还挂着一条系着豹纹皮带的深灰色长裤；一条黄色缎面棉衬衫和一条酒红色的领带和它们并排挂着。一条与领带配套的围巾从外套的前胸口袋里露出来四英寸。地上放着一双肉豆蔻褐色的羚羊皮运动皮鞋，袜子上没有吊袜带。旁边还放着一条上面绣着大大的黑色名字缩写的黄色缎面短裤。

斯蒂夫仔细地翻找着灰色长裤，找出了一个皮革钥匙圈。他离开房间，沿着十字厅走进厨房。厨房的门是实心的，一把结实的弹簧锁上插着一条钥匙。他拔出钥匙，把钥匙圈里的钥匙一条一条插进去试，发现没有一把能打开，把原来的钥匙插回去又回到了客厅。他打开前门，走出去把门关上，看都没看在沙发的角落上缩成一团的女郎。他又把所有的钥匙都试了一遍，终于找到了一把能打开门锁的钥匙。他回到屋里，进到卧室，把钥匙圈放回灰色长裤的口袋里，然后走到了客厅里。

女郎仍然一动不动地缩在那里看着他。

他背靠在壁炉架上，吐了口烟，"当你在电台的时候，阿加莎一直和你在一起吗？"

她点点头："应该是的。所以她有一把我家的钥匙，你刚才就是在查这个，是吗？"

"是的。阿加莎跟了你很久吗？"

"差不多有一年了。"

"我的意思是说她会偷你的东西吗？小东西？"

朵洛蕾丝·奇奥萨懒洋洋地耸耸肩，"这又有什么关系呢？这些佣人都这样，他们偷一些面霜或者脂粉，一条手帕，时不时地偷一双袜子。是的，我觉得她的确从我这里偷了东西。她们觉得拿走这些东西是天经地义。"

"好女孩就不这样，天使。"

"好吧——时间有点难把握，我在晚上工作，回家的时候通常都很迟了。她既是造型师，又是女仆。"

"对她还有别的了解吗？她有没有抽可卡因或者大麻，还是酗酒？有没有经常笑到停不下来？"

"我想没有，她跟这件事有什么关系呢，斯蒂夫？"

"小姐，她把你公寓的钥匙卖给了别人，这很明显。你没有给他，房东也不会给他，阿加莎却手里有一把，不是吗？"

她的眼睛里流露出受伤的神情，嘴唇有些颤抖，她的手肘边放着一杯没人喝过的酒，斯蒂夫弯下腰来喝了一些。

她慢慢地说："我们这是在浪费时间，斯蒂夫。我们必须给

213

警察打电话了，任何人都帮不了忙。这下不要说淑女了，我连好人都做不成了。他们会认为这是情侣间的争吵，我开枪杀了他——就是这样。即使我能证明我没有开枪杀他，他在我的床上自杀了，我同样也毁了。所以我还是下定决心来面对现实吧。"

斯蒂夫柔声说："看着这个，我妈妈曾经这么做过。"

他将一根手指放在嘴唇上，弯下腰又用这根手指放在了她嘴唇相同的位置上。他笑着说，"我们去找沃尔特斯——或者你去。他会挑警察来的，而他派来的警察绝对不会把消息泄露给那些整晚都不消停的记者们。他们会悄悄地潜进来，就像是来送传票的一样。沃尔特斯可以搞定这件事，我们可以相信这一点。至于我呢，就要去找阿加莎。因为我想让她跟我描述一下她钥匙的买主——而且我得尽快。顺便提醒你一下，叫我来这里，你还欠我20块钱呢，可别忘了。"

高挑的女孩站起来，笑着说，"你太武断了，真的。你怎么知道他是被谋杀的？"

"他身上穿的不是自己的睡衣，他的衣服上都绣着名字缩写。昨天晚上我收拾了他的东西——在我把他赶出卡尔顿之前，去把衣服穿上，天使——然后把阿加莎的地址给我。"

他回到卧室里，拉过一条床单要盖上莱奥帕蒂的身体，在他把床单放下去前，他举着床单看了看那种僵硬、蜡黄的脸。

"再见了，伙计，"他轻轻地说，"你是个卑鄙的家伙——但你的确有音乐天赋。"

这栋木屋在杰弗逊街附近的布莱顿大道上，这个街区里都是小型木质房屋，这些房屋都是旧式的，带有门廊。这一家前面有一条窄窄的水泥走道，在月光下显得更白一些。

斯蒂夫走上台阶，看着宽大的前窗，灯光从窗户的缝隙里偷出来。他敲了敲门，一个女人拖着脚步打开了门，透过拴着的纱门看着他——她的身材矮胖，已经上了年纪，长着干枯鬈曲的灰色头发。她走了样的身体裹在衣服里，脚上松松地蹬着一双拖鞋。一个脑门秃得发亮，眼里一片迷蒙的男人坐在桌边的一张藤椅上，他双手放在大腿上，漫无目的地扭着指关节，他没有看向门边。

斯蒂夫说："我是从奇奥萨那里来的。你是阿加莎的母亲吗？"

女人木然地说："我想是吧，但她不在家，先生。"坐在椅子里的男人不知道从哪里掏出来一条手帕，擤着鼻子，他在黑暗中偷偷地窃笑。

斯蒂夫说："奇奥萨小姐今天晚上有些不舒服，她希望阿加莎小姐能回去陪她过夜。"

一眼迷蒙的男人又尖声窃笑了起来。女人说："我们不知道她在哪里。她根本就不回家里，她爸爸和我都在等着她回家。她可能要到我们病倒了才会回来吧。"

老人气呼呼地高声说："她就待在外面等着警察去抓她吧。"

"她父亲的眼睛几乎是瞎了，"女人说道，"这让他有些刻薄，你要进来吗？"

斯蒂夫摇摇头，手里转动着帽子，就像西部电影里害羞的牛仔。"我得找到她，"他说，"她一般都会去哪里呢？"

"在外面和那些穷鬼们喝酒呢，"她父亲格格笑着说道，"和一群系着丝巾，而不是系领带的娘娘腔们。如果我能看得见的话，我一定用皮带抽死她。"他抓住了椅子上的扶手，手背上的肌肉都鼓了起来。然后他哭了起来，眼泪从他雾蒙蒙的眼里滚出来，流过他长着白色胡茬的脸颊。女人走过去，把手帕从他的拳头里拽出来，替他擦擦脸，又用手帕擤了擤鼻涕，然后回到了门边。

"哪里都有可能，"她对斯蒂夫说，"这个城市很大，先生，我真说不出来她在哪里。"

斯蒂夫冷静地说："我会打电话回来的，如果她回来了，你

215

能留住她吗？你们的电话号码是多少？"

"我们的电话号码是多少，孩子他爸？"女人回头问了一句。

"我可不说。"男人哼了一声。

女人说："我想起来了，南区2454。什么时候打过来都可以，我们没什么事做的。"

斯蒂夫谢过她之后就沿着白色的小道回到了街上，沿着街道走向他停在半个街区外的车。在开门上车前，他随意地扫了一眼街道对面，接着他突然停了下来，手还抓在门上。他松开了手，向旁边走了三步，紧抿着嘴站在那儿看向街道对面。

这个街区的房子都差不多，但对面的那栋房子前面的窗户上放了一个写着"招租"的标牌，屋前的一小块草坪上竖着房屋中介的标记牌。房子看起来已经荒废了，里面也完全是空的，但门前小小的车道上停着一辆干净的双门轿车。

斯蒂夫低声说："有好戏了，斯蒂夫，加油吧。"

他穿过宽阔的尘土飞扬的街道，脚步几乎可以算得上是优雅，他的手摸了摸口袋里的枪的冷硬的金属部分，然后走到了小车后，站在那儿听一会儿。他安静地走到车子左边，回头扫了一眼街道，然后从前面开着的左窗看进了车里。

女孩坐在那里，她看起来还像在开车，只是她的头有点向角落里倾斜得过于厉害了。那顶小红帽还戴在她的头上，那件镶了皮毛边的灰色大衣也还在身上。在月光的照射下，可以看见她的嘴巴张得老大，舌头伸了出来。栗色的眼睛盯着车顶。

斯蒂夫碰碰她，他不必碰她或者凑近去看她就可以知道她的脖子上有着严重的淤青。

"这些家伙对女人真是心狠手辣啊。"他喃喃自语道。

女孩巨大的黑色织锦布包放在她身旁的座位上，包口就像她的嘴巴一样张得大开——就像玛丽莲·德罗姆小姐的嘴和她的紫色手提包一样。

"是啊——对付女人可真不手软。"

他一直退到了车道路口一棵矮小的棕榈树下。此时的街上空无一人，荒凉孤寂，就像关了门的戏院。他静静地穿过街道来到车边，钻进车子离开了。

这没什么好大惊小怪的。一个女孩大半夜才回家，遇到了袭击，在离家只有几栋房子距离的地方碰到了个凶恶的家伙，然后被掐死了。下一辆街区巡查的警察一定会发现的——只要里面的警察有点儿清醒——一看见那个"招租"的标志之后就会下去查看一下的。斯蒂夫用力地踩下油门，离开了那里。

在华盛顿街和菲格罗亚街的交界处，他走进了一家通宵营业的药店，拉上药店后面关着的电话亭的门，投进一个5分钱的硬币，拨通了警察局的号码。

他对值班的人说："把这个记下来，好吗，警官？在布莱顿大道320街区的西边，一座空房子的车道上，记下来了吗？"

"是的，怎么了？"

"那儿停了一辆车，有个女人死在了里面。"斯蒂夫说完后挂上了电话。

7

　　昆兰——卡尔顿旅馆的白班的领班和助理经理，现在正在值晚班——因为夜班审计员米勒休了一个星期的假。这时已经1点半了，一切都陷入了沉寂，昆兰觉得无聊至极。他早就把所有的活干完了，他在旅馆里已经工作了20年了，这一切对他来说都驾轻就熟。

　　夜班门卫结束了清扫，已经回到了他位于电梯间旁边的房间里。与往常一样，只有一台电梯还亮着灯在使用中。大厅里收拾得干干净净，灯光被适当地调暗了一些，一切都与平常没什么两样。

　　昆兰个子矮小，却非常胖，他长了一双蛤蟆一样明亮的眼睛，眼神看起来总是特别友好——其实他根本就没什么表情。他长着稀稀疏疏的淡茶色头发。苍白的双手交叉着放在他身前的大理石桌面上。因为他将身体重心都倚在接待台上，他的身高看起来和接待台正合适，而不是他正趴在接待台上。他看着对面入口大厅的墙壁，但他其实没在看。虽然他的眼睛还睁着，但他已经昏昏欲睡了，但假使夜班守门员在他的屋里划了一根火柴，昆兰也会知道，然后会把电铃按响。

　　街边入口镶着铜边的旋转门被推开了，斯蒂夫·格雷斯走了进来，他身穿一件夏季风衣，把领子竖起来围住了脖子，帽子拉得低低的，嘴角吐出烟雾——他看起来十分随意自在，却又带着机警，他踱着步伐来到接待台前，敲了敲桌面。

"醒醒！"他厉声说。

昆兰把眼皮张开了一些，说："只剩下不带卫生间的房间了，但幸运的是八楼很安静。哎呀，斯蒂夫，你终于被解雇了，而且是因为犯了错，这就是生活啊。"

斯蒂夫说："好吧，你们找到新的夜班职员了吗？"

"根本就不需要，斯蒂夫，在我看来，从来都不需要。"

"只要像你这样的旅馆老职员会把妓女安排在和莱奥帕蒂住在同一楼层，你们就会需要的。"

昆兰半闭着的眼睛突然睁得跟原先一样大，他冷漠地说："不是我，老兄，但人人都会犯错的嘛，米勒实际上只是个会计——又不是接待员。"

斯蒂夫身子向后一仰，脸色变得凝重。香烟都快要烧到头了，他的眼睛就像黑色的玻璃一样，脸上露出了一个不老实的笑容。

"那为什么莱奥帕蒂会住进一个一天只花8块钱的八楼房间，而不是一天花28块钱的顶楼套房呢？"

昆兰对他笑笑，"莱奥帕蒂也不是我登记入住的，老朋友，这是他预订好了的，我猜他就想住在那儿吧，有些人就是比较节俭。还有别的问题吗，格雷斯先生？"

"是的，814昨天晚上有人住吗？"

"还在整改中，所以没人住。那儿的水管有些毛病，继续。"

"是谁标注了要整修的？"

昆兰明亮而深不可测的眼睛转了转，表情开始变得十分好奇，他没有回答。

斯蒂夫说："让我来告诉你原因吧！莱奥帕蒂住在815，两个女孩住在811。中间只隔了一间813，随便一个有万能钥匙的家伙都能进到813里，把通往两个房间的交通门的插销拔出来。接着，只要这两个房间里的人也都打开门，那这三个房间就通到了一起。"

"那又怎么样？"昆兰问道，"我们损失了8块钱，嗯？好吧，这种事情在比我们好的旅馆里都有可能发生。"他的眼睛看起来又带上了倦意。

斯蒂夫说："米勒有可能会这么做，但是，见鬼的，这说不通啊，米勒不是这种人啊。为了1块钱的小费拿自己的工作来犯险。米勒又不是拉皮条的。"

昆兰说："好了，警察先生。告诉我你到底在想些什么？"

"811房里的一个女孩有支枪，莱奥帕蒂昨天收到了威胁信——不知道是从哪收来的，怎么收到的——但这一点都没让他感到困扰。他把威胁信撕了，我从他的垃圾篓里把那些碎片拣了出来，我就是这么知道的。我猜莱奥帕蒂的助手们应该都已经退房了吧。"

"当然，他们去诺曼底了。"

"打电话到诺曼底，然后说要找莱奥帕蒂。如果他在那里，他应该还在喝酒，说不定还是和一群人喝呢。"

"为什么？"昆兰轻声问道。

"因为你是个好人，如果莱奥帕蒂接了电话——那你就直接挂了。"斯蒂夫停顿了一下，用力捏了捏下巴，"如果他们说他出去了，就问出来他去了哪里。"

昆兰直起了身子，沉默但意味深长地看了斯蒂夫一眼，走到了玻璃屏风后面。斯蒂夫静静地站着，全神贯注地听，一只手撑着腰，另一只手无声地敲着大理石桌面。

大概三分钟后，昆兰回来了，他又靠回了桌上，说："不在那里，他们就在他的套房里开派对——他们给他开了一个大房间——听起来很热闹。我是跟一个脑袋还算清醒的人说的话。照他的同伴所说，莱奥帕蒂在10点钟左右接了某个女孩的电话，打扮了一下就出去了，他暗示自己要有一个甜蜜的约会。那家伙心情好得很，才告诉了我这些。"

斯蒂夫说："你真是个好朋友。我真恨不得告诉你所有的事。好了，我很喜欢在这里工作，因为没什么事可做。"

他开始往入口的门边走，斯蒂夫把手放在旋转门的铜把手上时，昆兰叫住了他，斯蒂夫转身慢吞吞地走了回来。

昆兰说："我听说莱奥帕蒂朝你开枪了。我想没人注意到这件事，楼下没有人来报告。而且直到看到八楼的那面镜子，皮特斯才完全意识到发生了什么事。如果你想回来的话，斯蒂夫——"

斯蒂夫摇摇头，"谢谢你有这个想法。"

"听说了枪击的事情之后，"昆兰补充道："让我想起了一些事情，两年前，一个女孩在815开枪自杀了。"

斯蒂夫的背一下停止了，他用力过猛，看起来好像都要跳起来，"什么女孩？"

昆兰看上去很惊讶，"我不知道，忘了她的真名。一个被骗得一无所有的女孩再也无法忍受，想要死在一张干净的床上——自己一个人。"

斯蒂夫的手伸过桌面抓住了昆兰的手臂，"旅馆的剪报，"他粗着声音说，"资料，不管报纸上写了什么，这上面都会有的。我想要查查这些资料。"

昆兰盯着他看了许久，然后他说："不管你在玩什么把戏，孩子——你都搞得过于神秘兮兮了。我是为了你好才这么说的。不过我自己也是无聊透顶，要消磨这一整晚的时间。"

他伸出手用力地按了一下铃，夜班守门员的房门打开了，门卫穿过大厅走来，他笑着朝斯蒂夫点点头。

昆兰说："在这里看一会儿，卡尔。我要去一下皮特斯先生的办公室。"

他从保险箱那儿把钥匙取了出来。

8

木屋倚在高高的山脊上，背靠着旺盛的松树、橡树和翠柏。屋子盖得很结实，带有石制烟囱，木板屋顶，稳固地立在山坡上。白天，屋顶是绿色的，房子的侧面是深红棕色的，窗户会拉上红色的窗帘。在这个十月中旬的夜晚，山中的月光分外皎洁，除了房子的颜色，轮廓和细节都显现无遗。

它位于小路的尽头，距离任何一栋木屋都有四分之一英尺远。在清晨五点时，斯蒂夫关掉车灯绕着路来到了这里。当他确定这就是那座木屋时，他立刻停了下来，下车之后悄无声息地走上了碎石路，踏在野生鸢尾花铺成的地毯上。

在和小路差不多高的地方，有一个用松木板盖成的简陋车库，车库里有条小径可以通到木屋的门廊上。车库没有锁，斯蒂夫小心地推开门，摸索着走过了一辆深色的汽车，摸了摸散热器顶部，那儿还有点热。他从口袋里掏出一把小型手电筒，照在了车身上，这是一辆灰色的轿车，上面布满了尘土，油表指针表示车子已经快没油了。他把手电筒关掉，谨慎地关上车库的门，在门下塞了一块木头当作门闩，然后沿着小路走上了木屋。

红色的窗帘后有灯光透出来。门廊很高，上面堆着带着树皮的刺柏木块，前门有一个拇指大的门锁，还有一个锈迹斑斑的门把手。

他走上去，既不是毫无声响，也不会动静过大，他抬起手，深深地叹了一口气，敲了门。他的手碰了一下外套里层口袋里的枪——就一下，然后又空着手掏了出来。

一张椅子吱呀了一声，脚步声传过地板，里面有个声音轻轻地问："是谁？"这是米勒的声音。

斯蒂夫把嘴凑到木门边说："我是斯蒂夫，乔治。你已经起来了吗？"

钥匙转动，门被打开了。乔治·米勒，卡尔顿旅馆整洁漂亮的夜班审计员现在看起来一点儿都不整洁了。他穿着一条旧裤子，还有一件深蓝色高领毛衣，他的脚上穿着纹理羊毛袜子和镶着羊毛边的拖鞋。他修剪整齐的黑色八字胡就像他苍白的脸上的一块污渍似的。在坡状的屋顶下，两只灯泡挂在屋顶下，发出亮光，旁边的一个台灯也被打开了，台灯的灯光倾斜着打在带有软靠垫的莫里斯安乐椅上。火炉里堆着灰烬，柴火在上面懒洋洋地燃烧，炉门是打开的。

米勒用他低沉沙哑的声音说："老天，斯蒂夫，见到你太好了。不过你是怎么找到我们的？进来吧，伙计。"

斯蒂夫穿过门，米勒又把门锁上了。"城里人的习惯，"他说着咧嘴一笑，"在山里，没有人会把任何东西锁起来。坐吧，去火边烤烤脚，这个时候，晚上外面已经很冷了。"

斯蒂夫说："是啊，冷极了。"

他在莫里斯椅上坐下来，把帽子和大衣放在椅子后面结实的木桌上，身体倾向前，手拿出来烤火。

米勒说："你到底是怎么找到这里的，斯蒂夫？"

斯蒂夫没有看向他。他轻声说："找到这里可不容易。昨天晚上你告诉我你的哥哥在这里有一栋木屋——记得吗？我没什么

223

事做，所以我想我可以开车来蹭几顿早饭。克雷斯特莱恩旅馆里的那个家伙根本就不知道谁是木屋的主人，他是跟过往匆匆的人做生意。然后我给一个汽车修理厂打电话，他也没听说过米勒家的木屋。然后我看到街尾有一个卖木头和汽油的地方还亮着灯，那儿的一个小个子既是森林管理员，又是副警长，他还做其他一大堆事情。我过去的时候他正要开车去圣伯纳蒂诺买几桶汽油。一个非常聪明的小伙子，当我一提你的哥哥曾经是个拳击手，他马上就明白过来了。所以我就找到这里了。"

米勒摸了摸他的八字胡。从木屋后面的某个地方传来弹簧床吱吱呀呀的声音。"是啊，他现在还用他做拳击手时的名字——格夫·塔力，我去把他叫起来，然后我们喝点咖啡吧。我想我们都一样，习惯了在晚上工作，根本睡不着。我一宿都没沾过枕头。"

斯蒂夫慢慢地看了他一眼，又把眼神移开。木屋后传来一个粗犷的声音："格夫起来了，你的哪个朋友，乔治？"

斯蒂夫随意地站起来，转过身。他忍不住先看向了男人的手——这是一双大手，手非常干净，但粗糙丑陋。一个指关节看起来受过严重的伤。他是一个长着红发的高大男人，法兰绒睡衣外面罩了一件邋遢的浴袍。他绷紧的脸上没有表情，脸颊有疤，鼻子又大又厚，整张脸看起来好像挨过很多拳击手套的揍。他只有眼睛跟米勒稍微有点儿像。

米勒说："斯蒂夫·格雷斯，昨天晚上以前他还是旅馆的夜班职员。"他微微一笑。

格夫·塔力走过来跟他握握手，"幸会，"他说，"我去把衣服穿上，我们去架子上弄点早饭来吃。我睡够了——乔治一个晚上都没睡，可怜的傻瓜。"

他穿过门回到了他出来的那个房间里，在那儿停了下来，靠在一个旧旧的留声机上，把大手放在了一堆用纸袋包装起来的唱片后面。他就那样呆着，一动不动。

米勒说："找工作的运气怎么样，斯蒂夫？还说是你还没开始找？"

"算有吧，某种程度上来说。我想我是个笨蛋，但我想试试私家侦探这个职业，如果我没什么名气的话，可能就不怎么走运了。"他耸耸肩，然后低声说："金·莱奥帕蒂被杀死了。"

米勒的嘴一下张大了，他保持这个姿势差不多有一分钟之久——完全是静止的，嘴张得老大。格夫·塔力靠在墙上，不动声色地看着他。米勒终于说："谋杀？在哪里？别告诉我——"

"不在旅馆里，乔治，太惨了，是不是？在一个女孩的公寓里，这女孩也是个好人。她没有引诱他去那里。老一套自杀的把戏——只是这次不管用了。这个女孩就是我的客户。"

米勒和高大的男人都没有动，斯蒂夫把肩膀靠在石制壁炉架上，他轻轻地说："昨天下午我去沙罗特夜总会向莱奥帕蒂道歉了。愚蠢的主意，因为我根本就没什么对不起他的。他跟那个女孩一起在酒吧里，打了我三拳之后就走了。女孩不喜欢他这样做，我们有点感同身受，一起喝了杯酒。然后在今晚晚些时候——应该说是昨晚——她打电话告诉我莱奥帕蒂在她那儿——他醉倒了，她没办法把他弄走。我去了她家，只不过他不是喝醉了，而是死了，死在了她的床上，穿着黄色睡衣。"

高大男人举起左手将头发往后捋，米勒缓缓地靠到了桌边，好像他害怕桌子边缘会锋利到把他割伤。他八字胡修剪得很整齐，胡子下面的嘴唇抽抽了一下。

他哑着声音说："这实在是太糟糕了。"

高大的男人说："好吧，真应该大哭一场。"

斯蒂夫说："只不过那不是莱奥帕蒂的睡衣，他的睡衣上面都有名字缩写的刺绣——大大的黑色名字缩写，而且他的睡衣是缎面的，也不是丝质的。尽管他手里抓着一把枪——而且还是这个女孩的枪——他没有开枪射向自己的心脏。警察会查出来的，也许你们听说过兰德实验，就是用固体石蜡来查出谁最近开过

225

枪，谁最近没开过。这桩凶杀案昨天晚上应该是要发生在旅馆里的815房里的。在811的黑发女孩要下手之前，我把他赶了出去，于是坏了这桩事情，是不是，乔治？"

米勒说："也许是吧——如果你知道自己在说什么的话。"

斯蒂夫慢条斯理地说，"我想你明白我在说什么，乔治。如果金·莱奥帕蒂是在815的房间里，这样就会变成一种诗意的复仇。因为那是两年前一个开枪自杀的房间，一个用玛丽·斯密斯这个名字登记入住——平时叫做伊芙·塔力——真名却是伊芙·米勒的女孩开枪自杀的地方。"

高大男人重重地往留声机上一靠，粗声粗气地说："也许我还没睡醒。但是这件事听起来就像是一个下流的笑话，我们有一个叫伊芙·塔力的妹妹，她在卡尔顿旅馆开枪自杀了，那又怎么样？"

斯蒂夫斜着嘴笑了笑，他说："听着，乔治，你告诉我是昆兰把那两个女孩安排在了811房，其实是你，你告诉我莱奥帕蒂要住八楼而不是顶楼套房，是因为他很吝啬。他一点都不会吝啬，只要方便找女伴，他根本就不在乎自己被安排在哪里——而你明白这一点。你策划了整件事情，乔治。你甚至让皮特斯写信到旧金山的雷利给莱奥帕蒂，请他来这里的时候住在卡尔顿旅馆——因为旅店的老板同时也是沙罗特的老板——好像一个像沃尔特这样的大人物会关心一个乐队指挥会住在哪里似的。"

米勒的脸变得惨白，面无表情。他的声音都颤抖了，"斯蒂夫——老天，斯蒂夫，你到底在说什么？我怎么会——"

"抱歉，老兄，我很喜欢和你一起工作，我也非常喜欢你，我想我现在还是喜欢你。但我不喜欢掐死女人的人——或者是一个为了要掩盖自己的杀人的罪行，而嫁祸给女人的人。"

他的手挥起来——又停住了，高大男人说："没事的——看看这个。"

格夫的手从那堆唱片后面举了起来，手上握着一把点45口径的柯尔特自动手枪。他咬着牙说："我一直都觉得私家侦探不过是一群容易被收买的贪财鬼。我猜我看错你了。你还算有些头脑，见鬼，我猜你就是那个在柯特街118号追着我出来的人，是吗？"

斯蒂夫的双手空空地垂了下来，直勾勾地看着那把柯尔特手枪。"没错。我看见了那个女孩了——死了——脖子上还有你的指痕。警察可以查出来的，这和杀害朵洛蕾丝·奇奥萨的女仆是同一个手法，你犯了个错。他们会把两个勒痕对上，会发现你那个带枪的黑发女郎昨天晚上在卡尔顿住过，然后把整件事都串起来。有了旅馆提供的资料，他们不会猜不到。我看两个星期就能破案，如果你们跑得快的话，我说的是很快。"

米勒舔了舔干燥的嘴唇，然后轻声说："不急，斯蒂夫，一点儿都不急。我们的工作已经完成了，也不是最好的方式，也不是最漂亮的方式，但我们干得不错。莱奥帕蒂是个该死的流氓，我们爱我们的妹妹，他却把她变成了妓女。她当时还是个天真的孩子，被这个油嘴滑舌的混蛋给骗了，这个混蛋自己跑出去享受世界，把她推给了一个跟他差不多的红头发的混蛋，那个混蛋把她赶了出来，她的心都碎了，然后就了结了自己。"

斯蒂夫尖刻地说："好吧——那时候你们去干吗了呢——在修指甲吗？"

"事情发生的时候我们不知道，我们花了一些时间才把事情弄清楚。"

斯蒂夫说："就因为这样，你们就要赔上四条人命，是吗？至于朵洛蕾丝·奇奥萨，她甚至都不愿意在莱奥帕蒂身上擦脚——不管是什么时候，但你们也把她扯了进来，用你们这种肮脏的谋杀来复仇。你让我恶心，乔治，告诉你那个凶狠的哥哥，继续玩他的杀人游戏吧。"

高大的男人咧嘴一笑，说："跟他说够了，乔治。看看他身上有没有枪——不要走到他前面或者后面去。这个神枪手可厉害

227

着呢。"

斯蒂夫盯着大块头男人的点45口径的手枪,脸色就像白色石头那样僵硬。他的嘴角露出了一丝淡淡的嘲讽的笑容,眼睛严厉而冷酷。

米勒穿着镶羊毛边的拖鞋轻轻挪动脚步,他绕过桌子走到斯蒂夫身边,伸出手来摸摸他的口袋,他走回去指着口袋说:"枪在那里。"

斯蒂夫淡淡地说:"我一定是疯了,我早就应该制伏你,乔治。"

格夫·塔力吼道:"离他远一点。"

他稳稳地穿过房间走来,把柯尔特枪冷酷地顶在斯蒂夫的肚子上。他伸出左手把侦探专用手枪从斯蒂夫的前胸内口袋里掏出来,眼睛犀利地盯着斯蒂夫的眼睛。他把枪递到身后:"拿去,乔治。"

米勒接过枪,又回到了大桌子的前面,站在远处的角落里。格夫·塔力倒退着从斯蒂夫身边走开。

"聪明的家伙,你完蛋了,"他说,"你应该知道,要离开这座山只有两条路,我们必须得争取时间。你应该还没跟任何人说吧?"

斯蒂夫像石头一样站着,脸色苍白,嘴角上挂着一丝不屑的笑容。他狠狠地盯着高大男人手里的手枪,眼神有些困惑。

米勒说:"一定要这样做吗,格夫?"他的声音很粗哑,没有感情,没有了平常那种令人愉悦的沙哑。

斯蒂夫把头转过去一些,看向了米勒。"当然了,乔治,你们只是一对卑鄙的流氓,一对为了失足女孩复仇的恶毒的杀人狂,净用一些土得掉渣的把戏。到这会儿,你们不过是一团冷肉而已———团腐烂了的冷肉。"

格夫·塔力哈哈大笑起来,拇指扣上了左轮手枪的扳机,他揶揄道:"祈祷吧,小子。"

斯蒂夫阴沉地说："你以为你能用那个玩意儿杀死我吗？里面没有子弹，杀手。还是用你解决女人的方法来解决我吧——用你那双大手。"

高大男人的眼睛垂了下来，脸色阴郁，然后他笑着大吼："天哪，这枪上面的灰尘应该有一尺厚了，"他格格笑道，"看着。"

他用手枪指着地板，然后扣下了扳机，撞针发出了一声干巴巴的咔嚓声——撞在了空空的枪膛上。他几乎是温柔地说道："是你吗，乔治？"

米勒舔了舔嘴唇，吸了口气，他在说话前嘴唇先无意义地动了几下。

"是我，格夫。斯蒂夫从路边的车上下来的时候，我正站在床边，我看见他进了车库。我知道车子还是热的，我们杀的人够多的了，格夫，太多了。所以我就把子弹从枪膛里卸了出来。"

米勒的拇指移到了侦探专用手枪的扳机上，格夫的眼睛瞪大了。他不敢置信地看着那把短管转轮枪，然后挥舞着没有子弹的柯尔特手枪冲过去。米勒挺直身子，稳稳地站在那里，就像一个老人一样轻声说了一句："再见，格夫。"

手枪在他小巧整洁的手上跳了三下，烟雾缓缓地从枪口飘出来。一块要烧完的木头从壁炉里掉了下来。

格夫·塔力露出了奇怪的笑容，直挺挺地站在那里，枪掉到了他的脚边，他有力的双手捂在肚子上，缓慢而沉重地说："这样做没错，小子，没错，我猜——我猜我——"

他的声音慢慢消失了，双腿在身下扭动。斯蒂夫悄无声息地迈了三个大步，一拳狠狠地打在米勒的下巴上，高大的男人还在往下倒——就像一棵树一样往下倒。

米勒被摔到了房间的另一头，撞在尽头的墙上，一只蓝白色的碟子从橱柜上掉下来摔碎了。枪从他的手里滑下来，斯蒂夫冲过去捡了起来。米勒跪在地上看着他的哥哥。

格夫·塔力的头撞到了地上，然后伸出双手撑着地板，最后还是静静地趴了下去，就像一个非常疲惫的人。他没有再发出声音。

　　阳光从红色窗帘的边缘照了进来，那块断了的木头在火炉的边上冒着烟，其他的木头都烧成了一堆灰烬，只有中间还闪着火光。

　　斯蒂夫冷冷地说："你救了我的命，乔治——至少你省下了不少子弹。我会冒这个险，是因为我想找到证据。过去桌子那边把事情的经过写下来，然后在上面签上名字。"

　　米勒说："他死了吗？"

　　"他已经死了，乔治，你杀了他，把这件事也写上。"

　　米勒轻轻地说："太可笑了，我本来是想要亲手解决莱奥帕蒂的，用我的双手，他当时在楼上，我可以把他推下去。干掉他之后我就会自己承担后果。但格夫想要把这件事情做得有趣点，格夫，这个从来都没有接受过教育，一辈子连一拳都没有躲开过的傻小子，想要把这件事情干得漂亮些，还要玩阴谋。好吧，这也许就是为什么他能拥有这些钱财，科特街118号的公寓其实是他的，是他雇杰克·斯托亚诺夫替他管理那里。我不知道他是怎么买通朵洛蕾丝·奇奥萨的女佣的。这不是很重要，对吗？"

　　斯蒂夫说："开始写吧，你就是那个装成女孩给莱奥帕蒂打电话的人，对吗？"

　　米勒说："是的，我会把这事也写下来的，斯蒂夫。我会在上面签字，然后你就得放了我——只需要一个小时。可以吗，斯蒂夫？只需要一个小时，作为一个老朋友，我的这个要求不算太过分吧，斯蒂夫？"

　　米勒脸上露出了一个笑容——一个淡淡的、虚弱的、缥缈的笑。斯蒂夫弯腰凑近那个四肢摊开的高大男人的身边，伸手去摸了摸他脖子上的动脉，他抬起头来说："已经死了……好的，你会有一个小时的时间，乔治——如果你把事情完完整整写下来的话。"

米勒轻轻地走到高高的橡木抽屉柜边，上面钉着很多生了锈的铜钉。他打开桌盖坐下来，拿起一支笔，打开墨水瓶盖，用会计师整洁、清晰的字体开始书写。

斯蒂夫·格雷斯在壁炉前坐了下来，点起一支烟，盯着灰烬。他握着枪的左手放在膝盖上。木屋外面，鸟儿开始歌唱。屋子里除了写字的沙沙声，一片沉静。

9

　　当斯蒂夫走出木屋时太阳已经升得老高了，他走出木
屋，走下了陡峭的小路，沿着狭窄的碎石路回到了他的车
上。车库里已经空了，那辆灰色小车已经开走。半英里外
另外一栋木屋的炊烟袅袅升起，飘荡在松树和橡树上空。
他发动汽车，转了个弯，经过两个由货车车厢改装而成的
木椅，然后开上了中间画着白线的主干道，沿着山坡往克
雷斯特莱恩驶去。

　　他把车停在路边"世界边缘"旅馆的门前，在柜台那喝
了一杯咖啡，走进空荡荡的酒吧后面的一个电话间，关上
了门。他让长途接线员接通了洛杉矶的琼博·沃尔特斯的
电话，然后打电话给沙罗特夜总会的老板。

　　一个声音温和地说："这里是沃尔特斯先生家。"

　　"我是斯蒂夫·格雷斯，能请沃尔特斯先生来接一下电
话吗？"

　　"请稍等。"咔嗒了一声，另一个生硬冷酷的声音在
说，"什么事？"

　　"我是斯蒂夫·格雷斯。我想跟沃尔特斯先生说话。"

　　"对不起，我好像不认识你。现在还有点早吧，朋友。
你有什么事？"

"他去了奇奥萨小姐家了吗？"

"噢，"一阵停顿之后，"你是那个私家侦探，我明白了，你等等，朋友。"

又换了一个声音——慵懒，带着一丝极其轻微的爱尔兰口音，"你可以说了，孩子。我是沃尔特斯。"

"我是斯蒂夫·格雷斯，我是那个——"

"这些我都知道了，孩子，那位女士很好，我想她现在正在楼上睡觉。继续说吧。"

"我现在在克雷斯特莱恩的箭头坡，两个男人谋杀了莱奥帕蒂。一个是乔治·米勒，卡尔顿旅馆的夜班审计员，另一个是他的哥哥，一个叫格夫·塔力的前拳击手。塔力的头——被他的弟弟射穿了。米勒逃走了——但他给我留下了一份完整的自白，上面签了字，很详细，很完整。"

沃尔特斯慢吞吞地说："年轻人，你要不是办事干脆利落——就是真的疯了。你最好马上来这里。他们为什么要这么做？"

"他们有一个妹妹。"

沃尔特斯轻轻地重复了一百遍："他们有个妹妹……那个逃走的家伙呢？我们可不想给什么乡下警长或者渴望成名的律师知道——"

斯蒂夫轻声打断了他："我想你不用担心这一点，沃尔特斯先生，我想我知道他去了哪里。"

他在旅馆里吃了早餐，不是因为他饿了，而是因为他很虚弱。他又钻进车子，滑下长长的山坡，从克雷斯特莱恩向博纳蒂诺驶去，这条路路面平整，路边环绕着又深又险的山谷林阴。有些地方山路凶险，还围上了白色的围栏。

那个地方就在克雷斯特莱恩下面两英里处，公路在山肩处有一个急转弯，一些车子停在公路旁边的碎石地上——有私家车、警车和遇难救援车。白色围栏已经被撞断了，人们站在围栏被撞坏的地方向下看。

　　山谷下面800英尺的地方有一辆灰色小车，扭曲而幽静地躺在清晨的阳光下。

（本文译者　俞惠娴、蒲若茜）

山中太平

信是临近正午的时候快递过来的，是那种廉价信封，回邮地址写着：加利福尼亚州彪马区F.S.莱西。里面是一张可以兑现的100美元支票，支票上有福瑞德里克·S.莱西的签名，还附有一张纯白色的信纸，上面有好几处打印重叠的地方。信上面写道：

约翰·埃文斯亲启。

尊敬的先生，

我从莱恩·埃斯特沃德那里获知了您的大名。我有一件非常紧急且机密的事情需要您的帮助，随信附上定金。如果可能的话，请您于本周四下午或者傍晚来一趟彪马区，入住印第安酋长旅馆，并请拨打2306联系我。

此致

敬礼

福瑞德·莱西

我快有一个星期没有接到业务了，这封来信让我很高兴。支票所署的银行距我这只有六个街区的距离，我去那把支票换成了现金，吃完午饭便出发了。

山谷很热，到了圣贝纳迪诺山上反而更热了，我把车开到5000英尺高的地方也没觉得凉快了多少，这会儿我已经在高速路上朝着彪马湖的方向开了15英里。50英里的盘山公路我走了40英里才感到了些许凉意，不久，我把车开到了水坝沿着湖的南岸行走，经过了一堆堆的花岗岩和远处七零八落的营地，这下天气才开始凉爽起来。到达彪马区的时候已经快到傍晚了，我早已饿得前胸贴后背。

印第安酋长旅馆坐落在街角，是一栋棕色的建筑物，对面则是一个小舞厅。登记过后我就提着行李箱上了楼，房间萧瑟，透着阴冷，地上放置着椭圆形的地毯，双人床安置在角落，破旧的松木墙上除了挂着一个五金店的挂历外什么也没有，那个挂历也由于山上干燥的夏天连边角都卷起来了。洗了一把脸之后我便下楼去觅食。

大厅旁的餐厅里人满为患，男人们都穿着运动服满身酒气，女人们都身着便裤或短裤，指甲涂得鲜红，手指却脏兮兮的。一个眉毛浓密的男人四处晃悠着，嘴里咬着一支雪茄。一个身材消瘦的收银员戴着套袖，双眼无神，正努力地捣鼓一个小收音机，试图收听正在好莱坞公园举行的赛马结果，不过由于静电干扰，收音机里杂音很多，就像和了水的土豆泥。在黑暗的角落里有一个五人山村交响乐团，他们穿着紫色的衬衫和白色的外套卖力地演出着，希望能在这嘈杂的屋子里吸引人们的目光。

我狼吞虎咽地吃完了他们所谓的正规晚餐，坐在那里喝了一会儿白兰地后就走到了大街上。天色还是很亮，不过霓虹灯已经亮起，傍晚的街道上充斥着各种声音，有汽车尖锐的鸣笛声，酒碗碰撞的声音，靶场的射击声，自动唱片点唱机的音乐声，还有湖里那些高速游艇低哑的隆隆声。邮局的对面立着一个白蓝色的箭头指着电话亭。我沿着一条积满灰尘的小路走过去，来到了一

238

个安静凉爽的地方，路旁生长着茂密的松树。一头温顺的母鹿在我前面的路上漫步，脖子上戴着一个皮圈。电话亭就是一个圆木小屋，小屋的角落放着一些投币公用电话。我走了进去往里面投了一个硬币拨通了2306，一个女人接了电话。

我说："请问福瑞德·莱西先生在吗？"

"请问您是哪位？"

"我是埃文斯。"

"噢，埃文斯先生，莱西先生现在不在。他跟您约好了吗？"

我才问她一个问题她却反问了我两个，我可不喜欢这样。我说："您是莱西太太吗？"

"是的，我是。"声带过度绷紧使得她的声音听起来有点紧张，不过有些人的声音一直就是这样。

"是谈生意，"我说，"他什么时候回来？"

"我不太清楚，可能是今天傍晚吧。你有何——"

"莱西太太，您的家在哪儿？"

"我的家……我的家在博胜区，在村子西边约两英里处。你是在村里给我打电话吗？你——"

"一个小时之后我会再联系您的，莱西太太。"我说，然后挂了电话，走出了电话亭。角落里一个穿着便裤的黑皮肤女孩正在一张小桌子上的账本上写着什么。见我出来她抬头笑着问道："您喜欢这些山吗？"

我回答："还可以。"

"这里非常的宁静。"她说。

"是的。你知道一个叫福瑞德·莱西的人吗？"

"莱西？啊，知道，前不久他们来这里安装了一个电话，还买下了鲍德温小屋。那个房子已经空了两年了呢，位于博胜区的边缘处，地基很高，看起来像悬在湖面上一样。视野非常的壮观。你认识莱西先生吗？"

"不认识。"我说，然后走了出去。

道路尽头，那头母鹿挡在了篱笆的缝隙里面。我想把它从那里面推出来，可是它一动不动我只好放弃，跨过篱笆回到印第安酋长旅馆去开我的车。

村子东部有一个加油站，我在这加了一些油，顺便问那个给我加油的冷峻小伙子博胜区在哪里。

他回答道："这个地方非常好找。你沿着这条路走1.5英里，经过天主教堂和金凯德营地，在面包店附近右转，再沿着那条路走到威尔顿男孩营地，经过这个营地后走左手边的第一条路。那是一条土路，路面崎岖不平。冬天的时候路上的积雪都没人扫的，不过现在不是冬天。您在那认识什么人吗？"

"不是。"我把钱递给他，他找了零钱后回来了。

"那里非常的安静，"他说。"上好的休憩之地。您贵姓？"

"墨菲。"我说。

"很高兴认识你，墨菲先生，"他说，然后朝我伸出了手，"任何时候都欢迎您的到来。非常有幸能够为您服务。如果您想去博胜区的话，沿着这条路直走——"

"好的。"我答应道，连忙启动车子离开了，他的嘴巴还在那里一张一合地说着什么。

我想我现在已经知道怎么去博胜区了，于是我调了个头驶上了另一条路。因为很有可能福瑞德·莱西并不希望我上门去拜访他。

从旅馆过去半个街区的那条柏油路会掉头拐到一个码头，再往东就是湖了。湖里的水位很低，牛群会在那里吃草，那些草春天的时候长在水底，到了夏天水位降低就暴露在了空气中开始慢慢腐烂。有耐心的游客会坐在马达外装的船上垂钓，在这里可以钓到鲈鱼或者大翻车鱼。距离牧场约一英里处有一条满是砂砾的路一路蜿蜒伸向一个长满了杜松的地方，近岸的地方有一个灯火通明的舞厅。尽管这个海拔高度这时候看起来好像还是下午，舞厅里的音乐早就开始播放了。乐队的声音震耳欲聋仿佛就在我的耳边响起，我听到一个女孩用沙哑的声音在唱"啄木鸟的歌"。开车经过，音乐声慢慢消失，路面也渐渐变得崎岖不平。岸上的一个房子在我的身后退去，它的四周是波光粼粼的水面和茂密的松树与杜松。我把车停在附近，下了车走到了一棵倒在了地上的大树旁，这棵树约12英尺高。我坐在干燥的地上靠着这棵树，点燃了烟斗。这个地方是如此的宁静，远离了人世间的喧嚣。湖的那边有几艘快艇在相互追逐，不过在我这边，除了平静的水面外别无他物，夜幕慢慢降临了。我在想福瑞德·莱西到底是谁，他到底要做什么，如果他的事情真那么紧急的话为什么不待在家里或者留个信息呢？不过我也没想太久，这里的夜晚实在是太宁静了，我抽着烟看着湖面还有天空，一只知更鸟站在松树顶上的光树枝上，等待着夜色渐浓，它好放开喉咙婉转歌唱。

坐了快半个小时后我站了起来，脚后跟在松软的地上挖了个洞，我将烟丝倒进去，再拨些土盖上用力踩平。然后我漫无目的地朝湖边走了几步，来到了树的那头。这时我看到了一只脚。

那只脚穿着白色的帆布鞋，大约是九号。我围着树的根部走了一圈。

接着看到了另外一只脚，也穿着白色的帆布鞋。目光往上移是一双穿着白色细直条纹裤的腿和穿着浅绿色运动衫的上身。衣服是常见的那种款式，像毛衣一样有几个口袋，V领，没有纽扣，胸毛从领口露出来。这是个中年男人，半秃，穿着一件上好的鞣革外套，嘴唇上方留着一撇小胡子。他的嘴唇比较厚，嘴巴像平时一样半张着，露出了他大而坚固的牙齿。脸庞浑圆，看样子生活过得不错。他的眼睛看着天空，难以捕捉到他的目光。

绿色运动衫的左边已经被血浸透了一大块，像打了个补丁似的，补丁中间有可能是一个烧焦的洞。由于光线越来越暗我看得不太真切。

我弯下腰在他的运动衫口袋里摸到了火柴和烟，一些比较粗糙的东西估计是钥匙，两侧的裤子口袋里有一些银币。我将他的身体翻过来一点去摸臀部的口袋。他的身体还有余热不是很僵硬。一个粗皮钱包紧紧地塞在他右边臀部的口袋里，我把钱包扯了出来，用自己的膝盖撑住他的背部。

　　钱包里有12美元现金跟一些卡，不过让我感兴趣的是他驾照上的名字。我点燃了一根火柴以确保自己在昏暗中看到的字没有错。

　　驾照上面写着的是福瑞德里克·谢尔德·莱西。

2

我把钱包放回原处站起来转了个圈好扫视一下四周，在我的视线范围内，地面和湖面都没有一个人影。在这种光线下，没有人能够看到我在做什么，除非他走得足够近。

我走了几步，然后回头看了看地面是否有我留下的痕迹，没有，地面上铺满了积年累月掉下来的松针和腐烂成粉的木头屑。

就在这时，我看到了一把枪。那把枪距我大概4英尺远，几乎就在那棵倒下来的树下面。我没有去摸它，只是弯下腰盯着它仔细观察了一会。这是一把口径约22毫米的柯尔特式自动手枪，枪上有一个便于紧握的小把手。枪身半埋在腐烂的小木屑堆里，许多体型庞大的黑蚂蚁正在木屑堆上爬来爬去，有一只正在枪管上爬行。

我站直了身体再次将四周环顾了一遍，很远的地方好像有一条船正在水面闲荡。我能听到节流式发动机发出的不均匀的突突声，但是我看不到它。于是我转身向车子走去，就在我快要到达的时候，一个瘦小的身躯从茂密的灌木丛中悄无声息地站了起来。有一束光照在他的眼镜上，一闪而过又照在别的东西上面，最后照到了下面的一只手上。

一个嘶嘶的声音在我耳旁响起："举起手来。"

这个地方如果拔枪够快其实可以反击，但是我不认为我的速度够快，于是我把手举了起来。

小个子从灌木丛中慢慢地探了出来，原来在眼镜下闪闪发光的是一把枪，并且是一把非常大的枪，现在枪口正朝我靠近。

黑色胡子下的那张嘴并不大，嘴里的一颗金牙闪烁着光芒。

"转过身去，"细小的声音再次传来，让人觉得挺宽心的。"你看到了躺在地上的那个人吗？"

"听我说，"我说，"我是第一次来这里，我——"

"赶快转过身去。"那个男人冷冷地说。我只好转身。

枪头抵在我的脊椎上，一只灵活的手在我的身上到处摸索，最后停在了我胳膊下的枪上。他发出了嘘声，然后那只手摸到了我的臀部把钱包拿了出去。真是一个手法干净利落的扒手，我几乎感觉不到他的动作。

"我现在要查看你的钱包，你给我站着不许动。"那个声音说道，枪也跟着离开了。

对于一个高手来说，这可是个大好的机会。他可以快速倒地，跪地，后空翻，然后掏出手枪打爆对方的头，一切不过是几秒钟的事。他将把这个戴着眼镜的小个子男人打倒，就像老婆婆取出她的假牙一样利索。但是我不认为自己有这样好的身手。

钱包被塞回了我的口袋，枪管也重新抵住了我的后背。

"实话说，"他轻声道，"你到这里来就是一个错误。"

"兄弟，我很赞同你这句话。"我告诉他。

"无所谓，"他说，"现在马上滚回家去。500美元，如果你对今天看到的发生的事情闭口不言，一个星期之内你将拿到500美元。"

"好，"我说。"不过你有我的地址吗？"

"真有意思，"他嘀咕着，"哈哈。"

一个东西重重地击在我右膝的腿弯处，由于惯性我向前跪在地上。他拿枪抵着我的头，我开始头痛起来，我以为他要朝我开枪呢，不过他骗了我，反而一手重重地砍在了我的脖子上，我应声倒地。我觉得我的头飞到了湖中央然后又飞了回来，砰的一声安在了我的脊椎之上，产生了一种很恶心的感觉。不知怎的，在半路上还含了满口的松针。

我感觉自己像处在一个小房间里，窗户和门都关得死死的，很闷。我的胸腔被紧紧地挤压在地上，他们在我的背上压了许多煤炭，有一块还压在我的脊背中央。我发出了一些声音但并没有引起任何注意。接着，我听到了船的发动机发出越来越大的声音，以及一双踩在松针上的脚走路发出的窸窸窣窣的声音。然后有一个人咕哝着走了出去，不一会儿又走回来了，然后响起了一个急促的声音，带着几分口音。

"查理，你在那发现什么异常了没有？"

"噢，没有，"查理低声说，"他在那抽烟，除此外什么也没做。夏日游客，哈哈。"

"他看到了尸体没？"

"没有。"查理说。我很好奇他为何要撒谎。

"那好，我们走吧。"

"啊，真是糟糕，"查理说，"太糟糕了。"我背上压着的重量没有了，扎在我背上的那块硬煤也移除了。"太残忍了，"查理又说了一遍，"不过必须这样做。"

这次他不再愚弄我，直接拿枪敲在了我的头上。不信你可以来摸摸我头上的肿块，我头上有好几个呢。

时间过去了许久，我还跪在地上头脑发昏。我挪动一只脚立在地上慢慢站了起来，用手背擦了擦脸，然后动了动另外一只脚。爬出了那个无形的黑洞。

随着太阳下山，湖面不再波光潋滟，但是月亮的出现又给水面镀上了一层银辉。我现在就站在湖边，右边是那棵倒在地上的树，看来他们把尸体运走了。我小心翼翼地朝树走过去，用手指轻轻地摩挲着头部，我的头上有很多包，但是并没有流血。我停下来回头想寻找自己的帽子，才意识到自己把帽子落在车上了。

我在树附近走了一圈。月光明亮，也只有在山上跟沙漠里才会看到这么亮的月亮。借着月光可以清晰地看到地上没有尸体，也没有放在树下的枪和在枪身上爬行的蚂蚁。地面看起来平滑了许多。

我站在那里侧耳倾听，却只听到自己头部血液流动的声音，只感觉到头部一阵阵的疼痛。突然，我猛地想起了什么，连忙伸手去摸自己的枪，枪还在我身上。我又忙把手伸到后裤袋里，发现我的钱包也还是在那里。我把钱包拿了出来清点钱数，一个子儿也没少。

我转过身，向自己的车子走去，我想回到旅馆喝上几口然后躺在床上好好休息一会儿。我想过一阵子再去见那个查理，不过不是现在，我现在最需要的就是躺下来休息休息。

我发动车子，在铺满松针的地面上调了头开回了来时那条积满灰尘的小路，又从这条路上了高速。一路上并没有碰到其他的车，路边舞厅的音乐还在热火朝天地继续，那个声音嘶哑的歌手正在唱着"我再也不会笑了"。

当车开到高速公路上的时候，我打开了车灯，又开着车回到了村里。从码头过来到街区的半路上有一座松木板建的简陋木屋，街对面是一个消防站，这个屋子只有一间房，屋外挂着当地的法律法规。一盏没有任何装饰的灯在嵌有玻璃的门后亮着。

我把车停在街道的另一边，坐在车里盯着这个房子看了几分钟。有一个光头男人坐在一张老办公桌旁的旋转椅上。我打开车门打算下车，想了一想，还是回到车上关上门，启动车子开走了。

毕竟，我有100美元可以赚。

3

从村里出来我开了两公里到了面包店那儿，又将车开
上了一条朝湖边去的新柏油路上。经过一些营地然后看到
了那个有着棕色帐篷的男孩营地，帐篷里投射出来一束束
亮光，一个稍大些的帐篷里传来叮叮当当的洗碗声。往前
开了一会儿后，前面的路沿着一个水湾拐了个弯，分离出
了一条泥土路。这条路上有着深深的车辙，泥土里面布满
了石头，路旁树枝横生，车子勉勉强强才能过去。我又经
过了一些亮着灯的旧房子，这些房子都是由松木做成的，
连树皮都没有剥。然后，这条路开始往上延伸，道路也变
得空旷起来。没过一会儿，一个向悬崖外伸展的大房子出
现在了我眼前，房子的一半是悬空的，向下俯瞰着湖面。
有两个烟囱，屋外有一道生了锈的栏杆，栏杆旁边有一个
可以停放两辆车的车库。在靠近湖面的那边有一条长长的
门廊，台阶一路向下延伸到了湖面。窗户透着灯光，车前
面的大灯往上照，使我看清了钉在树上的那块木板上写着
"鲍德温"三个字。是了，这就是那座房子了。

车库门开着，里面停着一辆轿车。我停了一下，走到车
库里面摸了摸那辆车的排气管，是冷的。然后我穿过一扇
生了锈的大门走上了铺满石头的路，这条路一直通向那个

门廊。门开着，我走了进去，一个高个子女人背光站在那里。一只毛发顺滑的狗从她身后跑了出来，在地上打了个滚，两只前爪撞在了我的肚子上，然后又跳到地上转着圈跑了起来，发出表示欢迎的喧闹声。

"趴下，雪莉！"那个女人喊道。"趴下！她是不是很有趣？可爱的小狗。她有一半狼的血统。"

狗跑了回去。我说："您是莱西太太吗？我是埃文斯。大约一个小时以前我跟您打过电话。"

"是的，我是，"她说，"我丈夫还没有回来。我——呃，您先进来吧？"她的声音带着几分疏远，像在云雾中传来。

我进屋之后，她就把门关了站在那里看着我，然后微微耸了耸肩在一张柳条椅上坐了下来。我也坐在了另一条柳条椅上，那条狗不知道从哪里又冒了出来，前脚搭到我的膝盖上伸出舌头舔了舔我的鼻子，然后又跳了下去。这是一只浅灰色的小狗，鼻子很灵敏，有一条长长的像羽毛一样轻软的尾巴。

这个房间很长，装了许多窗户，窗帘已经不怎么新了。房内有一个大壁炉，地上铺着印第安地毯，两张书桌上盖着褪了色的印花装饰布，屋内还放着许多柳条做的家具，看起来不是很舒适。墙上挂着一些鹿角，有一对鹿角上有六个结。

"福瑞德不在家，"莱西太太又说道，"不知道是什么事情绊住了他。"

我点了点头。她的脸色比较苍白，脸部很整洁，黑色的头发有一点乱糟糟的。她上身穿着一件对襟红色外套，上面缀着铜扣，下身着一条法兰绒便裤，光脚穿着猪皮木底凉鞋。脖子上戴着一串暗淡的琥珀项链，头发用玫瑰色的发带绑着。年纪大约是三十多，对于如何学习梳妆打扮，这个年纪似乎太晚了点。

"你是为了生意来找我丈夫的吗？"

"是的，他写了一封信给我叫我过来，并让我住在印第安酋长旅馆然后给他打电话。"

"噢——印第安酋长旅馆。"她说，好像这意味着什么一样。她跷起了二郎腿，可能不太喜欢这种方式，又把腿放了下来。她用手撑着下巴，身体前倾。"埃文斯先生，是什么样的生意呢？"

"我是一个私人侦探。"

"这件事……这件事与那些钱有关吗？"她快速地问。

我点点头表示同意。这个答案是比较靠谱的，我所接手的案子多半是关于钱。无论如何，现在确实有100美元在我的口袋里。

"当然了，"她说，"很正常，喝杯酒怎么样？"

"好的，非常谢谢。"

她走到一个木制的小吧台那，端了两个玻璃杯过来。我们一边喝着酒，一边透过玻璃杯的边缘看着对方。

"印第安酋长旅馆，"她说，"我们刚来这的时候在那里住了两晚，直到将这个房子里里外外清扫了一遍。房子在我们把它买下来以前已经两年没人住过了，很脏。"

"我想也是。"我说。

"您说我的丈夫给您写了一封信？"她看着玻璃杯里面。"我想他应该把那个故事告诉了你。"

我递给她一支烟，她原本打算伸手来接，又摇摇头把手收了回去放在膝盖上，无意识地拧着它。她上上下下将我打量了一遍。

"在某些方面，"我说，"他说的很含糊。"

她定睛看着我，我也以同样的目光望着她。我往杯子里轻轻地呵了口气，直到杯壁变得模糊。

"好吧，我认为我们也没必要如此神秘兮兮，"她说，"实际上，我比福瑞德想象得要知道得多。比如说，他并不知道我看了那封信。"

"他写给我的那封吗？"

249

"不是，是那封从洛杉矶寄过来的信，里面有一份关于10美元的报告。"

"你是怎么看到的？"我问。

她笑了，虽然这并没有什么笑点可言。"福瑞德太小心翼翼了，在一个女人面前你可不应该太过隐秘，这反而会激起她们的好奇心。在他上洗手间的时候我偷偷地看了一眼，那封信我是在他口袋里发现的。"

我点点头，又喝了几口饮料。我说："嗯。"我还不知道我们说的到底是什么，只好以这种方式表示回应。"但是你怎么知道是在他的口袋里呢？"我问。

"他在办公室拿这个的时候我跟他在一起。"她笑道，这次似乎有那么点意思了。"我看到里面有一张钱，且是来自于洛杉矶。我知道他曾把其中一张钱寄给他一位精通此事的朋友，所以我自然知道那封信是一个报告。它也确实是。"

"这样看来，福瑞德的保密工作做得并不怎么样啊，"我说，"那封信上讲的是什么呢？"

她的脸有一点红。"我不知道该不该告诉你。我并不确定你是否真的是一个侦探，你的名字是不是真的叫埃文斯。"

"这个事情很好解决。"我说。我站起来将我的证件出示给她看。再次坐下来的时候，那条小狗跑过来用力嗅着我的裤脚。我弯下腰轻轻拍了拍它的头，手上被它舔了一手的口水。

"信上说，那些钱做得天衣无缝。尤其是那纸张几近完美。不过仔细比较后还是可以看出一些注册方面的细小差别，这是什么意思？"

"意思是他寄过去的钱并不是由政府制造的。还有什么不对的吗？"

"有。在黑色光的照耀下——管它是什么光——墨水也有一些小差别。但是那封信上说这些区别是肉眼看不出来的，这个伪造非常成功，能够骗过任何一个银行出纳员的眼睛。"

我点了点头。这事倒是我没有想到的。"那么是谁写的这封信呢，莱西太太？"

"那上面写着比尔，写在一张普通的纸上。我不知道那是谁写的。啊，对了，还有一件事。比尔说福瑞德最好赶快将那些钱交给联邦的人，因为那些钱一旦流通起来会带来很多麻烦。当然如果福瑞德能够做点什么的话他是不会让那些钱流通的。这可能就是他写信给你的原因。"

"不，当然不是这样。"我说。这就像往黑暗中开枪，什么东西也打不到。并且，这些事情也没必要我插手。

她点点头，好像我说得有些道理。

"那福瑞德现在大概在做什么呢？"我问。

"不是在打桥牌就是在打扑克牌，这是他多年的喜好了。他每天下午会在健身俱乐部打桥牌然后晚上打很久的扑克牌。你可以看出像他这样的人根本不可能和假币扯上关系。但是总有人不相信这种事情是偶然的。他也会赌马，但这只是为了娱乐。这也是他那500美元的来源，在印第安酋长旅馆的时候，他将那500美元放在我的鞋子里作为给我的礼物。"

我想走到院子里大喊几声然后捶捶自己的胸以释放一些怒气，但是我真正能做的却是坐在凳子上尽力摆出一副明智的样子，然后大口喝着酒。我大口将酒喝完，只留下冰块在杯子里发出孤单的声音，她又起身去帮我倒了另外一杯。我喝了一大口，深吸了一口气说道："如果那些钱伪造得那么好的话，他为什么会知道这个会带来麻烦呢？你懂我的意思吧。"

她的眼睛睁大了一些。"噢，我明白你的意思。他当然不知道，但是那儿并不仅仅只有一张，而是有50张，每一张都是崭新的10美元。然而在他把钱放在鞋子里的时候，那些钱并不是这个样子的。"

我在想撕扯着自己的头发会不会让我好受一点。我不这样认为——我的头实在太痛了。查理，好家伙，老查理！好，查理，一会儿我就去会一会你。

"是这样的，"我说，"莱西太太，他并没有告诉我鞋子的事。他是不是经常把钱放在鞋子里或者是因为这个比较特别，在他赌马赢钱的时候马都钉着马蹄铁？"

"我跟你说过那是他给我准备的惊喜礼物。在我穿鞋的时候我自然就会发现它。"

"噢。"我咬着自己的上嘴唇。"但是你没有发现？"

"我让女侍应将那双鞋送到村里的鞋匠那儿去垫底了，又怎么会发现呢？我根本就没有往里看。我也不知道福瑞德往里面放了东西。"

现在事情似乎有点明朗了。这一点希望之光隔得实在是太远了，来得又是如此慢。这是一点点小光，大概只有萤火虫光芒的一半那么亮。

我说："福瑞德也不知道女佣把这双鞋送到鞋匠那里去了。然后呢？"

"格特鲁德——这是那个女侍应的名字，她说她也没有注意到那些钱。当福瑞德知道这件事的时候便问了她，然后他就跑到鞋匠那里去了，但那个鞋匠根本就还没开始修我的鞋子，所以那卷钱还是安然无恙地塞在鞋尖处。因此福瑞德非常庆幸，把钱掏出来放在自己的口袋里并给了那个鞋匠5美元，因为他觉得自己很幸运。"

我喝完了第二杯饮料，然后靠在椅子上。"我明白了。然后福瑞德把钱拿出来检查的时候就发现钱已经不是之前的那些钱了，全都变成了崭新的10美元，而之前的那些都是面值不一、新旧不一。"

她看着我，很是惊讶我能够把后面的事情推理出来。我很想知道，她是觉得福瑞德写给我的信是有多长。我说："福瑞德很是肯定钱被换掉是有原因的，他拿出一张看了看并且把那张钱寄给了他的朋友去检查。检查报告寄回来说那钱是伪造得非常高明的假钞。他在旅馆的时候还问了别的人吗？"

"我想除了格特鲁德外没有别人，他不想惹上任何事情，他应该只告诉了你。"

我挤灭了手中的烟，透过前面打开的窗户看着洒满月光的湖面。一艘快艇从水面滑过，前灯闪着耀眼的光，又离开了水面，消失在了一片茂密的森林之后。

我转过头看着莱西太太，她依旧用手撑着下巴，眼神飘忽不定，似乎看着很远的地方。

"我希望福瑞德能够回来。"她说。

"他在哪里？"

"我不知道。他跟一个叫弗兰克·吕德斯的男人出去了，这个男人住在湖尽头的森林俱乐部，福瑞德说他有那里的股份。但是不久前我给吕德斯先生打了个电话，他说福瑞德叫上他一起坐车去了镇上然后在邮局下的车。我一直在等福瑞德联系我去什么地方接他，他已经走了好几个小时了。"

"估计他们在森林俱乐部那玩牌呢，可能他去了那里。"

她点了点头。"尽管这样，他也经常会跟我打电话。"

我盯着地板看了一会儿，尽量不让自己感觉像是一个靠不住的人。然后我站了起来。"我觉得我应该回旅馆去了。我会一直在那里的，如果你想打电话给我的话。我估计在什么地方已经见过莱西先生了。他是不是身材矮胖，大约45岁，有一点点秃头，留了一点小胡子？"

她送我到门口。"是的，"她说，"那个就是福瑞德。"

她将狗关在屋内，站在外面看着我开着车子离开。天哪，她看起来好孤单。

4

　　敲门声响起的时候，我正躺在床上晃动着手里的烟，试图想明白为什么我要蹚这趟浑水。我说了声请进，一个穿着工作服的女孩拿着几条毛巾走了进来。她有着暗红色的头发，四肢修长，妆容精致。她跟我说了一声打扰，把几条毛巾挂在架子上就走了出去，出门前斜看了我一眼，睫毛眨动不已。

　　我说："你好啊，格特鲁德。"就当碰碰运气吧。

　　她顿住了，暗红色的脑袋转了过来，脸上带着微笑。

　　"你怎么会知道我的名字？"

　　"我不知道。但是有一个女佣就叫格特鲁德，我想跟她谈谈。"

　　她靠在门框上，手臂上搭着毛巾，眼神懒洋洋的。"是吗？"

　　"你是住在这里还是只是在这里度过这个夏天？"我问。

　　她红唇轻启。"我得说我并不是住在这里。跟山上的这些怪人住在一起吗？那我可不会。"

　　"你真这么觉得？"

　　她点点头。"并且我不需要任何人陪伴，先生。"听起来好像我要跟她谈论这个问题一样。

我看了她一会儿然后说："谈谈那些放在鞋子里的钱吧，怎么样？"

"你是谁？"她的声音一下子冷了下来。

"埃文斯，我是洛杉矶的一个侦探。"我朝她友好地笑了笑，很明智地。

她的表情有点不自然了。手用力抓紧毛巾，指甲在布上刮出了声音。她从门那走了进来，坐在一张靠墙的直背椅上。面色凝重，眼里满是烦躁。

"一个条子，"她吸了口气，"然后呢？"

"你不知道吗？"

"我听说莱西太太把钱放在了一双鞋里，她想在这双鞋的后跟上加个底，于是我把那双鞋给了鞋匠，但是鞋匠并没有偷。我也没偷，她不是把钱拿回去了吗？"

"你不喜欢警察，对不对？我好像对你的脸有几分印象。"我说。

她的表情僵住了。"条子，是这样的，我找到了一份工作，并且很努力在做。我不需要从任何一个条子那里得到什么帮助，我也不欠任何人一分钱。"

"的确，"我说，"你拿到那双鞋的时候是直接把它送去给鞋匠了吗？"

她微微点了点头。

"路上也没有停过吗？"

"我为什么要停？"

"我当时不在，我不知道，所以想问一问。"

"我没有。除了告诉韦伯我要出去帮客人办事。"

"韦伯先生是谁？"

"他是经理助理，大多时候在楼下的餐厅里。"

"是那个高高的，肤色苍白，把所有比赛的结果都写下来的人吗？"

她点点头。"就是那个人。"

"我明白了，"我划燃一根火柴点燃了一支烟，透过缭绕的烟雾看着她。"非常谢谢你！"我说。

她站起来打开了门。"我好像不记得我见过你。"她回头看着我说。

"我们中间总有几个人是你没见过的。"我说。

她脸红了，站在那里瞪着我。

"你们旅馆通常都是这么晚的时候来换毛巾吗？"我问，只是为了找点话题。

"聪明的家伙。"

"是吗，我尽量想制造一个这样的印象。"我满脸谦虚地傻笑道。

"可惜效果不怎么样。"她说，突然带着一丝很重的口音。

"在你拿着那双鞋以后还有其他人接触过它吗？"

"没有，我跟你说了我只是停下来跟韦伯先生讲了一声——"她突然停下来想了一会儿。"我给他去倒了一杯咖啡，"她说，"我把鞋子放在了他的收银台那，我他妈的哪里知道谁会去动那双鞋子？既然他们已经把钱拿回去了还有什么好说的吗？"

"好吧，你这么着急的样子，是不是很希望我不再深究下去？跟我说说韦伯这个人吧，他在这里待了很久了吗？"

"很久了，"她一脸嫌弃的表情，"一个女孩子是不会想和他走得太近的，如果你能明白我的意思。我现在说的是什么？"

"关于韦伯先生。"

"噢，去他妈的韦伯先生——如果你能明白我的意思。"

"是不是经常有人误解你的意思？"

她的脸又红了。"顺便说一句，"她说，"去死吧你。"

"我不明白你的意思。"我说。

她打开门半嗔半笑地看了我一眼然后走了出去。

　　走廊上响起了她走路的踢踏声，不过我并没有听到她在其他房门前停下的声音。看了看手表，现在已经过了九点半了。

　　有人踏着重重的步伐出现在了走廊上，然后进了我隔壁的房间砰地一声关上了房门。那个男人清了清喉咙，踢掉了脚上的鞋子。猛扑在了弹簧床上，在上面翻来覆去。这样过了一会儿，他又从床上爬了起来，赤脚踏在了地上，接着响起了瓶子与玻璃杯相碰发出的叮当声。看样子这个男人给自己倒了一杯酒，又重新回床上躺着了，这下鼾声立刻响了起来。

　　除了楼下餐厅和酒吧里的喧闹声，这座山中旅馆并不怎么宁静。快艇在湖上行驶发动机发出的突突声，舞蹈音乐此起彼伏，以及来往车辆的汽笛声。远处的靶场上传来22毫米口径的手枪射击声，小孩们在主街道上穿来穿去朝彼此喊叫。

　　实在是太安静了，以至于我根本就没有听到我的房门打开了。在我注意到的时候，门已经半开。一个男人悄悄地走了进来，半关上门朝屋里走了几步，站在那里看着我。他又高又瘦，皮肤很白，眼睛里带着几分恐吓的神情。

　　"好吧，伙计。"他说，"让我看看。"

　　我翻了个身坐起来，打了个哈欠。"看什么？"

　　"对讲机。"

　　"什么对讲机？"

　　"动作快点，聪明人。不要以为你有了个对讲机，就有权利问个不休。"

　　"啊，那个啊，"我说，微微笑了笑，"我没有什么对讲机，韦伯先生。"

　　"是吗，那很好。"韦伯先生穿过大半个房间朝我走来，手臂挥舞着。离我大约三英尺远的时候，他身体稍微前倾突然移动了一下，宽大的手掌狠狠地甩了我一耳光。我整个脑袋都震动了，疼痛从四面八方传来。

"就是为了干这事儿，"我说，"你就没去看今晚的电影？"

他扭曲着脸摆出了一个嘲讽的表情，举起了他的右拳。他出拳前的花招太多，我都有时间跑出去买一个接球手的面具戴着了。我从他的拳头底下钻过去，拿枪指着他的腹部，他懊恼地嘀咕了几句。我说："举起手来。"

他又咕哝了几句，左顾右盼，不过手却没有动。我围着他慢慢踱了几步，背朝着门那边。他慢慢地转过身来看着我。我说："我先去把门关了。然后咱们就来讨论讨论'鞋子里的钱'这个事儿，当然也可以叫做'狸猫换太子'。"

"见鬼去吧你。"他说。

"还挺能顶嘴嘛，"我说，"而且挺有创意的。"我一边用眼睛盯着他，一边摸着身后的门把手，把门关上，身后传来了门板的嘎吱声。我快速转身，就在这时一块又重又硬的大砖头拍在了我下巴的侧面。这一下打得我眼冒金星，天旋地转，远远地摔去老远，整个人就像坐火箭一样坠入了太空，仿佛过了几千年背部撞上一颗行星才着地。我缓缓睁开视线模糊的双眼，映入眼帘的是一双脚。

那双脚松松垮垮地张开在地板上，腿部朝着我，看得出来是外八字脚。一只手垂在腿的上方，不远处有一把枪。我动了动其中的一只脚，惊讶地发现它居然是我自己的脚。我努力抽动那只酸软的手，朝那把枪伸去，但没有抓到，又再次伸了过去，终于抓到了枪的把手。我举起枪，感觉上面至少绑了50磅的重量，但是最终还是把它举了起来。整个房间一片死寂，我扫视了房间一遍，然后直直地盯着紧闭的房门。我试着动了动身体，疼痛从全身各处传来，我的头很疼，下巴也很疼。我把枪又举高了一点然后放了下来。天啊，我这样举着枪到底为了什么呀。房间里空荡荡的，所有的来访者都离开了。天花板上的吊灯照得我眼睛都花了。我稍稍挪动了一下身体，疼痛更加剧烈了，我抬起一条腿单膝跪在地上，嘴里不由得呻吟不断。我抓起枪奋力地站了起来，

258

嘴里尽是灰尘的味道。

"啊，真糟糕，"我大声喊道，"实在是太糟糕了。好吧，查理。我马上就要见到你了。"

我的身子晃了一晃，像一个醉了三天的酒鬼一样东倒西歪的。我慢慢地转动身体将整个房间扫视了一遍。

一个男人以祈祷的姿势跪在床上，他穿着灰色的西装，头发是灰金色。双腿展开，身体向前倒在床上，双臂张开放在床上，头歪靠在左手臂处。

他这个姿势看起来很是惬意，插在左边肩胛骨下面的那把有着粗糙的鹿角把手的猎刀似乎并没有影响到他。

我走过去弯下腰看了看他的脸，是韦伯先生，可怜的韦伯先生！从猎刀没入的那个地方一直到背部的夹克，是一条长长的暗红血印。

那可不是红药水。

我找到自己的帽子，慢慢地戴在头上，把枪放到腋下，然后费力地朝房门走去。我掉转钥匙，关上灯，走出房门，然后锁上门，把钥匙放在了口袋里。

我走过安静的走廊下楼来到了办公室，一个面色虚弱的老办事员在值夜班，坐在桌子旁边看报纸。他甚至都没有抬头看我一眼，我朝拱门那边的餐厅瞥了一眼，酒吧里依然充斥着喧闹的人群，那个山村交响乐团仍旧在角落为了生计而卖力表演。吸烟的那人和长着劳工领袖约翰·刘易斯眉毛的那人还在收银处忙活着。生意看起来不错。几对夏日游客在舞池中央跳着，手中端着玻璃酒杯，互相搂着肩膀。

5

　　我从大门走出去，向左拐弯沿着街道前往停车的地方，但没走多远又折回了旅馆的大厅。我靠在柜台上问那个办事员："我能跟那个名字叫格特鲁德的女侍应谈谈吗？"

　　他透过眼镜看着我，眨眨眼想了一会儿。

　　"她九点半下班，已经回家了。"

　　"她家在哪儿呢？"

　　他凝视着我，这回没有眨眼了。

　　"我想您可能有了不该有的想法。"他说。

　　"即使我有想法，也不是你想的那种。"

　　他摩挲着下巴又仔仔细细将我打量了一番。

　　"出了什么事吗？"

　　"我是来自洛杉矶的侦探。如果没人打扰我，我就会不声不响地把活干了。"

　　"您最好去问福尔摩斯先生，"他说，"他是经理。"

　　"是这样的，伙计，这个地方这么小，我只消出去到吃饭喝酒的地方转一圈就可以打听到格特鲁德。我可以编个理由，肯定问得到。不过如果你能帮忙的话就能节省一些时间，甚至还可以使一些人不受到伤害——非常严重的伤害。"

260

他耸了耸肩。"让我看看您的证件，请问您贵姓？"

"埃文斯。"我把证件递给他看。他看完上面的信息之后又盯着证件看了很久，然后把钱包递给我，目不转睛地看着自己的指尖。

"我想她应该在白水寨。"他说。

"她姓什么？"

"史密斯。"他说，面露倦容地微笑了一下，只有阅世太深的人才会有这样的笑容。"或者是施密特。"

我对他说了声谢谢，然后回到了人行道。大约走了半个街区后，我走进了路旁一个嘈杂的小酒吧，准备喝点酒。酒店后面的一个小舞台上，一个三人管弦乐团正在演奏着优美的旋律，舞台前面有一个小型舞池，几对舞伴眼神迷离地摇摆着，脚步几乎贴着地面，面无表情地在彼此交谈。

我喝了一小杯裸麦威士忌酒，顺带向酒保咨询了一下白水寨的位置。他说在镇子的最东边，往回走半个街区从加油站那边的一条路可以过去。

从酒吧出来我就开着车穿过村子找到了那条路，一个淡蓝色的霓虹标志上有一个箭头指明了方向。白水寨是一个山坡的木屋群，位置就在山的旁边，最前面是一个办公室。我在那个办公室前面停了下来。人们都坐在自家房前的小门廊上收听着移动收音机，这儿的夜晚看上去宁静自在，很有家居的味道。办公室里还装了个按铃。

我按了铃，一个穿着宽松长裤的女孩子走了进来，她告诉我史密斯小姐和霍夫曼小姐的房子独处一隅，因为女孩子通常睡得比较晚，而她们又希望有个安静的环境。当然，这个季节到处都比较喧闹，不过她们的房子——温馨小屋，位于最后面左边的位置，那儿非常安静。我很容易就能找到那儿去，她还问我是不是她们的朋友。

我说我是史密斯小姐的爷爷，谢过她之后我便穿过屋群中间

261

的一个斜坡来到了后方一片松树林的边缘。后面有一堆长长的木桩，每一块空地上都分布着一个小屋。左边的那一个小屋前面还停着一辆双门小轿车，车子的灯光比较昏暗。一个身材高挑的金发女郎正往后备厢里放行李，她的头发用一条蓝色的手帕绑起，身上穿的也是蓝色的毛衣和长裤。也许是因为光线太暗，所以看起来都像是蓝色的。她身旁的屋子里正亮着灯，屋顶上挂着一个小牌子，上面写着：温馨小屋。

那个金发女郎连后备厢都没有关就回了屋，昏暗的灯光从开着的门那投射出来。我轻手轻脚地上了台阶走了进去。

格特鲁德正在合上一个放在床上的行李箱，我没有看到那个金发女郎，不过听声音可以判断她去了厨房。

我没有发出什么声音，格特鲁德合上行李箱提起它打算走出去。这个时候她才看到我，脸色刷地一下变白了，定定地站在那里提着箱子一动不动。她张开嘴转头大声喊道："安娜——小心！"说的是一个德语词。

厨房里的声音一下子停了下来，格特鲁德和我互相盯着对方。

"要走？"我问。

她舔了舔自己的嘴唇。"你要阻止我吗，警察？"

"我没这个意思，你为什么要走呢？"

"我不喜欢这里，这里的高度让我神经紧张。"

"你是突然决定的，是吗？"

"莫非我这样做也违法了？"

"我可没这么说。你是怕韦伯，对不对？"

她没有回答，目光看向了我身后。不过是一个老掉牙的玩笑而已，我并没在意。就在这时，我身后的门却关上了，于是我转了过去，那个金发女孩就站在我旁边，手里拿着一把枪。她若有所思地看着我，面部没什么表情。她是一个身材高大的女孩子，看起来比较强壮。

"他是谁？"她问，声音低沉，像个男人。

"一个洛杉矶条子。"格特鲁德答道。

"那么，"安娜说，"他来做什么？"

"我不知道，"格特鲁德说，"我觉得他不是条子。样子太瘦弱了，一副手无缚鸡之力的样子。"

"那么，"安娜说。她移到了旁边，枪口一直对着我，她拿枪的样子很是从容，没有一丝紧张。"你到底想要做什么？"她声音有点嘶哑。

"一切皆有可能，"我说。"你们为什么要这么匆忙地离开？"

"不是跟你说了吗？"金发女孩平静地说。"是这里海拔太高了，让格特鲁德身体不舒服。"

"你们两个都在印第安酋长旅馆工作吗？"

金发女郎说："这不重要。"

"浑蛋，"格特鲁德咒骂了一句。"是的，我们都在印第安酋长旅馆工作直到今晚。现在我们要离开了，有什么不妥的吗？"

"我们这是在浪费时间，"金发女孩说。"看看他是不是有枪。"格特鲁德放下手里的行李箱在我身上搜了一番。她发现了枪，我大方地让她拿走了。她站在那里看着枪，脸色苍白一副担心的样子。金发女孩说："把枪放在外面，然后把行李箱放到车里去。发动引擎然后在车里等我。"

格特鲁德重新提起她的行李箱往外走。

"你们走不了多远的，"我说，"他们会提前打电话，然后在路上截住你们。这里只有两条路可以出去，非常容易封锁。"

金发女孩精致的眉毛微微往上抬了抬。"为什么要拦截我们？"

"呵呵，为什么你拿着那把枪？"

"我不认识你。"金发女郎说。"到现在我也还是不知道你

263

是谁。去吧，格特鲁德。"

格特鲁德打开门，回头看着我动了动嘴唇。"给你个提示，条子，劝你趁现在还能脱身的时候赶紧离开这里。"她平静地说。

"你们谁看到过那把猎刀吗？"

她俩快速地对视了一眼，然后看着我。格特鲁德的眼神很坚定，没有一点心虚的样子。"我不明白你的意思。"

"好，"我说。"我知道你没有把它放在该放的地方。还有一个问题：那天上午你拿着鞋子出去的时候，你为韦伯先生拿那杯咖啡花了多长时间？"

"你在浪费时间，格特鲁德。"金发女孩不耐烦地说道，不过语调还是慢条斯理的，她看起来不像是个毛躁的人。

格特鲁德没有理她，目光紧锁。"就是足够为他拿一杯咖啡的时间。"

"但是餐厅里就有咖啡。"

"餐厅里的咖啡已经不新鲜了。我是去厨房拿的，顺便还帮他拿了几片吐司。"

"有五分钟吗？"

她点点头。"差不多。"

"那个时候韦伯先生旁边还有谁？"她很平静看着我。"我不太确定，好像没有谁在。可能有人在吃早餐吧。"

"非常谢谢，"我说，"把枪小心放在门廊上吧，别扔了。如果你们愿意的话，也可以把里面的子弹卸了。我没打算朝谁开枪。"

她微微笑了一笑，拿着枪打开门走了出去。我听到她走下台阶，关上后备厢盖，发动了引擎。

金发女孩走到门那拔出里面的钥匙插在了外面。"我不在意朝人开枪，"她说，"如果不得不开枪的话。请不要逼我。"

她关上门，在外面上了锁，从门廊那走了下去。车门啪嗒一声关上了，发动机的转速也越来越快，车子下了坡，轮胎与地面摩擦的声音渐渐地被移动收音机的声音淹没了。

我站在那扫了一眼小屋，然后穿过小屋。她们的东西都拿走了。屋里有些垃圾，咖啡杯没洗，平底锅里满是面包屑。屋里也没有纸，没有人在便条纸上留下只言片语。

后门也锁住了，这边离营地很远，被枝繁叶茂的树木掩映在黑暗里。我推了推门，弯下腰去查看门锁，这是一把直螺栓锁。我开了一扇窗，窗户上钉着的布抵在了外面的墙上。我又回到门边，肩膀用力朝门上撞去，门纹丝不动，我却撞得有点眼冒金星了。我把手伸进口袋里摸索，袋子里居然连一把小钥匙都没有，太烦人了！

我从厨房抽屉里拿出一个开瓶器，从窗户那往外伸，然后站在水槽上将开瓶器伸到外面的把手那探索着。钥匙还在门锁上，我拧动钥匙把门打开，走了出去，不过很快又折回小屋关了灯。我的手枪放在小栏杆那的一个柱子旁。我将枪放到腋下，走下坡回到停车的地方。

6

门后放着一个木制的柜台，角落有一个大容量火炉，墙上挂着一张很大的蓝色地图和一些纸张卷曲的挂历。桌上堆着许多落满了灰尘的文件夹，一支生了锈的钢笔，一瓶墨水和一顶被汗水浸湿了的斯泰森毡帽。

柜台旁是一张用金橡木做成的旧拉盖书桌，一个男人坐在书桌旁，大腿靠着一个生了锈的铜质痰盂。他体型魁梧，看起来很冷静，背靠在椅子上，一双汗毛稀少的大手扣在腹部。他穿着一双磨损严重的棕色军鞋，白色袜子，洗得发白的棕色长裤上是褪了色的吊裤带，卡其衫的扣子一直规规矩矩地扣到了脖子下面。他的头发是灰褐色的，只是两鬓有些花白。左胸上佩戴着一枚星章，他坐着的时候身体倾向左边，右边臀部口袋那佩着棕色的手枪皮套，里面塞着口径45毫米的枪。

他的耳朵很大，目光友善，像松鼠一样警惕地看着四周，不过没有一丝紧张害怕的神色。我靠在柜台上看着他，他朝我点了点头，把半品脱褐色饮料倒进了痰盂里。我点燃了一支烟，四处搜索扔火柴棍的地方。

"扔在地板上吧，"他说，"我能帮你什么忙吗，孩子？"

我把火柴扔在地上，下巴朝墙上的地图点了点。"我在找这里的地图，有的商会派发地图，不过我猜您这不是商会。"

　　"我们也有地图，"那个男人说，"几年前我这有很多，不过现在没了。我听说希德·杨在邮局附近的照相馆里有一些地图。除了开着一家照相馆外，他也是这儿的治安管理员，他把那些地图发给游客告诉他们哪儿可以吸烟哪儿禁止吸烟。因为吸烟的事我们这还发生过火灾，我们墙上这幅详细的地图也是从他那拿的。很高兴能够帮你解决问题，我们的目标是宾至如归。"

　　他缓慢地吸了一口气，又倒了一杯饮料。

　　"贵姓？"他问。

　　"埃文斯。您是这儿的地方治安官吗？"

　　"是的，我是彪马区的警员，也是圣博多的代理警长。我和希德·杨是这儿的两个主事人。我姓巴伦，以前在洛杉矶消防局干，在那待了18年。我到这儿来了好一阵子了，这个地方很不错，很安静。你是为公事而来的吗？"

　　我没想到他这么快又要倒掉饮料，但他还真这样做了。饮料倒进去的时候，痰盂剧烈地抖动了一下。

　　"公事？"我问。

　　这个大个子一只手从肚子那放了下来，往衣领里伸了一个手指头试图把它松开。"公事，"他冷静地说，"我是说你有持枪许可证吧？"

　　"糟糕，居然这么明显？"

　　"这取决于一个人的观察力，"他说，同时把脚放在了地板上。"我们还是打开天窗说亮话吧。"

　　他站起身走到了柜台这边，我拿出钱包打开放在上面，好让他透过扩音窗户看清我证件上的影印。我把洛杉矶警长发放的持枪许可证也拿出来放在了旁边。

　　他仔细看了一遍。"我最好是核对一下号码。"他说。

　　我把枪拔出来放在他手旁边，他拿起枪开始核对上面的号码。"我看到你有三把枪的许可证,我希望你不要同时配备三把在身上。这枪很不错,孩子。不过射击精准度可能没我的好。"他把他的加农枪从屁股后面掏出来放在桌上。这是一把柯尔特式自动手枪,很重。他拿起枪往空中一抛,接住它转了个圈放回了口袋里。他把我那把38毫米口径的枪推了回来。

"埃文斯先生,你是为公事而来的吗?"

"我不太确定,有个人叫我到这来,但是我现在还没有跟他联系上。挺机密的一件事儿。"

他点点头,眼神若有所思,比之前更深邃更冰冷了。

"我住在印第安酋长旅馆。"我说。

"孩子,我无意刺探你的什么事。"他说。"我们这儿很太平。夏季偶尔会有人斗殴或者酒驾,或者偶尔有几个不听话的小伙子骑着摩托车跑到别人家里偷偷睡个觉或者偷点东西吃,但不会有很严重的犯罪。这片山区没有什么犯罪的诱因,山里的人们性情都非常温和。"

"是吗?"我说,"不过可能并非如此。"

他微微前倾,凝视着我的双眼。

"现在,"我说,"你们这有一起谋杀案。"

他的表情并没有什么变化,他仔细地扫视着我的脸,拿起帽子扣在后脑勺上。

"到底是什么事,孩子?"他问,语气很平静。

"在村子东边,舞厅过去一点的那个地方,一个男人被人用枪打死了,倒在一棵被砍倒了的树旁边。子弹正中心脏,我在那抽了半个小时的烟才注意到他的尸体。"

"真的吗?"他慢吞吞地说着。"在斯皮克区外?过了斯皮克酒馆,是吗?"

"是的。"我说。

"你是不是花了很长一段时间才决定告诉我?"他的眼神不太友好。

"我吓了一跳，"我说，"花了很久才平复心情。"

他点点头。"现在咱们开车去那走一趟吧。开你的车。"

"没用的，"我说，"那具尸体已经被搬走了。发现尸体后，我正要走回去取车的时候，一个日本枪手从旁边的灌木丛中跳出来打倒了我。两个男人抬着那具尸体上了一条船，现在那个地方已经没有任何痕迹了。"

警长走过去往痰盂里吐了一口唾沫，接着又朝火炉上吐了一小口，等着它发出嘶嘶声，不过这是夏天，火炉已经灭了。他转过来清了清嗓子："你最好还是先回家躺下来好好休息一会儿。"他的一只手握成了拳头，放在身旁。"我们的目标是让夏日游客在这享受生活。"他双手都紧握成拳，然后用力塞进了裤子前面的浅口袋里。

"好吧，"我说。

"我们这没有什么日本枪手，"警长没好气地说，"八竿子打不着的事。"

"看来您很不喜欢这个案子，"我说，"那么这个呢？不久前一个叫韦伯的男人在印第安酋长旅馆被猎刀杀死了，刀刺在他的背部，而且是在我的房间。有人砸了我一砖头，等我醒来的时候就看到韦伯已经被人用刀杀掉了。在那之前我们俩还一直说话来着。韦伯就在那个旅馆干活，是一个收银员。"

"你说这件事发生在你房里？"

"是的。"

"这样看来，"他若有所思地说道，"你可能会对这个镇子带来不好的影响。"

"这个案子你也不喜欢吗？"

他摇了摇头，"对，一样也不喜欢。除非，你有一具尸体来证明。"

"我不可能带一具尸体，"我说，"不过，我可以跑过去把

269

尸体给你运过来。"

他伸出手，手指紧紧地掐住我的手臂。"孩子，我可真不喜欢你这副多管闲事的心肠，"他说，"不过我会跟你一起去，这是个很不错的夜晚。"

"好的，"我说道，不过并没有动。"那个叫我过来为他工作的男人叫福瑞德·莱西，他刚在博胜区买了个房子，就是那座鲍德温小屋。我在斯皮克区那发现的那具尸体名字就叫弗莱德里克·莱西，这是我从他的驾照上得知的。这事儿还有很多细节，不过我想你可能对这些不感兴趣，是吗？"

"你和我，"警长说，"一起去一趟旅馆。你有车吧？"

我回答说有。

"很好，"警长说，"我们不需要用到它，但你要把钥匙给我。"

　　眉毛浓黑而卷曲的男人嘴里紧紧咬着一支烟，斜靠在门背上没说一句话，他的样子看起来好像也不想说点什么。巴伦警长两腿叉开坐在椅子上看着那个名叫门西斯的医生检查尸体，我站在墙角。这个医生身体消瘦，眼珠向外突出，肤色蜡黄，不过脸颊上有两抹酡红。由于常年吸烟的缘故，手指都被尼古丁熏黄了，整个人看上去不怎么干净。

　　他把烟蒂吐在了尸体的头发里，将他翻转过来放在床上，伸手探察他身体的各个部位。看上去像在表演，好让别人知道他精于此道。刀已经从韦伯的背上抽出来放在了一旁。刀不长，刀面比较宽，是放在皮鞘里挂在腰间随身携带的那种。护手很宽，能够堵住伤口不让血流到刀柄上。刀身上全都是血。

　　"西尔斯·索巴克猎人特制2438号，"警长看着那把刀说道，"这里到处都是这种刀，好坏难定。你有什么结论，医生？"

　　医生站直身体拿出一块手帕，捂着嘴干咳了几声，然后看着手帕悲伤地摇了摇头，又点燃了一支烟。

　　"你想知道些什么？"他问。

"死因以及死亡时间。"

"死亡时间不长，"医生说，"不超过两个小时，还没有开始变僵。"

"致命的是那把刀吗？"

"别傻了，吉姆。"

"有很多这样的例子，"警长说，"某人可能是因为下毒或别的原因死亡，凶手就会往他的背上插一把刀以形成误导。"

"这个想法很聪明，"医生的神情不太友善，"这儿有很多这样的案例吗？"

"我这儿只发生过一桩谋杀案，"警长平静地说，"是关于那边的老戴德·米查姆的，他在溪地峡谷有一个小木屋。那儿的民众有一阵没有看到他，不过当时天气很冷，他们以为他正守着火炉休息。到后来他一直都没有出现，人们这才去敲他的门，却发现门已经上锁了，他们就推测他可能下山过冬去了。不久下了一场暴雪，老戴德家的房顶塌陷了，我们便想帮他把房顶修好以免房间里的东西丢了，没想到却发现他躺在床上，一把斧头砍在他的后脑勺上。那年夏天他淘到了一些金子——我想这可能是他被杀的原因。但我们一直都没有查出来凶手是谁。"

"需要送他到我的救护车上去吗？"医生问，拿烟指了指床上。

警长摇了摇头。"不用了。这是个贫困县，医生。我想骑马去可能会便宜些。"

医生戴上帽子朝门口走去，站在门边的那个卷眉男人为他让了路。医生把门拉开。"如果需要我为葬礼付份子钱的话，记得跟我说一声。"他说着走了出去。

"好的，多谢慷慨。"警长说。

卷眉男人开口了："咱们把这了结了，把尸体搬出去，这样我好继续工作。星期一会进一套电影播放工具，那时我会很忙。我还得去招聘一个新的收银员，不过这事儿可不简单。"

"你是在哪招到的韦伯？"警长问。"他有没有什么仇人？"

"据我所知，至少有一个，"卷眉男人说，"我是通过森林俱乐部的弗兰克·吕德斯要的他。我所知道的就是他工作能力挺强，能毫不费力地开一张10000美元的债券。我也只需要知道这些。"

"弗兰克·吕德斯，"警长沉吟道。"可能是那个大笔投资的男人。我没见过他，他是做什么的？"

"哈哈。"卷眉男人笑了。

警长平静地看着他。"那儿并不是唯一一个把扑克牌赌博游戏做得风生水起的地方。福尔摩斯先生。"

福尔摩斯先生神情茫然。"好吧，我得回去工作了，"他说，"需要帮你们一起搬尸体吗？"

"不用，现在还不会转移尸体。天亮之前再搬走，不过不是现在。这会儿没什么事了，福尔摩斯先生。"

卷眉男人看着他沉思了一会儿，将手伸向了门把。

我说："有两个德国女孩在你这工作，福尔摩斯先生，请问是谁雇的她们？"

卷眉男人把烟从嘴里拿出来看了一眼又放回嘴里，转动了几下，牢牢地把它叼着。他说："这也跟你们的事情有关吗？"

"她们的名字分别是安娜·霍夫曼和格特鲁德·史密斯，或者是施密特。"我说，"一起住在白水寨那边的一个小屋里，她们打包好行李今晚已经下山去了。格特鲁德是将莱西太太的鞋子送到鞋匠那儿去的那个女孩。"

卷眉男人平静地看着我。

我说："格特鲁德拿鞋子的时候，将它们放在韦伯的桌上放了一会儿。有一只鞋子里面有500美元，莱西先生把钱放在里面是想跟他妻子开个玩笑，好让莱西太太发现那些钱。"

"我听说过这个事儿。"卷眉男人说。警长却什么也没说。

"钱没有被偷走，"我说，"莱西一家去鞋匠铺的时候，发现钱还在鞋子里。"

卷眉男人说："很高兴事情都水落石出了。"他拉开门走出去又顺手带上了门。警长没有叫住他。

他走到屋子的一角往那里的废纸篓里吐了一口唾沫，拿出一块卡其色的手帕包住那把带血的刀放在了他里面的腰带旁边，又走过去低头看着床上的死尸，然后整了整帽子朝门口走去，打开门回头看着我。"这事儿有点蹊跷，"他说，"不过应该没有你想得那么复杂，咱们去一趟莱西家吧。"

我走出去后，他锁上房门把钥匙放在了他的口袋里。我们走下楼穿过大厅横过街道来到了一辆小而脏的棕褐色轿车前。这辆车停在一个消防栓旁边，轮胎旁站着一个冷峻的年轻小伙子。跟大多数当地人一样，他看起来有点营养不良，并且不太干净。我们两个上了车坐在后座，警长说："你应该知道去博胜区最末端的那个鲍德温小屋吧，安迪？"

"当然。"

"送我们去那儿，"警长说，"在这个旁边停一下。"他抬头看着天空。"今晚是满月，"他说。"注定是不平凡的一夜啊。"

8

小屋还是我来时看到的样子，窗户的灯光依旧亮着，车库的门开着，之前那辆车还是停在那里，仍有几声充满野性的吠叫在夜幕之中传来。

"真见鬼，这是什么东西在叫？"车速慢下来后，警长问道。"听起来像狼。"

"它的确有一半狼的血统。"我说。

前排的冷峻小伙转过头来说："就在这前面停吗，吉姆？"

"再下去一点点，停到老松树林那边去。"

车缓慢地停在了路旁的阴影处，我跟着警长下了车。"安迪，你在这待着，不要让任何人看到你，"警长说，"我自有理由。"

我们回到路上，穿过极具乡村气息的大门，那条狗又在吠叫。就在这时，小屋的前门吱呀一声打开了，警长走上台阶，摘下自己的帽子。

"是莱西太太吗？我是吉姆·巴伦，彪马区的警员。旁边这位是来自洛杉矶的埃文斯先生，你应该认识他。我们可以进来吗？"

那个女人看着他，阴影笼罩着她的脸庞看不出任何表情的变化。她微微偏了偏头看着我。她说："可以，进来吧。"声音毫无生气。

我们走进去后，那个女人关上了房门。一个有着灰色毛发的大个子坐在一张安乐椅上，看到我们进来便松开了手里抓着的狗站了起来。狗匆匆地穿过房间一个飞身扑在了警长的肚子上，在空中转过身后落到地上，跑了几圈。

"是条好狗。"警长说着把被狗拉扯出来的衬衫塞回裤子里。

灰发男人愉快地笑了。他说："晚上好。"洁白而整齐的牙齿在灯光的照耀下闪着友好的光芒。

莱西太太依旧穿着那件对襟红外套和灰色便裤，脸色看起来比之前更加苍老和呆板。她看着地板说："这位是森林俱乐部的弗兰克·吕德斯先生，班农先生和——"她停住了，抬起头，眼睛看着我左肩后方——"很抱歉，我还没记住这位先生的名字。"她说。

"埃文斯，"警长说，并没有看我。"我的名字是巴伦，不是班农。"他朝吕德斯点头致意，我也点了点头，吕德斯报以一笑。他身材高大，有点发胖，面带喜气，不过身材保持得很好，看起来一副很有力量的样子。他一点都不忧心忡忡，高大而活泼的弗兰克·吕德斯，是所有人的朋友。

他说："我认识福瑞德·莱西已经有很长一段时间了。这次是顺道来拜访，没想到他不在家，我就在这等一个朋友开车来接我。"

"很高兴认识你，吕德斯先生，"警长说，"我听说你曾在那个俱乐部大笔投资，只是一直无缘跟你见面。"

那个女人以极其缓慢的速度坐在了椅子的边缘上。我也坐了下来，那只叫雪莉的小狗跳到我的大腿上，伸出舌头舔了舔我的右耳，又一扭一扭地跳到地板上，钻到了我的椅子底下。她躺在那喘息着，毛茸茸的尾巴一下一下地拍打着地面。

屋内沉默了一会儿，窗外的湖边传来细微的响动，警长也听到了。他微微翘了翘头，脸色却没有任何改变。

他说："埃文斯先生跟我讲了一个很奇怪的故事。既然吕德斯先生是你们家的朋友，我想当着他的面讲一讲应该也无伤大雅。"

他看着莱西太太等她回答。她慢慢抬起眼睛，却没有看着他，数次吞咽之后才点了点头。一只手在椅子的扶手上来回地滑来滑去。吕德斯始终微笑着。

"真希望莱西先生也在这儿，"警长说。"他很快就会回来吗？"

女人点点头。"应该是的，"嗓音有点干涩，"下午他就出去了，我不知道他在哪里。他如果下山的话会事先告诉我的，不过也有例外，可能出了什么事情吧。"

"很有可能是的。"警长说，"莱西先生给埃文斯写了一封信，让他尽快赶到这里来。埃文斯先生是洛杉矶的一个侦探。"

女人不安地动了动。"侦探？"她吸了口气。吕德斯轻快地说道："福瑞德为什么要给他写信呢？"

"为了藏在鞋子里的钱的事。"警长说。

吕德斯扬起眉毛看着莱西太太，莱西太太马上说道："我们的钱已经找回来了，班农先生。福瑞德只是在开玩笑而已，他赌马的时候赢了点钱，就藏在我的鞋子里打算给我一个惊喜。我当时不知情，把鞋子送到鞋匠铺维修去了，但是当我们去鞋匠铺找的时候，那些钱仍然在里面。"

"我的名字是巴伦不是班农，"警长说，"所以你的钱完好无损地回来了是吗，莱西太太？"

"为什么——当然，当然，我们原先想，那是一家旅馆，一个女服务员帮我把鞋子送去了鞋匠铺——嗯，我也不知道我们之前是怎么想的了，不过那确实不是一个藏钱的好地方——但是我们还是一分不少地拿回来了。"

"是同样的钱吗？"我问，开始明白了什么，不过我并不喜欢这样。

她并没有看着我。"为什么，当然了，为什么不是呢？"

"我从埃文斯先生那听来的版本可不是这样的。"警长平静地说，两只手交叉放在肚子上。"你现在讲的这个好像跟你对埃文斯讲的有些出入吧？"

吕德斯突然将身体前倾，脸上却依旧带着笑。我看得很清楚，那个女人做了一个茫然的手势，一只手继续在扶手上滑来滑去。"我……说了……我跟埃文斯先生说了什么？"

警长慢慢把头转过来直直地盯着我，带着几分怒气。然后又把头转了回去，一只手轻拍着另一只放在肚子上的手。

"据我了解，埃文斯先生早先时候到这里来过一趟，你还把这件事情告诉了他，莱西太太。说是钱被调换了？"

"调换？"她的声音带着几分好奇。"埃文斯先生跟您说他早些时候来过这里？我……我从来都没有见过他。"

我都懒得看她，吕德斯会支持我的，我看着他。这种感觉就像是等待着从吃角子老虎机（自动售货机，一种赌具）里掉出来一个硬币一样。他咯咯地笑了，划着一根新火柴去点他的烟。

警长闭上眼睛，脸上露出了不悦的神情。小狗从我的椅子底下钻出来，站在房子中央看着吕德斯。然后她走到墙角钻进了长椅套的流苏底下，抽了抽鼻子，再没发出任何声音。

"哼，哼，笨蛋，"警长自言自语道。"我可没能力来处理这种事情，我没经验，我们山上也不会有这种情况，这里可是太平世界，很少有犯罪。"他的脸上露出一种揶揄的神情。

他睁开双眼，"鞋子里面放了多少钱，莱西太太？"

"500美元。"她的声音很平静。

"现在这些钱在哪里，莱西太太？"

"应该在福瑞德那。"

"我觉得他并不是要把这钱给你，莱西太太。"

"他是！"她尖声说道，"他是这样打算的，只不过我现在不需要而已。稍后他就会给我一张支票。"

"那这个钱是放在他的口袋里呢，还是在这个小屋里，莱西太太？"

她摇摇头。"应该在他的口袋里吧，我不知道。你想搜查这座屋子吗？"

警长耸了耸他胖乎乎的肩膀。"为什么，当然不用了，莱西太太。如果我发现那些钱没有被调换对我也没什么好处。"

吕德斯说："巴伦先生，您这个'调换'是什么意思？"

"换成了假币。"警长说。

吕德斯小声地笑了。"实在是太有趣了，不是吗？彪马区会出现假钞？这里根本不可能出现这样的事情，不是吗？"

警长难过地朝他点了点头。"实在是太不合理了，对吧？"

吕德斯说："你的这些消息都是埃文斯先生一个人告诉你的——他声称自己是一个侦探？他真的是一个侦探吗？"

"让我想想。"警长说。

吕德斯身体又往前倾了一些。"除了埃文斯先生告诉你福瑞德·莱西给他写了信以外，还有什么证据能够证明这一点吗？"

"他只有了解了一些情况后才会上山来，不是吗？"警长的声音里透着几分担心。"并且他知道莱西太太鞋子里面藏着钱的事情。"

"我只不过问个问题而已。"吕德斯语气柔和地说道。

警长转过身来对着我，我脸上的笑容已经僵硬了。自从旅馆那件事以后我就没看过莱西先生的那封信了。我知道我现在也没必要看。

"莱西给你写了封信吗？"他冷冷地问。

我伸手去摸胸口的内袋，巴伦把他的手放下去又举了起来，举起来的时候拿着他的柯尔特手枪。"我要先把你的枪卸了。"他咬牙切齿地说着站了起来。

279

我拉下拉链把外套拉开，他弯下腰猛地把我的手枪从皮套里拔了出去。他不高兴地看了枪一会儿，然后将其塞在了他左边屁股后的口袋里坐了下来。"看吧。"他轻松地说。

吕德斯饶有兴趣地看着我。莱西太太把两只手放在一块儿使劲地搓着，眼睛盯着两脚之间的那块地方。

我把胸口内袋里面的东西通通掏了出来，几封信，几张记事卡片，一包烟管清洁剂以及一条备用手帕。但是那几封信都不是我要的那封，我把那些东西放了回去，拿出一支烟放在嘴巴里。然后划了一根火柴点燃烟，摆出一副平静的样子。

"你赢了，"我笑着说，"你们俩赢了。"

巴伦的脸红了一下，目光闪烁不定。他的嘴巴抽搐着，身体转了过去。

"为什么，"吕德斯绅士地问，"不确定一下他到底是不是一个侦探呢？"

巴伦扫了他一眼。"我不太在意这种小事，"他说，"现在我在调查一宗谋杀案。"

他似乎并没有看着吕德斯或者莱西太太，而是看着天花板的一个角落。莱西太太抖了一下，双手抓得更紧了，由于太过用力指关节在灯下看来都已经泛白了。她慢慢地张开嘴，目光朝上，一声哽咽被生生地咽了下去。

吕德斯将嘴里的烟拿出来，仔细地放到旁边烟灰缸的黄铜烟嘴上。他脸上的笑容消失了，表情很可怕，但是他什么也没说。

巴伦的时机把握得很好。他给了他们足够的时间来做出反应，却没给他们任何时间来调整。他说，还是一贯冷漠的声音："一个名叫韦伯的男人是印第安酋长旅馆的收银员，他在埃文斯的房里被刀刺死了。当时埃文斯也在那，不过在事情发生以前，他已经被打晕在地，所以他是第一个到达现场的人——这可是可遇不可求的。"

"不是我，"我说，"是他们杀了人然后把尸体丢到我的身边。”

女人甩了甩头，然后抬头看着我。这还是她第一次和我对视。她的眼睛深处闪烁着可疑的目光，看起来很遥远很痛苦。

巴伦慢慢站起来。“我没弄懂，”他说，“我完全没听懂你在说什么。不过我把这个家伙拉扯进来应该是没错的。”他转向我，“别跑太快了，伙计，至少开跑时别太快了。隔着40码的距离我都能击中一个人。”

我什么也没说，没一个人吭声。

这时巴伦慢慢说道：“吕德斯先生，我请求你在这等我回来。如果你的朋友来接你了，你叫他先回去。我很高兴晚一点的时候能亲自送你回俱乐部。”

吕德斯点点头。巴伦看着壁炉架上的钟，现在是11：45。“对我这样的老家伙来说可是有点晚了，太太，你说莱西先生很快就会回来？”

“我……我希望这样。”她说，然后做了一个毫无意味的手势，除非那意味着绝望。

巴伦走到门口打开门，下巴朝我点了点。我走到门廊上，小狗半路从沙发下面跑出来，发出哀怨的呜呜声。巴伦低下头看着她。

“这真的是条好狗，”他说，“听说她有一半狼的血统，你说另外一半是什么？”

“我们不知道。”莱西太太低声说。

“有点像我现在正在处理的案子。”巴伦说，然后跟在我后面走出屋子到了门廊。

9

　　我们走到车那，一路上都没有说话。安迪正靠在角落，嘴里叼着半根灭了的香烟。

　　我们上了车。"把车开下去吧，大约走200码，"巴伦说，"尽量多制造些噪音。"

　　安迪发动引擎，马达开始急速转动，齿轮发出撞击声，车在如水的月光下穿梭，转过一条弯曲的马路，开上了一座月光照耀着的小山，地上参差不齐地投射着树枝的阴影。

　　"在山顶掉头，然后慢慢滑回去，不过不要太近。"巴伦说，"离那个小屋远点，不要让他们看到，转弯前先把车灯关了。"

　　"好的。"安迪说。

　　快到山顶的时候，他绕过一棵树掉了头，关了车灯，接着朝山下滑行了一段距离后才熄火。斜坡底部的远处有一丛茂密的灌木，差不多有铁树那么高。车就停在那儿，安迪慢慢地松开刹车以防制造出过多的噪音。

　　巴伦将身子前倾跟安迪说道："我们要穿过这条路慢慢靠近湖边，不要制造出太大的声音，不要在月光下走。"

　　安迪说："好的。"

我们下了车，小心翼翼地走在泥土路上，后来一路上都铺满了松针，穿过圆木堆后的树林来到了湖边。巴伦坐在地上然后躺了下来，我跟安迪也躺在了地上。巴伦将脸凑近安迪。

"有没有听到什么声音？"

安迪说："八缸发动机的声音，有点闹。"

我侧耳倾听，似乎听到了什么，但不是很肯定。巴伦在黑暗中点了点头。"注意看小屋里的灯光。"他低声说。

我们看着小屋。五分钟过去了，或者差不多五分钟的样子。房子里的灯光依旧亮着，然后似乎传来了遥远的关门声和鞋子踩在木制台阶上的声音。

"聪明，他们故意不关灯。"巴伦在安迪耳旁说道。我们又等了大概一分钟，嗡嗡作响的发动机震动着，发出了轰鸣声，突突突地大声响着，接着转变成浑厚低沉的轰鸣声，快速消失了。一个深黑色的物体滑到洒满银辉的水面，在上面画了一道漂亮的弧线激起了一串水珠，然后消失在了视线之外。

巴伦掏出一小撮烟草放在嘴里咬了咬，很享受地咀嚼着，然后朝离他脚四英尺以外的地方吐了口唾沫。接着他站起来掸掉粘在身上的松针，我跟安迪也站了起来。

"这几天老是嚼烟草，感觉都没有那么灵敏了。"他说，"刚才在小屋那边差点都睡着了。"他把左手一直拿着的柯尔特式手枪举了起来，换到另外一只手，把枪插到了臀部上的口袋里。

"怎么了？"他看着安迪。

"这是泰德·鲁尼的船，"安迪说，"这种船有两个阀门不灵活，消音器上有一条比较大的裂缝。加油门的时候特别明显，就像他们刚才发动前那样。"

安迪话很多，不过警长喜欢他这样。

"安迪你没搞错吧？很多船阀门都不太灵活。"安迪气冲冲地说："那你干吗问我？"

"啊，安迪，别放在心上。"

283

安迪小声嘟囔了几句。我们穿过马路上了车，安迪发动车子回过头来问道："开灯吗？"

巴伦点点头，安迪把灯打开。"现在去哪？"

"去泰德·鲁尼家，"巴伦平静地说，"速度加快点，我们离那有10英里。"

"起码要20分钟，"安迪有点生气，"必须穿过整个彪马区。"

汽车行驶在铺满石头的湖边马路上，经过黑漆漆的男孩营地和其他营地，最后左转上了高速公路。直到我们出了村子上了去斯皮克区的路，巴伦才开口说话。舞厅里乐队依旧在热火朝天地演奏着。

"我骗到你了吗？"他开口问我。

"有点！"

"我做错什么了吗？"

"你干得很漂亮，"我说，"但是吕德斯估计没有上套。"

"那位女士很不安，"巴伦说。"吕德斯倒是个厉害角色，硬朗，安静，很有眼光。但是我确实有些地方得手了，他犯了几个错误。"

"我能看出一两个，"我说，"一个是他不该在那的，另一个就是确实如他所说，会有个朋友来接他，以解释他为何没有开车过去。但是实际上这并不需要解释，车库里有一辆车停在那，只是不知道是谁的而已。还有就是不应该把船的引擎一直开着。"

"那没错，"安迪说道，"你去试一下直接发动它就知道了。"

巴伦说："你来这拜访的时候怎么会把车停在别人家的车库里呢，天又没下雨。那条船也许是别人的，可能有几个刚认识的小伙子在那谈天说地。无论如何，到目前为止我没从他身上发现任何异常，只不过他老是打我的岔。"

他朝车窗外吐了一口痰，那口痰像块湿抹布一样啪的一声甩在了后面的挡泥板上。汽车在月夜中行驶，走过弯曲的马路，不停地上山下山，穿过茂密的松树林，驶过躺着牛群的平地。

我说："他知道我没有莱西写给我的信，因为就是他在旅馆的房间里把信从我身上拿走了。是吕德斯把我打倒在地然后刺死了韦伯。即使他没有杀莱西，他也肯定知道莱西已经死了。他从莱西太太身上推断出了这件事。莱西太太认为他先生还活着，但是被吕德斯挟持了。"

"你这样可把吕德斯说成了一个不折不扣的坏蛋，"巴伦很是冷静。"吕德斯为什么要杀害韦伯？"

"因为韦伯是所有事情的导火索。这是一个组织，他们的任务就是将一大笔十分逼真的10元假钞巧妙地处理掉。500美元全部都被换成崭新的10元钞票，任谁都会起疑心的，连像福瑞德·莱西这样不小心的人都发现了。"

"你的猜测不错，孩子，"车子正在快速转弯。警长抓着门把手说道，"但是你没有任何证人。我得多加小心，这毕竟是在我自己的地盘上。彪马湖对我而言不是一个可以着手调查假钞案的好地方。"

"是的。"我说。

"另外，如果吕德斯是我要找的那个人，那他可能有点难抓到。出山谷就有三条路可以走，而且森林俱乐部的高尔夫球场东边还停着好几架飞机，夏天都停在那边。"

"但是你看起来并不怎么担心。"我说。

"山区警长没必要担心那么多，"巴伦平静地说，"没人希望他是一个有脑子的人，尤其是像吕德斯先生那样的人更不希望如此。"

10

　　船漂在水上，一头系着绳子，水面很平静，没有一丝波澜，船在左右晃荡。防水帆布将船盖得严严实实，有几处胡乱打了一个结，连原本不应该盖着的地方也遮住了。小码头旁边有一条路弯弯曲曲穿过杜松林延伸到了高速公路。路的一边有个营地，中间有个小小的白色灯塔作为标记。其中一个小屋里面传来了音乐声，但是营地的大部分人都已经沉沉睡去。

　　我们把车停在路边，一路走过去。巴伦手里拿着一支大手电筒，不停地晃来晃去，打开又关上。不知不觉我们就走到了路的尽头来到了码头，他拿手电筒照着路面仔细研究着，路上有几道新车辙。

　　"你怎么看？"他问我。

　　"似乎是轮胎的印记。"我说。

　　"安迪，你觉得呢？"巴伦说，"这人太可爱了，居然给了我们一些提示。"

　　安迪弯下腰仔细研究地上的痕迹。"是比较大的新轮胎。"他说着朝码头走去。走了一段又弯下腰来伸手指着什么地方。警长忙用手电筒照着他指的那处地方。"是的，在这儿拐的弯。"安迪说，"那又如何？现在这里有很多新车，若是十月份倒是有点意思。当地人都是一次买一个轮胎，而且是便宜的那种。这些痕迹显示轮胎是那种耐用的全天候轮胎。"

"或许我们可以去看看那条船。"警长说。

"看什么？"

"看是不是最近有人开过。"巴伦说。

"该死，"安迪说，"我们不是知道它最近被用过吗？"

"希望你的猜想是对的。"巴伦和善地说道。

安迪看了他一会儿没有说话，然后朝地上吐了口唾沫，转身向停车的地方走去。走了大约有十多英尺他又转过头来："我不是在猜。"然后转过头继续往前走，没入了树林之中。

"有点过敏，"巴伦说，"不过是个好人。"他走到船上弯下腰把手伸到了船前身的防水布下，慢慢走回来点了点头。"安迪是对的，那家伙通常都没说错。埃文斯先生，你觉得那会是哪种轮胎留下的痕迹？他们告诉过你什么吗？"

"凯迪拉克V-12。"我说，"一辆有着红色真皮座椅的双门小轿车，后备厢里还放了两个行李箱。仪表上的时间慢了12分半。"

他站在那，仔细思考我说的话。接着大脑袋点了点，叹了口气。"唉，希望你能靠这个挣到钱。"他说着转身离开了。

我们回到了停车的地方，安迪依旧坐在驾驶座上抽烟，眼睛透过满是灰尘的挡风玻璃直直地看向前方。

"鲁尼现在住哪？"巴伦问。

"住在他一直住的地方。"安迪说。

"怎么，那只是巴斯康卜路旁的一个小屋。"

"我没说不是。"安迪低沉地说道。

"咱们去那儿吧。"警长说着上了车，我也上了车坐在他旁边。

安迪调转车头走了半英里后又开始转弯。警长突然抓着他：

"停下来！等一分钟。"

他走下车拿手电筒照着地面，然后回到车上。"好像有线索。通往码头的那些痕迹不能说明什么，这里的这些才能说明问题。如果他们是去了巴斯康卜，那这些痕迹就更能说明问题了。那边废弃的金矿营地肯定有猫腻。"

安迪把车开到旁边的一条小路上，慢慢越过一条沟。路上铺满了鹅卵石，山坡上也到处都是，在月光的照耀下闪耀着白色光芒。车往前走了半英里后又停了下来。

"喂，大侦探，这就是那个小屋了。"他说。巴伦下了车拿着手电筒四处走了走。房子里一片漆黑，他回到了车上。

"他们来过这里，"他说，"把泰德送回家。离开的时候往巴斯康卜那边去了。安迪，你是不是认为泰德·鲁尼也卷入了这档勾当之中？"

"除非是他们给了他钱。"安迪说。

我也下了车跟着巴伦一起朝小屋走去。这座小屋很小，很简陋，掩映在自然生长的松树之间。小屋前面有一个木制的门廊，锡制烟囱用铁丝固定着，旁边接近树林的地方还有一个简陋的厕所，黑漆漆的。我们走到门廊处，巴伦敲了敲房门。里面没有任何反应，他又试着拧动门把，门锁住了。我们只好作罢，转而走到小屋的后面看窗户是否还开着，结果发现所有的窗户都关上了。巴伦又试着去开后门，还是一样的结果。他狠狠朝门上打了一拳，打门的声音蜿蜒穿过树林，回荡在高高的山间巨石之间。

"他跟他们一起走了，"巴伦说，"估计现在他们也不敢放他走。可能来这里也只是为了让他拿些生活用品，应该就是这样。"

我说："我不这么认为。他们只是想要用他的船而已，傍晚的时候他们用他的船拉走了福瑞德·莱西的尸体。尸体估计是扔到湖里去了，他们肯定是等到天黑才动手。当时鲁尼也在船上，他们给了他一些报酬。今晚他们又需要用船，但他们觉得不能老是找鲁尼，并且如果他们去巴斯康卜山谷的某个小地方想藏好假钞的话，他们也不会希望鲁尼跟着的。"

"你又在臆测了，孩子，"警长温和地说，"无论如何我没有搜查证，不过我可以去仔细检查一下鲁尼的厕所。等我。"

他朝厕所走去，我往后退了6英尺，猛地朝房门撞去。房门抖了一下，上面的门板斜斜地裂开了。看到这一幕警长小声朝我喊了一声"嘿！"好像他并不想喊似的。

我再次退后了6英尺朝门撞去，门终于被撞开了，我整个人也由于惯性扑在了地上，手和脚撑在一块油毯上，一股鱼腥味扑鼻而来。我站起身，打开了吊灯的开关。巴伦站在我的右边，发出了一些不以为然的格格声。

小屋里有一间厨房，里面有个木炉子，炉子上放着一些脏兮兮的木架，架子上面放着一些碟子。炉子还有余温，没洗的锅碗瓢盆放在上面发出一股异味。我穿过厨房来到了前面的房间，打开了房里的灯。一张窄床放在一边，床铺随便整理了一下，被子看上去黏糊糊的。此外，房里还有一张木制书桌，几条木凳，一台旧的无线收音机，墙上钉着几个钩子，书桌上的烟灰缸里装着四个烟蒂，墙角还放着一堆受了潮的杂志。

天花板很低，这样房间的热量就不易散失。墙顶有一个暗格，从那可以上阁楼，暗格下面放着一个活梯。一个沾了水的旧帆布行李箱打开放在木盒上，里面装着一些衣服和杂物。

巴伦走过去看着行李箱。"看样子鲁尼是准备出门旅游。然后那些人就过来把他带走了，他连东西都没收拾好，不过把他的西装放进去了。像鲁尼这样的男人就只有一套西装，而且只有下山的时候才会穿。"

"他不在这里，"我说，"但在这吃的晚饭，炉子还是热的。"

警长看着扶梯，沉思了一会儿，然后走过去爬了上去，打开了头顶上的木板，举着手电筒朝里面照了照，最后合上那块木

289

板，走下了扶梯。

"很明显他之前是把行李箱放在那儿，"他说，"那上面还有一个蒸汽机。你准备走了吗？"

"这周围没有看到车，"我说，"他应该有一辆车的。"

"是的，有一辆旧普利茅斯。把灯关了吧。"

他走回厨房又四处扫视了几遍，我们便关灯走了出去，我关上了只剩一半的后门。巴伦观察着风化了的花岗岩上的轮胎痕迹，顺着它们走到了一棵大橡树底下空阔的地方。那个地方颜色很深，还有几滴油，看来是有辆车经常停在那儿。

他晃着手电筒走回来，看着厕所说道："你可以回到车上去和安迪会合，我还是要去厕所那看看。"

我没说什么，看着他走向厕所打开门。他拿着手电筒走了进去，手电的光从摇摇欲坠的屋顶和木板间的缝隙中漏了出来。我回到了车上，过了很久警长才慢吞吞地走了回来，站在车旁掏出烟草咬了一口，放到嘴巴里卷了卷咀嚼起来。

"鲁尼，"他说，"死在了厕所里，头上中了两枪。"他上了车。"是一把大枪杀的，死得不能再死了。从现场情况来看，是匆忙间下的手。"

11

这段山路比较陡峭，沿着一条干涸的山间小溪蜿蜒而上，河床上布满了大石头。大约到了海拔500米或是1000米的时候山路才渐渐趋于平缓。我们穿过了一个牛群饲养地，路上铺的窄栏杆在车轮底下发出叮当的响声。然后路面开始下降，一片宽广的平地出现在了眼前，有几头牛在悠闲地吃着嫩草，一间没有开灯的农舍静静地矗立在月光之下。转过一个直角我们到达了一条更为宽阔的大路上，安迪停下车，巴伦又拿着他那支大手电筒下了车，慢慢穿过马路追寻着地上的痕迹。

"向左转，"他说着站直了身体。"幸好还没有别的车在这路上走。"他回到了车上。

"左边并不通向旧矿山那边，"安迪说。"往左是到了沃登的家那边，再过去就从水坝那回到湖边了。"

巴伦坐在车里沉默了一会儿，又拿着他的手电筒跑出去了。走到T形路口右边的时候他突然发出一声惊呼，然后又走回来"啪"的一声关掉了手电筒。

"是要走右边，"他说，"不过我们得先走左边，他们按原路折回了，不过在此之前他们肯定从西边去了个什么地方，我们照着他们的路线走。"

安迪说："你确定他们是先走的左边而不是后来才走的左边？左边可就下了高速了。"

"确定，右边的痕迹盖在了左边之上。"巴伦说。

车子向左转了弯，星罗棋布的小山丘上覆盖着铁木树，有的已经是半死的状态。铁木通常长到18到20英尺的高度的时候就会死亡，一旦死去树枝上的树皮就会纷纷掉落，裸露出灰白色的枝丫在月光下闪闪发光。

我们走了大约一英里，就看到前方有条分岔路伸向了北方，而那条路上只有一辆车的痕迹。安迪停下车，巴伦走出去拿着手电筒观察地面。他甩了甩大拇指，安迪便又发动车子，警官钻了进来。

"这些家伙真不够小心，"他说，"不，我必须得说他们实在是太大意了。他们永远都想不到安迪居然可以根据发动机的声音听出来那条船是属于谁的。"

到了山脉褶皱的部位，山路越来越崎岖，两边的树木挨得太紧以至于车子很难安然无恙地从中穿过。接着，一个急转弯后道路开始上升，绕到了山的另一边，一间小屋出现在了我们的视线之内，小屋坐落在斜坡之上，四面都被树木环绕着。

突然，从房子里——也可能是靠近房子的地方，传来了一声长长的尖叫，然后变成了一声短促的吠叫，但是吠叫被突然打住了。

巴伦开口说道："熄——"安迪就已经关了车灯将车开到了路旁。"太迟了，可能……"他冷冷地说，"如果有人在监视外面的话，肯定已经看到了我们。"

巴伦走下车。"听起来像是狼叫，安迪。"

"对于狼来说，太接近房子不是什么好事，不是吗，安迪？"

"确实，"安迪说。"灯已经熄灭了，估计那头狼是到小屋附近来翻垃圾的。"

"不过也有可能是那条小狗。"巴伦说。

"或者是一只母鸡下了个方形的蛋。"我说，"还等什么？把我的枪还给我吧？我们到底是要追上什么人，还是只是把事情调查清楚？"

警长从他的屁股口袋里拿出我的枪递给我。"我可不急，"他说，"吕德斯也不急，不然他早就走了。他们想快点抓住鲁尼，因为他知道他们的一些事情。不过现在的鲁尼已经什么都不知道了，他死了，他的小屋锁了，车子也被开走了。如果不是我发现，他的尸体估计会在厕所里躺好几个星期。他们车子留下的痕迹很明显，不过这也是因为我们知道他们是从哪出发的缘故，他们压根就想不到我们会发现这个。那么咱们从哪开始呢？哦不，我一点儿也不着急。"

安迪弯下腰拿出了一把鹿步枪，打开左侧的车门下了车。

"那条小狗在里面，"巴伦平静地说，"这就意味着莱西太太也在那。那里肯定有人在监视她，没错，我们应该去看看，安迪。"

"我希望你受惊了，"安迪说，"因为我有点儿。"

我们开始穿越树林，距小屋的距离大概有200码。夜色非常安静，即使是这么远的距离我也能听到一扇窗户打开的声音。我们走了大约50英尺，安迪留在原地锁好车子，然后从右边绕了一个大圈包抄过来。

我们慢慢接近了小屋，但是屋子里什么动静也没有，连灯都没有打开。那头狼，或者说是那条狗雪莉也没再叫唤。

现在我们已经非常接近这座房子了，估计不超过20码，巴伦和我差不多的距离。这是一个很粗糙的房子，有点像鲁尼的家，不过比他那个更大。房子后面有一个打开的车库，不过里面没有车。房子还有一个石子铺成的小阳台。

接着房子里传来了一阵短暂而激烈的打斗声，吠叫声也开始响起，不过吠叫声突然又噎住了。巴伦忙卧倒在地上，我也一

293

样。但是什么都没有发生。

巴伦慢慢站起来开始一步一步地向前靠近，每走一步他都要停一下。我留在了原地，巴伦走到了房子前面的空地，踩着台阶准备走到门廊那去。他站在那里，身形高大，手里拿着那把柯尔特式手枪，身体的轮廓在月光下看得一清二楚，看起来像是漂亮的自杀姿势。

什么也没发生，巴伦走到了最高一级台阶上，身体紧贴着墙壁。左边是一扇窗户，右边就是门。他把手枪握在手里，伸出手用枪托去叩门，然后马上缩回手紧贴墙壁。

小狗在屋内尖叫，一支枪从打开的窗户底部探出来左右移动。

这样的射程很难射中，但我必须射中。我开了枪，不过我手枪的声音被一把来复枪给盖过了。窗户口的那只手垂了下来，枪掉在了门廊上。那只手又伸出来了一些，手指抽搐着试图去抓窗台，然后缩了回去，屋内传来了狗的狂吠。巴伦用身体去撞门，我跟安迪两人也从不同的角度冲向小屋。

终于，巴伦把门撞开了，就在这一刹那，屋里的灯亮了，照亮了他的身影。看来是里面的人开了灯。

巴伦走进去的时候我已经到达了门廊，安迪则紧跟在我身后。我们俩一同走进了小屋的客厅。

福瑞德·莱西太太站在地板中央，身旁的桌子上放着一盏灯，怀里抱着那只小狗。一个矮胖的黄头发男人倒在窗户下面，呼吸粗重，手在四周胡乱地摸索着已经掉到了窗外的枪。

莱西太太松开手，狗跳了下来扑到警长的肚子上，灵敏的鼻子在他身上嗅着，把衬衫都扯出来了。接着它又跳到地面，在地上转着圈，尾巴高兴地摇来摇去。

莱西太太呆呆地站在那里，面如死灰。倒在地上的男人不时呻吟几声，他睁开眼睛又急速地合上了，嘴唇动了动流出了粉红色的泡沫。

"莱西太太，这条小狗真的很不错。"巴伦一边说一边重新把衬衫整理好。"不过现在似乎不是让她乱转的时候，至少对某些人来说是这样。"

他看着地上的金发男人。金发男人的眼睛睁开了，眼神却没有焦距。

"我没有对你说实话，"莱西太太快速地说，"但是我必须那样。我丈夫的命在吕德斯的手里，他把他藏在了某个地方，我不知道是哪，不过他说离这并不远。他去带他过来见我，让这个男人看着我。我什么都做不了，警长。我——对不起。"

"我知道你没说实话，莱西太太。"巴伦平静地说。他看了一眼手中的枪把它放回了原处。"我也知道原因是什么，但是你的丈夫已经死了，莱西太太。死了很长时间了，埃文斯先生看到了他的尸体。这很难承受，太太，不过我觉得现在最好还是告诉你实情。"

她一动不动，连呼吸都好像停止了。然后慢慢走到凳子旁边坐了下来，双手掩面。她就这么坐在那里，既没动也没哭。小狗哀嚎着爬到了她的椅子下面。

躺在地上的男人试图坐起来，动作缓慢而僵硬，眼神空洞。巴伦走过去弯下腰。

"你的伤重吗，孩子？"

男人用左手按住胸口，鲜血从指缝中流出。他艰难而缓慢地举起右手，手臂笔直地指向天花板一角。嘴唇有点僵硬，颤抖着说道。

"希特勒万岁！"他含糊地说。

说完又倒了下去不再动弹。喉咙里咕隆咕隆地响了几声后就什么声音也没有了，房间的一切都仿佛静止了一般，就连狗也没了任何动静。

"这个人应该是纳粹党，"警官说，"你听到他说什么了吗？"

"听到了。"我说。

我转身走出了房间，走下台阶，穿过树林回到了车边，我坐在车的引擎盖上点燃了一支烟，一边抽烟一边认真思考。

没过多久，他们都回来了，巴伦抱着狗，安迪左手拿着来复枪，年轻而冷峻的脸上看起来受惊不浅。

莱西太太上车后，巴伦就把狗递给她，看着我说道："在这抽烟是违法的，孩子，必须离房屋50英尺远才行。"

我扔掉烟，把它深深地埋在粉末状的灰色土壤里，上了车坐在安迪旁边。

车子又启动了，我们回到了他们所谓的主干道上。很长一段时间大家都没有开口说话，然后莱西太太用低沉的声音说："吕德斯提到了一个好像叫斯洛特的名字，是他跟刚刚那个人说的。死了的那个人叫科特，他们用德语交谈。我懂一点点德语，不过他们说得太快了。斯洛特这个名字听起来不像是德语，这对你们会有帮助吗？"

"这是一个旧金矿的名字，离这不远。"巴伦说。"斯洛特金矿。安迪，你知道它在哪里，是不是？"

"知道。我想我杀了那个人，对吗？"

"应该是的，安迪。"

"我从来都没有杀过人。"安迪说。

"可能是我杀的，"我说，"我朝他开枪了。"

"不，"安迪说，"你的那个高度不足以打到他的胸腔。是我杀的。"

巴伦说："莱西太太，把你带到小屋那去的有几个人？我讨厌在这样的时刻还来问你问题，太太，但是我必须问。"

莱西太太死气沉沉地说道："两个，吕德斯和你们杀死的那个人，是他开的船。"

"他们有在什么地方停过吗——比如说湖的这边，太太？"

"有，他们停在了一个湖边的小屋那，吕德斯开着船，那个叫科特的人走了出去，船一直启动着，过了一会儿吕德斯停下来，科特开着一辆旧车出现了，他把那辆车开到了柳树旁的一个小峡谷中，然后回到了船上。"

"这就是我们所需要的信息，"巴伦说。"只要我们抓住吕德斯，工作就完成了。尽管我自己都没能弄清这到底是为什么。"

我什么也没说。我们把车开到了T形路口，驶上了回到湖边的那条路。走了大约4英里。

"就在这停下吧，安迪。剩下的路程我们走过去，你待在这里。"

"不，不行。"安迪说。

"你待在这里，"巴伦突然严厉地说道，"你需要在这照顾这位女士，而且你今天已经杀了一个人了。我要你做的就是尽量不让这只狗发出声音。"

车停下来，我跟巴伦走了下去，小狗哀叫了几声就安静了下来。我们走在路上，开始穿越小树林，林里生长着年轻的松树、灌木还有铁木树。我们两个静静地走着，没有说话。脚步声很轻，除非是印第安人，否则30英尺以外没人能够听得见。

12

　　几分钟后，我们到达了丛林的边缘。丛林外的地面宽阔而平坦，空中悬挂着一些蜘蛛网状的东西，地面上有几堆泥土，一些闸箱叠放着，看起来像一个迷你冷却塔。还有一根看不见尽头的皮带从人工渠通向这里。巴伦把嘴凑到我耳边。

　　"这里废弃好几年了，"他说，"估计已经没什么价值了。两个人一天辛苦工作换来的报酬可能才一本尼威特的黄金。60年前好多人在这里淘金累死了。那边那个低矮的小屋样的东西是一辆旧冷藏车，车身很厚实，几乎具有防弹效果。我还没有在这附近看到车，不过应该就在旁边，或者藏起来了。很有可能是藏起来了，你准备好了吗？"

　　我点点头。于是我们开始穿过这片空地，月光亮如白昼，我有点兴奋，像一把上了膛的枪一样。巴伦显得相当自在，他把柯尔特式枪藏在身旁，大拇指扣在扳机上。

　　突然，灯光从冷藏车的一侧照过来，我们连忙扑倒在地。光线来自于一扇半开的门，地上有黄色的木板和长矛。月光底下有一个身影在移动，然后传来了水冲在地上的声音。我们等了一会儿，才站起来继续前行。

　　这会儿其实并不需要假装是印第安人了。他们可能会走出来也可能不会。如果他们走出来了，必定就会看到我们在空地上行走，匍匐前进或者趴在地上。地面是那么的空旷，月光又是那么的明亮，所有的一切都一览无遗。地上的泥土太过坚硬，我们的鞋子都磨损了。我们走到一个沙堆旁停了下来，我能听见自己的呼吸声。我并没有气喘吁吁，巴伦自然也没有。我对自己的呼吸声感兴趣极了，之前我都没有注意到它，但是现在它却唤起了我的兴趣。我希望这种感觉能够持续很长一段时间，但是我自己却并不确定。

我一点儿也不怕，我身材高大，并且手里还有枪。但是死在那个小屋里的男人也是这样啊。他甚至还有一面墙可以藏身，尽管这样我还是不怕，我只不过在担心一些小细节。我觉得巴伦的呼吸声太响了，但是如果我跟他讲这个事情估计会制造出更大的噪音。这就是我，总是会担心一些细节。

这时门打开了，不过这次门后面没有灯光。一个身材非常矮小的男人提着一个像是行李箱的东西走了出来。他提着箱子来到车边，嘴里满是抱怨。巴伦紧紧地抓住我的胳膊，小声地冲我发出嘘声。

矮个子男人提着沉重的行李箱——或者是别的什么东西来到冷藏车的车尾，然后走到了拐角处。我想着虽然沙堆并不是很高，但至少可以遮挡住我们的身体不让人看到。如果那个矮个子男人没有心生提防的话，他是不会发现我们的。我们等着他往回走，时间过去了很久却没有看到他的身影。

一个清晰的声音从我们身后传来："我手里拿着一把机枪呢，巴伦先生。举起手来，你们只要动弹一下我就会开枪。"

我马上举起自己的双手，巴伦犹豫了一会儿也把手举了起来。我俩缓慢地将身体转过去，弗兰克·吕德斯站在离我们约4英尺远的地方，一把冲锋枪举在腰间的位置。枪口看起来像洛杉矶第二街的隧道口一样大。

吕德斯平静地说："我更希望你们面朝那边。查理从冷藏车回屋后会就会点灯，到时候我们都进去。"

我们只好又面向那辆又长又矮的冷藏车。吕德斯吹了一个尖锐的口哨，矮个子绕过冷藏车走了回来，停了一会，然后向门口走去。吕德斯大声喊道："点灯，查理。我们有客人了。"

矮个子快速地走进冷藏车，点燃了一根火柴，光芒终于驱走了里面的黑暗。

"走吧，先生们，"吕德斯说，"当心点，死神就跟在你们身后呢，因此千万别轻举妄动。"

我们朝前走去。

13

"查理，把他们的枪拿走，再检查检查他们身上有没有别的武器。"

我们背靠墙站着，旁边是一张长长的木桌，两边放置了几把木椅。一瓶威士忌和几个玻璃杯放在桌上的一个托盘里，此外桌上还放着一盏飓风灯，一个老式的农舍油灯，两盏灯都点燃了，一个碟子里放着一些火柴，另外一个盛满了灰烬和烟蒂。小屋的那端有一个小火炉和两张床，其中一张很是凌乱，另一张却收拾得整整齐齐。

小日本朝我们走过来，眼镜的镜面一闪一闪的。

"哦，有枪，"他咕哝着，"哦，太糟糕了。"

他拿着枪，将我们推向坐在桌子另一端的吕德斯。他的小手灵巧地在我们身上摸索着，巴伦的身体缩了缩，脸涨得通红，但他什么也没说。查理说："没有别的武器了。幸会了，先生们。我觉得今晚月色真好。你们是在月光下野炊吗？"

巴伦喉咙里怒哼了一声。吕德斯说："请坐，两位先生，告诉我我能为你们做什么。"

我们坐了下来，吕德斯坐在我们对面。那两把枪就放在他面前的桌子上，他紧握着自己的冲锋枪，并用它压着那两把枪，眼神平静却透着一股狠劲。他的脸色不再讨人喜欢，但仍然是一副狡黠的样子。

巴伦说："我猜我烟瘾犯了。最好先让我嚼口烟草。"他把烟草团从口袋里拿出来咬了一口又放下，安静地咀嚼着，然后往地上吐了一口唾沫。

"弄脏了你的地板，"他说，"希望你不要介意。"

日本人坐在整洁的床尾，双脚悬空。"我可不喜欢，"他鄙视道，"气味真难闻。"

巴伦没看他，平静地说："你想把我们打死然后好逃跑吗。吕德斯先生？"

吕德斯耸了耸肩，手松开了机枪，身体往后倚在墙上。

巴伦说："你沿途都留下了痕迹，不过有件事你肯定想不明白，我们是怎么知道从哪开始跟踪的？你没料到我们会跟踪你，否则你也不会那样做了。不过我没想到的是，我们到达这里的时候你就一直在等我们。"

吕德斯说："那是因为我们德国人是宿命论者。如果万事顺意，就像今晚这样——我们就会开始怀疑，当然，那个蠢蛋韦伯是个例外。我对自己说，我没有留下任何蛛丝马迹，他们不可能那么快就跨湖跟踪到我。他们没有船，并且也没有船跟在我后面。他们不可能找到我的，绝对不可能。然后我又对自己说，就因为在我看来是不可能的，所以他们肯定能找到我。所以，我得守株待兔。"

"你一边等着我们，一边叫查理把那一箱子的钱拖到车上去。"我说。

"什么钱？"吕德斯问，并没有看我们两个。他似乎是在内心观察着，寻找着。

我说："那些你从墨西哥空运过来的崭新的10元假钞。"

听了我的话后，吕德斯才看着我，但是神情很冷漠。"亲爱的朋友，你不是在开玩笑吧？"他故作惊讶地问道。

"呸！这是世界上最简单的事。边境巡逻队已经没有飞机了，前阵子他们的海岸巡逻队还有飞机，但是由于一切太平，飞机就撤回了。一架飞机从墨西哥领域出发越过边界停在了森林俱乐部的高尔夫球场上。那是吕德斯先生的飞机，因为他住在俱乐部并且拥有俱乐部的部分股权。为什么没有人对此产生怀疑呢？但是吕德斯先生并不想把可疑的50万现金放在俱乐部的房子里，所以他在这找了一个旧金矿，把钱藏在了冷藏车里。冷藏车像保险箱一样固若金汤，但看起来却不像保险箱。"

"有意思，"吕德斯冷静地说，"继续。"

我说："这笔钱是个好东西。关于钱我们已经做出了一个报告。要拿到制假钞的油墨、纸张和图版，一定有个组织，而且这个组织比任何一个诈骗团伙都要强大。这是个政府组织——也就是纳粹政府。"

矮个子日本人从床上跳了起来，嘴里发出嘶嘶声，不过吕德斯却仍是一副波澜不惊的样子。"对你说的话我越来越感兴趣了。"他简洁地说。

"我可不，"巴伦说，"你越讲越离谱了。"

我继续说道："几年前俄国人也玩过同样的把戏。在这里投入了大量的假钞以募集资金从事间谍活动，顺便希望破坏我们的货币流通。纳粹党很聪明，没有在这一方面下赌注。他们的目的就是把大量的美元集中到中美洲和南美洲。最好是新旧钞票混合着用。你不能到银行去存10万美元钱，全部都用崭新的10元钞票吧。让警官感到困惑的是，为什么你会选择这个地方，要知道这个山上大部分都是穷人。"

"但是像你这样的天才并不觉得奇怪，不是吗？"吕德斯冷笑道。

"我也不觉得奇怪，"巴伦说，"我只是很不喜欢有人在我的地盘被杀了。"

我说："你选择这个地方的初衷是，这是一个藏钱的好地

303

方。在全国大概有几百个这样的地方，没有什么警力，但是每到夏天就会有许许多多的陌生人来来往往。并且即使是飞机停在这里也不会引起别人过多的注意。但是这并不是唯一的原因，这里也是一个可以脱手一部分假钞的绝妙地方，如果你足够幸运，还能是一笔不小的数目。可惜你很不幸，你手下的韦伯玩了一个愚蠢的把戏，导致你暴露了。需要我告诉你，为什么只要你有足够的人手，这会是一个散播假钱的好地方吗？"

"请说。"吕德斯说道，用手拍了拍机枪。

"因为一年的三个月内，由于周末或者是假期，这个地方的流动人口能达到两万至五万。这就意味着会流进大量的钱，还会有很多生意在这里完成。并且这里没有银行，导致旅馆、酒吧以及商人不得不随时准备好零钱以供支票的兑换。也就是说，在这个季节他们的存款基本上都是支票，而流通的一直是现金，直到季节结束。"

"非常有趣，"吕德斯说，"但是如果局面真的在我掌控之中的话，我会考虑不在这里投放过多的钱。我会把钱分成小额分散在不同的地方。我会探探行情，看看反响如何。正如你刚才所提到的，由于钱会迅速地转手，所以即使有人发现它是假币也很难追溯源头。"

"是的，"我说，"这样做更加聪明。你不错，很坦诚。"

"对于你来说，"吕德斯说，"我再坦诚也无所谓。"

巴伦突然将身子向前倾。"听我说，吕德斯，杀了我们对你一点帮助都没有。严格说起来，我们没有任何证据。或许是你杀了韦伯，但是以现在的情况来看，实在很难证明这一点。如果你散播了假钞，他们总会找到你的，这一点是可以肯定的。现在我身上有两副手铐，我的主张就是你跟你的日本伙伴两个人戴着它们跟我走。"

日本人查理说道："哈哈，你这人可真有意思，傻瓜才会答应你。"

吕德斯微微笑了笑，"你把所有的东西都搬到车里去了吗，查理？"

"还差一个手提箱就全部搞定了。"查理说。

"那你现在最好拿着它出去，发动车子，查理。"

"听着，吕德斯，这样做是没有用的。"巴伦急切地说，"我们还有个人在树林那边，他手里拿着来复枪，现在月光这么明亮。你的武器确实厉害，但是如果我跟埃文斯两个人对付你，恐怕你就没有多余的精力去对付一把来复枪了。除非我们两个跟着你一块儿，否则你永远也别想从这里走出去。他看到我们进了这里，也知道我们是怎么进来的。他会在外头等20分钟，时间一过他就会派人过来抓捕你。这是我给他的命令。"

吕德斯平静地说："这个工作很难做，即使是我们德国人也觉得它很难。我累了，犯了一个致命的错误。雇用一个傻子来为我办事，他做了一件很愚蠢的事情，也由于有人知道了他的所作所为他便把那个人杀了。但是这也是我的错误，我不应该被原谅。我的生活将从此失去重要性。把手提箱提到车子那儿去，查理。"

查理迅速走向他。"不，我不去！"他尖声地说。"那个该死的箱子沉甸甸的。拿着来复枪的男人会把我杀了的，他妈的。"

吕德斯慢慢笑了。"都是屁话，查理。如果他们真的还有人手的话，那些人早就过来了。这就是我让他们说那么多的原因，就是为了看看他们到底是不是单枪匹马。果然是的，去吧，查理。"

查理嘶嘶地说："好，我去，不过我还是不喜欢。"

他走到墙角提起了立在那里的手提箱，几乎都提不动。他慢慢朝门口走去，放下箱子叹了一口气。他透过门缝向外张望。"没有看到任何人，"他说。"可能真的是在撒谎。"

吕德斯若有所思地说："我应该把那个女人跟那条狗也杀了

的。当时的我太软弱了。科特呢，他怎么了？"

"没听说过这个人，"我说。"他在哪里？"

吕德斯盯着我。"你们两个都给我站起来。"

我站了起来，背上凉飕飕的。巴伦也站了起来，脸色苍白。汗水沿着他两鬓斑白的头发缓缓淌下，他满头大汗，嘴里却一直没有停止咀嚼。

他轻轻地说："这个活你拿了多少钱，孩子？"

我含糊地说："100块钱，不过我已经花了一些。"

巴伦依旧用轻柔的语气说道："我已经结婚40年了。他们给我提供住房和木柴，每个月付给我80块钱。这可不够，我的天，我应该拿100块的。"他笑着调侃道，吐了口口水看着吕德斯。"去死吧你，纳粹浑蛋，"他说。

吕德斯慢慢地举起那把机枪，牙齿紧咬着嘴唇，嘴里发出嘶嘶的噪音。然后他又慢慢地放下枪，把手伸进了外套里面。他拿出一把鲁格枪（德国著名的半自动手枪，最早期的半自动手枪之一），拇指扣动保险栓。他把枪换到左手，站在那里静静地看着我们。慢慢地，他脸上所有的表情都消失了，面如死灰。他举起枪，与此同时，右手也高高地举过肩部，手臂僵硬，就像竹竿一样笔直。

"希特勒万岁！"他大声喊道。

他快速地调转枪头，将枪口塞到嘴巴里然后扣动了扳机。

14

日本人尖叫着跑了出去。巴伦和我忙猛地扑到桌子对面拿回了自己的枪。血掉落在我的手背上，吕德斯沿着墙壁慢慢倒了下来。

巴伦已经走到了门外，我来到他身边的时候，看到那个小日本正没命地朝山下一个灌木丛跑去。

巴伦站稳了身子，端起他的柯尔特手枪，又将枪放了下来。

"他跑得还不远，"他说。"即使是40码的距离我也能打中他。"

他再次举起了那把大柯尔特，身子稍微转了转，把枪放在最佳的射击位置。枪缓慢地移动着，巴伦将头微微压低，直到手臂、肩膀和右眼位于同一直线上。

他保持着这个姿势定了很久，然后枪响了，枪壳在他手里往后跳了一跳，一缕铅色的轻烟在月光下升起然后消失。

日本人不停地向前跑着，巴伦放下枪看着他钻进了灌木丛中。

"浑蛋，"他说。"居然没有打中。"他快速看了我一眼马上将目光移往别处。"不过他无处可去，身上什么东西都没有，细胳膊细腿的连松果都跳不过。"

"他有枪，"我说。"在他的左臂下。"

巴伦摇摇头。"没有，我注意到了那个皮套是空的。估计是吕德斯拿走了。我猜吕德斯想在离开之前杀了他。"

远处亮起了车灯，一辆汽车绝尘而来。

"是什么突然使吕德斯软弱了？"

"应该是他的骄傲受到了伤害吧，"巴伦若有所思地说。"像他这样一个大组织的人物居然被我们两个小人物给打败了。"

我们走到冷藏车那，一辆大的新车停在旁边。巴伦走过去打开了车门，路上的车现在也近了，车头大灯照着这辆大车。巴伦看着车凝视了片刻，猛地一甩车门，朝地上吐了口唾沫。

"凯迪拉克V-12，"他说。"红色真皮座位，后备厢里有行李箱。"他再次钻了进去，看着车上的仪表问："现在是什么时候？"

"两点差20分。"我说。

"这个表可没慢12分半钟，"巴伦气愤地说。"你看错了。"他转过来面对着我，推了推后脑勺上的帽子。"你不是说看到它停在了印第安酋长旅馆前面吗？"他说。

"是的。"

"我以为你真是个聪明的家伙呢。"

"确实。"我说。

"孩子，下次我要挨枪子的时候，你能否也在旁边？"

朝我们开来的那辆车停在了不远处，一条狗呜呜叫了几声。安迪喊道："没人受伤吧？"

我们俩走了过去。车门打开了，毛茸茸的小狗跳了下来冲向巴伦。她跳起了大约4英尺高，前爪搭在巴伦的肚子上，然后跳到地上开始转圈圈。

巴伦说："吕德斯在里面自杀了。一个小日本跑到了灌木丛里面，我们得围捕他。还有三四个装满了假钞的手提箱需要处理。"

他看向远方，健壮的身躯宛如磐石。"这样美好的一个夜晚，"他说，"却充满了死亡的气息。"

（本文译者　刘美娟、梁瑞清）

红风

那天夜里，沙漠之风席卷了整座城市，那一阵阵又干又热的圣安娜风穿越崇山峻岭而来，撩拨着你的发丝，吹得人神经震颤，令皮肤干痒难耐。通常在那样的夜里，每一场华丽的酒会都会以一次混战告终。平日里温顺娇弱的夫人们拿起餐刀，思忖着对准丈夫的脖子。一切皆有可能发生，你甚至能在一个鸡尾酒吧里喝到一大杯啤酒。

我当时正在一个新开的环境舒适的酒吧里喝着啤酒，酒吧正好位于我住的公寓街对面。那个酒吧刚开张一周，没什么生意。守吧台那个男孩儿看起来20出头，似乎滴酒未沾过的样子。

酒吧里除了我，还有一位客人——一个醉汉，背对着门坐在吧台椅上，他面前整齐地摆着一堆1毛钱的硬币，一共大概有2美元。他正用小杯子喝着黑麦威士忌，完全沉浸在自己的世界里。

我坐在吧台边离他远一点的位置，手中端着啤酒，我说："伙计，你肯定帮他们斩断了愁云，我可以替你这么说。"

"我们刚开业，必须得巩固业务。先生，你之前来过，是吗？"那个男孩儿说。

"是啊。"

"就住在附近？"

"我住在对面的伯格伦德公寓，我叫菲利普·马洛。"我说。

"先生，多谢相告，我叫卢·佩楚尔。"他把身体探过深色的吧台，靠近我接着说，"你认识那个人吗？"

"不认识。"

"看样子他应该回家了，我得给他叫辆计程车送他回家，他好像快把他下周的量都喝光了。"

"在一个这样的夜晚，随他去吧。"我说。

"这样喝对他不好。"那孩子说着，紧锁着眉头看着我。

"黑麦威士忌！"那醉汉头也不抬，用嘶哑的声音喊道。为了不弄垮面前的一摞硬币，他没有猛拍吧台，而是用打响指的方式叫酒。

那男孩儿看着我，耸耸肩说："我该不该去？"

"那是谁的胃？反正不是我的。"

那孩子给他又倒了一杯纯威士忌，我猜他肯定在吧台里面往酒里掺了水，因为他端酒出来时的愧疚表情好像他刚刚踢了他祖母一脚似的。醉汉丝毫没注意，他小心翼翼地把面前的硬币捡起来，那专注劲儿就像一位技术一流的外科医生正在给一个脑瘤患者做手术。

男孩走回来，往我杯子里加了点啤酒。酒吧外面大风呼啸，拍打着那扇厚厚的彩色玻璃门，门偶尔被吹开个几英寸。

那孩子说："首先，我不喜欢醉汉；其次，我讨厌他们在这里喝醉；再次呢，我一开始就不喜欢他们。"

"华纳兄弟可以采纳你那句话。"我说。

"他们会用的。"

就在这时，另一名客人光临了这个酒吧。伴着外面吱啦一声停车声，摇摇晃晃的门被推开了，一个行色匆匆的家伙走了进来。他扶着门把手，用他那扁平闪亮的黑眼睛迅速把屋里扫视了一遍。他体格健壮，皮肤黝黑，长着一张窄窄的英俊脸庞，一副寡言少语的样子。他身着黑色的衣服，一张白色的手巾从口袋里羞涩地探出脑袋，带着一种紧张的神态，看起来酷酷的。我想，可能是因为这股热风吧，我自己也颇有同感，但是一点也不酷。

他瞥了瞥那醉汉的背影，醉汉正在用他的空杯子下棋。新来的客人又看了看我，眼神顺延着扫了扫另一排空空如也的吧台座位。他进了屋，走过那个正摇头晃脑、喃喃自语的醉汉，对吧台里的男孩说：

"兄弟，在这儿见过一位女士吗？个子高高的，长得很漂亮，棕色头发，蓝色绉布丝绸裙外面套着件印花开襟夹克，头戴一顶带丝带的宽檐草帽。"他紧绷的声音在我听来很不顺耳。

"没见过，先生。没有那样的女士来过这儿。""谢谢，来杯纯苏格兰威士忌，动作快点儿，可以吗？"客人说。

那孩子把酒递给他，他付了钱，端起杯子一饮而尽，便开始迈步出门。大概走了三四步的时候，他面对着那个醉汉止住了脚步。只见醉汉咧嘴嬉笑，不知从哪儿兀地掏出一把枪，说时迟那时快，我只瞥见了那把枪模糊的影子。他稳稳地举着枪，看起来比我还清醒。那皮肤黝黑的高个子纹丝不动地站着，脑袋向后晃了几下，又毫无动静了。

一辆车从屋外呼啸而过，醉汉手中的枪是一把大准星的22毫米口径的自动手枪，枪筒里只发出几声刺耳的劈啪声，飘散出几缕轻烟，若有似无。

"再见了，沃尔多。"醉汉吐出几个字。

接着他拿枪指着酒保和我。

中弹那家伙过了好长时间才倒地，仿佛过了一周那么漫长。他踉跄几步，又突然稳住，晃了晃一只手臂，又东倒西歪了，他的帽子滑落到地上，接着他面朝地板倒了下去。这下估计他之前的所有烦恼都随之烟消云散了吧。

醉汉这才从吧台椅上滑下来，一把捞起那堆硬币，放进兜里。他手托着枪，侧身向前探路。我没带枪，我原以为出来喝杯啤酒应该用不着枪吧。吧台里的那男孩一动不动地站着，噤若寒蝉。

醉汉一边目不转睛地盯着我们，一边用肩膀轻轻去探玻璃门。他打开了门，一股大风横灌进来，掀起了地上那家伙的头发，他说："可怜的沃尔多，我打赌我把他的鼻血弄出来了。"

门猛地合上了，这时我才冲了过去——我总是重复着同样的错误。但就这件事来说，倒还无妨。停在外面的车轰隆隆地响着，我走到人行道上，只瞥见那带着斑驳红点的车尾灯绕过了附近街角处，我像第一次中100万一样记下了车牌号。

大街上人们同往常一样来来往往，车辆依旧川流不息，大家丝毫没有注意到这里刚刚发生了枪击案。即使有人听到了，在强劲大风的掩饰下，那口径22毫米的手枪的尖利嗒嗒声听起来跟关门的声音没什么两样。我又回到了酒吧里。

酒保到现在还呆若木鸡，他把双手放在吧台面儿上，稍稍斜着身子，目光移到地板上那家伙的背上。那黑皮肤的家伙也一动不动，我俯身向下去摸摸他脖子上的动脉，他永远不会再动了。

那孩子的面部表情看起来就像一块牛腿肉一样僵硬，颜色也差不多。现在他的目光里少了震惊倒泛起了愤怒。

我点了支烟，朝天花板吐了口气，我简洁地说："打电话。"

"也许他还没死。"男孩说。

"如果他们用的是口径22毫米的枪，那说明他们的枪法一流，万无一失。电话在哪？"

"我没有电话，我没买电话就已经花了一大笔钱了。老兄，我可以为了我的800美元，朝他的脸上踢一脚吗？"

"你是这间酒吧的老板？"

"这件事发生之前，我确实是。"

他脱下白色外套，摘下围裙，走到吧台出口，"我要锁门了。"他说着，掏出了钥匙。

他出了门，把门合上，在门外轻轻转动着门把手，直到门闩卡到位。我俯下身，把沃尔多的尸体翻过来。乍一看，我根本找不到中弹的位置，过了一会儿才看发现他的外套上有两个小孔，就在心脏的位置，只有一点点血流他的衬衫上。

那醉汉就像一名最高明的杀手一样，动作快准狠！

大约过了8分钟，巡警赶到现场。那个叫卢·佩楚尔的男孩儿又站到了吧台后面，他又穿上了白色外套，把柜台里的钱数了数，又装进兜里，开始在一个小本子上写写画画。

我站在另一排吧台椅的边上抽着烟，看着沃尔多的脸色变得越来越死寂。我很好奇那位身穿印花外套的女孩儿是谁，为什么沃尔多不把停在外面的车熄火，为什么他行色匆匆，而那个醉汉是否一直在等他现身，又抑或只是恰巧在这儿碰见了。

几个巡警大汗淋漓地走进来，他们体型中等，其中有个人斜戴着的帽子下面插了一朵花，当他看到死者的时候，他摘下花，弯下腰去测测沃尔多的脉搏。

"看起来已经死了，"他说着，把尸体稍微转过来一点，"噢，是的，我看到弹孔了，手脚干净利落。你们俩看到他中枪了？"

我回答说看到了，站在吧台里面的男孩没有吱声。我把整件事大概讲了讲，还说凶手似乎已经开着沃尔多的车逃走了。

那个警察猛地抽出沃尔多的钱包，一边动作麻利地翻着钱包，一边吹着口哨，"钱很多，驾照却没有，"他把钱包放了回去，"好嘞，我们可没碰他噢，看到了吧？只是偶然一个机会，我们发现他有辆车停在外面。"

"你没碰他才怪呢！"卢·佩楚尔说。

那警察发窘地看了他一眼，和缓地说："好吧，伙计，我们动过他了。"

那男孩拿起一只干净的高脚杯，开始抛光擦亮，在接下来的时间里，他一直在擦着那只杯子。

过了一分钟，刑侦警车鸣着警笛火速赶到，在门外停了下来，四个人相继走了进来。其中有两个警察，一个摄影师，一个化验员。那两个警察我一个也不认识，就是在侦查这行干很久，也不能把大城市里全部警力认识个遍。

其中一位警察个子不高，身材匀称，皮肤黝黑，安静从容，面露笑意，有着一头卷曲的黑发和一双透着智慧而又温和的眼睛；另一名警察身材高大，骨骼粗犷，长长的下巴，鼻子上青筋暴突，眼神呆滞。他看起来像一个嗜酒之徒，态度强硬，但他摆出一副比实际还要强硬的姿态。他把我逼到靠墙的最后一个吧台，靠墙站着。他的搭档在前门盘问那孩子，那些先前来的巡警离开了现场。采集指纹的工作人员和摄影师开始展开他们的工作。

一名法医走进来，在酒吧里待了很久，恐怕都等得万分煎熬了，因为这里没有电话，他没法儿叫停尸间的车来运尸体。

那名矮个子警察清空了沃尔多的口袋，又掏空钱包，把搜到的所有物件都倒在了铺在吧台上的一张大手帕上。我看到有很多现金、钥匙、香烟、另一块手帕，再没有其他东西了。

大个子警察把我推到最后一个座位处，说："交出来，我是哥白尼克警督。"

我把钱包举到他面前，他瞅了瞅，用手翻了翻，就扔回给我，在本子上做了笔记。

"菲利普·马洛，嗯？是一名私家侦探呢，你是来这儿查案的吗？"

"专门来喝酒的，"我说，"我就住在街对面的伯格伦德公寓。"

"认识前面那个男孩儿吗？"

"从他开业到现在，我来过一次。"

"目前有没有发现他有什么奇怪的地方？"

"没有。"

"对这个年轻的小伙子太轻描淡写了，不是吗？别有所顾忌，把整件事如实说出来。"

我把事情给他讲了三遍，一次他要听大体情况，一次他询问细节，还有一次他想看看我是不是也清楚情况了。最后他说："我对那个女人很感兴趣，你说歹徒叫这个家伙'沃尔多'，但是他无论如何看起来都不像确定他会出现。我的意思是说，如果沃尔多不确定那个女人会来这里的话，沃尔多就不会现身，没人可以打包票。"

"这个挺让人捉摸不透的。"我说。

他死死地盯着我，我没有笑，"听起来像是仇杀，不是吗？似乎没有预谋，除了侥幸脱身，也没有制订逃跑方案。像这个家伙这样不关发动机，把车停在外面的情况，在这个地方也并不多见，而凶手还当着两个活人的面作案，我不喜欢这一点。"

"我也不喜欢当这个目击者，"我说，"报酬太少了。"

他咧开嘴笑，露出牙齿上的斑点，"凶手真的喝醉了吗？"

"按照那样的枪法判断？没喝醉。"

"同意。不过，这是个轻巧的活儿。这家伙身上有记录，而且留下了很多指纹。即使我们现在手头没有他的脸部照片，但我们会在几个小时之内抓获他。他和沃尔多有恩怨，但他今晚没指望遇到他，沃尔多正好经过这里，进来打听一个跟他约定好却又失去联络的女人。今晚天气热，这大风会毁了一个女孩子的脸的，这样她可能就在某个地方等着他，所以凶手就恰好来对了地方，直接给沃尔多来了两枪，随即快速逃离现场，甚至都忽略了还有两个证人在场，整件事情就是这么简单。"

"嗯。"我说。

"简单得让人觉得恶心。"哥白尼克说。

他摘下头上的毡帽，把他那头油腻腻的金发揉得乱糟糟的，脑袋倚在双手上。他相貌平平，长着一张马脸，他拿出手帕抹了抹脸和颈背，又擦擦手背，接着拿出一把梳子，梳了梳头——梳头之后他看起来更难看了——最后他戴上了帽子。

"我刚刚在想。"我说。

"是吗？在想什么呢？"

"我在想这个沃尔多对那个女孩儿的穿着打扮一清二楚，那他今晚肯定跟她见过面了。"

"所以呢，怎么了？也许他得上个洗手间，回来就发现她已经走了，也许她对他改变了主意。"

"说得有道理。"我说。

但其实我不全是在思考这个问题，我还在想当时沃尔多在描述那女孩儿的装扮时，用了常人不会想到的方式去形容：蓝色的绉布丝绸裙子外面套着开襟的印花夹克。我甚至连开襟夹克是什么样子都不知道，而且就算我可能会说蓝色裙子，甚至是蓝色丝裙，但绝对不会说蓝色绉布丝绸裙。

过了一会儿，有两个人提着筐进来了，卢·佩楚尔依然在一边擦着杯子一边跟那名矮个子警察谈话。

我们都去了警察总署。

他们盘问卢·佩楚尔的时候，他能应付自如。他的父亲在康特拉科斯塔县的安提俄克附近有一个葡萄农场，他给了卢1000美元让他做生意，于是卢就开了这个鸡尾酒吧，装饰着霓虹灯什么的，整整花了800美元。

他们放他走了，还叮嘱他得等到警方不需要再采集指纹时，酒吧才能继续营业。他跟他们都握了握手，还笑嘻嘻地说据他猜测，这桩命案会最终给酒吧带来好生意，因为没人会只听信报纸的只言片语，人们会来酒吧找他讲整件事情，在听他讲的过程中，人们就会买他的酒。

"这个家伙真是乐天安命啊，"他前脚走，哥白尼克就这样说，"一点儿也不担心别人。"

"可怜的沃尔多，"我说，"指纹还完整吗？"

"弄脏了一点，"哥白尼克气急败坏地说，"但是我们会归类，今晚挑个时间送到华盛顿去检测，如果进展不顺利，你就得花一整天在下面的铁框图册里找他的信息了。"

我跟他和他的搭档——名叫伊巴拉的警察握了握手，然后离开了警局。他们到现在也不知道沃尔多是谁，他兜里的东西什么都证明不了。

2

大约晚上9点钟，我回到了我住的那条街。进公寓之前，我四处观望了一下整条街：鸡尾酒吧远远地坐落在街道的另一边，里面黑漆漆的一片，有一两个人贴着玻璃朝里面看，但是酒吧前并没有簇拥的人群。人们都看见了有警察过来，也看见了运尸体的车，但是他们对到底发生了什么毫不知情，除了街角杂货店里的那些玩着弹球游戏的小伙子们，但他们除了不知道怎么找份工作，对其他事无所不知。

风一直呼呼地刮着，炙烤着大地，和着尘土打着旋儿，纸屑被风刮到了墙上。

我走上公寓大楼的走廊，搭电梯到了四楼，我按开门，出了电梯，发现一个高个子女孩正站在门口等电梯。

她头上戴着一顶宽檐草帽，帽檐上绕着一圈松松垮垮地系着蝴蝶结的丝带，帽子下面是一头棕色的鬈发；她有着一双蓝色的大眼睛和快触到下巴那么长的睫毛；她身穿一条蓝色裙子，可能就是绉布丝绸，线条简洁，而又把身材衬托得凹凸有致，裙子外面套着的外套，可能就是一件印花开襟夹克。

我说："你身上穿的是一件开襟夹克对吧？"

她冷冷地瞥了我一眼，好像身上粘了蜘蛛网一般，抖了抖裙子。

"没错，你不介意让让——我很赶时间，我想要——"

我丝毫没让步，我站在电梯口挡着她的去路，我们面面相觑，她慢慢地脸红了起来。

"最好别穿着这身衣服出去。"我说。

"为什么？你怎么敢这样说——"

电梯叮当一声响了又继续向下，我不知道她接下来要说什么。她的声音不像酒吧里那些说话尖声尖气的女人，而是如春雨般轻柔温润。

"我可不是在勾引你，"我说，"你有麻烦了，如果他们乘电梯来这层楼，你也只有一点时间离开大厅。先得摘下帽子，脱下外套——快！"

她没有移动，那张略施粉黛的脸上似乎变白了一些。

"警察，"我说，"他们在找你，就是因为你穿着这身衣服。给我个机会我会告诉你为什么他们在找你。"

她立即转过头，看着身后的走廊，对于像她这样的美女，我完全能理解她会这样再次虚张声势地吓唬我。

"不管你是谁，你真的很鲁莽无礼，我是住在31号房间的勒罗伊夫人。我能确定——"

"确定你走错楼层了，"我说，"这是四楼。"电梯正好到达了三楼，门哐当一声打开的声音从门柱边传来。

"脱！"我急冲冲地说，"就趁现在！"

她取下帽子，脱下开襟夹克，动作迅速。我一把抓过来，把它们揉成一团夹在我的胳膊下面。我抓住她的手肘一把拉过来，转身朝门廊走去。

"我住在42号房间，正对着楼下你的房间，就隔了一层。你自己选吧，再一次申明——我这不是在跟你调情。"

她动作敏捷地理了理头发，像极了鸟用喙整理它的羽毛，似乎这动作已经练习了上万次。

"去我的房间。"她说着，把手提包塞到胳膊下，沿着门廊大步向前走。电梯在楼下停了下来，她也同时停下脚步，转过身看着我。

"楼梯就在电梯口后面。"我轻声说。

"我在这没有房间。"她说。

"我也没觉得你有。"

"他们是在找我吗？"

"嗯，但是他们得明天才开始排查整条街，而且只有当他们没有确认沃尔多身份的时候才开始。"

她目不转睛地看着我，"沃尔多？"

"噢，原来你不认识沃尔多。"我说。

她缓缓地摇摇头，此时电梯又开始向下，她那蓝色眸子里闪烁着恐惧的神色，就像平静的水面上泛起了涟漪。

"不认识，"她呼吸气促地说，"但是你带我离开这儿吧。"

我们刚好来到我门前，我把钥匙塞进锁孔，转动锁芯，把门朝里面打开了。我把手伸得老长去开灯，她一阵风似的走过我身边，进了屋。一阵若有似无的檀香飘散在空气中。

我关上门，把我的帽子扔到椅子上，看着她踱步来到一张牌桌边，小桌子上是一局我不知道该怎么走下一步的棋局。一进屋，锁了上门，她的紧张恐惧感随即消失。

"看样子你是一个象棋手。"她警惕地说，感觉好像她是来看我的蚀刻画一样，我倒真希望是这样。

我们都静静地站着，竖起耳朵听着从远处传来的电梯的叮当声，随即一阵脚步声——朝另一边走去了。

我笑了笑，不是因为高兴，而是因为紧张，接着进了厨房，笨手笨脚地想去拿酒杯，才发现胳膊下还夹着她的帽子和外套。我随即走进壁床后面的更衣室，把它们都塞进了抽屉里，然后回到厨房，拿出我上好的苏格兰威士忌，调了两杯苏打威士忌。

当我端着两杯酒走出厨房时，发现她拿着枪指着我。那是一把小型自动手枪，握柄是镶满珍珠。枪正对着我，她的眼里全是恐慌。

我停下脚步，一手拿着一杯酒，说："也许这热风把你也吹得精神错乱了，我是个私家侦探，如果你同意，我可以证明给你看。"

她微微点头，脸色苍白。我慢慢靠近她，放了一杯酒在她身旁，又后退放下我的酒杯，拿出我保存良好，不带卷角的名片。她就那么坐着，左手蹭着自己的膝盖，右手握着枪。我把名片放到她的酒杯边又回到自己座位上。

"永远不要让人靠你那么近，除非你是认真的，还有记得扣上枪的保险栓。"我说。

她的目光快速下移，浑身颤抖着把枪放回包里。她一口气喝掉半杯酒，把杯子重重地放到桌上，拿起名片。

"我可不是给谁都喝这个酒的哦。我负担不起。"我说。

她撇着嘴说："我猜你是想要钱。"

"啊？"

她毫不作声，手又伸到包旁边。

"别忘了扣上保险栓，"我说，她手上的动作停住了，我继续说："我口中这个叫沃尔多的家伙，个子很高，应该有5尺11寸，身材修长，皮肤黝黑，一双闪亮的棕色眼睛，细长的鼻梁，薄薄的嘴唇。身着一身黑色西服，胸前的口袋里露出白色的手帕，着急地找你——我说到重点了吗？"

她又拿起酒杯，"原来那就是沃尔多啊，"她说，"好吧，他怎么样了？"她的音现在听起来似乎带着那种酒吧小姐的尖声厉气。

"嗯，这件事有点意思。街对面有家鸡尾酒吧……咦，你一整晚都跑哪里去了？"

325

"大多数时间，就坐在车里。"她冷冰冰地说。

"难道你没发现在这个街区，对面那条街吵吵嚷嚷的一片混乱吗？"

她的眼神想抵赖，但是被嘴巴出卖了，她说："我知道附近有点骚乱，我看到警察和红色探照灯，我想肯定有人受伤了。"

"是有人受伤了，就是这个沃尔多，他受伤之前，在那个鸡尾酒吧里面找你，他描述了一下你和你的着装。"

她的眼睛此刻就像两颗铆钉一样死死地盯着我，面带着同样呆滞的表情，她的嘴唇开始颤抖，一直这样颤抖不止。

"我当时就在酒吧里，正跟开酒吧那男孩儿聊天，当时酒吧里只有三个人——我，那个男孩，还有一个喝闷酒的醉汉。醉汉对周围的一切置若罔闻，接着沃尔多进来了，向我们打听你，我们说没见过，他转身就要离开。"我说。

我抿了一口酒，跟其他人一样，我喜欢她表现出来的一举一动，她的眼睛让我看得我心烦意乱。

"就在他要离开的时候，那个心不在焉的醉汉叫他沃尔多，然后掏出一把枪，朝他开了两枪，"说到这我打了两个响指，"就像这样，死了。"

她对我说的这些嗤之以鼻，面向我笑了起来，"这么说来是我的丈夫雇你来监视我的，我大概知道整件事就是演一出戏，你，和你口中的沃尔多。"她说。

我直瞪瞪地看着她。

她气急败坏地说："我从未想到他会这么嫉妒，无论如何，至少不会对一个曾经当过我们司机的男人心生嫉妒，当然，这跟斯坦有点关系——那个很情有可原，但是约瑟夫·科茨……"

我一动不动地坐着，嘴里咕哝着："女士，我们当中肯定有人没搞清楚状况，我不认识任何叫斯坦或者叫约瑟夫·科茨的人，所以省省吧，我连你曾经有个司机这事都不知道，我又没跟在他们屁股后面转。至于你口中的丈夫嘛，嗯，时不时会有谁的

'丈夫'来找我们谈这样的生意，不过这种情况通常不多。"

她缓缓地摇摇头，手又搭到包上去了，蓝色的双眸泛着亮光。

"是那些生意不够好，马洛先生。不，是还差得远。我知道你们这些私人侦探，你们都坏透了。你要诈把我骗到你的房间——如果这是你的房间的话，或者更有可能是这里住着一个什么可怕的人，为了几毛钱什么都干得出来。现在你又想恐吓我，这样你就可以敲诈我，同时又可以从我丈夫那里索取钱财。好吧，"她上气不接下气地说，"我得出多少？"

我把手中的空酒杯放到一边，身体后倾，说："请原谅我点支烟吧，我的神经快绷断了。"

我点烟的时候她毫不畏惧地看着我，一副不管我犯什么罪她都不会怕的样子，"原来他名叫约瑟夫·科茨，那个在酒吧里杀他的家伙叫他沃尔多。"

她微笑着，露出点儿厌烦的情绪，但好在还带点儿宽容，"别磨叽，要多少？"

"你为什么想见这个约瑟夫·科茨？"

"当然，我要买回一件他从我这儿偷走的东西，一件向来很值钱的东西，差不多值15000美元。那东西是一个我曾经爱过的男人送的，他现在已经不在了。好啦！他已经死了！他葬身在一架起火的飞机上。现在，你快回去把这事告诉我丈夫，你这个可恶的卑鄙小人！"

"我既不小也不卑鄙。"我说。

"你还是很可恶，还有，不用劳烦你告诉我丈夫，我自己会告诉他的，他可能已经知道了。"

我嘻嘻地笑着说："英明的决定，不正合我意吗？"

她一把抓起杯子，喝干了杯中剩余的酒，"那么他觉得我在跟约瑟夫幽会咯。好吧，也许之前是这样，但是不是为了做爱，至少我不会跟一个司机上床——一个我从门口捡回来，还送他一份工作的乞丐。如果我想在外面鬼混，我还不必那么自贬身价。"

"女士，事实上你也没有。"我说。

她说："现在我要走了。如果你敢拦我就试试看。"她立马从包里拿出那把手柄上镶满珍珠的枪。我一动不动地坐着。

"哎，你这个讨厌的卑鄙的无名小卒，"她大发雷霆，"我怎么知道你到底是不是私人侦探？你可能就是个骗子，你给我的名片什么也说明不了，人人都可以印名片。"

我说："当然。为了等你今天光临寒舍，为了等你没见着一个名叫约瑟夫·科茨的家伙——而那个家伙以沃尔多的名字在街对面的酒吧里被打死，这样一来我就可以敲诈你一顿，那我觉得我在这儿住了两年着实是绝顶聪明的决定。你用来买那价值15000美元的东西的钱，你带在身上了吗？"

"噢！我猜，你认为你可以阻拦我！"

"噢！"我模仿着她的语气，"我是个持枪抢劫的艺术家，不是吗？女士，请你要么把枪拿开，要么拉下保险栓好吗？看着这样一把用钱造出来的漂亮的枪，实在是伤害我的职业精神。"

"你整个人我都讨厌死了，别挡着我的路！"她说。

我还是不动，她也不动，我们两个都坐着，但并没有挨得很近。

"走之前请再为我揭开一个谜团，"我恳求着，"你走到楼下那层楼究竟是为了什么？仅仅是为了去街上见那个人吗？"

"别傻了，"她恶狠狠地说，"我撒谎了，我在这没有公寓，这是他的公寓。"

"约瑟夫·科茨的？"

她小鸡啄米一般用力地点点头。

"我嘴里所描述的沃尔多像不像约瑟夫·科茨？"

她又快速地点点头。

"好吧，终于得出一点结论了。难道你没有注意到这些事实

328

吗？在沃尔多被杀之前，当他进酒吧找你的时候，他向我们描述过你的着装，接着我们又给警察描述了你的着装，而警察并不确定沃尔多的身份，那么他们现在就在找穿着那身衣服的人来帮他们解开谜题。你难道没有弄清楚这些吗？"

她手中的枪突然颤抖起来，她近乎被抽空了一般，低头看着枪，然后迟缓地把枪放回了包里。

她低语着："我真傻，居然跟你搭话了。"她的目光在我身上停留了很久，接着她深吸了一口气，"他告诉我他的住处，毫不畏惧的样子，我猜勒索犯都是那副嘴脸。我们本来要去那条街碰头，但是我迟到了，我到的时候，那附近全是警察。所以我就往回走，在我的车里待了一会儿，然后我就来到了约瑟夫的公寓，发现锁了门，于是我又回到车上继续等，我一共上来了三次，最后一次我快步走来等电梯，我在此之前已经去了两次三楼。然后我遇见了你，就是这样。"

"你说了些跟你丈夫有关的事。他在哪？"我嘟哝着。

"他在开会。"

"噢，开会。"我阴险地说。

"我的丈夫是个非常重要的人物，他有很多会议要参加，他是名水电工程师，全世界到处跑，我得告诉你——"

"不用给我说这个了，"我说，"哪天我得叫他出来共进午餐，让他自己告诉我。现在无论约瑟夫手上的东西是什么，现在都像死掉的牲畜一样已经毫无价值了，就跟死了的约瑟夫一样。"

"他真的已经死了？"她悄声地询问，"真的吗？"

"他死了。死了，死了，死了。女士，他已经死翘翘了。"我说。

她最后终于信以为真了，我还不指望她会信呢。我们都陷入沉默中，此时电梯停在了我这层楼。

脚步声沿着门廊步步逼近，我们都有不祥的预感。我把手指竖在嘴唇中间，示意她不要出声。她现在呆若木鸡，脸上的表情也凝固了，那双蓝色的大眼睛仿佛被黑色的阴影所笼罩。窗外的热浪一阵阵拍打着紧闭的窗户，不管风是否灼热，只要是圣安娜风来袭，所有窗户都得关得死死的。

沿着门廊上走过来的脚步声，听起来像一位普通的老人随意走动的声音，而脚步声却在我的门口停了下来，有人敲门了。

我朝她指了指壁床后面的更衣室，她悄无声息地站起来，把包紧紧地抓在身旁。我又指了指她的酒杯，她灵敏地拿起酒杯，脚步划过地毯，溜进了更衣室，轻手轻脚地把身后的门合上了。

我都不知道我自己惹得这一身骚究竟是为了什么。

此时门外又响起了敲门声，我的手上全是汗。我把椅子弄得吱吱作响，站起身来，大声得打着哈欠，随即走到门边打开了门——居然没有拿把枪就开门了，真是个错误的决定。

3

第一眼我没立即认出他来，沃尔多没认出他是因为沃尔多似乎不认识他，而我或许正好相反。当时他在酒吧里一直戴着帽子，现在却没戴，我以为当时他的帽子把他的头发都盖住了，现在才发现原来他是秃头，帽子挡住的部分全是光亮干燥的白色头皮，几乎跟疤痕一样触目惊心。他看起来不只老了20岁，还像完全变了一个人。

但是我认得他手上的枪，那把大准星的22毫米口径的自动手枪。我认得他的眼睛，一双明亮、暴躁而又鄙陋的眼睛，一双蜥蜴一般的眼睛。

他单枪匹马而来，把枪轻轻地抵住我的脸，从齿缝间挤出几个字："对，是我，我们先进屋去。"

我朝屋里后退着，等到他进了屋，我就止住了脚步。我按照他的意思行动，这样他就可以毫不费劲地关上门——我从他的眼神里读出这样的指令。

我没被吓倒，我只是被紧逼得不能动弹。

他关上了门，继续慢慢把我朝屋里逼近，直到有东西抵住我的腿，他的双眼盯着我的眼睛。

他说："那是张牌桌。哪个蠢货在这下象棋，你自己吗？"

我咽了口唾沫，"我并没认真地在下象棋，只是打发时间而已。"

"那意思是有两个人。"他的声音带着一种粗哑的柔和感，好像他的气管在某次审讯中被警察用警棍打了一样。

"这是个待破的棋局不是游戏，你看看棋子。"我说。

"我怎么知道。"

"嗯，我一个人住。"我说，我的声音颤抖得厉害。

他说："这没有任何区别。不管怎样我都快完蛋了，总有些告密者会叫警察来逮我，或许是明天，或许是下一周，究竟他妈的怎么了？兄弟，我就是不喜欢你那张脸，还有那个自命不凡又满身脂粉气的酒保，他就是那种在福德汉姆什么队里面打左内边锋的人。你们这样的家伙都见鬼去吧。"

我既不作声，也不行动，那把大准星的枪爱抚一般轻轻扫过我的脸颊，他脸色泛起了笑意。

他说："这也是一桩好生意。以防万一啊，像我这样的亡命之徒不会留下完整的指纹，对我不利的就是两个目击证人。都他妈见鬼去吧。"

"沃尔多对你做了什么？"我尽量让自己表现出我很好奇的样子，而不只是为了让自己别颤抖得那么厉害。

"因为抢了一家银行，我在密歇根蹲了四年监狱。他自己倒没有被起诉。在密歇根坐四年牢可不是乘坐夏日游轮。他们让你乖乖地当个悔过的囚犯。"

"你怎么知道他会来酒吧？"我用嘶哑的声音说。

"我不知道，噢，对了，我正在找他，我之前确实一直在找他，头一天晚上我在街上瞥到他一眼，但是又错过了，之后我就没找他了，结果他就被我逮住了。沃尔多，真是个聪明的家伙，他怎么样了？"

"死了。"我说。

他格格地笑着："我还是很厉害。不管是喝醉了还是清醒

332

着，嗯，那个现在对我没有任何影响。他们现在开始在市区找我了吗？"

我没有很快地作答，他把枪捅进我的喉咙，我呛得不行，差点本能地伸手去抓枪。

"别，"他温和地警告我，"这可不行，你还不至于蠢到那种地步。"

我收回双手，举到身体两侧做投降状，手掌朝他大大展开着。他就想我这样做，除了用枪，他没有碰过我，他似乎也不在乎我身上也可能有枪，如果他一心想要干掉我，他是不会在乎的。

又回到那条街之后，他看起来似乎对发生的一切都不在乎，可能他被今夜的热风下了咒。热风正冲击着禁闭的窗户，仿佛码头下翻滚着的热浪。

"他们采集了指纹，我不知道指纹清不清晰。"我说。

"指纹很清晰，但是如果用电传，就不是那么回事儿了。得费点儿时间让他们把采集的指纹空邮到华盛顿去，再把鉴别结果送回来。兄弟，你告诉我，我来这儿干吗来了。"

"你在酒吧里听到了我和那男孩儿的对话，我说了名字和我的住址。"

"那是我怎么找到这儿的，兄弟，我让你说'为什么'。"他对我微笑着，那可能是你再也不想看到第二次的那种卑鄙恶心的笑容。

"省省吧。刽子手可不会叫人猜他为什么来这儿。"我说。

"我说嘛，你在这种事儿上是个厉害角色。把你搞定之后，我就去会会那个孩子。他从警察总署出来到回家，路上我一直跟着他，但是我估摸着我应该先干掉你。我开着沃尔多租的车，一路从市政府跟到他家。兄弟，从警察总署开始哦。那些警察很可笑，哪怕你就坐在他们的大腿上，他们都认不出来。成天开着辆警车招摇过市，提着冲锋枪，还撞飞两个行人：一个是在驾驶室熟睡的出租车司机，一个是在二楼拖地的清洁女工，却跟丢了他们在追缉的犯人。他们那群可笑的无耻的警察。"

他转了转抵着我脖子的枪，眼睛里燃烧着比之前更狂妄的怒火。

他说："我还有时间。沃尔多租的车不会立即被发现，而且他们不会这么快就查清了沃尔多的身份。我知道沃尔多，他很聪明，他是一个稳当的男人。"

"如果你不把枪从我喉咙里拿开的话，我就要吐了。"我说。

他笑了笑，取出枪移到我的胸口，"这个地方可以吧？说，想什么时候死？"

我肯定比我想的还说得大声，壁床后面更衣室的门裂开了一道口子，有一寸那么宽，接着门又打开了四英寸。我看到了她的双眼，但是我没有盯着那个方向看，我紧紧地盯着面前这秃头的双眼，目不转睛地盯着，我不想让他把视线从我身上挪开。

"害怕了？"他温和地问。

我挨着枪，开始浑身颤抖，我想他很乐意看到我这样颤抖着。那女孩儿跨出了门，手上还拽着枪，我真替她难过得要命，她可能会去开门，或者失声尖叫，不管做出哪种反应，对我们两人来说，都会是死路一条。

"好吧，别把整晚的时间都花在这个上面。"我嘀咕着。我的声音就像另一条街上的传来的广播声一样，遥远而响亮。

"我喜欢这样，兄弟，"他微笑着，"我就想这样。"

女孩儿静悄悄地移动着，飘到了他身后，没有比她的脚步声更轻的声音了，就算这样也没什么用，他才不会把她当回事呢。虽然我现在才仅仅注视了他五分钟，我已经对他的想法了如指掌了。

"看来我得叫救命了。"我说。

"嗯，看来你得叫救命了，好啊，叫吧。"他带着刽子手的微笑说。

她并没有朝门口走去，她径直站到他的身后。

"好——我马上就要喊人了。"我说。

这似乎是一句暗号，她悄无声息地用那把小手枪猛地戳了一下他的肋骨。

他必须做出反应，这就像膝跳反射。他的嘴突然张开，两只手臂从两侧抬起来，稍稍躬了一下背，此时，枪直指我的右眼。

我瞬间抽身向下，用尽全身力气，一脚踢中他的要害。

他的下巴向下垂着，我顺势一拳打中下巴，那架势就像我要把最后一颗道钉钉进第一条横贯大陆的铁路一样。当我弯曲手指的时候，我还能清晰地感受到那股冲击力。

他手中的枪从我脸边扫过，但是他并没开枪，他早已经瘫软在地，苟延残喘地蠕动着身体，左侧紧紧地贴在地面上。我重重地朝他的右肩踢了一脚，枪从他手中滑落出去，滑到了椅子下面的地毯上。我听到身后的一颗颗棋子叮叮当当地滚落到了地上。

那女孩俯身看着他，又抬起那双睁得大大的惊恐万分的黑眼睛，死死地盯着我。

"刚刚你所做的完全征服我了，我的一切都是你的——从现在起直到永远。"我说。

她没有听见我说的话，由于紧张，她双眼瞪得很大，以至于露出了蓝色的瞳孔下面的眼白。她手上握着枪，快步退到门前，手向后摸索着，然后转动了门把，拉开门，一溜烟儿地出了门。

门关上了。

她就那样没戴帽子，没穿开襟外套就走了。

她只拿了那把枪，保险栓还是扣上的，这样她的枪就不会走火了。

任凭窗外热风呼啸，屋里已然陷入了一片沉寂之中。我听到他在地板上无力地喘息着，脸色发青。我走到他身后，搜他身上有没有带其他的枪，但是没找到。我从桌子抽屉里拿出一副在商店里买的手铐，将他的双手拉到身前，咔嚓一声铐住了他的手腕，如果他不拼命挣扎，这副手铐还是能稳稳地铐住他的。

尽管痛苦难耐，他依然目露凶光，似乎想要把我送进坟墓。他依旧侧着左边身子躺在地板中央，这个光头小喽啰，面部扭曲而又形容枯槁，嘴巴向两侧悲戚地张开，露出镶着廉价银质材料的牙齿。他的嘴巴看起来就像个黑洞，伴着微弱的呼吸，气流一进一出，呛了几下又停了，又呛了几声，疲软无力。

我走进更衣室，打开橱柜里面的抽屉，她的帽子和夹克还躺在我的T恤上。我把她的东西放到抽屉后面，用我的T恤盖住，再把T恤理理顺。接着我走进厨房，倒了一杯纯威士忌，来了一口猛的，然后呆呆立着听着热浪向窗户咆哮。楼下车库的门砰砰作响，有条被绝缘体包裹着的电源线剧烈地晃动着，一次又一次地重重打在大楼的墙壁上，声音就像有人在鞭打一张地毯。

酒精在我身体里起了反应。我回到客厅，推开了一扇窗户。虽然躺在地上这个家伙没有闻出她留下的檀木香味，但是其他人可能会觉察到。

我又合上了窗户，擦了擦手掌，拿起电话打给警察总署。

哥白尼克还在那里，话筒里传来了他那自作聪明的声音："嗯？是马洛吗？别告诉我，我敢打赌你又在打什么主意。"

"抓到凶手了吗？"

"马洛，我们不能说抱歉见鬼什么的。你知道的。"

"好吧，我才不在乎他是谁，你直接过来，把他从我公寓的地板上拖走吧。"

"我的上帝啊！"接着他的声音安静下来，压低声音继续说："现在等一等，等等。"关门的声音远远地从电话那头传来，他又说话了："快说。"他温声细语地说。

"被我铐着呢，交给你了，我不得已踢了他的要害，但是他会没事的，他来我这儿是想杀人灭口。"我说。

又是一阵停顿，接着他用抹了蜜一般的声音甜甜地说："现

336

在听着，伙计，你现在跟谁在一起？"

"其他人？没有其他人，就我自己。"

"那就保持原样，伙计，别大肆宣扬，懂吗？"

"难道你觉得我想让附近的乞丐们都来我这参观吗？"

"放松点儿，伙计，淡定。就安安稳稳地坐着，我马上就到，什么都别碰，懂我的意思吗？"

"嗯。"为了给他省时间，我把地址和房间号又告诉了他一遍。

我可以想见他那张瘦巴巴的脸上一定神采飞扬，我从椅子下面拾起那把口径22毫米的手枪，就那样拿着枪坐等他来。直到我听到门外走廊上响起了脚步声，接着门上响起了轻轻的敲门声，我才站起身来。

哥白尼克独自一人前来，他快步堵到了门口，脸上泛着不自然的微笑，把我推进了屋，随后关上门。他背对着门站着，一只手藏在左侧的外套里。他体格宽大，瘦骨嶙峋，目光呆滞而又残忍。

他的目光渐渐下移，看到了躺在地上的人，那家伙的脖子微微抽搐着，眼珠遽然移动着——那是一双病人的眼睛。

"确定就是这家伙？"哥白尼克的嗓子很粗哑。

"确定。伊巴拉在哪？"

"哦，他在忙。"他说这句话的时候眼睛也不抬一下，"那是你的手铐？"

"是的。"

"钥匙给我。"

我把钥匙扔给他，他灵活地单膝跪在凶手的身边，从他的手腕上摘下我的手铐扔到一边，随即从屁股后边取下他的手铐，把那家伙的双手扭到身后，咔嚓一声铐上了。

"行了，你这个浑蛋。"歹徒毫无生气地说。

哥白尼克咧嘴笑着，捏紧拳头，朝着他的嘴就是狠狠的一

337

拳，他的脖子急剧后仰，几乎快断了，鲜血从嘴角下边淌了出来。

"拿块毛巾过来。"哥白尼克命令道。

我找了一块擦手巾递给他，他恶狠狠地把毛巾塞到凶手的嘴里，站起身来，抬起骨节突出的双手，揉了揉他乱糟糟的金发。

"好了，说来听听。"

我把整件事说了一遍，完全跳过了那女孩儿的部分，听起来有点可笑。哥白尼克看着我，一声不吭。他搓了他皱巴巴的鼻翼，接着拿出梳子，像早些时候在酒吧里那样，梳了梳头。

我走到他身边，把枪递给他，他不以为然地看了看，扔进了侧边的兜里。他的眼神里藏着某种东西，脸上转而堆满了严酷而又明亮的笑容。

我弯下腰，开始拾起我的棋子儿，把它们一颗颗丢进盒子里，然后我把盒子放到壁炉架上，又把牌桌的一只脚摆直，四处走动了一会儿。我做的这一系列动作，哥白尼克都看在眼里，我想让他发现什么不对劲的地方来。

终于他说话了，他说："这家伙用的是一把22毫米手枪。他用这把枪，说明他有能力轻而易举地掌控那一类手枪，也就是说他枪法很好，他敲开你的门，拿枪指着你的腹部，把你逼近屋里，而你手上没有枪，而且他声称来这里是为了杀你灭口——而你却把他拿下了，你连一把枪都没有，你赤手空拳，独自制伏了他，伙计，你可真行啊。"

"听我说，"我低着头说着，又拾起一枚棋子，用手指捻着，"我正在破解一个棋局，尽量排开一切杂念。"我说。

"你心里藏着事情，伙计，"哥白尼克轻声说，"你不会是想糊弄一个身经百战的警察吧，对吧，兄弟？"

"这样一个咄咄逼人的问题，我还想问你呢。你到底还想知道什么？"我说。

这时，地上那家伙堵住的嘴里传来模糊的声音，他光秃秃的头顶上渗出汗珠，泛着亮光。

"什么事，伙计？你有什么话想说吗？"哥白尼克几乎在跟他说悄悄话。

我快速地扫了他一眼，又挪开了目光，"好吧。我不能凭一己之力搞定他，这点你可清楚了吧，他当时拿枪对着我，枪指着哪儿，他就看着哪儿。"我说。

哥白尼克眯着一只眼睛，用另外一只眼睛斜着看我，和颜悦色地说："继续说，伙计，我也想到了那个疑点。"

我拖着脚走了几步，让自己看起来比较淡定，我缓缓地说："这里有个孩子，他把车停在博伊尔高地的路边上，准备拦车抢劫，但是没有成功，是那种低级的持枪抢劫加油站。我认识他的家人，他并不是真的坏心眼，他来这儿是想求我借给他一点搭火车的钱。敲门声响起的时候，他悄悄地溜进了那里。"

我抬手指了指壁床和挨着的门，哥白尼克的脑袋微微转过去，又转了回来，他又眨了眨眼，"而这孩子手上还有枪。"他说。

我点点头，"他走到了他身后，那可需要胆量啊，哥白尼克。你一定得饶了那孩子，你一定得让他不受牵连。"

"在为那孩子开脱吗？"哥白尼克温和地问。

"他说，现在可能还不需要，他担心以后会需要。"

哥白尼克微笑着，"我是个干刑侦工作的警督。我不知道，或者说，我不在乎。"他说。

我指了指地上那个嘴被堵住，手被铐住的家伙，"是你逮住了他，不是吗？"我彬彬有礼地说。

哥白尼克继续微笑着，伸出发白的舌头舔了舔下嘴唇，"那我怎么做到的呢？"他悄声说。

"把子弹从沃尔多身体里取出来了吗？"

"当然，长长的22毫米式手枪的子弹，一颗打碎了肋骨，一颗保存完整。"

"你真是个细心的人，连犄角旮旯都不落下，我的事儿你都知道吧？你到我这儿来查查我用的什么枪。"

哥白尼克站起来，对那名歹徒身边单膝跪着，"伙计，你听得到我说话吗？"他脸挨着脸那样问他。

只听见凶手发出了模糊的声音，哥白尼克站起来，打着哈欠说："谁他妈在乎他说的是什么啊？继续说，兄弟。"

"你并不指望在我这有什么线索，但是你想来我的公寓看看，正当你搜查到那里的时候，"我指了指更衣室，"而我什么也没说，只是心里有点不爽，此时敲门声响起了，接着他进了屋，所以过了一会儿你偷偷走出来，拿下了他。"

"啊——"哥白尼克咧开嘴大笑着，露出跟马一样多的牙齿。"你说对了，兄弟，我揍扁了他，踢了他的要害，最后将他擒获，你手里没枪，他突然朝我转过身来，我从他左侧将他摔倒在地，怎么样？"

"不错。"我说。

"你到局里还是这样说吗？"

"会的。"我说。

"我会保护你的，兄弟，你对我不赖，我会一直买你的账。别担心那孩子的事，如果他需要开脱，告诉我一声就是。"

他走到我身边，伸出手，我跟他握了握手，他的手像死鱼一样黏糊糊的。这双黏黏的手和它的主人让我感到恶心。

"还有一件事，你的那个搭档——伊巴拉。你没有带他一起来他会不会心里恼火呢？"我说。

哥白尼克揉乱他的头发，用一张大大的黄色丝绸手帕擦了擦他的帽圈。

"那个卑鄙的黑仔？"他冷笑一声说道："让他见鬼去吧！"他跟我面对面，凑近我，我可以感受到他的呼吸，"关于我俩的秘密——不会有问题的，兄弟。"

正如我所料，他呼出的口气难闻极了。

4

哥白尼克把这件事告诉大家的时候，警长办公室里只有五个人：一个速记员、警长、哥白尼克、我和伊巴拉。伊巴拉坐在椅子上，挨着墙，向后仰着，他的帽子盖住了眼睛，但是那温和的目光在帽檐下面若隐若现，那凝滞的微笑挂在他那线条简洁的拉丁风格的嘴角上。他并没有直直地看着哥白尼克，而哥白尼克根本都没有瞧他一眼。

我和哥白尼克在走廊里握着手，有人给我们拍照，哥白尼克的帽子端正地戴在头上，枪杆直挺挺地被拽在手里，脸上露出庄严肃穆而又意味深长的神情。

他们声称已经知道沃尔多的身份，但是不会告诉我，我倒不相信他们会查出来，因为警长的桌子上放着沃尔多躺在停尸间的照片。他们把他收拾得很干净，头发梳过了，领带打得笔挺，灯光正好打在他的脸上，让他的眼睛看起来炯炯有神。没人看得出这是一张被两枪打中心脏的死人的照片，他看起来就是一个舞池里风度翩翩的风流男子，正在考虑到底是带个金发美女还是带个红头发的姑娘回家。

我回到家的时候已经是午夜了，公寓门已经锁上了，我正在毛手毛脚找门钥匙的时候，黑暗中飘来一个低沉的声

341

音。

短短几个字："请听我说！"但是我认得这个声音。我转过身，一辆黑色的凯迪拉克敞篷车映入眼帘，就停在不远处的路缘边上。车灯没有开，而街灯的光线正好洒进了一个女人明亮的眸子里。

我走过去，说："你真是傻到家了。"

她说："上车。"

我钻进了车里，她随即发动了车，沿着富兰克林大道开了一个半街区，继而转向金斯利大道。灼热的狂风依旧席卷着大地，肆意怒号。公寓大楼有一扇遮掩的边窗打开着，里面传来欢快的广播音乐。尽管这里停满了车，她还是在一辆崭新的帕卡德棚式汽车后面找到一个空位，那辆新车的挡风玻璃上还贴着经销商的贴纸。她戴着手套，先把车向前开到路缘，接着把车倒进了车位。

她现在一袭黑衣，不过颜色更像是深棕色，戴着一顶可笑的帽子。我又嗅到她香水里檀木的味道。

"我对你非常不友好，对吗？"她说。

"你救了我的命。"

"发生了什么事？"

"我叫来了警察，又对一个我讨厌的警察撒了几个谎，让他毫不怀疑地接过这个摊子。你帮我搞定的那个家伙，就是他杀了沃尔多。"

"你是说——你没有对警察说起我？"

"女士，你唯一所做的事就是救了我一命。你还有其他事想做吗？我准备好了，我愿意为你效劳，鼎力相助。"我又说。

她沉默不语，一动也不动。

"我不会告诉任何人你的身份，顺便说一句，我自己也不认识你。"

"我是弗兰克·C·巴萨利夫人，住在212号弗里蒙特大街，我的电话号码是奥林匹亚-2-4-5-9-6，这些不就是你想知道的吗？"

"谢谢。"我喃喃地说，指缝间夹着一根没抽过的干烟。"你为什么回来？"我又问道，我用左手打着响指。"来拿帽子和夹克吧，我上楼去给你拿。"我说。

她说："不只是为了这个，我想要我的那串珍珠。"我不禁被惊得微微一跳，好像她只留下了帽子和衣服，没有珍珠。

一辆车从旁边飞驰而过，比规定速度快了两倍，扬起了滚滚尘埃，在街灯下打着旋儿，继而消失殆尽，留下一股淡淡的呛人气味。她快速地摇起车窗，阻止这阵尘土袭来。

"好了，跟我说说珍珠的事吧。今天我们目击了一场凶杀案，邂逅了一位神秘女士，遭遇了一个疯狂的杀人犯，获得美人及时拔枪相助，还协助一位警探作假报告。现在我们又将寻找一串珍珠项链。好吧——把一切都告诉我吧。"

"我本来要花5000美元把它买回来，就从你口中的沃尔多，我口中的约瑟夫·科茨那儿买。珍珠应该在他那儿。"

"他没有珍珠。从他兜里掏出来的东西里没有珍珠的影子，有很多钱，但就是没有一串珍珠。"我说。

"珍珠会不会被他藏在公寓里了？"

"会。就目前我所掌握的情况来看，项链有可能被藏在加州的任何地方，就是不可能在他身上。在这么灼热的晚上，巴萨利先生怎么样？"我说。

"他还在市中心开会，不然的话，我也来不了。"

"哦，你可以带他一起来啊。他可以坐在后座上。"我说。

"噢，我不知道，弗兰克重200磅，相当结实。我觉得他不愿意坐在这个小小的敞篷车后座上，马洛先生。"她说。

"我们现在这是——究竟要说什么事？"

她没有回答，戴着手套的双手百无聊赖地轻轻拍着细细的方向盘。我把手上没点过的香烟扔出窗外，稍微转过身，一把拥住她。

当我松开手的时候，她尽可能地靠向车的另一边，离我远远地，用手背蹭着自己的双唇，我一动不动地坐着。

一时间，我们都陷入了沉默。然后她慢慢开始搭话："我想要你抱我，但是我通常不会像刚刚那样。自从斯坦·菲利普斯死在了飞机上，我就变了。如果他没死，我现在就是菲利普斯夫人了。那串珍珠是斯坦送给我的。他有次告诉我，那项链花了他15000美元。雪白的珍珠，一共有41颗，最大的直径有三分之一英寸。我不知道有多少颗，我从未拿去估价，也没给珠宝商看过，所以我不知道这些细节。但是因为斯坦，我很爱这串珍珠，我爱斯坦。而你刚刚所做的只是一时冲动而已。你明白吗？"

"你叫什么？"我问。

"罗拉。"

"继续说，罗拉。"我从兜里又抽出一支烟，夹在手指间，摆弄着那根烟，不想让手指闲着。

"项链上带有简约的银质搭扣，呈两片扇叶的螺旋桨的形状，中间那颗珍珠表面镶有一小颗钻石。我给弗兰克敷衍说项链是我自己从商店里面买的，他也不知道其中的差别。我敢肯定，要鉴别真伪也不是易事。现在你发现了吧——弗兰克嫉妒心很重。"

黑暗中，她凑近我，我们肩并着肩挨着，但是这次我没有了冲动之举。窗外夜风呼啸，树木和着风的节奏晃动着身体。我继续用手指转动着香烟。

"我想你肯定读过一个故事，里面讲的是有一位妻子拥有一串货真价实的珍珠，而她却告诉她的丈夫珍珠是假的。"她说。

"我读过，毛姆嘛。"我说。

"我雇了约瑟夫，那个时候我丈夫在阿根廷，我有点寂寞难耐。"

"你——寂寞情有可原。"我说。

"我和约瑟夫常常开车去兜风，有时候，我们还会小酌一两杯。但是就没别的了，我不是随随便便到处——"

"你给他讲了关于珍珠的事，而你那体重200英磅的大个子老公从阿根廷回来之后，便把他扫地出门——他顺手偷走了那串珍珠，因为他知道那串珍珠是真品。后来他向你要价5000美元才把珍珠还给你。"

"是的。我当然不想报警，显然，在这样的情况下，约瑟夫并不怕我知道他的住处。"她轻描淡写地说。

"可怜的沃尔多。我为他感到有点儿惋惜。意外撞见昔日的仇人真是倒霉透了。"我说。

我取出根火柴在鞋底一擦，点燃了指间的烟。这炽热的风吹干了烟草，香烟像干草一样肆意地燃烧。姑娘现在静静地坐在我身旁，双手又搭在了方向盘上。

"这些飞行员他妈的——太不把女人当回事了。那你现在还爱着他，或者你觉得你还爱他。你把那串珍珠放哪里了？"

"放在我的梳妆台上，一个俄罗斯的孔雀石的珠宝盒里，同其他配饰放在一起的。如果我想戴它的话，我必须放在那儿。"

"可它值5000美元，而你认为约瑟夫可能把它藏在了他住的公寓里。是31号房间，对吗？"

"对，我觉得我要求得太多了。"她说。

我打开车门，下了车，"我受了你的恩惠，我先去看看。我们这栋公寓里的门都不难搞定。一旦警察把沃尔多的照片登到报纸上，他们就会找到沃尔多的住处，但是我想他们今晚不会来。"我说。

"你真的太贴心了。我要在这儿等你吗？"她说。

我一只脚踩在车的踏板上，探进身子，望着她。我没有回答她的提问，我只是静静地望着她闪亮的双眸，然后关上车门，朝富兰克林大道走去。

任凭这大风吹打着我的脸，我依然能闻到她发丝之间的檀木香，还能感觉到她柔软的双唇。

我打开了伯格伦德公寓的大门，穿过寂静的大厅来到电梯口，径直来到了三楼。我迈着轻柔的步子，沿着同样寂静的走廊，仔细搜寻着31号房间的门牌。没有灯光。我敲了敲那间房门，门上印着老旧的若隐若现的神秘的文身，是个走私犯，他的裤子后袋异常地深，满面笑容。没有人回应，我拿出一张又厚又硬的赛璐珞胶片，我平时把它放在钱包里，搁在驾照上当保护膜用。我用胶片在锁和门柱之间来回摩擦，紧紧地握着门把手朝着锁转轴的地方猛推。胶片卡住了弹簧锁，锁芯猛地向后一弹，发出了一个清脆得就像冰柱咔嚓断裂的声音。门打开了，我置身于屋里的一片黑暗之中。街灯闪烁，光线星星点点地从窗外探进来。

我关上门，快速打开了灯，环顾四周。空气中弥漫着一种奇怪的味道。过了一会儿我才闻出那是深色制烟的味道。我静悄悄蹑步到窗边的烟缸托座台，去找吸烟的位置，低头便看见四个棕色的烟头——产自墨西哥或者南美洲的烟。

我的头顶上方就是我住的四楼，此时有人走进了浴室。我听到一阵厕所冲水的声音。我走进了31号房间的浴室，除了有些垃圾之外，什么也没有，也没有可用来藏东西的地方。厨房空间稍微大了一点，但是我只搜了一半。我知道那串珍珠不在这间屋子里。我断定沃尔多当时急急忙忙要走出酒吧，肯定是有什么东西悬在他的心上，却在转身时从老仇人那儿挨了两颗枪子儿。

我回到客厅，开始转动壁床，透过有镜子的一侧，往更衣室看去，眼睛四处打量着里面静静摆放着的物件。随着床的转动，我停止了搜寻，而是呆呆地盯着一个人。

他体型娇小，俨然已经步入中年，鬓角呈铁灰色，皮肤异常黝黑，穿着一身浅黄褐色的套装，打着酒红色的领带。他一双匀称的褐色小手无力地耷拉在身体两侧。一双小脚上套着一双擦得锃亮的尖头皮鞋，脚尖正好垂向地面。

他被一根带子绑住了脖子，那根带子拴在床的金属顶部。他的舌头从嘴里长长地伸出来，长得超出了我的想象。

尸体晃动了一点点，让我觉得恶心，我随即合上了壁床，他又静静地躺在两个夹得很紧的枕头之间了。我还没有用手碰过他，不用摸他我也知道这身体已经像冰一样寒冷了。

我绕过他走进更衣间，掏出手帕来包住抽屉把手。这个单身汉独居的地方，除了一些零星的垃圾，整间屋子被腾得干干净净。

我从更衣间出来，开始搜这个死尸。没找到钱包，可能已经被沃尔多拿走扔了。他兜里有个扁扁的烟盒，里面还有半盒烟，烟盒上印着金色的字："路易·皮塔·伊·瑟亚，派桑杜街19号，蒙得维的亚。"火柴来自斯培西亚俱乐部。腋下佩戴着一把黑色纹理的手枪皮套，里面装着一把9毫米口径的毛瑟枪。

那把毛瑟枪衬得他很专业，这让我心里就好受些了。但是这把连打穿墙都不在话下的毛瑟枪，还乖乖地待在枪套里，看样子他也不是什么超级行家，或者说就凭赤手空拳应该不能把他这样解决了。

我稍微把脉络理了理顺，但事情还不是很清晰。有人抽了四支棕色烟，所以当时有人要么在这等候要么就是有过谈话。沃尔多站在某个位置，他顺势扼住了这个小个子的喉咙，用那种可以让他几秒钟之内失去知觉的姿势制伏了他。腋下的毛瑟枪此时就如一根牙签一样，毫无用武之地。接着沃尔多用带子把他吊了起来，此时小个子可能早已经断气了。可能是因为他在赶时间，他没有来得及清理这个房间，因为他心里还悬着那个姑娘。这也可以说明他为什么连车的发动机都不关就停在酒吧外面。

也就是说，如果沃尔多确实杀了这个人，这里也真的是沃尔多的公寓，而我并没有被算计，那么这一切的未解之谜都有了答案。

我又搜了搜小个子的其他口袋，在裤子左边的一个兜里找到了一把金色小刀，上面还镀了银。左边后袋里面放了一张折叠整齐，带有香氛的手帕。右边后袋是开着的，但是什么也没有。右侧腿部的兜里放着四五张纸手帕。这个兜下面挂着一小串崭新的钥匙夹套，上面挂着四把钥匙——崭新的车钥匙。上面也印着金色的字体：R.K.福格尔桑股份有限公司谨致，"帕卡德之家。"

我把搜到的东西放回原位，又把壁床转回最初的位置，用手帕把抽屉把手和其他凸出部分及平坦的表面都擦拭了一遍，关上灯，开门探出脑袋，发现整个走廊空空如也。我下了楼，走上街，来到了金斯利大道的一角，那辆凯迪拉克还停在原地。

我打开车门，倚在车门上，她好像也丝毫没有挪动过。她的脸上，难以觅见任何表情，看不穿猜不透，只有她的双眸和下巴，还有那挥之不去的檀木香依旧。

"这香水味连教堂执事都为之着迷……没有找到那串珍珠。"我说。

"好吧，谢谢你肯去试着找找。"她用低沉而又灵动的声音说道，"我想我能够接受这个事实。我要不要……我们是不是……或者……"

"你现在回家吧，不管发生什么事，你之前从来都没有见过我。不管发生什么。正如你可能再也不会见到我一样。"我说。

"我不想那样。"

"祝你好运，罗拉。"我关上车门，往后退了一步。

车灯亮了起来，车子发动了。这辆大轿车迎着风在街角缓慢而又高傲地转过弯，扬长而去了。我依旧站在刚刚下车的位置，呆呆立在路缘边上。

现在天色已晚，之前放广播的那间屋子里已经亮起了灯。我静静伫立着，盯着那辆崭新的帕卡德敞篷汽车的车尾。我之前见到过这辆车——在我上楼之前，在同样的位置，车当时就停在罗拉的车前面。车停在那儿，没有亮灯，没有任何声响，透亮的挡风玻璃右手边依旧贴着蓝色贴纸。

而我的脑子里正浮现出另外的画面，那串崭新的钥匙套上印着的字："帕卡德之家。"而那串钥匙就在楼上，在那个死人的兜里。

　　我走到敞篷车前，掏出一只小手电，打量着那张蓝色贴纸。跟钥匙套上的是同一商家。商家的名字和宣传语下面是用钢笔写的一个名字和地址——尤金妮·科尔勤克，阿维厄达大街5315号，西洛杉矶。

　　这真是离奇了。我又来到31号公寓门前，像之前那样撬开了门，走进屋，来到了壁床后面，从那具悬挂着的整洁的棕色尸体的裤兜里取走了钥匙套。五分钟之后，我又回到了敞篷车旁。钥匙正好匹配。

5

那是一栋小房子，坐落在大峡谷边上，位于索特尔较远处，房子前面围了一圈正随风摇摆的桉树。放眼望去，街道的另一边，疯狂的派对正在进行中，时不时有人从里面出来，他们欢呼着，呐喊着，把酒瓶扔到人行道上，摔得粉碎，就像人们看到耶鲁给普林斯顿来了个触地得分时一样。

我要找的房子围着铁丝网栅栏，里面点缀着些玫瑰树，有一条挂了旗子的通道，还有一个大门敞开的车库，而车库里面一辆车也没有，也没有车辆停在这栋房子门前。我按了门铃，过了很久，门却兀地打开了。

从她那双涂满眼影的眼睛我可以看出，我不是她所期盼的那个人，其余的我就什么信息也读不出来了。她静静地站着，呆呆地看着我。眼前的这个一头棕色头发的性感女人，又高又瘦，脸颊上抹了胭脂，茂密的黑发从中间分开，嘴巴大得可以吞下三层的夹心三明治，身上穿着珊瑚色配金色的睡衣，脚上踩着拖鞋——还有涂得金闪闪的脚趾甲。她的耳垂上戴着一对小铃铛，像小的钟磬一样，被微风吹得叮当作响，发出铜锣般的声音。她缓慢而又满是鄙夷地挥了挥手中的烟，长长的烟斗像一根棒球棍。

"好——吧，啥——事，小矮人？你想要啥东西？你是不是从街对面的美——妙——的派对上走丢了，嗯？"

"哈哈，很过瘾的派对，对吧？我没走错，我帮你把车送回来了。你的车丢了，不是吗？"我说。

对面街上，有醉酒的酒疯子正躺在前面的院子里不停抽搐着，混声的四重唱响彻夜空，把夜空下的一切撕裂成条条细带，并竭尽所能破坏之。当这一幕发生时，充满异国情调的黑妞纹丝不动，似乎连一根睫毛都没动。

她并不美丽，连漂亮都算不上，但是她看起来依旧迷人，让人觉得什么事都可能发生在她身上。

"你刚刚说了什么？"最后，她跨出了门，用像烤焦了皮的吐司面包一样柔和的声音问道。

"你的车。"我的手绕过肩膀指向外面，眼睛一直盯着她。她是那种会动刀的女人。

她手中的长烟斗异常缓慢地垂了下来，耷拉到身旁，香烟从烟斗里掉了出来。我迈步向前，一脚踩灭了烟，正好让自己迈进了大厅里。她朝后走了几步，我关上了门。

房子的大厅长得犹如车厢式公寓住宅，粉色的灯光打在铁支架上。大厅尽头处是一排珠帘，地板上铺着虎皮。这地方跟她很合拍。

"你是科尔勤克小姐吗？"我说着，没做其他的动作。

"是——啊，我是科尔勤克夫——人。你到底想干吗？"

她现在看我的眼神，就好像我是个在很不凑巧的时间来这儿清洁窗户的人。

我左手拿出一张名片，递向她。她就微微动了下脑袋，直接在我手上看名片，"你是个侦探？"她吸了一口气。

"是的。"

她用一种我听不懂的语言粗鲁地说着一些短句，然后又用英语说："进来！这该——死的风把我的皮肤吹得跟餐——巾——

351

纸一样干燥粗糙。"

"我们进来了呀。我刚刚才关了门。打起精神来吧，娜兹莫娃。他是谁？那个矮个子？"我说。

珠帘后面响起了一个男人的咳嗽声。她仿佛被牡蛎叉困住了一样跳了一下，接着又努力保持微笑，但是都是徒劳的。

"想要报酬吗？"她温和地说，"你就——在——这——儿等着？付你10美元已经足够吧，不要吗？"

"不要。"我说。

我朝她缓缓地伸出一根手指，说到："他死了。"

她惊叫着，跳了大概三英尺那么高。

椅子发出一阵刺耳的嘎吱声，珠帘那边响起了重重的脚步声，一只大手闯进我的视线，大手一把撩开珠帘，一个白肤金发的大个子男子出现在我们面前。他的睡衣外面套着紫色袍子，右手握着什么东西，揣在兜里。他一穿过珠帘，就站住不动了，双脚抓地，稳如磐石，下巴突出，黯淡的双眼如同灰白的冰。他看起来活脱脱像那种在橄榄球赛中很难被抱摔的选手。

"亲爱的，什么事？"他语气严肃，粗声粗气地说着，带着那种精气神儿——那种会为了面前这位涂着金色脚趾甲的女人上刀山下火海的气魄。

"我把科尔勤克小姐的车开来了。"我说。

"哦，你可以把帽子摘了，为了轻装上阵嘛。"他说。

我摘下帽子，并表示歉意。

"好吧。"他说，右手仍然死死地藏在紫色袍子的兜里，"那你把科尔勤克小姐的车开过来了。我听到了你说的这个，接着说。"

我从黑妞的身边挤了过去靠近他，而她退缩到墙边，用手掌撑着墙，样子活脱脱像卡蜜儿在出演高中的话剧。空空的长烟斗丢在了她的脚边。

当我迈步走到离大个子六英尺远的时候，他从容地说："你就站在那儿，我也能听得见。放松点儿。我兜里揣着一把枪，我得学学怎么用。现在接着说车的事怎么样？"

"从这儿借车的那个人不能把车还回来了。"我说着，把手中的名片举到他面前。他几乎只是瞥了一眼，目光又落在我身上。

"那又怎么样呢？"他说。

"你一直都这么拒人于千里之外吗？还是只是当你穿着睡衣才这样？"我问道。

"那他为什么不能自己把车开回来？你省省那些肉麻的叽叽歪歪的话吧。"他说。

黑妞在我身旁发出了一个含糊的声音。

"没事儿，宝贝儿。我来处理这事，你继续吧。"大个子说。

她走过我们身边，快速穿过了珠帘。

我站着静观其变，大个子也纹丝不动。他像一只正在沐浴阳光的蟾蜍，对周遭的一切都满不在乎。

"他不能把车开回来，是因为有人杀了他。现在让我看看你怎么处理这事。"我说。

"是吗？"他说，"你有没有把他带来，证明你说的都是事实吗？"

"没有，但是如果你现在系上领带，戴上帽子，穿戴整齐之后，我就带你去看看什么是事实。"我说。

"你他妈刚刚说你到底是谁？现在就说。"

"我没说，我想你应该可以识字。"我把名片举到他面前，离他更近了一点。

"噢，对。菲利普·马洛，私人侦探。知道了，知道了。那么我现在应该跟你去看看谁？为什么？"他说。

"也许他偷了这辆车。"我说。

大个子点点头。"好想法。他确实有可能偷。他是谁？"

"那个棕色皮肤的小个子，兜里揣着这串钥匙，还把车停在了伯格伦德公寓大楼的角落里。"

他斟酌了一下，脸上并没有露出尴尬的表情。"你手头有点把柄，但是不多，只有一点。我想今晚肯定是警察们的吸烟聚会，所以你在替他们办事儿。"他说。

"啊？"

"你的名片上写着私家侦探。你是不是带了警察过来，而他们躲在门外不好意思进来？"他说。

"没有，就我一个人。"

他咧嘴笑了，晒黑的脸上露出了一排白白的牙齿。"那你是说你发现有人死了，然后拿走了几把钥匙，找到一辆车，径直开到了这里——还孤身一人，没带警察。我说得对吗？"

"没错。"

他叹了口气，"我们到里面去。"他说。他把珠帘撩到一半，为我开路，好让我穿过。"看样子你有些想法我该听一听的。"

我走过他身旁，他转过身，揣着手的那只兜径直对着我。我离他很近时才发现他满脸的汗珠，有可能是因为这灼热的风吧，但是我不这样认为。

我们来到了这栋房子的客厅。

我们坐了下来，透过黑色的地板互相观望，黑色的地板上面铺着一些纳瓦霍地毯和一些深色的土耳其地毯，和其他垫得又软又厚的年头已久的家具一起点缀着客厅。厅里还有一个壁炉，一架小型钢琴，一个中式仿古屏风，还有一个带着柚木轴架的中国大灯笼，格栅式百叶窗边垂着金色的网眼窗帘。朝南边的窗户正敞开着，一棵树干被粉刷得雪白的果树正在窗外摇摆着，给街对面嘈杂的声音中再加了一点节奏。

大个子放松地靠在一把织着锦缎的椅子上，把穿着拖鞋的双脚搁到脚凳上。从我见到他开始，他的右手一直揣在兜里——握着他的枪。

黑妞在暗处走来走去，我听到了瓶子撞得咯咯的声音，和她耳朵上那对铃铛发出的清脆声音。

"没事儿了，宝贝儿。一切都在掌控之中。有人把某个人杀了，这个小伙子觉得我们会对这事感兴趣。你坐下来，放松放松吧。"大个子说。

黑妞仰起头，举起一大杯威士忌，一口气喝了半杯。她舒了一口气，说："真该死。"满是随意的语气，然后蜷缩到沙发上。她把整个沙发都占满了，她的双腿体积还挺大。我看到角落里她那金灿灿的脚趾甲正在对我眨着眼睛，之后她一直躺在那儿，默不作声。

我掏出一支烟，对此他并没有朝我开枪，我接着点了烟，开始讲我要说的故事。我讲的不全是事实，但有些是真的。我跟他讲了我住在伯格伦德公寓，而沃尔多住在31号房间，正好就在我的楼下，因为工作原因，我一直在暗中监视他的所作所为。

"沃尔多什么？"这个金发男子插话了，"而为了什么工作的原因？"

"先生，你难道没有秘密吗？"我说，他的脸此时有一丝泛红。

我还跟他讲了伯格伦德公寓对面的鸡尾酒吧和酒吧里发生的事情。我没有提及那件印花的开襟外套，也没说穿着那件衣服的那个姑娘。我把她从故事中整个省略了。

"这是一项秘密进行的工作——从我的角度出发。如果你懂我的意思。"我说。他脸又红了，咬紧牙齿。我继续说："在市政府时，我没有告诉任何人我认识沃尔多，然后我就回家了。就是他们找不到沃尔多住在哪儿的那晚，时间正合我意，我擅自搜了他的房间。"

"为了找什么？"大个子声音沙哑地问。

"找一些信件。我可能已经说过我在他房间里什么也没发现——只找到那具死尸。被掐死了用一根带子挂在壁床上——正好不容易被发现。死者个子矮小，大概45岁，应该是墨西哥人或者是南美人，身上穿着一套整洁的浅黄褐色的——"

"够了。我来问你吧，马洛。你是不是在干敲诈勒索的勾当？"大个子说。

"是的。最可笑的是那名棕皮肤矮个子胳膊下还藏着一把好枪。"

"当然，他兜里不会还揣着20来张面值500块的钱吧？你说呢？"

"他不会的，但是沃尔多在酒吧里被杀的时候，身上却揣着700多块的现金。"

"看样子我低估了这个沃尔多，"大个子冷静地说，"他杀了我的人，拿走了他的酬金、枪和其他一切。沃尔多有枪吗？"

"沃尔多身上没有枪。"

"给我们弄杯喝的，亲爱的。"大个子说道，"是的，我确实低估了这个沃尔多，把他看得比特价专柜的T恤还不值。"

黑妞松开腿，起身用苏打水和冰块调了两杯酒。她自己什么料也没加，又喝了小半杯纯酒，然后又蜷在了沙发床上。她那双闪亮的黑色大眼睛严肃认真地看着我。

"好吧，事情就是这样的了。"大个子说着，举起手中的酒杯向我致意。"我没有杀任何人，但是从现在开始，我手中将有一份离婚协议。按照你说的，你也没有杀谁，但是你在警察总署把事情搞砸了。真是见鬼了！人生总是一堆麻烦，无论你怎么看。还好我的宝贝儿还在这儿。她是白俄罗斯人，我在上海遇到的。她就像保险库一样安全，她似乎可以为了五美分直接割开你的喉咙。我就是爱她这点。你可以安全地享受她的美。"

"你在说什么蠢话。"黑妞轻轻拍了他一下。

"你对我来说不是问题。"大个子毫不在意黑妞的娇嗔，继续说："也就是说，因为你是个探听内幕的私家侦探。有没有办法让我脱身？"

"有啊。不过得花点儿小钱。"

"我就在等你开价。要多少？"

"比如再花个500美元。"

"见鬼，这股热风要把我烧成爱的灰烬了。"这个俄罗斯姑娘深恶痛绝地说。

"500美元我能接受。我能得到什么？"眼前这名金发男子说。

"如果我从中斡旋——你就不会被牵涉进来。如果我没有做到——你就不用付钱给我了。"

他再三思量了一下，此时脸上浮现出皱纹，面露倦色。粒粒汗珠在金色短发间泛着亮光。

"凶杀案会让你招供的，我说的是第二个凶杀案。那样我的钱就花得不值，而如果这钱能平息这事，我宁愿直接就付了。"他嘟囔着。

"那个死了的棕皮肤矮个子是谁？"我问。

"他名叫利昂·瓦伦萨洛，是乌拉圭人。他是我的另一件舶来品。我做的生意得去很多地方。他当时在切泽尔郡的斯佩齐亚俱乐部工作——你应该知道，紧挨着比弗利山庄的日落大道。我想他应该是整天围着轮盘赌桌工作。我付了500美元，让他帮我干这事儿——搞定这个沃尔多，并且买回一些账单——都是科尔勤克小姐从我账上花的钱，然后把买回的账单送到这儿。真是个不明智的决定，不是吗？之前我把那些账单放在我的公文包里，却被这个沃尔多趁机偷着了。你觉得还发生了什么事呢？"

我抿了一口酒，扬起下巴看着他。"你的乌拉圭兄弟可能说了一些简单粗暴的话，让沃尔多听得很不顺耳。而那个矮个子心想可能他那把毛瑟枪可以帮他解决这个问题——而沃尔多动作比他快太多了。我不觉得沃尔多是个杀手——至少不是蓄意谋杀。最多算个勒索犯。可能当时他脾气爆发，也可能他只是把矮个子的脖子掐得太久了。于是他必须畏罪潜逃，但他还有另外的约会，那个约会可以让他得到更多的钱。所以他来到附近的酒吧，找他的约会对象，而恰好被仇人撞见——一个恨他又喝高了的仇人一枪崩了他。"

"整件事真是处处是巧合。"大个子说。

"因为这灼热的风吧，所有人今晚都精神失常了。"我咧嘴嬉笑。

"那我的这500美元就毫无保证咯？如果我没有得到应有的掩护，你就得不到这笔钱。是这样吗？"

"正是如此。"我朝他微笑着说。

"你说的精神失常很对，我对这点表示赞同。"他说着，喝干了他杯里的鸡尾酒。

"还有两件事，"我身体前倾，轻声说着，"沃尔多当时备了一辆逃跑用的车，就停在他被杀的酒吧外面，而且车的发动机还开着。杀他的凶手后来把车开走了。所以按那条思路想的话，拿回属于我们的东西还有一线希望。你懂了吗，沃尔多的所有东西肯定都在那辆车上了。"

"包括我的账单和你的信件。"

"对。但是警察对那种情况都是通情达理的——除非你完全可以曝光在众目睽睽之下。否则，我想我可以到时就在市区里动点手脚，事情就过了。如果你不怕曝光的话——这是我要说的第二件事。你刚刚说你的名字叫什么来着？"

过了很长一段时间，他才回话。听到他说出答案时我并没有我想象的那样过度激动。刹那间，一切都变得合情合理了。

"弗兰克·C.巴萨利。"他说。

过了一会儿，那位俄罗斯姑娘为我叫了辆的士。我离开的时候，看到街对面的派对还在尽情狂欢，做着所有派对都会做的事情。我留意到举行派对那栋房子的墙还屹立不倒，看来真是遗憾啊。

　　当我打开伯格伦德公寓入口的玻璃大门时，我已经嗅到了警察的味道。我看了看手表，已经快凌晨三点了。大厅黑暗的角落里有人坐在椅子上打着盹儿，用报纸盖住了脸。一双大脚朝前面伸展着。报纸的一角抬起来了一英寸，又落了下去。接着这名男子再没有其他动静了。

　　我穿过大厅，来到了电梯口，我进了电梯直达四楼。我轻手轻脚地走在门廊上，打开门，把门朝屋里推开，走进屋准备开灯。

　　链条开关叮当作响，一盏立在安乐椅旁边的落地式台灯随之亮了起来，远处我的小牌桌上一颗颗棋子依然四处散落着。

　　哥白尼克坐在那儿，脸上带着僵硬而又讨人厌的笑容。那个矮个子黑皮肤的警察——伊巴拉，坐在他的对面，正位于我的左侧。他沉默不语，脸上依旧露出似笑非笑的表情。

　　哥白尼克咧着嘴，一排像马的牙齿一样的大黄牙又探出了脑袋，他说："嗨，好久不回。出去泡妞啦？"

　　我关上门，摘下帽子，慢慢地擦了擦自己的颈背，擦了一遍又一遍。哥白尼克继续嬉笑着，而伊巴拉那双温柔的黑色眼睛似乎目空一切。

"坐下吧，伙计。"哥白尼克慢吞吞地说。"就像在自己家一样。我们得开个小会。兄弟，我真讨厌像这样在夜里查案。你知道你家里的酒差不多快喝光了吗？""我能猜到。"我说着，身体靠着墙壁。

哥白尼克仍是咧嘴笑着，"我一向非常讨厌私人侦探，但是我从来没有像今晚一样，有机会可以收拾收拾他们。"他说。

他动作慵懒地伸手去拿旁边椅子上的东西，拿起一件开襟夹克，随手扔到牌桌上。他又俯身向下，拿起一顶宽帽檐的帽子放到衣服旁边。

"我打赌你他妈穿上这些东西看起来更可爱。"他说。

我抓着一把直背椅，把椅子转了一圈，随即跨坐在椅子上，曲着手臂靠在椅子上，然后看着哥白尼克。

他缓缓地站起身来——刻意地煞费苦心地放慢动作，走过客厅，站到我面前，理了理自己的外套。接着他抬起张开的右手，一巴掌打在我的脸上——重重的一击。我的脸瞬间火辣辣地生疼起来，但是我丝毫没有反抗。

伊巴拉看了看墙壁，又看了看地板，视若无睹。

"你真无耻，伙计。"哥白尼克懒洋洋地说，"你这样费尽心思地藏着这些独家经营的好货，还叠在你的旧T恤下面。你这样的臭流氓侦探总是让我觉得恶心。"

他俯身盯着我看了一会儿。我一动不动又默不作声。我看着他那双目光呆滞，像酒鬼一样的眼睛，放在身体两侧的手拽紧了拳头，接着他耸了耸肩，转身坐回到自己的座位上。

"好吧，剩下的先给你留着。你从哪儿得到这些东西的？"他说。

"它们是一位女士的。"

"如实招来。它们是某位女士的。你还真是个没心没肺的浑蛋啊！我来告诉你它们属于哪位女士，就是沃尔多在街对面的酒吧里——在他被两枪打死的两分钟之前向你们问起的那位女士。还是你忘记了这个细节？"

我默不作声。

"是你自己对她感兴趣吧。但是你很聪明，伙计。你要了我。"哥白尼克讥笑着。

"那并没有让我变聪明。"我说。

他的脸突然变得扭曲，准备站起身。伊巴拉突然温和地笑了起来，声音柔和得如同呼吸声。哥白尼克的目光移到他身上，目不转睛地看着他。接着他又面向我，眼神缓和了一点。

"黑仔喜欢你。他觉得你不错。"他说。

伊巴拉脸上的笑容退去了，又回到了面无表情的状态，完全没有一点表情。

哥白尼克说："你一直都知道那个女人是谁，你也知道沃尔多是谁，他住在哪里，与你只有一楼之隔而已。你知道这个叫沃尔多的人已经杀了人，正要畏罪潜逃，而那娘们已经被纳入他的计划之中，所以他心急如焚地赶在走之前跟她见一面。但是他不可能见到她了。一个来自美国东部，名叫艾尔·特瑟洛的抢匪了结了他，也帮他了结了那件事。所以你就约见了那个姑娘，把她的衣服藏起来，然后把她送走，用谎言把这一切掩盖起来。这就是像你这样的家伙捞钱的法子。我说得对吗？"

"对。只是我也是刚刚才知道这些事情。沃尔多是谁？"我说。

哥白尼克咧着嘴，对我露出一排大黄牙。他土黄色的脸颊上高高地挂着几个大红点。伊巴拉低头看着地板，极其温和地说："沃尔多·拉蒂根。我们通过电传从华盛顿得到的结果。他是个不值一提的梁上君子，身上还犯了一些小案子。他开了辆车到底特律持枪抢劫，后来他把作案团伙都供了出来，让自己免于被起诉。团伙的其中一员就是这个艾尔·特瑟洛。他什么也不肯说，但是我们认为他们在街对面的相遇纯属偶然。"

伊巴拉温和又轻柔的声音，正如一个男人控制着自己的说话音量一样，带着某种暗示。我说："伊巴拉，谢谢。我可以抽烟吗——哥白尼克会不会一脚把烟从我嘴里踢掉？"

伊巴拉突然微笑起来。他说："当然没问题，你可以抽烟。"

哥白尼克嘲笑着说："黑仔确实喜欢你。你永远也搞不懂黑仔会喜欢什么，不是吗？"

我点了根烟。伊巴拉看着哥白尼克，异常轻柔地说："'黑仔'这个词——你用过头了。我不喜欢这个词如此频繁地用在我身上。"

"谁他妈在乎你喜欢什么，黑仔。"

伊巴拉脸上还残留着一丝微笑，他说："你正在犯错误。"他掏出一把便携式指甲刀，开始修剪指甲，眼睛向下看着。

哥白尼克吼道："我一开始就觉得你身上有什么不对劲的地方，马洛。所以当我们在抓那两个歹徒的时候，我和伊巴拉觉得得再仔细推敲细节，还要再审审你。我带来了一张沃尔多在停尸房拍的照片——照片很清晰，光线正好洒进他的眼睛里，领带也理得直直的，一张白色手帕正好从右边的口袋里露出一点小角。照片拍得很好，所以在后续查案的过程中，按照惯例，我们找到了这里的经理，让他仔细辨认照片上的人，而他正好认识。他说照片上的人在这里的名字叫做A.B.赫梅尔，住在31号房间。接着我们就进去了，在里面发现了一具死尸。我们仔细检查了一遍又一遍。没人认识死者，但是我们在死者的被勒住的脖子上，发现了几道淤青的指印。把指纹采集下来跟沃尔多的一对比，结果完全吻合。"

我说："那算是大突破了。我还以为是我杀了他呢。"

哥白尼克死死地盯着我看了许久。嬉皮笑脸早已被一张冷酷残忍的嘴脸取代。他说："是啊，我们还有其他的突破。我们查到了沃尔多跑路用的车——还有沃尔多放在车上的所有物品。"

我把烟圈吹得四处飘散，热浪拍打着紧闭的窗户上，室内的空气混浊恶劣。

哥白尼克轻蔑地笑道："嗯，我们脑子好着呢。可从没想到你有那么大的胆子。看看这个。"

他把他瘦骨嶙峋的手伸进自己的外套口袋里，慢慢地掏出什么东西举到牌桌边上，随之放到绿色的桌面上，那东西就那样摊开来，闪闪发光。是一串带着两片式螺旋桨一样搭扣的珍珠。一粒粒珍珠在这片烟雾缭绕的空气中显得熠熠生辉。

这是罗拉·巴萨利的珍珠，是那个开飞机的人送给她的那串珍珠，那个男人已经死了而她还爱着他。

我目不转睛地看着那串珍珠。过了许久，哥白尼克近乎严厉地说："很漂亮，不是吗？马洛先生，你现在愿意给我讲讲相关的故事吗？"

我站起来，把椅子朝后一推，不慌不忙地走到牌桌旁边，低头打量着那串珍珠。其中最大的一颗大约有三分之一英寸那么大，粒粒洁白无瑕，闪闪发光，显得温润柔美。我从她的衣服旁边，缓缓地拿起那串珍珠，分量十足，光洁柔滑而又不失雅致。

我说："漂亮。它可引起了一连串麻烦。嗯。我现在给你们讲。这串珍珠得值一大笔钱吧。"

我身后传来了伊巴拉的笑声，又是一声非常轻柔是笑声。"大概值100美元。虽然它们是上好的赝品——但是它们到底还是赝品。"他说。

我又捻起那串珍珠，此时哥白尼克那双呆滞的眼睛幸灾乐祸地看着我。"你怎么辨别？"我问道。

伊巴拉说："我懂珍珠。这一串做工精良，女性通常会故意打造这样的珍珠，以求保险。但是它们像玻璃一样华而不实，把真正的珍珠放在牙齿之间会有砂砾感。你试试。"

我试了两三颗，用牙齿咬住珍珠来回摩擦，又移到一侧继续咬。也不是完全咬住，这些珠子质地坚硬而又光滑。

"是的，它们造得很好。有几颗甚至还有细小的纹路和斑点，宛如真正的珍珠。"伊巴拉说。

"这能值15000块钱吗？——如果这串是真品的话？"我问。

"是的，有可能。不过也很难说。得根据许多因素综合判断。"

"这个沃尔多还没坏到底。"我说。

哥白尼克迅速站起身，但是我根本没注意到他的动作。我依然埋头打量着珍珠。他一拳打在我的脸上，紧贴我的大臼齿。我立即尝到了血腥味。我蹒跚着向后退，假装他打了很重的一拳。

"坐下说话，你这个浑蛋！"哥白尼克几乎对我耳语道。

我坐下了，拿出一张手帕轻轻按着自己的脸。我舔了舔嘴里的伤口，随即又站起身，迈步去捡被他从我嘴里打落的烟。我拾起烟在烟灰缸里按灭后，又坐了下来。

伊巴拉正在锉平自己的指甲，把其中一根手指举到灯光下打量着。哥白尼克的眉头间闪烁着颗颗汗珠。

"你在沃尔多的车里发现了这串珍珠，找到什么文件了吗？"我朝伊巴拉问道。

他头也不抬地摇摇头。

我说："我就信你吧。事情是这样的：那天晚上，在沃尔多进酒吧打听那姑娘之前，我跟他素昧谋面。我知道的我之前都说了。之后我回到公寓，一出电梯口，就碰到了那个穿着印花开襟夹克，戴着宽帽子和蓝色绉布丝裙的姑娘——她跟沃尔多描述的完全吻合——她当时正在我这层楼等电梯。而且她看起来是个好姑娘。"

哥白尼克冷笑着，不过他的笑对我没有任何影响。他完全在我的掌控之中。他想做的就是知道那件事，而现在真相很快就要浮出水面了。

我说："我知道她会被传唤作为证人。而我心想还有其他事要做。但是毫无疑问，她一点错也没有。她只是个陷入困境之中的善良女孩儿罢了——而且她自己还不知道自己已经惹上了一身麻烦。我把她带到我这里，她掏出一把枪对着我，但是她不是真的想伤害我。"

哥白尼克异常出乎意料地站起来，舔了舔嘴唇。他此刻表情冷酷，面如死灰，缄默不语。

"沃尔多曾当过她的司机。他当时的名字叫约瑟夫·科茨。她名叫弗兰克·C.巴萨利夫人。她丈夫是一个体型庞大的水电工程师。她这串珍珠是从前有个男人送她的，而她却告诉她的丈夫说那串珍珠只是商店里面能买到的普通货。因为沃尔多跟那姑娘之间关系很暧昧，所以他得知了她的秘密。当巴萨利从南美洲回来，见沃尔多长得太英俊，就炒了他鱿鱼。沃尔多走的时候顺便偷走了珍珠。"

伊巴拉突然抬起头，张嘴问起话来："你的意思是沃尔多不知道这串珍珠是假的？"

"我想他应该是把真品脱手卖出去了，然后买了件赝品来代替。"我说。

伊巴拉点点头。"这也有可能。"

"他还偷走了别的东西——巴萨利公文包里的一些东西，而那些东西足以证明他养了个情妇——他的情妇就住在布伦特伍德。他同时在分别敲诈这夫妇俩，而这对夫妻都被蒙在鼓里。现在听懂了吗？"我说。

"我听懂了。他妈的继续说啊。"哥白尼克粗暴地从齿缝中挤出这几个字。他的脸上依旧渗着汗珠，面如死灰。

"沃尔多不怕他俩，他毫不隐瞒自己的住处。这一点很愚蠢，但是如果他愿意冒险，倒还是会收获颇丰，拿到的钱会抵得上骗许多人。那晚那个姑娘带着5000块钱到这里来买回她自己的珍珠。她没找到沃尔多，于是到这儿来找他，先到了四楼再走下去。女人的心思缜密而又小心翼翼，所以我就邂逅了她，接着我就把她带进了自己的屋子，所以当艾尔·特瑟洛来这儿想除掉我这个证人的时候，她就藏在那个更衣室里。"我说着，指向更衣室的门。"她当时就拿着她那把小手枪，打中了凶手的背部，因此救了我一命。"我说。

哥白尼克纹丝不动。现在他是满脸恐慌的神色。伊巴拉把手中的指甲锉放进了一个小皮套里又把皮套放进自己的兜里。

"就这些吗？"他轻声问。

我点点头。"还有，她告诉我沃尔多的住处，然后我进去帮她找珍珠，却发现了一个死人。我在他兜里发现了一个帕卡德经销商的钥匙套，里面装着崭新的钥匙。我在街角不远处找到了那辆帕卡德，把车还给了车主，找到了巴萨利那位情妇。巴萨利从斯佩齐亚俱乐部叫了一位朋友去帮他买一些东西。而那个人想用枪来解决这事，而不想用巴萨利给他的钱来买。结果被沃尔多直接送上了西天。"

伊巴拉轻声说："就这些吗？"

"就这些。"我说着舔了舔嘴里的伤口。

伊巴拉慢悠悠地说："你想要什么？"

哥白尼克的脸因为愤怒而变得扭曲，恨恨地拍着自己又长又硬的大腿，他冷嘲热讽道："这家伙真不赖。他的所作所为远远偏离正道，几乎触犯了所有律法，你却问他想要什么？我来给他他想要的一切，黑仔！"

伊巴拉缓缓地转过头，看着他说："我觉得你不会那么做。我想你会保全他并答应他的任何要求。他给你的警察生涯好好上了一课。"

哥白尼克安静地坐着，一时间毫不动声色。我们都没有动静。接着哥白尼克身子前倚，他的外套随之撒开，他胳膊下的配枪从枪套里探出了脑袋。

他问我："那你想要什么？"

"牌桌上所有的东西：那件夹克、帽子和那串假珍珠。还有

366

不能把几个名字登上报纸。我要的太多了吗？"

"是的——要的太多了。"哥白尼克近乎温柔地说。他身子往旁一扭，动作干净利落地把枪拽到了手里。他俯身将手肘抵在大腿上，枪口直指我的腹部。

他说："我更想你有勇气拒捕。要不是因为明天——差不多就是现在，关于我抓获了艾尔·特瑟洛的那篇报道和我逮捕他的过程以及我的照片很快就会登在报纸上，我更喜欢那样，我更愿意你不能活着看到那篇报道。"

我顿感口干舌燥，我听到狂风怒号声远远地传来，听起来犹如枪声。

伊巴拉在地板上挪动着脚步，冰冷地说："警官，你一下解决了好几个案子。你现在需要做的就是少说点儿废话，不让几个名字出现在报道里就行了。也就是说如果司法局知道了那几个名字，对你来说也没什么好处。"

哥白尼克说："我倒愿意那样。"他手中的蓝色手枪像一块石头。"如果这件事你不帮我的话，上帝会帮的。"

伊巴拉说："如果那个女人被曝光了，你就在警务报告上造了假，同时也背弃了你自己的搭档。整整一周，他们甚至都不会在警察总署提起你的名字。警察造假那样的事儿会让他们觉得恶心。"

枪的击锤咔嗒咔嗒地敲打着枪壳，我看到他的大拇指慢慢挪向扳机。

伊巴拉站起来。举着枪对准他，说道："我们来看看黑仔到底有大胆子。我现在叫你把枪收起来，山姆。"

他快速地挪了四步。哥白尼克此时呆如木鸡，连急促的呼吸都不敢发出来。

伊巴拉又移了一步，顷刻间枪开始抖了起来。

伊巴拉心平气和地说："收起来，山姆，如果你还想保住你的脑袋的话；如果你不收——我就送你上西天了。"

他又走了一步。哥白尼克嘴巴大大地张着，发出了一声喘息，接着他像脑子被打了一下，颓然地瘫坐在椅子里。眼皮向下耷拉着。

伊巴拉以迅雷不及掩耳之势，猛地一把将枪从他手里抽了出来。他快速向后退了几步，手握着枪贴在身体一侧。

"山姆，都是这股热风惹的祸。算了吧。"他还是用平和、近乎愉悦的声音说。

哥白尼克双肩耷拉着，双手捧着脸，手指之间飘出一个声音："好吧。"

伊巴拉轻巧地穿过房间，打开了门，半眯着眼慵懒地看着我说："我也会为救过我命的女人赴汤蹈火。我吃你这一套，但是身为警察，你别指望我会喜欢这点。"

我说："被吊在床上的小个子名叫利昂·瓦伦萨洛。他是斯佩齐亚俱乐部的一个赌台管理员。"

伊巴拉说："谢了。我们走吧，山姆。"

哥白尼克吃力地站起来，穿过屋子，走出房门，消失在我的视线之中。伊巴拉跟在他身后，也迈出了门，正要关门。

我说："等一等。"

他慢吞吞地转过头，左手还扶着门，低垂着的右手握着那把蓝色的手枪。

我说："我调查这件事并不是为了钱。巴萨利夫妇住在212号弗雷蒙广场。你可以把那串珍珠转交给他们。如果巴萨利夫妇的名字没被曝光，我会拿到500美元。我把这笔钱捐做警察专用资金。我可没有你想得那么聪明。只是事情自然而然发展到了这一步——再加上你的搭档是个卑鄙小人。"

伊巴拉的目光穿过房间，落到放在牌桌上的那串珍珠上。他的眼神泛着亮光。他说："你拿着吧。那500也算了，我想警用资金自有源头。"

他轻轻地关上门，不一会儿我便听到了电梯门开合的声音。

　　我推开一扇窗，探出脑袋看到警车消失在了街道上。狂风猛地刮进来，我就让它这么吹着。风吹落了墙上的一幅画，有两颗棋子被吹得在牌桌上翻滚，罗拉·巴萨利的开襟夹克也随风摇曳着。

　　我走进厨房，喝了点苏格兰威士忌，又走回客厅，尽管现在很晚了，我还是拨通了她的电话。

　　是她本人接的电话，她很快地接起了电话，声音里不带一丝睡意。

　　我说："我是马洛。你那边方便吧？"

　　"嗯……嗯。我一个人。"她说。

　　"我发现了一些事。或者说，是警察查出来的。但是那个黑皮肤男人骗了你。我手里有一串珍珠，可惜不是真的。我想，他已经把真的卖了，照着你那串的搭扣样式，准备卖给你一串假的玻璃珠。"

　　电话那一头沉默良久，接着传来丝丝缕缕微弱的声音："警察找到珍珠了？"

　　"在沃尔多车里找到的。但是他们不会将这事公之于众。我们达成了协议。看看明早的报纸你就会知道是什么原因了。"

她说："好像也没有什么可说的了。我那串珍珠可以给我吗？"

"可以。明天下午在'绅士俱乐部'酒吧见行吗？"

"你真的很贴心。我能来，因为弗兰克还在开会。"她拖着声音说。

我说："那些会议——会让人精疲力竭的。"接着我们互相说了再见。

我打通了一个西洛杉矶的号码，他还在那儿，还跟那个俄罗斯姑娘在一起。

我对他说："早上你就可以给我开一张500美元的支票过来。如果你愿意，就把那笔钱捐做警方救援基金，因为我就是这样计划的。"

哥白尼克的报道和他的两张照片登在晨报的第三页，还有满满的半个专栏。报道中根本没有提及那个死在31号公寓的棕皮肤小个子，公寓大楼协会那边也做了很好的疏通。

吃过早餐之后我出了门，大风已经停息了。空气温和凉爽，弥漫着薄雾。天幕低垂，天色灰白，让人心旷神怡。我驱车前往主干道，选了街上最好的珠宝店，把那串珍珠项链放到天蓝色灯光照着的黑色丝绒垫子上。一个身穿硬翻领上衣和条纹裤子的男人无精打采地低头打量着它们。

我问："货色如何？"

"对不起，先生。我们不做珠宝评估。我可以告诉您一个评估师的名字。"

"别跟我开玩笑。这些可是荷兰产的珍珠。"我说。

他俯下身来，眼睛注视着灯光，漫不经心地打量着这串珍珠。

"我想做一串跟这个一样的珍珠，就装这种搭扣，动作快点。"我又说道。

"怎么做，跟这些珍珠一样？它们不是荷兰产的，而来自波西米亚。"他头也不抬地说。

"好吧，你可以复制这一串吗？"

他摇摇头，把丝绒垫子推开，好像这个东西玷污了他似的。"可能得三个月吧。我们国家可不生产这种玻璃。如果你想做得跟这串一样——至少得要三个月。而且我们这里根本不接受定制仿制品。"

"如此趾高气扬的话，技术一定一流。"我说着，拿出一张卡片，放到他的黑色袖子边。"把要做这生意的人的名字告诉我——而且不用花三个月——也不一定非得跟这串一模一样。"

他耸了耸肩，拿着卡片走开了，五分钟之后把卡片还给了我。卡片背面写了一些东西。

一个年迈的黎凡特人在梅尔罗斯开了一家店，这家旧货商店所有的商品都摆在橱窗里，商品琳琅满目：从折叠的婴儿车到法国号，从放在褪了色的长绒盒子里的珍珠母长柄眼镜到44式独特单动式六发左轮手枪，这种枪现在依然为那些祖父是狠角色的治安官所用。

这个年迈的黎凡特人戴着一顶无檐便帽和一副眼镜，长着一脸大胡子。他仔细鉴定着我的珍珠，神色忧伤地摇摇头，然后说道："20美元，和这串差不多，但是没这么精致，你懂的。没有那种超好的玻璃。"

"它们看起来会有多相像呢？"

他展开他那双坚实强壮的双手，说道："我只是在告诉你事实，它们连小孩儿都哄不了。"

我说："用这个搭扣把它们装好，当然，原来的那串我也要。"

"行。两点钟来取吧。"他说。

关于利昂·瓦伦萨洛——那个乌拉圭的棕皮肤小个子的报道登在了晚报上。报道称他的尸体被发现吊在一间未无名的公寓里。警察正在调查中。

下午四点，我走进了狭长凉爽的"绅士俱乐部"酒吧，在一排排座位间徘徊，直到我找到一个独坐着的女士。她头戴一顶像浅口汤盆一样的帽子，帽檐非常宽；身穿一件量身定做的棕色套装，搭配着简洁中性的衬衫和领带。

我坐到她身旁，悄悄放了一个包裹到座位上。我说："你别拆开。如果你愿意，你其实可以直接扔进垃圾焚化炉里。"

她用疲惫黯淡的眼睛看着我，手里握着一个细玻璃杯，杯里飘出薄荷的味道。"谢谢。"她的脸色苍白不堪。

我点了一杯掺了苏打水的威士忌，服务员随即离开了。"看报纸了吗？"

"看了。"

"你做的事却被哥白尼克警官抢了功劳，你现在清楚了吗？所以他们不愿意改变这个故事或者把你牵涉进去。"

她说："现在已经无关紧要了。还是得谢谢你。请你——请你把它们给我看看。"

我从兜里抽出那串被餐巾纸松松垮垮包着的珍珠，滑到她面前。银质搭扣在墙上搭架上投射下来的灯光下闪闪发光，那一小颗钻石也泛着亮光。珍珠的色泽跟白色肥皂一样沉闷暗淡，甚至颗颗大小参差不齐。

"你说得对，这些不是我的珍珠。"她沉闷地说。

服务员端来了我的饮料，她灵巧地把包盖在珍珠上面。服务员一走，她又慢慢地抚摸着那一串珍珠，随即扔进包里，不自然地对我忧郁地笑了笑。

我一边站着，一边用一只手重重地按着桌子，就这样立了一会儿。

"如你所说——我会留下那个搭扣。"

我慢慢地说："你对我一无所知。但是昨晚你救了我一命，而有那么一瞬间，我们彼此心动过，但毕竟只是瞬间即逝的感觉。你依然对我毫不了解。市区里有个警探名叫伊巴拉，是一个为人不错的墨西哥人，当从沃尔多的公文包里找珍珠时，他正在负责此事。也就是说，如果你想确认一下的话——"

她说："别犯傻了。一切都结束了。已经是过眼云烟了。我还太年轻，不擅长经营回忆。这样也许是最好的结局。我爱过斯坦·菲利普斯——但是他已经死了——死了很久了。"

我默默地凝视着她。

她轻声地说："今天早上我丈夫给我讲了件出乎意料的事情。我们要分开了。所以我今天笑不出来。"

"对不起。没什么好说的了，也许我们会在某个时候再相遇，也许不会。我不大会在你的圈子里活动。祝你好运。"我勉强地说。

我站了起来。我们互相看了对方一会儿。她说："你的酒都还没喝呢。"

"你喝吧。那种薄荷饮料只会让你犯恶心的。"

我一手扶着桌面，又站了一会儿。

我说："如果有人打扰你，告诉我一声。"

我头也不回地离开了酒吧，上了我的车，径直向西开上了日落大道，一路驶向海岸大道。沿途的花园里到处都是萎蔫黢黑的叶子和花朵，它们都是被昨夜的热风炙烤而死的。

但是这大海永远这般凉爽慵懒。我一路向前，在快到马里布的时候停了下来。我走下车，坐在一块被谁家的铁丝网围着的大石头上。

现在水位不高，海水拍打着海岸。空气中弥漫着海藻的味道。我坐着看了一会儿海水，然后从我口袋里拉出那串波西米亚玻璃珠的复制品，剪断了一头的绳子，珍珠一颗接一颗地掉了下来。

当一颗颗珍珠零乱地散落在我的左手里，我就这样静静地握着它们，仍思绪翻飞。这真的没有什么值得思考的，这一点我很确定。

我大声地说着：“向斯坦·菲利普斯先生致敬。他只是又一个骗子而已。”

　　对着那低飞的海鸥，我把手中的珍珠一颗接一颗地投向大海。每一颗都溅起斑驳的水花，海鸥自海面向上起飞，突然扑向了那朵朵水花。

（本文译者　李爽、程倩）

宾格教授的鼻烟

早上才10点钟，舞曲声就已响起，声音震耳欲聋。嘣、嘣、嘣、嘣、嘣。低音炮里的音调低沉无比，地板似乎都在振动。乔·贝提格鲁握着电动剃须刀在脸上上下滑动，发出嗞嗞的声音，舞曲的声音融入其中，震得地板和墙壁发颤。他的脚尖似乎感受到了颤动，颤动一直延伸到他的双腿。邻居们一定都是舞蹈发烧友。

　　已经早上10点了。杯子里盛着冰块，脸颊发红，眼神微微发愣，笑容愚钝乏味，笑声放荡不羁、空洞无物。

　　他拔下插头，电动剃须刀的嗞嗞声停了下来。他的手指沿着下颚的棱角缓缓移动，就在此时，他的目光遇上了镜子里的一双眼眸，眼神阴郁沉闷。"洗干净了，"他从齿间挤出一句话，"过了52岁，你就是个彻头彻尾的老人了。我很惊讶你居然还活着。我很惊讶我居然能看到你。"

　　他吹了吹剃须刀刀头上残留的胡茬，把保护套重新套上，仔细地用细绳绑好，收在抽屉里。他拿出须后水，擦在脸上，拍出泡沫，然后用一条手巾把脸擦得干干净净。

　　他皱起眉头，盯着镜子里那张憔悴瘦削的脸，然后转过头，朝浴室窗外看去。今早的雾不是很浓。事实上，今天阳光灿烂，天气明媚。你能清楚地看到市政厅。谁想看

377

到该死的市政厅？见鬼的市政厅。他走出浴室，然后一边下楼，一边穿上外套。嘣、嘣、嘣、嘣、嘣。好像背后有个廉价的小酒吧，你能闻到烟味、汗味、还有某种香水味。起居室的门半掩着。他从半掩的门缝里挤进去，站在那儿看着两个人脸贴在一起，在房间里缓缓地游移旋转。他们紧紧地贴在一起跳舞，眼中露出迷离的眼神，沉浸在属于他们自己的世界中。他们并没有酩酊大醉，只是喝高了，喜欢这么喧嚣的音乐。他站着一动不动，狠狠地盯着这两人。当他们转过身，看到贝提格鲁时，他们几乎没怎么正眼瞧他。葛莱蒂微微卷起嘴唇，淡淡地发出一声冷笑，几乎让人无法察觉。波特·格林嘴角叼着一支烟，在烟雾中眯着双眼。他们眼前站着个身材高大、皮肤黝黑的家伙，头发有些花白。衣着整洁。眼神诡诈难辨。可能是个二手车推销员。他的工作估计不用花太多力气，也不太讲诚信。音乐声停了下来，收音机里有人开始滔滔不绝地播放广告。跳舞的那对分开了。波特·格林跨了一步，上前把音量调小。葛莱蒂站在地板中央，打量着乔·贝提格鲁。

"有什么事需要帮忙吗，亲爱的？"她问乔·贝提格鲁，语气里有着掩饰不住的轻蔑。

他一言不发，只是摇了摇头。

"那你帮我个忙。马上滚吧。"她张开嘴，发出刺耳的大笑。

"打住，"波特·格林说道，"别拿他打趣，葛莱蒂。看来他不喜欢舞曲。那又怎样？总有些东西是你不喜欢的，不是吗？"

"当然，"葛莱蒂说道，"比如说他。"

波特·格林走向一边，拿起一瓶威士忌，开始往咖啡桌上的两个高玻璃杯里倒酒。

"喝一杯怎么样，乔？"他问道，甚至没有抬头看一眼。

乔·贝提格鲁又一次轻轻地摇了摇头，还是一语不发。"他会耍花招，"葛莱蒂说。"他长得像个人，但是个哑巴。"

"哦，闭嘴。"波特·格林懒洋洋地说道。他站了起来，手里端着两个高玻璃杯，里面已经灌满了威士忌。"听着，乔，这杯酒我请你。你并不担心这个，是吧？不喝？嗯，好吧。"他把一杯酒递给葛莱蒂。两人对饮起来，透过玻璃杯，他们看到乔·贝提格鲁始终一言不发地站在门口。

"你知道我跟这家伙结过婚，"葛莱蒂若有所思地说，"真的。我很好奇，我那些年吃的到底是哪种安眠药。"

乔·贝提格鲁向后退到了走廊上，虚掩上门。葛莱蒂一直盯着看。她换了一种语调，说道："还是老样子，他让我感到恐怖。他就这么站在那儿，一句话也不说。没有抱怨。也从不生气。你觉得他脑子里在想些什么东西？"

广告播音员终于结束了自己的吆喝，开始播放一首新的歌曲。波特·格林跨了几步，把音量调大，然后又把它调小了。"我想我能猜到。"他说，"毕竟，这是个非常老套的故事。"他说完他又把音量调大，并伸出了双臂。

乔·贝提格鲁走出房间，来到前面的走廊，他把笨重的老式前门搭在门闩上，然后把它关在身后，以遮住里面收音机传来的嘣嘣声。沿着房子的正面望去，他看到前窗关上了。外面没有那么吵。这些老式的木架房屋非常坚固。正当他开始想是否需要清理杂草时，一个长相滑稽的男子出现在水泥路上，并朝他走来。你有时也会看到穿着晚礼服斗篷的男子，但这绝不会发生在那片街区的莱克星顿大道上，也绝不会在大白天的早上，更不会有人还戴着一顶大礼帽。乔·贝提格鲁盯着那顶大礼帽。那顶大礼帽绝对不是新的，而且绝对已经磨损了。帽子上的毛有些起球，就像是猫生气时浑身竖起来的直挺挺的毛。而他身上的晚礼服斗篷也不像是亚德里安喜欢的那种样式。他的鼻子很尖，黑色的双眼深深地凹下去，脸色发白，但看起来并不虚弱。他在台阶下停下来，抬头看着乔·贝提格鲁。

"早上好。"他扶着大礼帽的帽檐说道。

"早,"乔·贝提格鲁答道,"您今天打算卖什么?"

"我不是来卖杂志的。"穿着晚礼服斗篷的男子说道。

"我没什么要买的,朋友。"

"我也不打算向您打听,您是否有一张自己的肖像照?用漂亮的水彩着色,看起来就像马特洪峰的月光一样明亮迷人。"男子说着把一只手放到斗篷底下。

"别告诉我你斗篷底下藏着一个真空吸尘器。"乔·贝提格鲁说。

"我的裤袋里,"斗篷男子接着说,"也没有一整套全不锈钢的厨房。并不是我不能有,只是我不愿意。"

"但是你确实在推销东西,"乔·贝提格鲁干瘪瘪地说。

"我只是在赠与一些东西,"斗篷男子说。"给合适的人。精心挑选出的……"

"西装俱乐部,"乔·贝提格鲁厌烦地说,"我不知道现在竟然还有这种组织。"

这个高高瘦瘦的男人从斗篷下把手伸出来,手里捏着一张卡片。

"精心挑选出的少数人,"他重复道,"我不知道。我今早有些懒惰,或许我应该只选一个就够了。"

"那个幸运儿,"乔·贝提格鲁说,"就是我。"

男子拿出那张卡片。乔·贝提格鲁接过来,上面写着"奥古斯都·宾格教授"。卡片的角落上有一排小字"白鹰牌脱毛粉"。上面还印着一串电话号码和一个北威尔科克斯的地址。乔·贝提格鲁用指甲弹开卡片,摇了摇头。"我从来不用这玩意,朋友。"

奥古斯都·宾格教授不易察觉地淡淡一笑。换句话说,只是他的嘴唇往上微微一动,眼角稍稍皱起而已。姑且称之为微笑吧。这不是什么值得细究的事情。他又把手伸进了斗篷下面,拿出一个小圆盒，差不多跟打印机色带盒一般大小。他抬起盒子，上面清清楚楚地写着"白鹰牌脱毛粉"。

"我相信您知道脱毛粉是什么东西，您怎么称呼？"

"贝提格鲁，"乔·贝提格鲁亲切地说，"乔·贝提格鲁。"

"噢，我的直觉是对的。"宾格教授说道，"你有麻烦了。"说着，他用细长的手指把小圆盒盖上。"贝提格鲁先生，这并不是脱毛粉。"

"请等一下，"乔·贝提格鲁说，"你刚才说这是脱毛粉，现在又说不是。你还说我有麻烦了。为什么？难道是因为我的名字是贝提格鲁吗？"

"别着急，贝提格鲁先生。让我告诉您来龙去脉。这片街区早就衰败不堪了。再也没人想到这儿来。然而你的房子却不是如此。你的房子充满古典气息，打理得很好。正因为如此，你才是这房子的主人。"

"不如说我是这房子的主人之一。"乔·贝提格鲁说。

宾格教授伸出左手，手掌向外。"请您先听我说完。我继续给你分析分析。这年头税收不菲，而你是房子的主人。若是你经济条件允许的话，你早就搬走了。你为什么没有搬呢？因为你这房子卖不出去。况且这房子相当大。于是你只好租与他人。"

"只租了一个，"乔·贝提格鲁说，"只有一个。"他长叹一声。

"您大概有48岁。"宾格教授猜道。

"加减四岁。"乔·贝提格鲁说。

"您的胡须刮得干干净净，衣着也很整洁。然而您脸上的表情却丝毫不快乐。因此我猜测您有一位年轻的妻子。准确地说，是位娇生惯养的妻子。我还猜测……"他突然停了下来，开始打开一个盒子的盖子，盒子里装的不是脱毛粉。"我停下来只是为了好好想想。"他平静地说。"这个，"他拿出打开的盒子，乔·贝提格鲁看见里面装着一半的白色粉末，"不是哥本哈根鼻烟。"

"我是个很有耐心的人，"乔·贝提格鲁说。"但别老是故弄玄虚跟我说这不是什么东西，请告诉我这到底是什么。"

"这是鼻烟，"宾格教授冷冷地说。"宾格教授的鼻烟。我的鼻烟。"

"我从不用鼻烟，"乔·贝提格鲁说，"不过我告诉你。沿着这条街一直往下走，到了尽头有一个都铎式的庭院，叫做莱克星顿堡。里面有许多小品演员、临时演员以及许多别的人。他们大部分时间都不工作，而且常常喝着65度的烈性酒，酩酊大醉，你的鼻烟可能正对他们口味。如果你想赚些钱，一定要去那儿。而且那个地方你千万不能错过。"

"宾格教授的鼻烟，"宾格教授带着一副居高临下的样子冷冷地说，"并不是可卡因。"他做了个手势，用斗篷裹住自己的身体，然后碰了一下帽檐。他转身离开，左手里还拿着那个小小的盒子。

"可卡因，我的朋友？"他说。"呸！这跟宾格教授的鼻烟比起来简直是婴儿爽身粉。"

乔·贝提格鲁看着他顺着水泥路走下去，然后转到了路边的人行道上。古老的街道两旁种满了古树。莱克星顿大道两旁都是茂密的香樟树。树上新绿吐翠，随处能看到还透着一层粉红的树叶。宾格教授在树下走着，越走越远。房子里还能听到阵阵的嘣嘣声。他们现在估计已经喝到第三杯或是第四杯了。他们估计又哼着音乐，紧紧地贴在一起了。再过一会儿，他们会开始在家具上激情翻滚，彼此虐待。好吧，这又能怎么样呢？乔·贝提格鲁不禁想象，葛莱蒂52岁的时候会是什么样。照她现在这种生活方式，到了那时候，估计她不会像她歌里唱得那么美。

乔的思绪在此打住，然后注视着宾格教授，他这时在一棵香樟树下停了下来，回头看了看。他把手伸到褪色的礼帽边，举起

382

礼帽，露出他的头，然后鞠了一个躬。乔·贝提格鲁礼貌地挥手示意。宾格教授把帽子重新戴上，动作极其缓慢，乔·贝提格鲁能够十分清楚地看到他在做什么，小圆盒的盖子还开着，只见他从里面抹出一撮粉末，推进鼻孔里。乔·贝提格鲁几乎可以听见他吸鼻烟时那长长的吸入声，吸鼻烟的人常会这么做，目的是为了把鼻烟吸到鼻膜上。

当然他并没有真的听到吸入声，他只是在脑海中幻想了一下。但他确实清清楚楚地看到了一切。那顶礼帽，那件斗篷，细长的双腿，苍白、没有生气的脸庞，深凹的黑色双眼，举起的手臂，左手里拿的圆盒。他最多不会超过50英尺远。从这儿走过去，就在第四棵香樟树前面。

但是这不可能，因为要是他站在香樟树前面的话，乔·贝提格鲁不可能看到树干、草坪，路缘石边，还有街道。这些东西有的可能被宾格教授瘦长、奇幻的身体遮住了。但却不是如此。因为奥古斯都·宾格教授已经不在那儿了。没人在那儿。一个人也没有。

乔·贝提格鲁把头转向一边，顺着街道向下张望。他站在那里一动不动，几乎听不到房间里传来的收音机声。一辆汽车转过路口，匆匆经过这片街区，后面扬起一片尘土。树叶并没有发出太大的沙沙声，但是却发出一种非常微弱的、几乎不易察觉的声响。接着，有种东西飒飒地响起。

缓慢的脚步声向乔·贝提格鲁走来。没有脚后跟的声音。只有皮鞋在水泥路上轻轻滑过的声音。他后颈的肌肉开始疼痛。他能感到自己的牙齿紧紧地咬在一起。脚步声缓缓地接近，越来越近。然后有那么一刻，四下一片寂静。随后飒飒作响的脚步声又一次从乔·贝提格鲁身旁绕开。然后，宾格教授的声音不知从何处响起：

"贝提格鲁先生，我为您提供一个免费的样品，向您献上我的致意。但是，当然，如果您有更多需要，我乐意向您提供专业服务。"

脚步声飒飒作响，再一次远去。不一会儿，乔·贝提格鲁就一点声音也听不到了。他不是很明白，到底为什么他要往下看着台阶的最上面一级；但他还是这么做了。在台阶上，除了他的右脚脚尖，没有看到任何人，现在却放着一个像打印机色带盒的小圆盒，外面用墨水手写着几个斯宾塞体的草书，"宾格教授的鼻烟"。

乔·贝提格鲁像个迈入迟暮之年的老人或是在做梦的人一样，极其缓慢地蹲了下来，拿起盒子，用手牢牢握住，放进口袋。

嘣，嘣，嘣，嘣，嘣，收音机还在响。乔并没有引起葛莱蒂和波特·格林的任何注意。他们躺在沙发的一角如胶似漆，唇齿相融。葛莱蒂长叹一声，睁开眼睛，打量着房间。然后她忽然直起身子，猛地推开波特。房间的门非常缓慢地打开了。

"怎么了，宝贝儿？"

"那扇门。他去干吗了？"

波特·格林把头转过去。大门现在完全敞开着。但是没人站在门外面。"好吧，门是开了，"他含混不清地说。"那又怎样？"

"是乔。"

"是乔又怎样？"波特·格林烦躁地说。

"他藏在外面。他在谋划些什么。"

"呸！"波特·格林说。他站起来，走过房间。他把头伸出到门厅。"这儿没人，"他侧身扭头，朝后说道，"一定是穿堂风把门吹开了。"

"根本没有穿堂风，"葛莱蒂说。波特·格林关上门，感觉门紧紧地关上了，摇了摇，门扣得紧紧的。他重新回到房间里。他走向沙发，刚走到一半，门在他后面嗒嗒地响了一声，然后又慢慢地开了。在收音机强劲的节奏中，葛莱蒂发出尖锐的大叫。

波特·格林几个大步冲向收音机，啪嗒一声把它关掉，然后生气地转过身来。

"别耍我，"他从牙缝间狠狠地挤出一句话。"我不喜欢耍花招。"

葛莱蒂只是呆呆地坐着，张着嘴，眼睛盯着那扇打开的门。波特·格林跨出门，走进门厅里。没人在那儿。四下一片寂静。很长的一段时间，整座房子完全静止了。

接着，从楼上房子的背后，传来一个人吹口哨的声音。

波特·格林又一次关上门，这次他把门固定住了，上了门闩，但没上锁。他本应该聪明点，把门把手也转一下，那样就可能会省下不少麻烦。不过他不是一个非常敏感的人，他脑子里还装着别的东西。

不管怎么说，这可能也不会有什么区别。

有的事情需要仔细琢磨。比如说噪声——只要打开收音机，就能轻松地盖住噪声。也不需要把声音开得太大。或许一点也不用开。该死的隔壁邻居还是一如既往地震动着地板。乔·贝提格鲁看着浴室镜子里自己的身影，轻蔑一笑。

"你和我在一起这么长时间了，"他对自己的影子说，"我们真是一对好兄弟。从现在起你该有个名字。我就叫你约瑟夫吧。"

"别跟我耍花招，"约瑟夫说，"我不喜欢软性子，相反，我有点喜怒无常。"

"我需要你的建议，"乔说，"并不是说这有多重要。我非常认真。就拿宾格教授给我的鼻烟这个问题来说吧。它确实有效。葛莱蒂和她的男朋友看不见我。我有两次站在敞开的门前，他们当时直视着我，但是他们什么也没看见。这让她失控大叫。放在以前，她要是看到我，根本就不会怕我。"

"她也可能放声大笑。"约瑟夫说。

"但是我能看见你，约瑟夫。你也能看见我。假设鼻烟的效果持续一会儿后就失效呢？这是一定的，因为若不是这样的话，宾格教授如何赚钱呢？所以，我想知道持续时间能有多长。"

"你总归会知道的，"约瑟夫说，"如果有人在它失效时朝你看过去的话。"

乔·贝提格鲁说："这可能会非常不方便，如果你知道我的意思的话。"

约瑟夫点了点头。他知道乔的想法。"或许鼻烟不会失效，"他猜测说。"说不定宾格教授有另外一种药粉，能够抵消鼻烟的效果。说不定这就是诱饵。他给你能够隐身的东西，而当你想变回去的时候，你就得揣着大把的钱去求他。"

乔·贝提格鲁想了想，但他还是予以否认，他认为这不可能是真的，因为宾格教授给他的卡片上写着一个威尔科克斯的地址，应该是在一座写字楼内。里面应该会有电梯，假设宾格教授等待的顾客别人都看不见，但如果别人触摸到这些顾客的话他们很可能会察觉到——好吧，把他的营业场所设在写字楼里会非常不实际，除非鼻烟的效果不会消退。

"好吧，"约瑟夫有些酸溜溜地说。"我同意你说的。"

"还有一点，"乔·贝提格鲁说，"就是隐身效果在什么地方会消失。我的意思是，葛莱蒂和波特·格林看不见我。所以他们看不见我穿的衣服，因为比起什么东西都没有，一套空荡荡的衣服站在门厅里晃来晃去更会把他们吓得不轻。但是总得有某种操作系统。我碰到什么东西了吗？"

"有可能是这个，"约瑟夫说，"为什么不呢？你碰到的任何东西都会消失得无影无踪，就像你一样。"

"但是我碰到了门，"乔说，"但我想门并没有消失。而且我没有碰到——我的意思是确确实实地碰到——我所有的衣服。我的脚只碰到了袜子，而我的袜子隔在我的脚和鞋子中间。我碰到了我的衬衫，但我没有碰到我的夹克。更别说我口袋里装的那些东西了。"

"说不定是因为你的气场，"约瑟夫说。"或是你的磁场，还是你的性格——总要有什么东西——任何落入你的周遭与你同在的东西。香烟、钞票，任何专属于你的东西，而不是大门、墙壁、地板之类的东西。"

"我觉得这不是很有逻辑。"乔·贝提格鲁严肃地说。

"这儿有讲究逻辑的人吗？"约瑟夫冷冷地问道。"古怪的宾格教授会跟一个讲究逻辑的人做生意吗？这个交易从头到尾有哪点是有逻辑的？他挑了一个完全不熟悉的陌生人，一个他之前从未看过或听过的人，给了他一包免费的鼻烟，他赠与鼻烟的这个人或许是整个街区最可能会立马使用鼻烟的人。这听起来有任何逻辑而言吗？在一头猪看来这才是有逻辑的。"

"所以说，"乔·贝提格鲁慢条斯理地说，"告诉我下楼应该带什么东西去，要让他们看不到。甚至有可能他们也听不到。"

"当然，你可以试着拿一个高脚玻璃杯去，"约瑟夫说。"有人伸手去拿它的时候，你可以把它拿走。你很快就会知道，你碰到它的时候，它会不会消失。"

"这我能做到，"乔·贝提格鲁说。他顿了顿，看起来正在沉思。"我很好奇你是不是一点点地逐渐复原，"他加了一句，"还是突然出现。砰的一声。"

"我觉得是砰的一声，"约瑟夫说，"这位老绅士并不是无缘无故就叫自己宾格的。我猜，无论是隐身消失，还是复原现身，都是非常快的。你需要发现的就是时机。"

"我会这么做的，"乔·贝提格鲁说，"我会非常小心的。这非常重要。"他朝自己的影子点了点头，约瑟夫也朝他点点头。他正要离开，又转身加了一句：

"我只是为波特·格林感到有些遗憾。他在她身上花了这么多时间和金钱。如果我有了一叶知秋的本领，最后他能得到的将是无尽的嘲笑。"

"这你可说不准，"约瑟夫说，"我看着他不像是个会被占便宜的人。"

对话至此结束。乔·贝提格鲁走进卧室，从壁橱的架子上拿下一个手提箱。里面装着一个皱巴巴的公文包，捆在上面的细绳已经断开。他用一把小钥匙打开公文包，里面装着一个硬质小包，包在一块法兰绒布里。法兰绒布里还有一只陈旧的羊毛袜，羊毛袜里装着一只装满子弹的3.2口径的自动手枪，油亮光滑，一尘不染。乔·贝提格鲁把手枪放在他右边的裤袋里，沉甸甸的，比原罪还要沉重。他替换了壁橱里的公文包，走下楼，脚步轻巧，他双脚内侧抬起，只用外侧鞋底掂着地面。后来他又觉得自己很愚蠢，因为收音机的声音依然充盈耳膜，如果鞋子发出咯吱咯吱的声音，也没人能够听到这么微弱的响声。

他走到台阶的最下一级，来到起居室的门口，轻轻地试着转动了一下门把手。门锁上了。锁是弹簧锁，是在把楼下的房间改造为单身公寓用以出租时装上的。乔拿出他的钥匙包，然后把钥匙慢慢地伸进门锁里。他转动了一下门锁，能感到插销弹了回来。弹簧锁没锁上。为什么会这样？你只有在晚上才会这么做，因为这时候你会感到紧张。他用左手握着门把手，轻轻地推开门，好让门锁松开。这是个小诀窍——众多小诀窍之一。插销清除之后，他把门把手归回原位，然后把钥匙退出来。他紧紧地握着门把手，推开门，直到他能环顾整个房间。里面除了嘣嘣的收音机声，没有别的任何声音，没有大喊声，也没人盯着大门看。到目前为止，一切都不错。

乔·贝提格鲁把头探到门内，往里看了看。房间里温暖舒适，弥漫着香烟和人的气息，还有一点淡淡的酒味，但是房间里空无一人。乔推开门走进去，微微皱了皱眉头，脸上浮现出一丝失望，随后又觉得恶心，做了个鬼脸。

在起居室的后面，推拉门原来是面向餐厅的，但是餐厅现在改造成了卧室，推拉门却保留了下来，和原来一模一样。现在推拉门紧紧地关着。乔·贝提格鲁一动不动地站着，看着推拉门。他漫无目的地伸出手，理了理稀疏的头发。有一会儿他的脸上完全没有任何表情，然后嘴角露出了若有所思的微笑。他转身关上门，走到长沙发边朝下看了看，两个带有斑纹的高脚玻璃杯的底部残留着一些尚未完全融化的冰快，一瓶威士忌已经打开，旁边放着一个玻璃碗，里面的冰块在水里浮动着，他还看到烟灰缸里许多污迹斑斑的烟蒂，其中一个还冒着烟，在静默的空气里袅袅上升。

乔安静地坐到沙发的角落，看了一眼手表。自从遇见宾格教授以来，似乎已经过去了很长的时间，感觉时光久远，天各一方。现在，要是他记起拿到鼻烟的具体时间就好了。大概是在10时20分，他想。要是能再肯定些就更好了，要是能再等等就更好了，要是能试一试就更好了。这样肯定会更好的。不过，他做过的事哪一件又是让人满意的呢？

他一点也想不起来。而且自从他遇到葛莱蒂之后，肯定是一件都没有。

他从口袋里拿出手枪，放在前面的鸡尾酒桌上。他坐在沙发上，看着手枪出神，一边听着收音机里的嘈杂声。然后他伸出手，以一种近乎优雅的动作松开了手枪的保险栓。松开之后，他身体又往后靠去，静静地等着。就在他等待的时候，他的脑子里没有任何特别的感受。许多人会记得这样的感受。在紧闭的双层门之后，他依稀听到了一些叽叽喳喳的声音，但没有太过留意，一方面是因为收音机的声音很吵，一方面是因为他正沉浸在思考之中。

这时推拉门被人推开了，乔·贝提格鲁伸手从鸡尾酒桌上拿起手枪，把它放在膝盖上。这是他做的唯一的动作。他甚至没有抬头看一眼推拉门。

当推拉门开到够一个人穿过的时候，波特·格林的身形出现在门口。他伸出双手抓着门的高处，手指因为发力而泛白。他身体晃了一下，紧紧抓住了门，像是个喝醉的人。但是他并没有醉。他的眼睛张得大大的，眼神十分专注，嘴角慢慢上扬，傻乎乎地笑着。他的头上和白花花的肚囊上沾满汗液，泛着光。他几近全裸，身上只穿着一条短裤，光着脚，满头大汗，汗液浸湿了他的头，头发也乱糟糟的。他的脸上有些耐人寻味的东西，但是乔·贝提格鲁没有注意到，因为他一直看着脚中间的地毯，手枪放在膝盖处，枪口朝向一侧，没有瞄准任何东西。

波特·格林深深地吸了一大口气，又悠长地叹息了一声。他放开推拉门，跌跌撞撞地走进房间，目光在乔·贝提格鲁前面和沙发前面桌子上的威士忌酒瓶上绕了一圈，随后落在酒瓶上，然后稍微转了转身子，在距离酒瓶尚远的地方，就弯腰去拿酒瓶。酒瓶在鸡尾酒桌的玻璃桌面上咯吱咯吱地响。即使在这时，乔·贝提格鲁也没有抬头，但能闻到波特·格林离他如此之近，却对他的存在毫不知情，而且他的脸因为痛苦而突然扭曲起来。

酒瓶翻了个底朝天，长满细密毛发的手也从乔·贝提格鲁的视线里消失了。即使在聒噪的收音机声中，还是能听到威士忌哗哗淌出的声音。

"婊子！"波特·格林咬牙切齿、恶狠狠地说。"该死的臭娘们，窑子里的贱货。"他的语气极其嫌恶，满是鄙夷。

乔·贝提格鲁轻轻地点了点头，有点紧张。沙发和酒桌之间的空间只够他站着，没有转身的余地。他站了起来，手里拿着枪，目光也追随着手枪慢慢地抬起。他看到波特·格林的短裤腰带上袒露的软绵绵的肉，还看到他肚囊上布满了油腻得发光的汗液。他朝右看了看，又看到了他的肋骨。他的手很冷静，但心跳的速度快得令人难以置信。乔·贝提格鲁知道，自动手枪的枪口也知道。枪口正正地对着波特·格林的心脏，乔·贝提格鲁稳稳地一按，几乎难以察觉，他扣动了扳机。

枪声很大，盖过了收音机的声音和其他别的声音。声音中有种震动感，带着些许力量的味道。如果你很长时间没有开枪的话，这会让你感到很惊讶——这种致人于死地的工具让人的生命戛然而止，它在你的手中倏忽跃过，好似岩石上的蜥蜴。

被枪击中的人会以各种各样的方式倒下。波特·格林侧身倒下，一只膝盖在另一只膝盖弯下之前就已经蜷曲落地了。他四肢乏力，软绵绵地倒下，好像他的膝盖被链条团团缠住了。在他倒下的一刻，乔·贝提格鲁回想起自己演艺生涯中曾经看过的一幕歌剧。那场戏里有一个高高瘦瘦、虚弱无力的男子，还有一个女孩。在他们荒诞的表演中，瘦高的男子会慢慢地侧身倒地，身体弯成一个拱状，因此你无论何时都不会说他碰到了舞台的地板。他似乎毫不费力、合情合理地就做出了这个姿势。他表演了六遍。第一次引得人们哄堂大笑，第二次人们感到很兴奋，纷纷揣测他的诀窍。到了第四次，人群中的一名女观众开始大叫："别让他这么做！别让他这么做！"但他还是做了这个动作。到表演尾声的时候，许多衣衫褴褛的观众都慕名前来，他们对于他的表演感到无比恐惧，因为这动作出人意料，违反常理，常人根本无法完成。

乔·贝提格鲁打断了自己的回忆，回到现实。波特·格林躺在地板上，头朝下对着地毯，没有一丝血迹。乔·贝提格鲁第一次看了看波特·格林的脸，他的脸上满是抓痕，还有被女人又尖又长的指甲疯狂抓伤的伤口。原来是被抓伤的。乔·贝提格鲁张嘴大喊，叫声就像一匹被刺伤的马。

在他自己听来，他的叫声无比遥远，像是从另一座房子里发出的声音。微弱的呻吟声跟他毫无关系。或许他根本就没有叫出声。有可能是汽车转弯时速度过快，轮胎发出的声音。说不定是迷失的灵魂猛然冲向地狱时发出的响声。他完全没有生理上的感觉。他似乎飘到了桌子的一端，在波特·格林的尸体四周飘动。但是他的飘动，或者别的什么动作，都有明确的目的。他走到门口插上了弹簧锁，又去到窗前，窗子紧闭，但没锁上；他把窗子锁上。然后他走到收音机前把收音机关上，再也没有嘣嘣的声音了。置身于星际空间般的寂静之中，他仿佛被一条又长又白的裹尸布所牢牢地包裹。最后他穿过房间回到了推拉门前。

他穿过推拉门，走进波特·格林的卧室，这个房间很久之前是餐厅。那时候洛杉矶还是个年轻的城市，炎热干燥，尘土飞扬，地处沙漠深处，成排的桉树沙沙作响，街道两旁种满了枝叶宽大的棕榈树。

这一切都让人回想起以前，彼时的餐厅是个夹在两扇面向北边的窗子中间的内嵌式瓷器柜。柜门上镶有格子花纹，门后放着些书籍。书并不是很多。波特·格林并不是一个热爱阅读的人。卧室的床紧挨着东面的墙壁，墙壁另一面是早餐室和厨房。床凌乱不堪，里面放着样东西，但乔·贝提格鲁并没有心思去查看到底是什么。床的另一面曾是一扇回转门，但后来被换成一扇实心门，牢牢地嵌在门框里，上面还装了一个转动门闩，门闩很短。乔·贝提格鲁想，他在门缝里看到的是灰尘，因为他知道这扇门很少打开。但是门闩很短，这很重要。

他穿门而入，来到一段短短的过道，过道上面是楼梯，一路穿过大厅，直接连通房子另一边曾作为缝纫室的浴室。楼梯下有个壁橱。乔·贝提格鲁打开壁橱的门，拧开灯的开关。角落里有几个手提箱，还有挂在衣架上的正装，一件大衣和一件雨衣。他关上灯和壁橱门，一路走到浴室里。以浴室的标准来说，房间还算宽敞，里面有一个古典式样的浴缸。乔·贝提格鲁走过洗脸池上方的镜子，没有朝里看。他现在还不想跟约瑟夫说话。细节，这是主要的，一定要注意细节。浴室的窗子开着，薄纱窗帘迎风飘动。他把窗子紧紧关上，并把窗帘钩子移到窗棂一侧。除了刚刚进来的那扇门，浴室没有别的出口。本来还有一扇门可以通向房子前面，但这扇门后来被填上了，并用防水墙纸盖了起来，就像大厅里其他的门一样。

眼前的房间实际上是一个杂物间，里面摆放着一些陈旧的家具和物什，还有一张用丑陋的浅橡木制成的卷盖式书桌，以前的人们时兴用这样的家具。乔·贝提格鲁从没用过这张书桌，也从没走近过它。就这么一直摆在那儿。

他转身站在浴室的镜子前。其实，他并不想这样做，但是约瑟夫或许想过一些他应该知道的事情，于是他看着约瑟夫。约瑟夫也看着他，眼神不悦，目不转睛。

"收音机。"约瑟夫简洁地说。"你关了收音机。大错特错。声音关小就行了，没必要全部关掉。"

"噢，"乔·贝提格鲁对约瑟夫说。"是的，我想你是对的。还有枪。但我没有忘记。"他轻轻拍了拍口袋。

"还有卧室的窗户，"约瑟夫说，语气趋近于轻蔑。"而且你得去看葛莱蒂。"

"对，卧室窗户，"乔·贝提格鲁说着，然后顿了顿。"我不想看她。她死了。她早就该死了。你能做的只有看看波特·格林。"

"她这次惹错人了，不是吗？"约瑟夫冷冷地说。"还是说你希望这样的事发生吗？"

"我不知道，"乔说。"不，我觉得我没想那么多，但是我搞砸了，我没必要开枪打死他的。"

约瑟夫看了看乔，表情古怪。"浪费了教授的时间和材料？你并不认为他来这儿仅仅只是为了给你做实验的，是吗？"

"再见，约瑟夫。"乔·贝提格鲁说。

"你为什么要说再见？"约瑟夫厉声说道。

"我觉得该说再见了。"乔·贝提格鲁回答道，走出了浴室。

他绕过床，关上窗并锁好，最后还是看了一眼葛莱蒂，尽管他不想这么做。他不需要这么做。他的预感是正确的。要是有一张床看起来像是个战场的话，那肯定非眼前这张床莫属。如果有一张脸看起来面如土灰、扭曲丑陋、死气沉沉，那一定是葛莱蒂的脸。她身上只裹着几片碎布，仅此而已。只有几片碎布。她遍体鳞伤，看起来糟糕透了。

乔·贝提格鲁的腹膜开始抽搐，嘴巴里酸水直往上灌。他迅速走出房间，靠在门外面，但小心翼翼地不用手去扶门。

"收音机开着，但是声音不大。"他安静地说道，这时他的呕吐感已不再强烈。"枪在他的手里。我不会喜欢这么做的。"他看着外面的那扇门。"我最好用楼上的电话。我还有充裕的时间赶回来。"

他悠长地叹息一声，开始动手处理。但当他把手枪塞到波特·格林手里的时候，他发现自己无法直视波特·格林的脸。他有种感觉，确信波特·格林的双眼没有闭上，正直瞪瞪地盯着他看，但是他无法直视波特·格林的双眼，即使波特·格林已经死了。他觉得波特·格林会原谅他，而且波特并不在意被枪击中。乔出手很快，而且比起走法律程序来说，痛苦大概会轻得多。

他不会因为这个而感到羞愧，也没有因为波特·格林从他手中抢走葛莱蒂而无地自容，因为那样就太傻了。许多年前，波特·格林是个敢为人先的人。他想或许是波特脸上那些血迹斑斑的抓痕让他觉得无地自容。在过去，波特·格林至少看起来像是个汉子。他脸上的那些抓痕，不管怎么说，让他看起来像个彻头彻尾的傻子。即使他死了。一个样貌和行为都类似于波特·格林的人，成天混迹于胭脂堆，女伴众多，花心风流，别的方面也是——这样的人就该和葛莱蒂这样的荡妇来场恶战，葛莱蒂就是个夸夸其谈的空心纸袋，她没什么能给予男人，即使是她自己也不例外。

乔·贝提格鲁是个大男子主义者，对自己的评价并不高，但他至少没有让自己的脸被抓破。

他把枪放在非常靠近波特·格林手的位置，他一次也没有看波特的脸。或许有些太干净利落了。他把其他需要处理好的东西都安排好，同样的干净利落，不慌不忙。

黑白相间的警车转过街角，缓缓沿着街区滑行，没有大惊小怪，也没有紧迫不安。警车安静地停在房子前面。一会儿，两名身着制服的警官抬头望着深深的走廊和紧闭的门窗，一言不发。他们听到对讲机里传来持续不断的说话声，在脑子里理了理思绪，并没有特别留心对讲机的谈话。

随后靠近路边的那位警官开口说道，"没有听到尖叫声，也没有看到有邻居从前面出来。看起来有人朝空中开了一枪。"

手握方向盘的警察点了点头，心不在焉地说："不管怎样，还是按下门铃吧。"他在报告册上记下了时间，并把警车出勤的时间报告给了调度员。警察迈出警车走上水泥路，来到门廊上按响了门铃。他能听到门铃在房间里响起，也能听到收音机或是唱片机的声音，但声音只从左边窗户紧闭的房间里传来。他又按了一次门铃，没人开门。他顺着门廊往边上走，拍着纱窗上面的玻璃窗，越来越用力。音乐声持续不断，但是仅此而已。他走下门廊，绕着房子的墙边来到后门处。纱窗被钩住了，里面的门也紧闭着。这里还有一个门铃。他按住了这个门铃，门铃在他耳边嗡嗡地响，响声很大，但还是没人应门。他使劲敲着纱窗，最后猛地一拉，但窗户被钩得紧紧的。他绕着房子走向另一边，北边的窗户太高，从地上看不到里面。他只好返回房子前的草坪，走对角线穿过草坪回到警车。草坪被修剪得整整齐齐，绿油油的，可以看出前一天晚上浇过水。他一度回头看了看草坪，看看自己的脚印是不是留在了草坪上。并没有。他很庆幸没有留下脚印。他只是个年轻的警察，算是个菜鸟。

"没人应门，但是房子里有音乐声。"他告诉自己的搭档，斜靠进警车里。

开车的警察听了一会儿对讲机，然后走出警车。"你走这边，"他说，拇指指着南边。"我去试试另外一家。说不定邻居们听到了些什么。"

"不太可能，否则我们现在的脖子都要累断了。"第一个警察说。

"还是问一问吧。"

贝提格鲁寓所南边房子的后面，有个上了年纪的人在玫瑰花丛周围用一个单耙的除草机在除草。年轻的警察问他隔壁屋子里发生了什么事需要报警。没什么事。看到有人出去了吗？不，他没看到有人出去。贝提格鲁没有车，他的房客倒是有辆车，但是车库看上去锁上了，你看得到上面的挂锁。房客是什么样的人？普通人，从不打扰别人。最近收音机声音有些吵？就像现在这样？老人摇了摇头。现在声音不大，之前有段时间声音很大。他们什么时候把声音关小的？他不知道。见鬼，为什么他会知道呢？一个小时，或许半个小时之前吧。警官，这附近什么事都没发生，我整个早上都在这里干活呢。但是有人报警了，警官说。那肯定是个误会，老人说。还有谁在他的房子里？他的房子？老人摇了摇头。不，现在不是。他妻子去了美容院，现在的美容院就是会在白头发上抹些紫色的东西。老人格格地笑了笑。年轻的警察没想到老人会笑，而且笑起来就像他在侍弄玫瑰花的时候有点心不在焉，甚至生气的样子。

在贝提格鲁住所的另一边，开车的警察敲了门，但也没人应门。警察只好绕着房子往后面走去，看到一个孩子正打算把游戏围栏的板条拔出来，但他看不出孩子到底有几岁，也看不出是男孩还是女孩。那个孩子流着鼻涕，而且看起来似乎愿意鼻涕就这么流着。警察砰砰地敲了几下后门，然后就看到一个衣着邋遢的直发女人走了出来。她开门的一瞬间，厨房里传来一阵肥皂剧的声音，他能看出女人正着迷地听着肥皂剧，无比专注，就像是清除地雷的扫雷小组。她什么也没听到，她朝警官大喊道，还是利用千篇一律的两句台词的空当敷衍地喊道。她根本没时间关心别的地方发生了什么事。隔壁的收音机声？确实有，她想隔壁确实传来过收音机的声音。可能偶尔听到过一两次。你能把那个东西声音调小一点吗，警察问她，满脸不悦地盯着洗碗槽上的收音机。她说她当然可以，但是不想调。一个皮肤黝黑，又瘦又小的女孩忽然不知道从哪儿冒了出来，头发跟她母亲一样平直，她站在警察跟前六英尺的地方，眼睛朝上盯着警察的衬衫。他往后退了几步，她也跟着往前走了几步。他想他马上就要发疯了。一点声音都没听到吗，啊？他朝女人喊道。她默默地抬起手，专心地听着收音机里一个短暂的热烈的节目对话，然后摇了摇头。他想挤进门去，但她把门关上了，小女孩发出短促尖锐的哑嘴声，他赶快往回走，走了很远还能听到她的哑嘴声。

看到警车旁的另一位警察时，他觉得脸上有点发烧。他们望着街对面，彼此交换了一个眼神，耸了耸肩。开车的警察走到警车后面，打算从后面上车，但又改变了主意，重新回到通往贝提格鲁房子前门门廊的人行道上。他仔细地听着收音机的声音，发现百叶窗里有星星点点的灯光。他停了下来，在窗子之间不断地调整着角度，直到他发现一个小小的缝隙，刚好够用一只眼睛看到里面。

在一番努力之后，他终于看到好像一名男子的尸体仰躺在地板上，旁边是一张矮桌的桌腿。他直起身子，对另外一个警察打了个手势。另一个警察很快跑了过来。

"我们得进去看看。"开车的警察说。"在这儿看不太清楚。里面有个男的，没在跳舞。收音机开着，灯也亮着，所有的门窗都锁上了，没人来应门，而且有人躺在地毯上。难道不应该记到报告本上吗？"

就在这个时候，乔·贝提格鲁第二次抹了一点宾格教授的鼻烟。

两个警察用螺丝刀取下一扇窗户，没有打破窗玻璃，然后走进厨房。隔壁的老人看到了他们，还是继续侍弄着他的玫瑰花。因为乔·贝提格鲁的悉心维护，厨房干净整洁。进了厨房他们才发现还不如待在外面。要想进入开着灯的前厅，别无他路，除非破门而入。这样一来，他们只得回到了前门的门廊。开车的警察用一把沉甸甸的螺丝刀把一扇窗户敲了一条裂缝，拉开窗栓，把窗子拉高，然后倾身探入用螺丝刀的尾端把纱窗的钩子敲松。他们终于拉开两个窗框走进了房间，除了窗钩以外特意没碰到别的东西。

房间里很温暖，但无比压抑。开车的警察瞥了一眼波特·格林，径直走进卧室，边走边把手枪皮套的盖子解开。

"最好把手放在口袋里。"他转过头朝身后的年轻警察说道。"今天可能有麻烦。"他的语气里并没有讽刺或是别的意思，就是字面意思，但是年轻的警察还是红了脸，咬了咬嘴唇。他站在那儿往下看着波特·格林的尸体。他不需要去触碰尸体，甚至也不需要弯下腰来，因为他比他的同事看过更多的尸体。他默默地站着，因为他知道他对死者爱莫能助，他的任何动作，即使是在地毯上走动，都可能破坏对现场勘测警员有用的东西。

他默默地站在那里，角落里依然传来收音机的声音，他似乎听到一声微弱的叮当声，似乎还听到外面走廊上传来一阵沙沙作响的脚步声。他迅速转身走到窗旁，推开玻璃窗朝外望去。

没有。什么也没有。他看上去有些疑惑，因为他刚才听得非常仔细。然后他露出厌烦的神色。

"当心，伙计。"他自言自语地说。"这个散兵坑附近可没有小日本。"

你站在一条幽深的门道里，从口袋里拿出钱包和一张卡片，读着卡片的信息，但没人能看到钱包、卡片，或是握着卡片的手。街上的行人来来往往，或无所事事，或行色匆匆，还有午饭过后没多久就在街上一如往常晃荡的二流子，谁都没有看到你。即使他们看过来，也只能看到一条空空如也的门道。换作别的情况，这可能让人觉得很有趣，但现在却不是这样。原因很明显：乔·贝提格鲁的双脚已经筋疲力尽。过去的十年里他还没走过这么多的路，可他还只得走路。他不可能开着波特·格林的车出去。一辆空无一人的汽车在马路上行驶很可能会引起交警的怀疑。人们见了肯定会大喊大叫。你无法知道会发生什么后果。

他也可以冒险挤在人群中坐上一辆公共汽车或电车。这想法看起来切实可行。人们可能根本不会环顾四周，看看是谁在推推撞撞，但是还是存在这样的风险，就是有些高大强壮的家伙可能会抓住看不到的东西，这些人会抓住别人的胳膊，即使他看不见手里抓的是什么东西，也会毫无顾忌地紧抓着不放。这样不行，还是走路吧。约瑟夫会同意这么做的。

"是吗，约瑟夫？"他问道，眼睛看着身后门道上满是灰尘的玻璃。

约瑟夫一言不发。他确实在那里，但是并不清晰，有些模糊。他看上去蒙蒙眬眬，没有此前那种性格分明的特点。

"好吧，约瑟夫。下次再说吧。"乔·贝提格鲁看着他手里拿着的卡片。这里距离奥古斯都·宾格教授的办公室311房间所在的写字楼大概还隔着八个街区。卡片上也写着电话号码。乔·贝提格鲁不知道提前预约是否会更明智些。是的，应该会更明智些。写字楼里可能会有电梯，一旦走进电梯，他就要冒太大的风险。许多古老的大楼——他几乎可以确定宾格教授的办公室所在的大楼会和他陈旧破损的帽子一样古老——并没有消防逃生楼梯。这些大楼的逃生楼梯一般装在大楼外部，而且从大厅没办法走到升降梯。最好还是提前预约一下吧。

费用也是个问题。乔·贝提格鲁钱包里装着37美元，但他觉得这37美元并不会让宾格教授激动起来。毫无疑问，宾格教授精心挑选自己的顾客，期待着从顾客那儿获得一笔丰厚的报偿。这很不容易。如果谁也看不到你的支票，你怎么去兑现支票啊？即使银行出纳能看到支票（乔·贝提格鲁想，要是他把支票放在银行柜台上，然后把手移开，这是可以实现的，毕竟确实有张支票摆在柜台上），他也很难把取出的现金递给空无一人的虚空。银行的想法被排除了。当然，他可以等别人兑现支票，然后抓着钱就跑。但是在银行这样做肯定不合适。被抢钱的人会大惊小怪甚至大声喊叫，乔·贝提格鲁知道，要是发生这样的事，银行做的第一件事就是关上大门，按响报警铃声。最好是让取到钱的人先走出银行再下手。如果是个男人的话，他会把钱放在隐蔽的地方，缺乏经验的扒手很难偷到钱，即使乔现在拥有比最老到的扒手还要高上一筹的技术优势。看来还得选个女人下手。但是女人很少兑现大额支票，而且乔·贝提格鲁对于抢走女人的包也有所顾虑。即使她能放弃被抢的钱，丢了包也会让她茫然无助。

"我不适合干这个，"乔·贝提格鲁站在门道上有些大声地说道，"让我去抢钱这样的事，我真做不到。"

这是事实，也是问题所在。除了往波特·格林身上塞了一颗子弹外，乔·贝提格鲁本身是个正直的人。刚开始发现自己能隐身的时候他有些忘乎所以，但他现在发现可以隐身也有不好的地方。或许他不再需要更多的鼻烟了。总有办法能找到。不过要是他真需要的话，他希望很快能得到。

眼下最打紧的事，就是打电话给宾格教授提前预约。

他离开门道，顺着人行道的边缘往前走，一直走到下一个路口。马路对面有个光线昏暗的酒吧，里面可能有个僻静的电话亭。当然，现在即使一个僻静的电话亭也可能会惹人生疑。假设有人经过，看到电话亭里空着没人，然后走了进来——不，最好还是别想了。

他走进酒吧，里面确实很僻静。两个男子坐在吧台前的凳子上，一对情侣坐在卡座里。这个时间几乎没人来喝酒，只有一些游手好闲的人和酒鬼，偶尔有几对偷偷摸摸的情侣来此幽会。卡座里的那对情侣就是如此。他们依偎着彼此，眼里只有对方。其中的女子戴着一顶难看的帽子，穿着一件脏兮兮的白色小羊羔夹克衫，看上去臃肿不堪、丑陋不已。男的长得有点像波特·格林。他的头发和波特·格林一样，硬邦邦地挺着，乱糟糟的。乔·贝提格鲁在卡座旁边停了下来，厌恶地打量着这对情侣。男子前面摆着一小杯威士忌，旁边还有一杯酒后饮料。女子的衣服有好几层颜色，看上去一片乱糟糟的。乔·贝提格鲁低头看着那杯威士忌。

这可能并不明智，但他很想这么做。他快速地伸手拿起小威士忌酒杯，把酒倒进喉咙里。味道很不好，他剧烈地咳嗽起来。卡座里的男子站直身子，四处张望。他盯着乔·贝提格鲁的方向看了一会儿。

"见鬼了……"他尖声地喊道。

乔·贝提格鲁呆住了。他站在原地，手里握着酒杯，卡座里的男子直直地看着他的眼睛，然后目光往下移，看到了乔·贝提格鲁手里握着的酒杯，然后就摸着桌边开始朝过道移动。他没再说一个字，但是乔·贝提格鲁也不需要听见。乔·贝提格鲁转身朝酒吧后部跑去。酒保和吧台凳子上的两个男人都转过头来看，卡座里的男子现在已经站起来了。

乔·贝提格鲁及时找到了藏身之处。门上写着"男士洗手间"。他快速走进去，转过身来。门上没锁。他发疯似的摸着口袋里的盒子，就在他要掏出盒子的时候，洗手间的门打开了。他退到门后，旋开盒盖抓了一大把鼻烟。他刚刚嗅到鼻烟，卡座里的男人就走进了洗手间。

乔·贝提格鲁的手抖得厉害，一半的鼻烟都掉到了地上，盒子套也掉到了地上，而且还滚落到水泥地板上，不偏不倚地几乎碰到了卡座男子的右脚鞋尖。

男子站在门内，四处看了看，看得很仔细，还正对着乔·贝提格鲁看了看。但是这次他脸上的表情有些不同。他的目光移开了，朝前走了几步，走向洗手间里的两个隔间。他推开了一个隔间的门，接着又推开了第二间。两个隔间都没人。男子站在那儿，朝隔间里面看着，喉咙里发出奇怪的声音。他的手随意摆了摆，拿出一包香烟，抽出一根塞到嘴里，然后拿出一个干净精致的银制打火机，"啪"的一声冒出微弱的火花点燃了香烟。

男子吐出一口长长的烟雾。他慢慢地转身向门口走去，像是在做梦。他走出了洗手间，随后猛地踹开门又突然回到洗手间，速度之快，令人震惊。乔·贝提格鲁恰好从门后脱身。男子又仔仔细细地看了一遍洗手间。这人真的很困惑，乔·贝提格鲁想。男人恼怒不已，一大早就被搞得毛焦火躁。男人又出去了。

乔·贝提格鲁又动了动。墙上有扇磨砂窗，不大，但足够一人出去。他打开窗子的锁，试着推开，但窗子卡住了。他又用力推了推，但因为用力过猛伤到了背。窗子最后还是被推开了，最后完全推开的时候窗户还颤颤巍巍地动着。

当他放下手到裤子上擦手时，身后一个声音说："还没开。"

有一个声音说道："什么东西没开，先生？"

"窗子，傻瓜。"

乔小心地看了看四周，从窗子里侧身悄悄溜走了。酒吧老板和卡座男子都看着窗户。

"一定是这样，"酒吧老板言简意赅地说。"别管那个傻瓜了。"

"我说，不是这样。"卡座男子语气激动，不带好气地说。

"你是说我在撒谎吗？"酒吧老板问。

"你怎么知道之前窗户有没有开着？"卡座男子又开始咄咄逼人了。

"要是你那么肯定，你为什么又回这儿来呢？"

"因为我不能相信我的眼睛。"卡座男子几乎在喊道。

酒吧老板咧嘴笑道。"但你却指望我相信我的眼睛。是吗？"

"噢，去死吧。"卡座男子说。他转身砰地一声关上男士洗手间的门。就在此时，他踩到了宾格教授的鼻烟盒。盒子被他的鞋压得扁扁的。没人看到盒子，除了乔·贝提格鲁。盒子看起来完好无损。

酒吧老板走到窗前，关上窗，把锁锁上。

"这样可以让那个笨蛋死心了。"他说，然后走出了洗手

402

间。乔·贝提格鲁小心翼翼地走到被压扁的鼻烟盒套，弯腰把它捡起来。他尽量把它拉直并套回到盒子的底部，但只能套进去一半。盒子看来不再保险了。他用纸巾包住盒套，希望能更保险一点。

一个男人走进了洗手间，不过是来方便的。乔·贝提格鲁趁门前后摇摆正要关上的时候抓住了门，然后溜了出去。酒吧老板还是站在吧台后，卡座男子和穿着脏兮兮的白羊毛夹克衫的女子正准备离开酒吧。

"欢迎下次光临。"酒吧老板说着，语气里明显不是这个意思。卡座男子想停下来，但是女人和他说了些什么，然后他们走出了酒吧。

"你们在吵什么？"坐在吧台凳子上的男人问道，他没去洗手间。

"在下午一点的北百老汇大街上，我都能挑到一件比他身上那破玩意儿好看得多的裙子。"酒吧老板轻蔑地说，"那家伙不仅没有礼貌和脑子，品位也很差。"

"但你知道他有什么。"吧台凳子上的男子简洁地说道，这时乔·贝提格鲁悄悄地走出酒吧。

这里是卡汉加的公共汽车站，总是人来人往，没有谁去关注别人，没谁会抬眼看看是谁撞了他们，也没谁有时间去思考。即使有时间，大多数人也没什么好想的。四下熙熙攘攘。在一个空无一人的电话亭里打电话不会引起别人的注意。他伸出手，把灯泡松了松，这样他关门的时候灯就不会亮了。他现在有些担心。鼻烟的效果不会超过一个小时。他往回算了算时间，从他离开房子里头起居室里的年轻警察，到酒吧里卡座男子抬头看到他为止。

大概就是一个小时。这需要想想。好好想想。他盯着电话号码。格莱斯顿7-4963。他往电话里投了枚硬币，开始拨电话。一开始没有响声，随后一声忽高忽低、音调很高的呜呜声传进他的耳朵，然后滴答一声，他听到硬币掉进退币槽的声音。随后一位接线员问道："请问您想拨打什么号码？"

乔·贝提格鲁告诉了她。她说："请稍等。"随后停顿了一会儿。乔·贝提格鲁一直透过电话亭的玻璃板向外张望。他不知道有人走进电话亭前还剩多少时间，不知道还剩多少时间会让某个人，无论男女，发现电话听筒的位置摆在一个令人好奇的地方———一个隐身人的耳边。他猜想着这就是奥秘所在。这整个该死的电话系统几乎无法消失，仅仅只是因为他只使用了其中一部电话。

接线员传了回来："很抱歉，先生，我无法查到您提供的号码。"

"一定有。"乔·贝提格鲁狠狠地说，又重复报了一遍号码。接线员重复了刚才说过的话，接着说道："请稍等，我将给您一些信息。"电话亭里很闷热，乔·贝提格鲁开始冒汗。接线员反复核对了信息，然后对乔说道。

"很抱歉，先生。此名字下并未列出该电话号码。"

乔·贝提格鲁跨出电话亭，及时避开了一个拿着网兜、看起来无比匆忙的女人。他刚好在她进入电话亭之前脱身离开，出来的时候速度极快。

很可能是个未注册的号码。他早就该想到了。照宾格教授行事的方式看来，他当然会有一个未注册的电话号码。乔·贝提格鲁呆呆地停了下来。有人踢到了他的脚后跟，他及时跳开了。

不，他太傻了。他已经拨了电话，即使是个未注册的号吗，接线员知道他手里有那个号码，而那个号码是正确的，她也应该告诉他再试一次。她可能以为他按错了号码。这么说来，宾格教授根本没有电话。

"好吧，"乔·贝提格鲁说。"好吧，宾格，那我就直接过去找你好了。说不定我根本不用花钱。到你这个年纪的人应该不会傻到把一个假冒的电话号码印在名片上。要是顾客无法联系到你，你怎么还能卖你的产品呢？"

　　他在脑海里自言自语，然后他告诉自己，或许他错怪宾格教授了。宾格教授看起来是个非常随和的人，他做事必有他的理由。乔·贝提格鲁拿出卡片，又看了一遍。北威尔科克斯路311，布兰基大厦。乔·贝提格鲁从没听过布兰基大厦，但这说明不了什么。任何大城市到处都有这种像老鼠洞一样不为人所知的地方。有可能距离不到半英里。大概就在威尔科克斯的商业区那一块儿。

　　他朝南边走去。大厦的门牌号是偶数，说明大厦在东边。接线员找不到名字的时候，他应该让她核对一下地址的，当然她可能告诉他，也可能不理他，或许让他该干吗干吗去。

　　他很容易就找到了那片街区，但是门牌号却不好找，最后还是用排除法找到了。不过，那儿实际上并不叫做布兰基大厦。他又看了看卡片才终于确定。不，他没错。地址是对的，但不是写字楼，不是私人住宅，也不是商店。

　　挺有幽默感，奥古斯都·宾格教授。他的办事地址原来是好莱坞警察局。

　　警察局里的警员有的负责鉴别证物，有的负责拍照，还有的负责把大厦按比例做成示意图，并在示意图上标记家具、窗户和物件的位置。此外，还有一名警督和一名警司。因为是好莱坞警察分局，他们看起来比便衣警察要闪亮得多。其中的一个警察把他的运动衬衫的领子翻出来，盖在羊绒格子外套的领子上。他穿着天蓝色的休闲裤，鞋子上的鞋扣是镀金的。卧室与盥洗室之间的楼梯下有个壁橱，壁橱开着，他脚上菱形图案的袜子在黑暗的壁橱里闪闪发光。他把方形的地毯卷了起来。下面是个暗门，里面有个凹环。穿着蓝色裤子的男子是警司——虽然看起来比警督还要老一些——他拉着凹环，把暗门拉起来，靠在壁橱的后壁上。暗门下面的空间半明半暗，是利用从主干墙的通风窗采的光。地下室的水泥墙上靠着一架简陋的木梯。警司的名字叫雷

405

德尔，他这时放好楼梯，身子往后仰了仰以便看清楚地板下的东西。

"这地方真大！"他高声说。"在做壁橱把这地方用硬木封在地下之前，一定有台阶通向这里。之所以装上暗门肯定是为了处理排水排气管道和排水口。是否应该看看通风口里？"

警督是个高大帅气的男子，身形健硕威猛。他叫瓦尔德曼，眼神阴郁沉寂。他微微地点点头。

"这里是地板炉的炉底。"雷德尔说。他伸手轻轻敲了敲，铁皮发出清脆的响声。"所有地板炉都在这儿了。应该从上面进行安装。有人检查过排气口吗？"

"是的。"瓦尔德曼说，"这些炉子足够大，但是其中三个被钉子钉上封起来了，用不了。房子后面的那个钉子松了，没封上，但是气量表就在里面，没人过得去。"

雷德尔爬上爬梯，把暗门关好放在壁橱底上。"还有这块地板，"他说，"好几次放下来都是皱巴巴的，很少能平平整整的。"

他在地毯的一小片上揩去手上的灰尘，两人走出壁橱，关上门。他们走进会客室，看到证物鉴别科的人忙得团团转。

"指纹说明不了什么。"警督说，一根手指摸索着下颚边缘刮得干干净净的胡须。"除非我们找到清晰的印记。比如门上，或是窗子上留下的什么东西。即使这样也不能完全证明凶手是他。不管怎么说毕竟贝提格鲁住在那儿。那可是他的房子。"

"我很想知道是谁报警说听到了枪声。"雷德尔说。

"就是贝提格鲁。还有谁会这么做？"瓦尔德曼一直摩挲着下巴。他的双眼阴郁沉闷，好像没睡醒似的。"我觉得不是自杀。我见过很多自杀案件，但从没见过自杀者把子弹射穿自己的心脏，距离不少于三英尺，而且看起来很有可能是四五英尺。"

雷德尔点点头，看着脚下的地板炉。炉子的栅板很大，一部分在地板上，一部分嵌进墙里。

"但如果是自杀，"瓦尔德曼接着说，"案发现场锁得严严实实的——除了其中一扇窗有游手好闲的人打开溜了进去，我们到的时候甚至还有一个男的待在里面。大门不仅锁上了，还额外用一个没有连着门锁的弹簧锁闩上了。每一扇窗也都锁上了，另外的一扇门，房子后面连着早餐厅的那扇门，早餐厅的那面也有弹簧锁，从早餐厅里面根本打不开，门的另一边也上了弹簧锁，从里面也开不了。所有的物证都证明枪响的时候，贝提格鲁根本进不去这些房间。"

"只是到目前为止。"雷德尔说。

"当然，只是到目前为止。但是有人听到了枪声，有人报了警。却没有任何一个邻居听到。"

"这只是他们的说法。"雷德尔说。

"可我们发现尸体之后，他们为什么还要撒谎呢？没发现尸体的话还情有可原，或许只是不想牵连到自己。你可以说无论是谁听到枪声，都不想作为凶杀案的证人接受讯问，或是出庭作证。有的人不想这么做，确实是这样。但是比起他们听到了声音，要是他们什么都没听到的话——或者说他们以为他们什么都没听到，他们的麻烦会更多，因为调查人员会不断地逼迫他们回想他们认为自己已经忘记的事情。你知道那通常很有效。"

雷德尔说："我们再回去贝提格鲁的房子看看。"他看着自己的搭档，眼神看起来十分警惕，略有些得意洋洋，就好像有了什么想法一样。

"我们不得不怀疑他，"瓦尔德曼说。"我们必须得怀疑死者的丈夫。他一定知道自己的妻子和这位波特·格林关系暧昧。贝提格鲁没出远门，邮差今早看到他了。他在枪响之前或是之后就离开了。如果他在枪响之前离开的话，他是清白的。如果他枪响之后离开的话，他也可能根本没有听到枪响。但我认为他听到了枪响，因为他犯案下手的机会比别人大得多。而且要是真是他下的手，他接下来会怎么做？"

雷德尔眉头一紧。"凶手通常不会这么明目张胆，是吗？不。你会说他曾经试着进入房间，发现要是不打破门窗的话根本无法进去，然后打电话报警。但是这个男的就住在案发的那座房子里，他的妻子和房客偷情。要么他是个无动于衷的冷血动物，根本没有一点儿……"

"事情已经发生了。"瓦尔德曼插了一句。

"……或者说他受到了侮辱，内心非常凶残。当他听到枪声的时候，他就想恨不得是他自己开的枪。而且他也知道我们也会和他有同样的想法。于是他跑出房子，从公用电话里打电话报警，然后逃之夭夭。等他回到家的时候，他会装出一副非常震惊的模样。"

瓦尔德曼点点头。"但是在我们有机会抓住他之前，这没有任何意义。没人看到他离开房子纯属巧合。没人报警说听到枪声也是纯属巧合。他不能信赖任何一种说法，因此他也不能假装自己不知道。如果真是自杀，那么按我的推断，他既没有听到枪声也没有报警。他要么在此之前离开，要么在此之后离开，对于有人死在他的房子里这件事，他也毫不知情。"

"所以你还是觉得不是自杀，"雷德尔说，"那他得离开这房子并锁上房门。好吧。你觉得他是怎么做到的？"

"是的。怎么做到的？"

"地板炉。炉子也为大厅供热。你难道没注意到吗？"雷德尔胜券在握地问道。

瓦尔德曼的目光落在地板炉上，随后又盯着雷德尔。"他大概有多高？"他问。

"有个兄弟看了看楼上他的衣服。身高5.1英尺，体重160磅，穿八号半的鞋子，三十八号的衬衫，三十九号的外套。其实很小。直栅板后面的那一件就挂在竿子上。我们会把它印下来，然后拿去检测。"

"你不是在跟我开玩笑吧，马克？"

"你心里很清楚，警督。如果这是谋杀，凶手肯定得逃出房间。密室谋杀案这种事情根本不可能。从来就没发生过。"

瓦尔德曼叹了口气，看着鸡尾酒桌旁边地毯上的污渍。

"我想也不可能，"他说，"但我们就连一件也没碰上，似乎有些可惜。"

2：44，乔·贝提格鲁在好莱坞墓园一个静谧的角落沿着一条小路朝前走着。也不是说四下完全一片寂静。但这是个偏远、被人遗落的角落。草坪葱翠、一片阴凉。路边有个小小的石凳。他坐在石凳上，看着对面雕着天使图样的大理石纪念碑。看起来宏伟壮丽。他能看出上面的题字曾经是金色的。他看着上面的名字。时间久远，仿佛回到过去失落的繁华，那时候活跃在闪闪发光的大荧幕上的明星过着犹如东方古国哈里发一般的生活，一辈子锦衣玉食，最后寿终正寝。对于一个一度名扬四海的人来说，这算是个简单朴素的地方。不像是河对面远处的那些勉强拼凑起来的奢华建筑。

很久以前，在一个迷失的肮脏世界。浴缸里的杜松子酒，聚众斗殴，百分之十的计算证据金，每个人理所当然地疯狂享乐的派对。剧场里的雪茄烟雾。那时候每个人都时兴抽雪茄。剧院底层楼厅的包厢里总是笼罩着厚厚的雪茄烟雾。演员穿过舞台，吸着雪茄形成的烟气。他在空中骑着一辆自行车摇摇欲坠，车轮看上去就像西瓜一样，即使这个时候他也能闻到雪茄的烟气。乔·梅雷迪斯是骑自行车的小丑演员。也很好，但永远上不了报纸头条——这种表演没办法登上头版——但跟特技演员相比又差着十万八千里。一个单人表演。这行里最好的差事之一。看起来很容易，不是吗？有空的时候你也能试试，看看有多容易——15英尺高，后颈落地，舞台地板硬邦邦的，轻柔的弯起身子朝着脚，头上还戴着帽子，嘴唇画得又大又红，嘴角叼着一根点着了的雪茄，有9英寸长。

他心里猜想，要是他现在试着这么做，会发生什么事。很可能会折断四根肋骨，外加肺穿孔。

有人沿着小路走来。是一个年轻气盛、长相凶狠的男孩。这些男孩一年四季无论什么天气都不穿外套。年龄大概是20或21，黑色的头发乱糟糟的，不是很干净，黑色的眼镜又细又平，皮肤是深橄榄色的，衬衫没有扣好，露出硬邦邦的、还没长毛的胸膛。

他走到石凳前停下，眼睛飞快地扫了乔·贝提格鲁一眼。"有火柴吗？"

乔·贝提格鲁站了起来。是该回家了。他从口袋里掏出一个纸火柴盒，然后递了出去。

"多谢。"男孩从衬衫口袋里拿出一根散开的香烟，慢慢地点上火，眼睛上下打量着。他用左手把火柴盒还回去时，转身朝后面飞快地瞥了一眼。乔·贝提格鲁伸出手接过火柴。男孩迅速地把右手伸进衬衫，掏出一把枪。

"拿出你的钱包来，傻瓜，声音小……"

乔·贝提格鲁一脚踢在他的腹股沟上。男孩弯着身子，开始冒汗。他没出一点儿声。他手里依然握着枪，但没有瞄准。算是个硬气的男孩。乔·贝提格鲁朝前迈了一步，把枪从男孩手里踢开，趁男孩行动之前抓住了枪。

男孩现在大口喘着粗气。他看上去情况很不妙。乔·贝提格鲁感到有点难过。他可以开口说话，想说什么就爱说什么，当然也没有什么好说的。世界上充满了桀骜不驯的孩子。这是他们的世界，波特·格林的世界。

现在该回家了。他沿着阳光笼罩的小路走去，没有回头看。当他看到整齐排列的绿色垃圾箱时，他把那把枪扔了进去。那个时候他回头看了看，视线所及之中没有男孩的影子。大概飞快地逃走了，一边走还一边大声呻吟。或许是跑走了。如果你杀了一个人之后，你会跑去哪儿？无处可去。你只能回家。逃跑是一件

410

非常复杂的事情。需要你仔细思考、认真准备。需要时间、金钱还有衣物。

他的腿隐隐作痛，感觉到筋疲力尽。但他现在可以买杯咖啡，然后坐公共汽车回家。他本应该再等一等，再想一想的。这都是奥古斯都·宾格教授的错。他使一切都变得轻而易举，就像是地图上根本找不到的一条捷径。你走上这条捷径，然后你发现这条捷径没有通向任何地方，它的尽头是个院子，里面有恶狗咆哮。因此，如果你动作迅速又碰巧走运，你能够击中恶狗，然后原路返回。

他的手伸进口袋里，手指碰到了宾格教授的那包产品——已经有点皱巴巴的，有些还溢出来了，但还能用，如果他还能想出怎么用的话，不过现在看来这是不可能了。

宾格教授真是太坏了，名片上居然没有真实的地址。乔·贝提格鲁很想去登门拜访，然后狠狠地扭断他的脖子。宾格教授那样的人会祸害人间，荼毒世界。比100个波特·格林还要坏。

但一个像宾格教授这么狡猾老练的人可能早就提前预见到了这一切。即使他真的有个办公室，他也不会让你发现，除非他本人想见你。

乔·贝提格鲁朝前走去。

瓦尔德曼警督看到了乔·贝提格鲁，在三座房子以外的距离就认出了他，那时候乔甚至还没有走上人行道。他看起来跟瓦尔德曼想象的一模一样，瘦削的脸庞，整齐的灰色外套，走路时不慌不忙、从容镇定。体重、身形适中。

"好吧，"他说着从窗边的椅子里站起来，"别太狠，马克。慢慢地试探他。"

他们已经让人把警车停到了街角。街上再度安静下来了，看来没发生什么耸人听闻的事。乔·贝提格鲁转到人行道上朝走廊走去，走到一半停了下来，跨了一步到草坪上，拿出一把小折刀。他弯下腰，把草坪表皮下的一株蒲公英割了下来。割好之后，他小心地合起小刀，放回口袋里。他把蒲公英丢到房子的角落，这样别人就看不到了。

"我还不信了，"雷德尔严厉地低语道。"这家伙今天想惹毛所有的人。"

"他在看窗户，"瓦尔德曼说着，退回到阴影中，速度不是很快。现在房间里的灯都关了，收音机的声音也静下来很长时间了。乔·贝提格鲁站在草坪上，抬头看了看正对着他的那扇打破的窗户。他稍微加快了脚步，走向走廊，然后停了下来。他伸出手拉着纱窗，发现纱窗已经松开。他放开纱窗，直起身子，脸上有种怪异的表情，然后迅速地转身朝门口走去。

他走到门前，门开了。瓦尔德曼站在里面，严肃地看着外面。

"我想您一定是贝提格鲁先生。"他礼貌地说道。

"是的，我是贝提格鲁，"他看到的是一张瘦削的、毫无表情的脸。"您是谁？"

"我是警察，贝提格鲁先生。我叫瓦尔德曼，瓦尔德曼警督。请您进来吧。"

"警察？有人闯进来了吗？窗子……"

"不，这不是入室行窃。贝提格鲁先生我们会向您解释的。"他从门边往后退了退，乔·贝提格鲁从他身边走了进去，脱下帽子挂起来，一如往常。

瓦尔德曼朝他走近了些，手在他身上来回迅速摸索着。

"很抱歉，贝提格鲁先生。这是我的职责。这位是雷德尔警司。我们是好莱坞警察分局的。我们去起居室吧。"

"这不是我们的起居室，"乔·贝提格鲁说，"这部分已经租出去了。"

"我们知道，贝提格鲁先生。请坐下来，不要紧张。"

乔·贝提格鲁坐了下来，身子朝后靠着。他环视着整个房间，看到了粉笔画的印记，还有扑粉。他身子又朝前倾了倾。

"那是什么？"他尖声地问道。

瓦尔德曼和雷德尔不约而同地看着他，脸上都是相同的毫无笑意的表情。"您今天是什么时候出去的？"瓦尔德曼问道，身子随便朝后仰了仰，点燃了一根烟。雷德尔弓着腰坐在椅子的前半部，右手慵懒地放在膝盖上。他的配枪放在右边的臀部枪套里。他从来都不喜欢把枪放在腋下。贝提格鲁这家伙看起来不像是会突然拿出一把枪把他撂倒的人，但很多事情你根本无法预料。

"什么时候？我记不起来了。大概是中午的时候吧。"

"去哪儿了？"

"只是去走走。我去好莱坞墓园那儿坐了一会儿。我第一任妻子的坟在那儿。"

"噢，您的第一任妻子，"瓦尔德曼随和地说，"您知道您现任妻子在哪儿吗？"

"大概和房客出去了吧。那家伙叫波特·格林。"乔·贝提格鲁平静地说。

"就这样，呃？"瓦尔德曼说。

"就是这样。"贝提格鲁眼睛又开始盯着地板，地板上还有粉笔的印记，地毯上留着深色的污渍。"假如您告诉我……"

"请稍等，"瓦尔德曼插了一句，语气相当尖锐。"您打电话报警了吗？在家里的时候，或者外出的时候？"

乔·贝提格鲁摇了摇头。"只要邻居们没有抱怨，我又何苦呢？"

"我不明白，"雷德尔说，"他在说什么？"

"他们很吵，是吗？"瓦尔德曼问。他说对了。

贝提格鲁又点点头。"但是他们会关上所有的窗户。"

"而且还锁着吗？"瓦尔德曼漫不经心地问道。

"嗯，当有警察怀疑的时候吧，"乔·贝提格鲁一样漫不经心地回答，"说笑了。我怎么知道窗子是不是都锁着呢？"

"我不会再怀疑了，如果这让您很困扰的话，贝提格鲁先生。"瓦尔德曼的脸上浮现出亲切又难过的笑容。"窗子都是锁着的。这就是为什么巡警们不得不破窗而入了。现在我们来说说他们为什么要破窗而入吧，贝提格鲁先生。"

乔·贝提格鲁只是平静地看着他。别回答他，他心里想，他们自然会告诉你的。他们只有一件事不会做，那就是他们根本不会停下滔滔不绝的谈话。他们很享受这一点。他一言不发。瓦尔德曼接着说：

"有人向警方报案，说他在这所房子里听到一声枪响。我们认为报案的人可能是您。但我们还无法确认。邻居们都否认自己听到了枪声。"

这就是您的错了，乔·贝提格鲁在心里说道。我真希望我能跟约瑟夫好好谈谈。我脑中一片清晰。我感觉不错，但这些家伙又不傻。特别是那个声音温和、长着一双犹太眼睛的家伙。太傻的人不会当警察。他是个好人，但却不蠢。我回到家，警察出现在家里，有人报警说听到枪响，前面的窗户打破了，房间被仔细检查了一遍，看起来凌乱不堪。而且地板上有块污渍，很可能是血迹。粉笔印记可能是尸体的轮廓。葛莱蒂不在，波特·格林也不在。唔，要是我一无所知的话该怎么表现呢？或许应该根本不在意。我想就是这样。我就是不在意这些家伙怎么想的，因为任何时候我改变主意出现在这儿的时候，我都没必要待在这儿。还是先等一下。这不能解决任何问题。这是谋杀和自杀。只能是谋杀或自杀，不可能是别的。我不打算这么想。假如这是谋杀和自杀，那么我不用介意出现在这里。我没问题。

"一个自杀协定。"他大声地说出口，好像经过了深思熟虑。"波特·格林不是这样的人。我的妻子——葛莱蒂也不是。他们都太肤浅、太自私。"

"没人说过任何有关死者的信息。"雷德尔严厉地说。

这是真正的警察，乔·贝提格鲁想。就像电影里的那样。他我一点都不在意。难道不能让人有自己的想法或是做出一个明显的推理吗？他说了一句愚蠢的话，我从来没听过这样的话。他大声地说：

"这还需要有多明显？"

瓦尔德曼微微一笑。"只听到一声枪响，贝提格鲁先生。要是报案的人没听错的话。坦白跟您说，因为我们不知道报案者是谁，因此我们无法对他展开询问。但这不是一个自杀协定。我向您保证。由于我不打算再绕弯子——尽管我认为您一直在绕弯子——我现在就告诉您，巡警发现波特·格林已经死了，就在粉笔画的这个地方。您看到有血迹的地方是他的胸部。他流的血很少，心脏被子弹射穿——非常精准——射击的距离不太像是自杀所为。在此之前，他曾经勒死了您的妻子，两人经历过一场非常激烈的争斗。"

"他并不像他想象的那样了解女人。"乔·贝提格鲁说。

"这家伙兴奋地全身发抖，"雷德尔厌烦地说，"就像一只在别人家前院草坪上横冲直撞的鹿。"

瓦尔德曼挥挥手，脸上始终挂着微笑。"这不是演戏，马克。"他说，没有看他的搭档，"尽管我知道你拥有非常好的理由怀疑他。贝提格鲁先生是一位非常睿智、头脑冷静的人。我们对于他的家庭生活知之甚少，但我们能够充分怀疑，他的家庭生活并不幸福。他假装没有虚情假意的悲伤。对吗，贝提格鲁先生？"

"完全正确。"

"我是这么想的。还有，别像个傻瓜一样，马克。房间的情形，我们的突然出现，还有我们的行为举止，从这一切中贝提格鲁先生早就知道一定有严重的事情发生了。他也可能早就期望这样的事情发生了。"

乔·贝提格鲁摇摇头。"她的一个男友打过她一次，"他平静地说。"她让他很失望，让所有男友都很失望。他甚至还想揍

415

我一顿。"

"那他为什么没有这么做呢？"瓦尔德曼问，好像这种事情是世界上最自然的事一样——葛莱蒂那样的妻子，乔·贝提格鲁这样的丈夫，波特·格林一般的房客或者跟波特·格林如出一辙的那种人。

乔·贝提格鲁微微一笑，甚至比瓦尔德曼的微笑还要不易察觉。这是他们无法得知的事情。他的身体技巧，他很少显摆，只在关键时期才派上用场。这是深藏不露的东西，就像是宾格教授留下的鼻烟样品。

"或许他认为不值得吧。"他答道。

"你真是条汉子，不是吗，贝提格鲁？"雷德尔讥笑道。他内心里涌出一种雄性的厌恶感，很愤怒的样子。

"就像我说的，"瓦尔德曼平和地继续说道，"根据我们来到这儿时看到的情况，我们能够推断出一个非常激烈的场面。死者的脸上有严重的抓痕，女人的身上也有严重的伤痕——不用说有正常的争斗的迹象——对一个敏感的男人来说这绝不是什么愉快的事。您是个敏感的人吗，贝提格鲁先生？你得去辨认她的尸体，即使您很敏感。"

"这是您说的第一句假话，警督。"

瓦尔德曼脸红了，咬了咬嘴唇。他自己是个非常敏感的人。贝提格鲁说中了。"我很抱歉，"他说，好像他发自内心地感到抱歉似的。"您现在知道了我们在这儿发现了什么。由于您是死者的丈夫——并且我们到目前为止也无法得知您何时离开房子的——正常情况下您会被列为其中一宗谋杀的嫌疑人，也有可能是两宗谋杀的嫌疑人。"

"两宗？"乔·贝提格鲁问道。他这次真的吃惊了，不过马上发现这是个错误。他试着掩饰自己的惊讶。"噢，我懂您的意思。波特·格林脸上的抓痕——还有您说的我太太身上的伤——都不能证明他把她给勒死了。我可能用枪打死他，再趁她被打后

416

不省人事或者孤苦无助的时候把她给勒死。"

"这家伙真是个彻头彻尾的冷血动物。"雷德尔惊讶地说。

瓦尔德曼温和地说："他有情绪，马克。但他和她们住在一起很长时间了，关系一定很深。是吗，贝提格鲁先生？"

乔·贝提格鲁说是的，觉得自己没有很好地掩饰自己的失误，但是也许掩饰过去了也不一定。

"波特·格林身上的伤口明显不是典型的自杀造成的伤口。"瓦尔德曼接着说，"肯定不是，即使你能想象一个男人有很好的理由冷静从容地决定自杀——假设自杀也能算得上是冷静从容的话。有的人确实如此。但是，一个刚刚经历过激烈争斗的人——这样的一个人，这样的一种精神状态，要让人们相信他会举着一把枪，枪口极尽所能地远离他的身体，然后故意地、精准地扣动扳机，射向心脏——没人会相信的，贝提格鲁先生。没人会相信。"

"那就是我干的了。"贝提格鲁说，直视着瓦尔德曼的眼睛。

瓦尔德曼盯着他，然后侧身拿出香烟，放在琥珀玻璃托盘里来回捻着香烟，直到烟蒂看不出形状来。他没有去看完全放松的自说自话的贝提格鲁，而是说道：

"关于这一点，有两个相反的证据。或者说曾经有。首先，窗子是锁着的——所有的窗子都锁着。这个房间的门也是锁着的，尽管你手上可能有钥匙，因为你是房东——哦，顺便问一下，我想您是房东吧？"

"房子是我的。"贝提格鲁说。

"您的钥匙没法打开这扇门，因为门上有个弹簧锁，跟门锁是独立分开的。通向您厨房的门没法从另一边打开，除非转动门这边的门闩。有一个暗门通向地下室，但是没有通向房子外面。我们已经确认过了。所以我们推测除了波特·格林自己，没人能杀得了他，因为整座房子都是锁着的，没人能杀了他之后，离开房子，还把房子锁上。我们发现有一个办法可以回答这个问题的。"

乔·贝提格鲁觉得自己太阳穴的皮肤微微有些刺痛。他感到口腔干涩，舌头变得很大而僵硬。他几乎就要失控了。他差点脱口说，根本没有任何方法。确实没有任何方法。要是有的话，整件事都是个笑料。宾格教授也是个笑料。该死的，我干吗要站在窗子里面等着警察破窗而入，然后躲在他的身后不到10英尺的地方，再跨出门廊悄无声息地逃走呢？我干吗千方百计费尽心机避开街上熙熙攘攘的人群，还不能喝一滴咖啡，找不到要找的地方，也不能跟人说话。要是房间有一个条子都能找到的出口，我干吗还要做这一切呢？

他还是一言不发，但是脑海中的所想还是反映到了他的脸上。雷德尔身子朝前倾了倾，嘴巴张了张，正要说话。瓦尔德曼叹了口气。好笑啊。无论是他还是马克都没想到两个人都是同一个凶手杀的。

"地板炉。"他用一种冰冷超然的语气说道。

贝提格鲁盯着他，慢慢转过头去看着地板炉的栅板，一共有两个栅板，一个平着放在地上，一个竖着嵌进房间跟大厅之间的墙壁里，"地板炉，"他说着，眼睛望着瓦尔德曼，"地板炉怎么了？"

"地板炉本来是为了向大厅和这间屋子供暖，大概是因为热气会升到楼上。在地板炉的两个部分中间——换句话说，在两个房子中间，有个挂在杆上的铁皮纱窗。这是为了把热气分散到需要的地方去。它能封死竖着的那块栅板，然后把大部分的热气往一个排气口外输出，要是它像我们发现的时候那样直直地挂着的话，热气就会朝两边流走。"

"人能穿过去吗？"贝提格鲁惊讶地问。

"不是每个人都能，但是你能。纱窗很容易推开。我们试过了，我们的一位技术人员能从中穿过。容身的空间大概是20乘以

20英寸。对您来说足够，贝提格鲁先生。"

"所以你认为是我杀了他们，然后从那逃出去。"贝提格鲁说，"我真聪明。非常聪明。后来还把栅板放了回去。"

"不是这样的。栅板没有被拧下来，而是依靠自身重量立在那儿。我们试过了，贝提格鲁先生。我们知道，"他抓了抓头上乌黑的鬈发，"很不幸，这还不是完整的解答。"

"不是？"乔·贝提格鲁的太阳穴咯噔一下，像是被一把恼怒的小硬锤敲了一下。他筋疲力尽，是那种慢慢积累的长久的倦怠感。是的，他现在非常疲累。他把手放进口袋，摸到包在纸巾里的那包皱皱的鼻烟。

两个警探都紧张起来。雷德尔的手摸着自己的臀部枪套，整个人的重量都前倾到脚上。

"只是鼻烟而已。"乔·贝提格鲁说。

瓦尔德曼站起身来。"让我看看。"他厉声说道，站到了乔·贝提格鲁前面。

"只是鼻烟而已。没什么大不了的。"乔·贝提格鲁打开包裹，把纸巾扔在地板上。他打开皱皱的盒盖，手指抹了一点白色的粉末，就只剩这么点儿了，只剩两捏了，两捏能解燃眉之急的鼻烟，再没多的了。

他翻手向下，把鼻烟粉掸到地上。

"我从没见过这种颜色的鼻烟。"瓦尔德曼说。他拿起空的鼻烟盒，摔坏的盒盖有文字，但沾上了灰尘，看上去模糊不清。不过还是能依稀辨认，只是要花点时间。

"只是鼻烟罢了，"乔·贝提格鲁说。"不是毒药，至少不是你想的那种。我受不了。您还有些什么推理，警督？"

瓦尔德曼从他身边走回去，但没再坐下。

"另一个谋杀不成立的证据在于，如果勒死您妻子的是波特·格林，那么整个事件就完全没有意义。直到您说起这一点，我还真没想过别的。这说明您是一个非常敏锐的人，贝提格鲁先生。假如她喉咙上的手指印——手指印非常清晰，而且不会消去——是您留下的话，一切就无需赘述了。"

"手指印不是我的，"乔·贝提格鲁说。他伸出手，手掌向上。"您应该看得出来。波特·格林的手是我的两倍大。"

"如果是这样的话，贝提格鲁先生，"瓦尔德曼说话的声调和音量又开始上扬，"您的妻子已经死了，您枪杀了波特·格林，您错就错在逃离了房子，还打了一个匿名电话，因为即使您是蓄意谋杀，法官也不会判您杀人罪。您完全可以辩护，自我辩护……"瓦尔德曼虽然没有大喊大叫，但声音洪亮，吐词清晰。雷德尔看着他，满脸都是不露声色的钦佩。"如果您只是打电话报警，声称您对他开枪，是因为您听到了一声尖叫，然后拿着枪下楼查看，结果发现死者半裸着，脸上被抓出了血，然后向您冲过来，而您就……"瓦尔德曼的声音越来越小——"朝他开了一枪，完全是出于本能。任何人都会相信的。"他平静地说完。

"我开枪之后才看到他脸上的抓痕。"乔·贝提格鲁说。

死一般的寂静笼罩了房间。瓦尔德曼张着嘴，最后几个字还留在唇边。雷德尔大笑，伸手向后从臀部枪套里抽出他的枪。

"我感到很羞愧，"乔·贝提格鲁说，"看着她的脸让我很羞愧。也为她感到羞愧。你不会明白的，你没和她生活过。"

瓦尔德曼一言不发地站着，下巴朝下，目光若有所思，身子往前挪了挪。"我想就到此为止了，贝提格鲁先生。"他平静地说，"这很有趣，但有些痛心。现在我们去该去的地方。"

乔·贝提格鲁尖笑一声。瓦尔德曼赶忙用自己的身体挡住了雷德尔。乔·贝提格鲁侧身跳下椅子，像猫一样在半空中做了一个漂亮的转体，很快跑到了门口。

雷德尔大叫着让他别动，然后非常迅速地开了一枪。子弹击中了乔·贝提格鲁，打得他穿过大厅撞在远处的墙上，扑通一声垂下手，半转着身子。然后他背靠着墙壁瘫坐下来，嘴巴张开，眼睛大睁。

"了不起，"雷德尔说，大跨步走过瓦尔德曼身边。"肯定两个人都是他杀的，警督。"

他弯下腰，又直起身，然后转身把他的枪放好。"不用叫救护车了，"他简洁地说，"不是我想要这样，但你让我很难办了。"瓦尔德曼站在门口，又点了一根烟。他的手微微发抖，看着手把火柴晃灭。

"难道你从没想过他有可能完全是清白的吗？"

"根本不可能，警督。一点儿影子都没有。这种案子我看得多了。"

"看得太多了……"瓦尔德曼生疏地说，黢黑的双眼冰冷吓人、怒气冲冲。"你看到我搜他的身了，知道他没有佩带武器。他能跑多远？你就因为他喜欢显摆就把他给杀了。没有别的理由。"

他经过雷德尔走进大厅，在乔·贝提格鲁身旁弯下腰，伸手探进他的夹克衫，摸了摸他的心跳。他直起身，转过头来。

雷德尔浑身冒汗。他的眼睛眯着，整张脸看起来极不自然，手里依然抓着抢。

"我没看见你搜他的身。"他低声说道。

"所以你认为我是个傻蛋，"瓦尔德曼冷冰冰地说，"即使你没撒谎——你现在就在撒谎。"

"你是我的上司，"雷德尔沙沙地喘着粗气说道。"但你不能说我撒谎，伙计。"他把枪举起来一点。瓦尔德曼的嘴唇轻蔑地卷了卷，一句话也没说。过了一会儿，雷德尔慢慢地移开枪口，朝枪管里轻吹一口气，然后把枪收好。"我犯了错，"他干巴巴地说。"你可以按你的意思向上头报告。你最好再找个搭档。是的——我开枪太快了。就像你说的，这家伙可能是无辜的。不管怎么说，太疯狂了。他们大多数情况下会判他坐牢，比如说一年，或是九个月，然后他会出来。没有了葛莱蒂，他应该能过上好日子。是我毁了这一切。"

瓦尔德曼几近平和地说："毫无疑问，从某种意义上来说确实很疯狂。但是他确实打算把他们俩都杀了。整个计划都是这么安排的。我们都知道。而且他出去的时候根本没有穿过地板炉。"

"啊。"雷德尔双眼睁开，嘴巴大张着。

"我和他说话的时候一直在观察他。马克，这是他唯一感到惊讶的事。"

"他必须经过啊，没有其他的路了。"

瓦尔德曼点点头，又耸耸肩。"我们没发现别的路——现在也没必要了。我会打电话说明的。"

他从雷德尔身边经过走到起居室里，坐在电话旁边。

前门的门铃响了起来。雷德尔看了看躺在地上的乔·贝提格鲁，又看了看门，轻轻地走到门厅里。他走到门前，略微打开，露出大约六英寸的一条缝，看到一个身材高大的瘦削男子，看起来风尘仆仆，戴着一顶高礼帽，穿着一件斗篷，尽管雷德尔根本不知道他穿的到底是什么斗篷。男子脸色苍白，黑色的双眼深深地凹下去。他拿下帽子，微微鞠了个躬。

"贝提格鲁先生在吗？"

"他很忙。您是哪位？"

"我今早给他留下了一种新的鼻烟样品。我想知道他喜不喜欢。"

"他不想要鼻烟。"雷德尔说。长相滑稽的怪家伙。从哪儿冒出来的？或许，最好检测一下那些粉末里有没有可卡因。

"好吧，要是他需要的话，他知道到哪儿去找我。"宾格教授礼貌地说，"祝您下午好。"他摸着帽檐，转身离开。他走得非常缓慢，风度翩翩。他只走了三步，雷德尔就用他平常不怎么使用的严厉的声音喊道："请您进来稍等，先生。我们可能想跟您谈谈您的鼻烟。我看起来那东西不太像鼻烟。"

宾格教授停下脚步，转过身来，手臂藏在斗篷底下。"请问你是谁？"他语气疏远傲慢地问。

"我是警察。这间房子里有件杀人案。有可能跟鼻烟有关……"

宾格教授微微一笑。"我只和贝提格鲁先生做生意，警官。"

"你回来！"雷德尔咆哮道，把门全部拉开。宾格教授往门厅里看了看，噘起嘴唇。不过他没有动。

"为什么，那看起来像是贝提格鲁先生躺在地板上，"他说，"他生病了吗？"

"比这更糟。他死了。照我说的——你回来。"

宾格教授从斗篷里伸出一只手，手里没有武器。雷德尔作势朝臀部枪套掏枪，这时放松下来，放下了手。

"死了，呃？"宾格教授几乎雀跃地笑着说道。"你不要为这事烦心，警官。我想是他打算逃跑的时候有人朝他开枪了？"

"你回来！"雷德尔开始走下台阶。

宾格教授挥着他又长又白的左手。"可怜的贝提格鲁先生，他已经死了整整10年了。他只是不知道而已，警官。"

雷德尔走到了台阶下面，恨不得又把枪掏出来。宾格教授眼睛里的某种东西让他浑身发冷。

"我想你碰上大麻烦了，"宾格教授彬彬有礼地说。"很大的麻烦。但其实很简单。"

他的右手从斗篷下缓缓地伸出来，拇指和食指并在一起，然后一起伸向脸庞。

宾格教授吸了一小撮鼻烟。

（本文译者　李昕冉、梁瑞清）

青铜门

　　小个子男人可能来自于卡拉巴尔海岸，或者巴布亚岛，又或是汤加塔布这一类偏远的地方。由于岁月的侵蚀，太阳穴已深深凹陷，身材消瘦，皮肤泛黄，在酒吧里喝得微醺。他戴着一条褪了色的学校领带，看样子为了防止虫蛀，他可能已经将它放在锡盒里保存了一年又一年。

　　萨顿·康沃尔先生不认识小个子，至少那个时候并不认识，但是他认识那条领带，因为他自己也有一条这样的领带。于是，他有点腼腆地跟小个子打了个招呼，小个子已经有点微醉了，又是举目无亲，就跟他谈了起来。他们一边喝着酒，一边聊起了共同的母校，连对方的名字都没问，虽然听起来不够亲切，但话里行间还是挺友好的。英国人都那样。

　　萨顿·康沃尔很激动，因为在这个酒吧里除了服务生以外没人跟他说话。他是一个失败者，非常内向，况且在伦敦的酒吧谁也没必要跟谁说话。这也是人们去酒吧的原因。

　　萨顿·康沃尔先生回到家的时候，舌头都有点大了，这还是15年来的第一次。他用温水泡了杯茶，然后端着茶杯在楼上的客厅里呆坐着，脑子里反复回想着那个男人的面孔。面孔变得越来越年轻圆润，有时面孔的下方是一袭白色的伊顿领，有时它的上方又戴着一顶学校的板球帽。

突然间他想起来了，不由得轻笑了一下。这也是多年未曾发生在他身上的事了。

"亲爱的！是卢埃林，"他说，"小卢埃林。他有一位哥哥，在骑兵炮兵团服役，后来阵亡了。"

萨顿·康沃尔太太漠然地看着他，眼神扫过茶杯的绣花保温套。她那双干涸的栗色眼睛里充满了鄙夷，眼神浑浊，略显呆滞，一张大脸看上去有些苍白。十月的傍晚天灰蒙蒙的，窗上挂着厚重的印有姓名字母图案的落地窗帘，就连墙上挂着的那些先祖肖像也黯淡无光，只有那张有些损坏的将军像例外。

在太太漠然的注视下，萨顿·康沃尔先生的笑声卡在了喉咙里。他不由得打了个寒战，心里有些发慌，握住茶杯的手颤抖了一下，满满一杯茶水全都倒在了小地毯上，就像有意为之似的。

"噢，糟糕，"他嘟哝地说道，"抱歉，亲爱的。还好没有弄脏裤子。太对不起了，亲爱的。"

萨顿·康沃尔太太体型庞大，整整一分钟只听见她粗重的呼吸声。突然，她的身上开始传来咬牙切齿的声音，然后是衣服瑟瑟作响的声音和身下椅子的嘎吱作响声，全身就像鬼屋一样充满着怪异的声音。萨顿·康沃尔先生打了个寒战，他知道她已经是气得全身发抖了。

"啊哈，"良久，她慢慢地吐出了一口浊气，用她那杀人不见血的口吻说道，"啊哈。你是喝醉了吗，詹姆斯？"

突然，她的脚边有个东西动了一下。是泰迪，一只博美公犬。它从鼾声中醒了过来，抬了抬脑袋，随即进入了攻击状态。它猛地发出一声短促的叫声，就像试发一颗子弹，然后摇摇摆摆地站起来，那双凸出的棕色眼睛好斗地盯着萨顿·康沃尔先生。

"我本来应该按门铃的，亲爱的，"萨顿·康沃尔先生恭顺地说道，站起身来。"我按了吗？"

她没有搭理他，反而跟泰迪说起话来，声音软软的，有点像发面团，却又透着几分虐待狂的意味。

"泰迪，"她温柔地说道："你看那个男人，看看他，泰迪。"

萨顿·康沃尔先生嘟哝地说道，"亲爱的，别让它抓我。千万别让它抓我，亲爱的。"

没谁搭理他。泰迪绷紧了身子，恶狠狠地盯着他。萨顿·康沃尔先生艰难地移开目光，看着那张将军像。将军身着一件猩红色的外衣，上面有一条类似对角条纹的蓝色肩带。和那个年代所有的将军们一样，他满面红光，身上佩戴着许多闪亮的饰品，双眼透着无畏的眼神，看起来一副不知悔改的恶棍模样。将军曾经身经百战，战果累累。他参加过无数的战斗，摧毁过无数的人家，打过无数的胜仗。

看着将军那张青筋爆出的脸，萨顿·康沃尔先生打起精神，俯身从茶几上拿起了一小块三角形的三明治。

"看这边，泰迪，"他吞了一口口水，"抓住它，泰迪，抓住它。"

他把三明治扔在地上，三明治在地上打了个滚，落在了泰迪的棕色小爪子前。泰迪懒洋洋地嗅了嗅三明治，打了个哈欠。它的食物通常都是盛放在瓷器里，而不是这样子扔到它的面前。泰迪悄无声息地走到毯子的边缘，突然猛扑到那块三明治上，吠叫着。

"该就餐了吗，詹姆斯？"萨顿·康沃尔太太用一种令人不快的语气慢慢地问道。

萨顿·康沃尔先生站起身来，踩到了茶杯上，精美的瓷器茶杯立刻成了薄薄的碎片。他又打了个寒战。

不过现在正好离开。他向门铃快步走去。等他快到门铃的时候，泰迪还在假装用牙齿撕咬地毯的流苏边饰。突然，它从嘴里吐出一些流苏，从下方发起了无声的进攻，小小的狗爪子落在毛茸茸的地毯上就像羽毛一样悄无声息。就在萨顿·康沃尔先生正要按住门铃的时候，泰迪雪白的牙齿已经快速而且熟练地咬住了他的一只珍珠白的鞋罩。

萨顿·康沃尔先生尖叫了一声，迅速转身踢了一脚，整洁的鞋子在灰白的灯光下闪闪发亮。一个柔软的棕色物体飞到了空中，落地时发出一声惨叫。

整个房间陷入了一种不可名状的寂静之中，就像午夜冷藏库最里面的房间，安静得可怕。

泰迪小声呜咽着，身体灵巧地贴着地面爬行，钻到了萨顿·康沃尔太太的椅子下，然后从她紫褐色的裙摆下慢慢地探出了脑袋。紫褐色的丝质裙子落在它的脸上，看起来像是用围巾裹着头的令人厌恶的老女人。

"差点让我摔了一跤，"萨顿·康沃尔先生嘟哝道，身子靠在壁炉架上。"不是有意的……真不是故意的……"

萨顿·康沃尔太太腾地一声站了起来，仿佛身边干将如云的样子。她的声音就像冰河上空的雾笛声一样，冰冷而低沉。

"青弗里，"她说道，"我要马上回青弗里。马上。这个点竟然就醉醺醺了！下午才过去一半，居然就醉成这副恶心的样子。还去踢一只无害的小牲畜？可耻！太可耻了！给我把门打开！"

萨顿·康沃尔先生蹒跚地走过去，打开了房门。她走了出去，泰迪一路小跑跟在她的旁边，尽量远离萨顿·康沃尔先生，这也是它第一次没有在门口捣乱试图绊住她。

她在门外慢慢地转过身来，像一艘巨轮掉了个头。

"詹姆斯，"她说道，"你还有什么要跟我说的吗？"

他咯咯地笑了一下——完全是因为神经绷得太紧了。

她用一种可怕的眼神看着他，转过身，甩下一句话："我们结束了，詹姆斯，我们的婚姻到此结束。"

萨顿·康沃尔先生语出惊人，"天哪，亲爱的——我们结过

430

婚吗？"

　　她准备再次转过身来，最终还是作罢了，然后像是在地牢里快要窒息的人那样从喉咙里吐出了一种声音，走了。

　　房门依然开着，像一张瘫痪了的嘴。萨顿·康沃尔先生站在房门里面，一动不动地侧耳听着，直到楼上传来脚步声——重重的脚步声——那是她的脚步声。他叹了口气，低下头看了看被咬坏的鞋罩，然后蹑手蹑脚地走到楼下，来到了门廊旁狭长的书房里，倒了一杯威士忌。

　　他几乎没有注意到她离开的声音、行李下楼的声音、房子前面大汽车的轰鸣声，她与人告别的声音，还有泰迪喉咙里发出的最后一声吠叫。整个房子陷入了一片死寂。家具静静地立在那里，似乎有条舌头在上面晃动。室外的街灯笼罩在一片薄雾之中，照在潮湿的街面上，一路上传来出租车的喇叭声。壁炉里的火苗也渐渐熄灭了。

　　萨顿·康沃尔先生站在壁炉前，身子摇了摇，看着墙面镜子中自己那张苍白的长脸。

　　"去走走吧，"他低声苦笑，"只有你和我，再没有别人，是吗？"

　　他偷偷地溜到了大厅，没有让管家柯林斯察觉。他穿上外套，戴上围巾和帽子，又拿上拐杖和手套，悄悄地消失在了黄昏里。

　　走到台阶的最下面，他驻足了一会，抬头看了看房子。新月街14号。他们家世世代代都住在这里，这是他唯一的财产了。其余的都是她的。就连他穿的衣服，他银行账户里的钱也都是她的。但是这个房子还是他的，至少名义上是。

　　四级白色的台阶像处子的灵魂一般纯洁无瑕，台阶的尽头是一扇苹果绿的大门，门上嵌着花纹，上着油漆，是很久之前悠闲时代常用的那种油漆。门中央有一只黄铜门环，把手上有一个门闩插销，还有一个门铃，无须挤按，只要捻一下就会在门内响

431

起。如果不习惯，你会觉得它挺搞笑的。

　　他转身看着街对面，对面用栏杆围住的小公园常年锁着。天晴的时候，新月街的一些穿戴整齐的小孩子们会牵着保姆的手来这里，沿着平整的小径行走，或是围着人工小湖散步，又或是在杜鹃丛旁玩耍。

　　他看着这一切，脸上露出了些许倦容，然后耸了耸瘦削的肩膀，大步走进了黄昏之中，满脑子里想的是那个戴着褪了色的校服领带的男子，不久就会从哪里来回到哪里去，然后躺在灌木丛里，回味着伦敦的生活，就像他现在想着内罗毕、巴布亚岛或是汤加塔布一样。

"要坐马车吗，先生？"

萨顿·康沃尔先生停住脚步，站在马路牙子边上，凝神静望。声音来自上风头，随风而散，带着啤酒味，不是那种常能听到的嗓音。说话的是一辆双座小马车的车夫。

马车从夜色中驶出，高高的橡胶轮胎沿着街道滑行，留下一路油渍，马蹄缓慢地踏在路面上，传出嗒嗒的声音，直到马车夫俯身叫了一声，萨顿·康沃尔先生这才注意到。

看起来真像那么一回事。马的双眼套着陈旧的黑色眼罩，看起来膘肥体壮，不过和旧时拉马车的马匹一样露出一股莫名的疲态。马车的两扇门向里对折，萨顿·康沃尔先生可以看到车内的灰色衬垫。长长的缰绳满是裂纹，沿着缰绳向上看，可以看到魁梧结实的马车夫。他头戴一顶马车夫常戴的宽檐礼帽，大衣的上半部系着一排大大的纽扣，下半身紧紧地裹着一条破旧的毯子，手上轻巧地拿着长长的马鞭，姿态优雅而专业。

让人费解的是，这年头根本就没有马车了。

萨顿·康沃尔先生咽了口唾液，脱下一只手套，伸手摸了摸车轮。车轮坚硬而冰冷，沾满了城市街道上的湿泥。

"战后我似乎就没见过这种马车了。"他大声说道，很笃定的样子。

"哪场战争，老板？"

萨顿·康沃尔先生动了动，再次摸了下轮胎，脸上浮起了一丝微笑，尔后又仔细而缓慢地戴上了那只手套。

"我要上来了。"他说。

"站稳了，王子。"车夫呼呼地说道。

马匹轻蔑地甩了甩长长的尾巴，示意已经站稳了。萨顿·康沃尔先生踩着轮胎爬了上去，由于多年没有坐过马车了，动作显得很笨拙。他拉上面前的对折门，斜靠到座位上，车厢内有股宜人的气味。

马车夫打开天窗，探进一个大鼻子和充满醉意的双眼，构成了一副不真实的画面，仿佛一条海鱼透过水族馆的玻璃幕墙盯着你看一样。

"您要去哪呀，老板？"

"嗯……苏荷区吧。"这是他能想到的最外围的地方了——马车最远也就能去那了。

马车夫俯视着他。

"那地方可不讨人喜欢，老板。那边好多外国佬呢。"

"我不需要喜欢它。"萨顿·康沃尔先生苦涩地说。

马车夫又看了他一会儿。"也对，"他说，"苏荷区，像沃德街一样的地方。你说得对，老板。"

马车夫"啪"的一声关上天窗，马鞭轻轻地抽打在马的右耳处，马车开始徐徐行走起来。

萨顿·康沃尔先生一动不动地坐着，围巾将他瘦小的脖子裹得严严实实，拐杖夹在两膝之间，戴着手套的双手紧紧地攥住拐杖的弯柄，眼睛茫然地凝视着空中的雾霭，就像一位在舰桥上瞭望的海军上将。马蹄声嗒嗒作响，驶离了新月街，穿过贝尔格来夫广场，越过伦敦皇宫，来到特拉法加广场，又从那来到了圣马丁大道。

马车徐徐行走，但是速度也没有比其他交通工具慢多少。除了嗒嗒的马蹄声外，马车几乎是在无声地行驶，外面的世界散发着汽油和焦油的味道，充斥着汽艇的鸣笛声和汽车的喇叭声。

似乎没有任何人注意到大街上这辆马车，也没有什么东西挡住它的去路。这真是令人惊奇啊，萨顿·康沃尔先生不禁想到。不过转念一想，这样的一辆马车和外面那个世界毕竟毫不相干。它是一个幽灵，是时光外套的衬底，是书写本上的底稿，只有当紫外线射穿黑暗的房间时才能看到。

"你知道的，"他看不到说话的对象，只能对着马的臀部喃喃自语地说道，"如果你愿意的话，有些事情就可能会发生在你身上。"

长长的马鞭轻拂过王子的耳旁，就像鱼蝇轻点在巨石阴影下的小池塘的水面。

"他们已经发生了。"他又闷闷不乐地加了一句。

马车慢慢地停靠在了路边，天窗再一次"啪"的一声打开。

"老板，到地儿了。来一份18便士的法式晚餐怎么样？你知道，老板，六道菜不算什么，毕竟咱们都饿了，你请我吃道菜，我再请你吃道菜，怎么样？"

萨顿·康沃尔先生的心似乎被一只冰凉的手攥住了。18便士能吃一顿六个菜的晚餐？而且一个马车夫会问："哪场战争，老板？"也许只有在20年前才会这样吧——

"让我出去！"萨顿·康沃尔先生尖叫道。

他用力推开门，将钱扔在探到天窗里的那张脸上，越过车轮跳到了人行道上。

他没有跑，但走得很快。他快步潜行到一面黑色的墙附近，有点偷偷摸摸的意味。但后面并没有谁跟上来，连马蹄声也听不到。他转过街角，来到了一条拥挤狭窄的街上。

街上的一家店铺开着门，里面透出灯光。店铺的正面有着

"古董店"的字样，还看得出是金色的字体，鲜明的哥特式风格。商铺前面的人行道上有一个吸引顾客的发光装置，借着里面的光他才看到了店名。里面传出说话声。一个矮胖的男人正站在一个箱子上对着几个外国佬在不停地说着什么。那几个外国佬默默地站在那里，一副厌倦和无精打采的神情。胖子的音调里也透出了几分疲倦与无奈。

"现在我的出价是多少，先生们？我对这个极具东方艺术特色的精品定价是多少呢？1英镑起价，先生们！大英帝国的1英镑。现在，谁愿意出1英镑？先生们，谁愿意出一英镑？"

没有人出声。站在箱子上的胖男人摇了摇头，掏出一条脏兮兮的手帕擦了擦脸，深深地吸了口气，余光瞥到了站在人群边缘的萨顿·康沃尔先生。

"先生，您怎么样？"他突然说道，"看上去您应该有一栋别墅，而那扇门正适合这样的别墅。您愿意出手吗？就当是给我的买卖开个头吧。"

萨顿·康沃尔先生对着他眨了眨眼，高声问道。"哦？那是什么东西？"

那群无精打采的男子隐约地笑了笑，交头接耳了一阵，嘴唇几乎都没动。

"我无意冒犯您，先生。"拍卖师尖着嗓子说道。"如果您确实有栋别墅，那么您正好可能用上那边那扇门。"

萨顿·康沃尔先生慢慢地转过头，在拍卖师手指的方向第一次看到了那扇青铜门。

　　店铺的四面墙几乎是光秃秃的，那扇门就单独靠在左边的墙上。门下面有一个固定的底座，离墙大约两英尺远。这是一扇双页门，外表看是用青铜浇筑而成，虽然从尺寸来看不太可能。门上刻有浮雕，布满了密密麻麻的阿拉伯文字，诉说着此处无人能懂的故事，或许这一列列由点和线组成的文字摘自《古兰经》上面的诗文，又或者讲述的是某个组织严密的阿拉伯后宫所应遵循的条条框框吧。

　　除了两页门板之外，门下面还有一个又宽又厚的底座，上面是一个摩尔式的拱形顶。两页门板相接触的地方有一个巨大的钥匙孔，里面插着一把很大的钥匙。中世纪的狱卒们在腰间的皮带上常常吊一大串这样的钥匙，走起路来叮当作响，就像歌剧《皇家卫队》里的那种钥匙。

　　"噢，那个啊。"萨顿·康沃尔先生打破了沉寂。

　　"呃，事实上，你知道的。我想我用不着。"

　　拍卖师听后叹了口气，虽然他已经没抱什么希望了，但至少这件东西值得他为之叹气。然后他又拿起一件东西，也许是一件雕花的象牙制品，但实际上并不是。他悲观地看着它，还是大声喊道：

　　"先生们，看这里。我手里的这件东西可是最好的精品之一。"

萨顿·康沃尔先生嘴角微扬，穿过人群来到了那扇青铜门前。

他拄着拐杖，站在青铜门前。这根暗红色的拐杖是由钢芯做成的，外面包裹着打磨的犀牛皮，即使再重的人也能够承受得住。端详了一会之后，萨顿·康沃尔先生慢吞吞地伸出手，扭了扭那枚巨大的钥匙。钥匙很难扭动，但好歹还是扭动了。钥匙旁边是一个环形的门把手。他拧动门环，用力把门拉开了一半。

他站直了身体，好玩似的慢慢抬起拐杖朝门里面戳了戳。于是，在这个傍晚，他身上发生了又一件不可思议的事情。

他转头看了看，没有人注意到他。拍卖已经步入尾声，无声的人们开始陆续走出店门消失在了夜色之中。不一会儿，店铺后面传来木槌捶打的声音。矮胖的拍卖师看着一个又一个顾客离开店铺，脸色跟吃了臭鸡蛋一样难看。

萨顿·康沃尔先生低头看了看自己戴着手套的右手。手中的拐杖不见了，什么都没有了。他往旁边走了一步，看了看门后面。门后的地板上积满了灰尘，也不见拐杖。

他什么也没有感觉到。没有感觉到任何力量拉他的拐杖。拐杖就这么穿过门，然后——就这么消失了。

他弯下腰，捡起地上的一片碎纸，将其很快地揉成一团，又朝身后扫了一眼，然后将纸团从门的开口处扔了进去。

他慢慢地倒抽了口气，心中充满了作为一个文明人的惊讶，但同时又夹杂着一丝久违的狂喜。那个纸团并没有掉在门后的地板上，而是在半空中完全从肉眼中消失了。

萨顿·康沃尔先生向前伸出他空着的右手，慢慢地小心翼翼地将门关上了。他在那里站了好一会儿，舔着自己的嘴唇。

过了一会儿他开口道："后宫门，"声音很温柔，"后宫的出口门。真是个好主意"。

而且是一个非常诱人的创意。如丝般的女子与君主欢度春宵之后，被人礼貌地引到这扇门，然后漫不经心地踏门而入，然后一切就都消失了。没有了夜晚的哭泣，没有了破碎的心灵，没有了黑衣人的凶狠眼神和巨大弯刀，没有丝质的绳结，没有血，也没有午夜在博斯普鲁斯海峡飞溅起来的沉闷水花。只有虚无，冰冷而干净的虚无，完美的时机，一切都不可挽回。有人会关上门，锁好，拔出钥匙，然后一切复归平静。

萨顿·康沃尔先生没有注意到店铺越来越空。他依稀听到临街店门的关门声，但并没有细想。店铺后面的木槌敲击声暂停了，传来了说话声，然后传来了脚步声。脚步声在寂静的店铺里显得无比的疲惫，是那个过够了这一天而且日复一日地过着这样日子的男子的脚步声。一个声音在萨顿·康沃尔先生肘部的位置响起，话里流露出这一天终于结束了的意思。

"先生，这真的是一件好东西。老实跟您说，好得有点出乎我的意料。"

萨顿·康沃尔先生故意不去看他。"可能出乎很多人的意料吧。"他严肃地说道。

"看得出来，先生，您对它还是挺感兴趣的。"

萨顿·康沃尔先生慢慢转过头来。走下箱子站到地上之后，拍卖师实在是太瘦小了。这个小个子男人衣着邋遢，满眼血丝，对于他来说，生活真的没什么激情可言了。

"是的，我是有点兴趣。不过它有什么用处呢？"萨顿·康沃尔先生低沉地问道。

"呃，先生，它和别的门没什么两样，只是可能重一些，样子也有一点不寻常，但还是和普通的门没什么不同。"

"让我想想。"萨顿·康沃尔先生依旧低沉地说道。

拍卖师迅速地打量了他一眼，耸耸肩，不再说话。他在一个空箱子上坐了下来，点了一根烟，放松下来，看起来有点伤感。

"您的要价是多少？"萨顿·康沃尔先生突然问道，"您要价多少，呃，先生贵姓？"

"我姓斯金普，先生，全名是约西亚·斯金普。呃，20英镑怎么样？单作为一件青铜艺术品而言，它也值这个价。"小个子男人的眼里重新燃起了希望之光。

萨顿·康沃尔先生心不在焉地点了点头。"我对这个不太熟。"他说。

"先生，我可是很熟！"斯金普先生单腿从箱子上跳下来，轻轻拍了拍青铜门，然后用力将其中一页门板拉开，嘴里咕哝道，"把它弄到这里来太难了。整整动用了七个人呢。对于我这样的小个子来说是绝对办不到的。您看，先生。"

萨顿·康沃尔先生有一种非常可怕的预感，但是他却什么也没有做。他也做不了。他站在那里，目瞪口呆，双腿像被冰冻住了似的。巨大的青铜门与他瘦小的身躯构成了一种极具戏剧性的对比效果，似乎把斯金普自己都给逗乐了。他的小圆脸绽放了一个笑容，然后抬腿跳了进去。

萨顿·康沃尔先生看着他——直到什么也看不见了。好久好久，他的目光都一直定格在那里。店铺后头的木槌敲打声在寂静之中变得像雷鸣般响亮。

不知道过了多久，萨顿·康沃尔先生再一次弯下腰关上了青铜门。这一次，他把钥匙拔出来，放在了自己大衣的口袋里。

"我得做点什么。"他喃喃地念着。"我得做点什么——不能让这种事情——"他的声音渐渐低了下去。突然他猛地抽搐了一下，似乎一种尖锐的疼痛贯穿了全身。然后他大声笑了起来，尖声地笑了起来。笑声很不自然，让人听得毛骨悚然。

"这实在是太残忍了，"他低声说道，"不过很有意思。"

他站在那里一动不动，仿佛生了根似的，直到一个脸色苍白的年轻人手拿木槌出现在他的手肘处。

"斯金普先生出去了，先生，您看到他了吗？我们要打烊了，先生。"

萨顿·康沃尔先生没有抬头看这个拿着木槌的年轻人，只是

440

动了动僵硬的舌头，说道：

"是的……斯金普先生……出去了。"

年轻人转身打算离开。萨顿·康沃尔先生指了指那扇门，说："我从斯金普先生那买下了这扇门。20英镑。要不你收下钱——还有我的名片？"

脸色苍白的年轻小伙子开心地笑了，很高兴自己卖出去了一件货物。萨顿·康沃尔先生掏出了一个钱夹子，从里面抽了四五张英镑的纸币。又拿出了一张名片，用一支小巧的金色铅笔在名片上写了几个字。他的手出奇的镇定。

"新月街14号，"他说，"请务必明天送到。这个东西……很重。当然，我会付搬运费。斯金普先生会——"他的声音又渐渐地低了下去。斯金普先生什么也不会了。

"噢，可以，先生。斯金普先生是我的叔叔。"

"啊，真是太——我的意思是，呃，这10先令你自己拿着，好吗？"

萨顿·康沃尔先生快步走出了店铺，右手插在口袋里紧紧攥着那把钥匙。

他打了一辆的士回家吃晚餐。晚餐只有他一个人吃，饭前还喝了三杯威士忌。但是他并没有看上去那么孤独。他应该再也不会孤独了。

4

　　第二天，青铜门便送过来了。用麻布袋包着，还用绳子捆得严严实实，从包装上根本看不出来究竟是什么东西，它的搬运工作并不比搬一台音乐会的钢琴来得轻松。

　　四个身材高大的男子穿着统一的皮质工作围裙，满头大汗地抬着它走上正门的四级台阶来到大厅，嘴里不停地抱怨着。他们用一个小型起重机将其从货车上卸下来，但这四级台阶几乎把他们累趴下了。到了大厅，他们把它弄到了两辆手推车上，之后就只是一般的重活了。他们将其安放在萨顿·康沃尔先生的书房后面，靠着一个他想安装的壁龛上。

　　萨顿·康沃尔先生大方地给了他们一些小费，四人便离开了。男管家柯林斯打开了前门，给房间通了一会气。

　　不一会儿来了几个木匠。他们把麻布扯下来，在门四周做了一个门框，装在靠壁龛的隔墙上，又在隔墙上开了一扇小门。所有的装修和清洁工作都完成之后，萨顿·康沃尔先生问仆人要了一个油壶，然后把自己锁在了书房里。这时候他才从口袋里拿出那把巨大的青铜钥匙，再次将其插入门上的锁眼之中，把青铜门打开，而且把两页门板都打开了。

他往门后的铰链上洒了一些油，以防万一。关上门后，他又往锁眼里倒了一些油才拔出钥匙。接着他便独自一人出去散步，一直走到肯辛顿花园才回来。在他出去的这会儿，柯林斯和女佣主管将那扇门端详了好久，以至于饭菜还没有准备好。

"这个老混蛋到底想干什么呢，"管家冷冷地说。"我会再给他干一个星期，布拉格斯。如果那个时候太太还没有回来的话，我就跟他辞职。你呢，布拉格斯？"

"让他自己乐乐吧，"布拉格斯说着晃了晃脑袋，"他娶的那头老母猪——"

"闭嘴，布拉格斯！"

"你也是，柯林斯先生！"说完，布拉格斯便甩手走了出去。

柯林斯先生留下待了很长一段时间。他把萨顿·康沃尔先生放在吸烟桌上的方形玻璃瓶里的威士忌酒好好地品尝了一番。

在青铜门后面的壁龛里有一个高而浅的橱柜，萨顿·康沃尔先生在里面放了一些小玩意儿，有老瓷器、小古董、雕花的象牙制品，还有一些用发亮的乌木做成的神像，都是一些非常古老但并没有实际作用的东西。但这些并不能说明他为什么要买一扇这么巨大的门。萨顿·康沃尔先生又往里放了三个用粉色大理石做成的雕塑，但壁龛里还是一副空荡荡的样子。自然，只有在房门锁上的时候他才会打开青铜门。

早上，布拉格斯或者女佣玛丽会来打扫壁龛的灰尘，当然，是通过隔断门进来的。这让萨顿·康沃尔先生觉得有点好笑，不过慢慢地也就开始习惯了。这是萨顿·康沃尔太太和泰迪离家大约三周之后能让他开心起来的事情。

这天，一个古铜色的大块头男子前来拜访他。男子脸上长着蜡白的胡子，灰色的眼睛里透着沉稳。他递给萨顿·康沃尔先生一张名片，上面显示他是来自苏格兰场（伦敦刑警）的侦缉警长托马斯·劳埃德。他说，一位家住肯宁顿的拍卖师在家里失踪了，名叫约西亚·斯金普，现在家里人都非常担心。斯金普的侄子，也就是乔治·威廉·霍金，也住在那里，说看到过萨顿·康沃尔先生在他叔叔失踪的那天晚上出现在他们的苏荷店里。也就是说，萨顿·康沃尔先生可能是最后一个与斯金普先生说过话的人。

萨顿·康沃尔拿出威士忌和雪茄来招待他，手指并拢，面色沉重地点了点头。

"警长，我记得很清楚，实际上那边那扇有趣的门就是在他的店里买的。有些古色古香，是吧？"

警长瞥了青铜门一眼，眼里没有一丝波澜。

"先生，我对这个不太清楚。不过我记得他们说起过这扇门的事。把它弄过来应该费了不小的力气吧。这威士忌的味道可真不错，先生。真的非常醇和。"

"您随意，警长。这么说起来，斯金普先生不声不响地走了，而且失踪了。不过对不起，我爱莫能助。您知道，我跟他不熟。"

警长点了点他那颗古铜色的大脑袋。"我知道您跟他不熟。我们也是几天前才跟了这个案子。您知道，我们也是例行公事。他那天看起来是否比较兴奋呢？"

"他看起来很疲倦，"萨顿·康沃尔先生沉思道，"可能是对拍卖工作很厌倦吧。我只和他说了一小会儿话，您知道，就是关于那扇门的事。他是个小个子，很好的一个人——但是疲惫不堪。"

警长依旧没想再去看看那扇门，他喝完一杯威士忌后，又加了一点。

"没有家庭纠纷，"他说，"钱也不多，不过现在谁又有很多钱呢？也没什么丑闻。他们说他也没有什么忧郁症。很奇怪。"

"苏荷区还是有许多怪人的。"萨顿·康沃尔先生温和地说。

警长想了想，说道。"但也没有什么危害。那里曾经不怎么太平，但现在已经不一样了。我能问一下您当时在那里做什么吗，先生？"

"瞎逛，"萨顿·康沃尔先生说，"只是瞎逛而已。再来一点？"

"好吧。真是的，先生，一个上午喝了三杯威士忌……那好，就再加一点吧。非常感谢您，先生。"

劳埃德警长走了，走的时候带着一丝遗憾。

在他走了大约10分钟以后，萨顿·康沃尔先生站起来锁上了书房的门。他沿着长而窄的房子慢慢地走着，从胸前内衬的口袋里将那把巨大的青铜钥匙掏了出来。现在他通常都把钥匙放在这个口袋里。

门无声地打开了，比以前好开多了，尽管很笨重，但平衡性能不错。他把两页门板都打开了。门洞开着。

"斯金普先生，"他对着空荡荡的门里温柔地说道，"警察在到处找您呢，斯金普先生。"

他就这样逗着乐子，一直持续到了午饭时间。

5

下午，萨顿·康沃尔太太回来了，很突然地进了书房，出现在萨顿·康沃尔先生面前。她厌恶地吸了吸空气中的烟草味和酒味，拒绝了递过来的椅子，身体笔直地靠在门后，一脸的不高兴。泰迪在她的旁边站了一会儿，便猛扑到小地毯边撕咬了起来。

"停下来，你这个小畜生。马上给我停下来，亲爱的。"萨顿·康沃尔太太说道，弯下腰把泰迪抱在怀里，轻轻地抚摸着。泰迪乖乖地待在她怀里，舔了舔她的鼻子，轻蔑地看着萨顿·康沃尔先生。

"在与我的律师经过无数次令人非常讨厌的会谈之后，"萨顿·康沃尔太太说，声音冷得像冰块似的，"我发现，有一件事需要你的帮助，尽管我并不喜欢向你求助。"

萨顿·康沃尔先生示意她坐到一张椅子里，不过萨顿·康沃尔太太毫无反应。在完全被无视之后，他便放弃了努力，靠在壁炉架上。他说他觉得也是这样。

"你可能没注意到我还是一个比较年轻的女人，而且我们生活在现代，不是过去，詹姆斯。"

萨顿·康沃尔先生无力地笑了笑，看了一眼青铜门。

她还没有注意到它。他把头靠在门上，皱了皱鼻子，有点意兴阑珊，然后平静地说道，"你想离婚？"

"正是。"她狠狠地说。

"而且你希望我在布莱顿向一个在法庭上演戏的女人妥协？"

她瞪了他一眼，泰迪也学着她的样子对他怒目而视，但怒视并没有让萨顿·康沃尔先生有一丝丝的心慌意乱。他现在有了秘密武器了。

"而不是与那只狗妥协。"看她没有回答，他漫不经心地说。

萨顿·康沃尔太太发出了某种愤怒的声音，鼻子里吭哧吭哧地冒着气。她缓慢地但重重地坐了下来，带着几丝困惑。她松手让泰迪跳到了地板上。

"你究竟在说什么，詹姆斯？"她干涩地问道。

他踱到青铜门那，靠在门上，用指尖轻抚着上面的纹路。即便如此，她也还是没有注意到这扇门。

"亲爱的露艾娜，你想跟我离婚，"他慢慢地说，"以便跟另外一个男人结婚。如果你带着这只狗一起的话，再婚是没有意义的。我不想自取其辱，但确实没有意义。没有男人会愿意接受这只狗的。"

"詹姆斯——你是想要挟我吗？"她的声音非常恐怖，几乎是喊了出来。泰迪偷偷地溜到窗帘那边，假装躺了下来。

"并且，即使那个男人愿意接受这只狗，"萨顿·康沃尔先生用一种异常平静的音调说道，"我也不会让它发生，我应该做一个富有同情心的人——"

"詹姆斯！你敢！你的虚伪让我感到恶心！"

詹姆斯·萨顿·康沃尔生平第一次对着他太太哈哈大笑。

"这是我听过的最愚蠢的话了，"他说，"你是一个老女人了，既肥胖又无趣。如果你想要我对你摇尾乞怜的话，你还是滚

447

出去养个小白脸吧。但是你别想着让我丧失理智，好让你们结婚，然后把我赶出我父亲的房子！现在，带着你的小畜生从我这儿滚出去！"

她腾地一声站了起来，对于她这样的身材来说算是很快了，以至于站在那里不由得晃了几晃，她的眼睛如盲人一般空洞无神。寂静之中，泰迪焦躁地撕扯着窗帘，咆哮声中满是恨意，不过他俩都没有注意到。

她慢慢地说着，尽量显得温柔些："走着瞧吧，我倒要看看詹姆斯·萨顿·康沃尔到底能在他父亲的房子里住多久。穷鬼！"

她快步走了出去，砰的一声关上了房门。

巨大的关门声似乎激起了阵阵回响，在这个家里这可是件不寻常的事儿，好久都没有发生过。这也使得萨顿·康沃尔先生没有马上注意到门内传来的细小而奇怪的声音——撞门的嚎叫声里夹杂着呜咽声和吸气声。

是泰迪。泰迪没能跟着跑出去。关门的声音把他从打盹中惊醒。他和萨顿·康沃尔先生一起被关在了门内。

萨顿·康沃尔先生心不在焉地看了它一会儿，还在因为刚才的对话颤抖着，因此并没有完全意识到发生了什么事。泰迪小而湿润的黑鼻子拱着门底的缝隙。过了一会儿，呜咽声和吸气声还在继续，泰迪转过一只通红的眼睛，几欲迸裂，像一块被泪水打湿的大理石，恶狠狠地盯着它憎恨的这个男人。

萨顿·康沃尔先生突然回过神来。他站直了身子，脸上堆着笑。"呃，老朋友，"他愉快地说道，"我们又在一起了，这次可没有女人。"

他充满笑意的眼睛里闪过一丝狡猾的神色，泰迪捕捉到了这一点连忙跑到了椅子下。它现在非常的安静，没有发出任何声音。萨顿·康沃尔先生也没有出声，他敏捷地沿着墙边过去，转动钥匙锁上了书房的门，然后又飞快地走向壁龛，从口袋里掏出青铜门的钥匙将门完全打开。

他慢慢地走向泰迪，越过它，一直走到窗户边，龇牙咧嘴地冲它笑。

"好了，老朋友。高兴一点，呃？来一杯威士忌如何，老朋友？"

泰迪躲在椅子底下小声呜咽着，萨顿·康沃尔先生侧身朝它走过去，动作轻盈，突然，他猛地俯下身子朝它扑了过去。泰迪用力跳到了远处另一条椅子的下面，它呼吸急促，眼睛睁得滚圆，眼眶湿湿的。但是除了呼吸声外，它没有发出任何声音。萨顿·康沃尔先生很有耐心地从这条椅子追到那条椅子，也很安静，静得就像在一片无风的小树林里最后一片秋叶慢慢地旋落。

就在这时，门把手激烈地转动了起来。萨顿·康沃尔先生停了一下，微笑着咂了咂舌头。接着又响起了急促的敲门声，他没有理会。于是敲门声越来越快，还伴随着几声咒骂。

萨顿·康沃尔先生继续追逐着泰迪，泰迪想尽力逃离，但无奈房间太窄，萨顿·康沃尔先生又极具耐心，而且必要的时候动作也很敏捷。为了动作敏捷一些，他宁愿不要风度了。

书房门外的敲门声和叫喊声仍在继续，但是在房间里面事情可能只有一个结果。泰迪来到了青铜门的门槛旁，迅速嗅了嗅，准备抬起一条后腿，但是最后放弃了，因为萨顿·康沃尔先生实在是离它太近了。它回头狂吠了一声，然后跳上了门槛。

萨顿·康沃尔先生跑回到房门，迅速地悄然将钥匙转动了一下，又悄悄地走到了一张椅子那里，仰躺在里面笑了起来。这时，萨顿·康沃尔太太想着再试试扭动门把手，发现这次门终于打开了，于是狂风般冲进房间。萨顿·康沃尔先生还在那里独自狂笑，透过笑声中的雾气，他看到了她那冰冷的眼神，听到她在房间里沙沙走动的声音，一边走一边喊着泰迪。

然后，他听到了她猛扑过去的声音，"那是什么东西？多么傻的泰迪！过来，妈妈的小羊羔！快过来，泰迪！"

虽然还在笑，但是悔恨的藤蔓已经悄悄地攀上了萨顿·康沃尔先生的心房。可怜的小泰迪！他不再狂笑，坐了起来，全身发僵，充满了警觉。屋子里面太安静了！

"露艾娜！"他尖声喊道。

没有回应。

他闭上眼，咽了一大口唾液，又睁开双眼，悄悄地沿着房间走过去，仔细地环顾四周。他站在小壁龛前面，凝神盯着青铜门里的那一小片貌似无邪的虚无看了很久，很久。

他颤抖着双手锁上了那扇门，胡乱把钥匙塞进口袋里，一口气灌了一杯威士忌。

一个幽灵般的声音在他的耳边响起，好像是他的声音，又好像不是。声音很大：

"我并不想这样的……我从来……从来都……没有这样想过……"接着是一阵长久的停顿——"不是吗？"

借着酒劲他偷偷地溜出大厅，跑到了前门，没让柯林斯看到。外面没有看到等候的车子。幸运的是，她明显是从青弗里坐火车来到伦敦，然后再乘的士回家。稍后如果有人要查起来的话，自然会追踪到那辆的士，这样就会获得很多线索。

下一个是柯林斯。他看着青铜门这样想了一会，还想好了一个诱饵，不过最后他摇头否定了这个方案。

"不行，"他喃喃自语。"得有所区分才行，不能无休止地……"

他又喝了几口威士忌，然后拉响了门铃。这个门铃还是柯林斯的主意，为他省了不少事。

"您拉铃了吗，老爷？"

"你说，这铃声听起来像什么？"萨顿·康沃尔先生问道，舌头有点打结了。"像金丝雀的叫声吗？"

柯林斯的下巴往后猛地缩了整整两英寸。

"那个老女人不回来吃晚饭了，柯林斯，我想出去吃。就是这事。"柯林斯盯着他，满脸阴沉，两颊微红。

"您是说萨顿·康沃尔太太吗，老爷？"

萨顿·康沃尔先生打了个嗝。"不然呢？她回到青弗里去自作自受了。估计够她受的了。"

柯林斯极其礼貌地问道："老爷，我早就想问您太太什么时候完全回来了。不然——"

"不然什么？"萨顿·康沃尔先生又打了一个嗝。

"不然，我想辞职，老爷。"

萨顿·康沃尔先生站起来，走近柯林斯，在他脸上吐了一口气。满嘴酒味，是黑格牌威士忌的味道。

"滚！"他厉声说道，"马上滚出去！上楼去收拾好你的东西！你的工资一个子儿都不会少！我会付给你一整月的数，32英镑，是吧？"

柯林斯往后退了几步，朝门口走了过去。"是的，老爷，正是32英镑。"他伸手去开门，开门之前又补了一句，"我不会向您索要推荐信的，老爷。"

他走出去，轻轻关上了门。

"哈！"萨顿·康沃尔先生怒笑了一声。

然后，他诡秘地咧嘴笑了笑，不再假装恼怒和醉醺醺的样子，坐下来填写支票。

那一天他出去吃的晚餐，接下来的两个晚上也都是。第三天厨师带着帮厨女佣离开了，只留下布拉格斯和玛丽两个女佣。第五天，布拉格斯抽泣着递上了她的辞呈。

"老爷，如果您准许的话，我想马上离开这儿。"她啜泣着，"自从厨师、柯林斯还有泰迪和萨顿·康沃尔太太离开以后，这个房子里就老是让人毛骨悚然了。"

萨顿·康沃尔先生拍了拍她的手臂。"厨师、柯林斯先生、泰迪和萨顿·康沃尔太太，"他重复道，"但愿她能听到这个先后顺序。"

布拉格斯双眼通红地看着他。他又拍了拍她的手臂，说道："没问题，布拉格斯。我会把你这个月的工资结好，你叫上玛丽一块儿走吧。我想我会离开这里去法国南部住一段时间。别哭了，布拉格斯。"

"我不哭了，老爷。"她大哭着走了出去。

当然，他并没有去法国南部。住在这里太有趣了——而且是终于可以独自一人住在祖屋里了。并不是说先祖们同意他这样做，也许将军是个例外，而是因为只能这样做了。

房子现在是空落落了，几乎是通宵开始出现轻语声。他把所有的窗户都关上，把窗帘也拉得严严实实。这似乎是一种尊重的姿态，他觉得必须要有这样一种姿态。

6

　　苏格兰场查案稳重而缓慢，有时候差不多和冰川的移动那么慢。劳埃德警长第二次来到新月街14号时已经是一个月零九天以后了。

　　此时，正门前的四级台阶已经洁白不再，大门的苹果绿也暗淡了许多。门铃四周的铜框，门环，门闩，所有的一切都脏兮兮得失去了光泽，就像常年在好望角颠簸的老货轮上的黄铜制品一样。前来拜访的人按了门铃后因得不到回应不得不慢慢离去，一边离去还一边往回看，而这时萨顿·康沃尔先生就会从拉紧的窗帘的一边默默地看着他们离去。

　　他会在空荡荡的厨房里给自己调制一些古怪的中饭，夜幕降临后会拿出一些包装破烂的零食食用。再晚一点他就会偷偷溜出去，把帽檐拉低，还会把外套的衣领竖起来。出来之后就匆匆地扫一眼整条街道，然后快速地转过街角。值日的巡警偶尔看到他这些动作会摸摸自己的下巴，对这种情况感到非常纳闷。

　　萨顿·康沃尔先生越发不讲究了。他经常去一些位置隐秘的小饭馆吃东西，马车夫们经常光顾那里，在马厩一样的小隔间里坐在没有餐布的饭桌旁喝着清汤；或是去外国

453

人开的咖啡店，那里的外国佬留着深蓝色的头发，穿着尖头鞋，就着一瓶又一瓶的小酒悠闲地用餐；又或者去一些拥挤的无名茶馆，那里的食物就跟在那里吃东西的人一样无味透顶。

他的头脑也不再清晰。他的笑声干涩、阴森，仿佛摇摇欲坠的墙壁发出的那种碎裂的声音。就连在泰晤士河堤坝下的那群流浪汉都能辨认出他的声音——因为他路过时会给他们六便士，拖拉着一双暗淡无光的皮鞋一步一步小心翼翼地走着，手里轻轻地挥舞着一根并不存在的拐杖。

在一个夜色苍茫的深夜，他悄然回家的时候，发现苏格兰场的那个警长探头探脑地站在脏兮兮的正门台阶附近的那盏路灯后面。

"我想与您谈一谈，先生。"他一边说着，一边轻快地走上前来握住他的双手，好像他突然不得不握着它们一样。

"我敢肯定很有意思，"萨顿·康沃尔先生吃吃地笑道。"进来吧。"

他打开门，开了灯，熟练地跨过了地上那堆积满了灰尘的信件。

"所有的用人都被我辞退了，"他解释道，"一直就希望有一天能一个人独处。"

地毯上到处都是烧过的火柴、烟灰、碎纸片，角落里结满了蜘蛛网。萨顿·康沃尔先生打开书房的门，开了灯，站在一旁，警长警惕地从他身旁走过，仔细地观察着书房内的环境。

萨顿·康沃尔先生请他坐在一张满是灰尘的椅子上，递给他一根雪茄，又转身去倒威士忌。

"这次来是公干还是私事呢？"他委婉地问道。

劳埃德警长把帽子放在一只膝盖上，看着他递过来的雪茄，面露怀疑。"谢谢，我待会儿再抽。可以说是公干吧。上头派我来询问萨顿·康沃尔太太的下落。"

萨顿·康沃尔先生抿了一口威士忌，面色平静，指着那个

454

玻璃酒瓶，他现在都是直接对着瓶子喝了。"没有她最近的消息，"他说。"怎么了？我想她应该在青弗里吧。乡下的一个地方，她是那个地方的主人。"

"她并不在那，"劳埃德警长说道，吐字不怎么清晰，他很少出现这样的情况。"我听说你们在闹离婚。"他冷冷地加了一句。

"这是我们的私事，伙计。"

"是的，从某种意义上确实如此，先生。不过她的律师告诉我她不见了，到处都找遍了，也没有找到她。我想到了这个程度应该不单单是你们两个之间的事情了吧？"

萨顿·康沃尔先生仔细想了想，说道："正如美国人所言——你说的有道理。"

警长伸出一只苍白的大手，放在额头上，身体前倾。

"我们接受事实吧，先生，"他平静地说道，"这是长远之计，对所有人都好。自欺欺人没有好下场。法网恢恢啊。"

"来点儿威士忌？"萨顿·康沃尔先生说。

劳埃德警长满脸严肃地拒绝了他："今晚还是算了。"

"是她离开了我，"萨顿·康沃尔先生耸了耸肩。"因为这件事，我家的用人也都走了。你知道现在的用人都是这样子的啦。除此之外我什么都不知道。"

"哦，是吗？我觉得你是知道实情的，"警长说道，隐隐透着几分怒气，"没人希望自己被指控，但是我认为你还有事情瞒着我们。"

萨顿·康沃尔先生笑了笑，神态很是轻松。警长拉长了脸，继续说道：

"我们已经暗中监视你一段时间了。作为一个像你这样的绅士——恕我多嘴，你现在的生活实在是有点令人生疑。"

"你可以这样说，不过也请你从我家里滚出去。"萨顿·康沃尔先生突然加重了语气。

“我会走的，不过不是现在。”

“那么你是想搜查我的房间了？”

“也许我会的。或许等会儿搜吧。不急。那活儿费时间，可能还需要找些铁锹。”劳埃德警长的目光咄咄逼人。“似乎每个失踪案件发生的时候，你都碰巧在附近，斯金普的案子是这样，现在你太太的案件也是如此。”

萨顿·康沃尔先生怒气冲冲地看着他。“那么警长先生，以你的经验来看，人失踪之后一般都去哪儿了？”

“有些人不是自己失踪的，而是有人让他们失踪的。”警长舔了舔他厚厚的嘴唇，有点像在玩猫捉老鼠的游戏。

萨顿·康沃尔先生慢慢举起他的手臂，指着那扇青铜门。“你想要的是这个，警官。”他讨好地说道，“你可以拿去。在那里面你可以找到斯金普先生，可以找到那只博美犬泰迪，可以找到我的妻子。他们都在那里——在那扇青铜古门后面。”

警长并没有转移视线，很长时间他的表情都没有变化。然后，他和气地朝他咧嘴笑了笑，眼睛后面似乎隐藏着什么，不过到底是什么只有他自己知道了。

“我们出去散散心吧，”他轻快地说道。“新鲜空气对你很有好处，先生，我们——”

“那儿，”萨顿·康沃尔先生认真地说道，手仍直直地指着那扇青铜门，“他们都在那扇门后面。”

“啊哈。”洛伊德警长戏谑地晃了晃大拇指。“先生，你独处得太久了，出现了幻想吧。我自己偶尔也会胡思乱想。找个年轻女人吧。跟我出去走走，先生，我们可以找到一个好地方——”这个古铜色皮肤的大个子把食指放在自己的鼻尖，将脑袋向后推了推，同时竖起他的小手指在空中来回摆动。但是他那镇定的灰色眼睛里始终是另外一种情绪。

“我们先来看看这扇青铜门吧。”

萨顿·康沃尔先生从椅子上跳了起来，警长立刻抓住他的手臂。"别再说那个了，"他声音冰冷，"你给我站好了。"

"钥匙在这里。"萨顿·康沃尔先生指着他胸前的口袋，不过并没有要伸手要拿的意思。

警长从他袋子里拿出了钥匙，盯着它看了好一会儿。

"他们都在门后边，挂在肉钩上，"萨顿·康沃尔先生说，"他们三个都是。小钩上挂的是泰迪，大钩上挂的是我妻子。很大很大肉钩。"警长左手抓着萨顿·康沃尔先生，仔细地想了想。他眉头紧皱，饱经风霜的脸上表情严厉，有点半信半疑。

"看看也无妨。"他想了想，最后说道。

他抓着萨顿·康沃尔先生穿过房间，把青铜钥匙插入了那个巨大的古锁，扭转门环，打开了门，而且把两页门扇都打开了。他站在那里，往壁龛里面看了看，只见橱柜里除了一些小摆设外，别无他物，脸色顿时又变得亲切了许多。

"你刚才是说肉钩吗，先生？要我说的话，真是有趣啊。"

他笑了，松开了萨顿·康沃尔先生的手臂，双腿晃了一下。

"这个东西到底是用来干吗的？"他问。

萨顿·康沃尔先生三步并作两步，快速地将自己瘦小的身躯以迅雷不及掩耳之势一头撞在大个子警长身上。

"你进去看看就知道了！"他尖声喊道。

劳埃德警长身材魁梧，而且也许已经习惯了各种推搡，因此即使萨顿·康沃尔先生铆足了力气助跑了一小段也只是把他往前推动了六英寸。而且青铜门有一个很高的门槛。警长凭借着超凡的职业敏捷，身子只是摇晃了一下，马上用脚抵住了青铜门槛。

如果不是因为这个，他早就将萨顿·康沃尔先生拽上了空中，用大拇指和食指抓住他，让他像只小鸡一样无力反抗。但是门槛绊了他一下，使他失去了平衡。他踉跄了一下，将身子完全摆脱了萨顿·康沃尔先生。

萨顿·康沃尔先生扑了个空，而空当之处正是巨大的青铜门。他呈大字形朝前跌去，一边跌落一边拼命地着想抓住什么，就这么越过了门槛。

　　劳埃德警长慢慢站直了身体，转过头呆呆地看着刚才这一幕。他略微从门槛边往后退了一退，以便仔细地看清门里面是否藏着东西。里面什么也没有，只看到小橱柜里放着形状怪异的瓷器，刻有花纹的象牙和乌黑发亮的木头，顶上面是三个由粉色大理石雕刻而成的小雕像。

　　别的什么也没看到。除此之外，什么也没有。

　　"天呐！"他满脸震惊，最后狂喊道。至少他认为是自己这样喊的。或许是另有人喊的。他不确定——自从那晚以后，他再也不敢确信任何事情了。

7

威士忌的气味荡漾着，看起来很不错。劳埃德警长整个人都颤抖着，几乎拿不住酒瓶。他好不容易倒了一点威士忌到杯子里，用发干的嘴唇抿了一口，就在那里等待着。

过了一会儿他又喝了一口，依然等着，然后猛灌了一口，大大的一口。

他坐进威士忌旁的椅子上，从口袋里拿出一块叠得整整齐齐的大手帕慢慢将其打开，用力地擦着脸，脖子，还有耳后。

时间又过去了一会儿，他的身子也不再抖得那么厉害了，一股暖流开始在他体内流动。他站起来，又喝了一些威士忌，缓慢地拖着沉重的步伐走回到青铜门前。

他用力地关上青铜门，上了锁，把钥匙放在他自己的口袋里。然后打开了旁边的隔门，鼓起勇气走进了壁龛。又看着青铜门的背面，伸出手摸了摸。壁橱里面光线很暗，但是他仍旧可以看到除了那个傻气的小橱柜以外，里面空荡荡的什么也没有。他摇摇头走了出来。

"这不可能，"他大喊道，"绝对，绝对不可能。"

这个向来理性的男人几乎失去了理智，陷入了狂躁之中。

“如果我被吸进去了，”他咬牙切齿地说道，“如果我被吸进去了。”

他走到漆黑的地下室，翻箱倒柜摸索出了一把斧头，然后提着它上了楼。

他用力将青铜门周围的木制门框砍成了碎片。当他终于停下来的时候，青铜门已经完全孤零零地立在了基座上，四周是散落的木屑，整个木框被砍得参差不齐。劳埃德警长放下斧头，用他的大手帕擦干净脸和双手，走进了门后面，用肩膀抵在门上，龇着一口黄牙开始发力。

估计只有一个力大无穷意志坚定的人才能做到：青铜门“轰”的一声倒在了地上，整栋房子都震动了。许久许久，那些回声才沿着无尽的走廊慢慢消退。

然后，房子又陷入了一片寂静之中。这个大个子走到大厅，打开前门往外扫了一眼。

他穿上外套，整了整警帽，将那块已经湿润的手帕认真地叠好，放在屁股后面的口袋里，然后点燃了萨顿·康沃尔先生给他的香烟，又喝了一口威士忌，大摇大摆地往门口走去。

到了门口，他又转过身来一脸嘲讽地看着青铜门，青铜门躺在一堆木屑当中，依然看得出它庞大的身影。

“不管你是谁，去死吧。”劳埃德警长恶狠狠地咒骂着。“我可不是好惹的主！”

他关上身后的房门，外面飘着薄雾，漆黑的夜空中点缀着几颗昏暗的星星，安静的街道上满是亮灯的窗户。街上停着两三辆价格昂贵的汽车，司机很可能懒洋洋地躺在车里，不过却看不到司机的身影。

他在街角穿过街道，沿着公园边上高高的铁栏杆走着。透过杜鹃花丛，隐约可以看到人工小湖的水波闪烁着微弱的光芒。他环顾了一下街道四周，然后从口袋里掏出了那把很大的青铜钥匙。

"让这一切都结束吧。"他轻声对自己说。

他的手臂用力地往前一甩，人工湖面溅起了一朵水花，然后便归于平静。劳埃德警长吐着烟圈，从容地踏步离开了。

回到刑事调查局后，他平静地报告了案情。这是他平生第一次也是最后一次没有如实上报。不能再让任何人去那座房子了，那种死寂的黑暗与无尽的等待都必须就此消失。

刑事调查局的督察打着哈欠点了点头。

后来，萨顿·康沃尔家的后嗣从法院赎出了这座房子，他们打开新月街14号的房门时，便看到了那扇青铜门躺在一堆木屑之中，上面积满了灰尘，还有许多蜘蛛网缠绕着。他们看着这个奇怪的东西面面相觑，当他们终于弄清楚了地上倒着的是什么东西的时候，便叫来了古董店的老板，想着说不定能卖点钱。不过那个老板叹了口气，表示无能为力，现在这种东西已经没什么价值可言了，还不如将其运到铸工厂熔成金属，说不定还可以赚到一英镑。老板说完便带着诡异的笑容安静地离开了。

有时，刑事调查局失踪人员调查科的警员感到无聊的时候，便会从档案里翻出萨顿·康沃尔案件，拍掉上面的灰尘，将所有的资料看一遍然后再放回去。

有时，前侦缉警长、现任督察托马斯·劳埃德走在异常黑暗而寂静的街道上，会莫名其妙地突然转身，敏捷地跳到路的一边，面带痛苦的神情。

只不过，他的身后其实没有人一头向他撞过来。

（本文译者　刘美娟、梁瑞清）

461